Réclame-Moi

Capture-Moi : Volume 3

Anna Zaires

♠ Mozaika Publications ♠

Ceci est un roman. Les noms, les personnages, les lieux et les événements ont été imaginés par l'auteur ou sont utilisés de manière fictive et toute ressemblance avec des personnes réelles, vivantes ou non, avec des entreprises existantes, des événements ou des lieux réels est purement fortuite.

Copyright © 2016 Anna Zaires et Dima Zales
http://annazaires.com/series/francais/

Tous droits réservés.

Aucun extrait de ce livre ne peut être reproduit, scanné ou distribué sous forme imprimée ou sous forme électronique sans la permission expresse de l'auteur sauf pour être cité dans un compte-rendu de presse.

Publié par Mozaika Publications, imprimé par Mozaika LLC.
www.mozaikallc.com

Couverture: Najla Qamber Designs
najlaqamberdesigns.com

Sous la direction de Valérie Dubar
Traduction: Julie Simonet

e-ISBN: 978-1-63142-183-9
Print ISBN: 978-1-63142-184-6

PREMIÈRE PARTIE : LA FUITE

CHAPITRE UN

❖ LUCAS ❖

— Répète ? Je serre encore plus fort le téléphone et je suis sur le point de le broyer dans ma main alors que mon incrédulité se change en une rage brûlante. Putain, qu'est-ce que ça veut dire, elle s'est enfuie ?

— Je ne sais pas ce qui s'est passé. La voix d'Eduardo est tendue. Nous sommes rentrés chez toi il y a une demi-heure et elle n'était plus là. Les menottes étaient sur le sol dans la bibliothèque et les cordes avaient été coupées avec quelque chose de tranchant, un petit objet. Nous avons demandé aux gardes de passer la jungle au peigne fin et ils ont retrouvé Sanchez inconscient près de la bordure nord du domaine. Il avait un sacré traumatisme crânien, mais nous avons réussi à le réveiller il y a quelques minutes. Il dit qu'elle a croisé son chemin dans la forêt, mais qu'elle l'a pris au dépourvu et l'a assommé. C'était il y a plus de trois heures. Et maintenant, nous examinons les enregistrements des drones, mais ça n'a pas l'air prometteur.

À chaque nouvelle phrase du garde, ma rage s'amplifie.

— Comment a-t-elle pu mettre la main sur « un petit objet tranchant » ? Et comment a-t-elle pu ouvrir les menottes, putain ? Diego et toi étiez censés ne pas la quitter des yeux…

— C'est ce qu'on a fait. Eduardo semble complètement décontenancé. Après chaque repas, nous avons fouillé ses poches comme tu nous l'avais dit et nous avons plusieurs fois vérifié la salle de bains, c'est le seul endroit où elle pouvait être seule sans être ligotée. Elle a dû trouver le moyen de cacher un rasoir ou une lime, mais je ne sais ni quand ni comment. Soit, elle les avait depuis plus longtemps, soit…

— OK, admettons-le que vous ne vous soyez pas complètement plantés. Je respire profondément pour maîtriser la colère qui gronde dans ma poitrine. Maintenant ce qui compte c'est de trouver des réponses à nos questions et de découvrir où se trouvent les failles de notre système de sécurité. J'ajoute plus calmement : de plus, comment a-t-elle pu sortir du domaine sans déclencher les alarmes et sans qu'aucun des gardes postés sur les tours ne s'en aperçoive ? Chaque centimètre de ce périmètre est surveillé.

Il y a un long silence. Puis Eduardo dit à voix basse :

— Je ne sais pas comment ça se fait qu'aucune des alarmes ne se soit déclenchée, mais il est possible que pendant une heure ou deux certaines parties des limites du domaine soient restées sans surveillance.

— Quoi ? Cette fois, je ne peux retenir ma colère. Qu'est-ce que tu veux dire, putain ?

— On a merdé, Kent, mais, je te jure qu'on ne pensait pas que le système électronique de surveillance pourrait laisser passer quoi que ce soit. Le jeune garde s'est mis à parler plus vite comme s'il voulait se débarrasser de ce qu'il avait à lui dire. C'était juste une partie de poker entre copains. Nous ne savions pas que l'ordinateur ne…

— Une partie de poker ? Je murmure d'un ton glacial. Vous faisiez une partie de poker alors que vous étiez de garde ?

— Je sais. Eduardo semble sincèrement navré. C'était stupide, c'était irresponsable et je suis sûr qu'Esguerra va nous faire passer un mauvais quart d'heure. Nous avons seulement pensé qu'avec tout cet équipement ça ne serait pas grave. C'était seulement un moyen de se mettre deux ou trois heures à l'abri de la chaleur de l'après-midi, tu comprends ?

Si ma main pouvait aller à l'autre bout du fil et étrangler Eduardo, je le ferais volontiers.

— Non, je ne comprends pas, ai-je laissé échapper. Pourquoi ne pas me l'expliquer bien tranquillement ? Ou encore mieux, passe-moi Diego pour qu'il le fasse, *lui*.

Il y a encore un instant de silence. Puis j'entends Diego me dire :

— Lucas, écoute, mon vieux… Je ne sais même pas quoi te dire. La voix du garde, d'habitude pleine d'entrain, est lourde de culpabilité. Je ne sais pas pourquoi elle a décidé de passer sous cette tour, mais je suis en train de regarder les enregistrements des drones et c'est précisément ce qu'elle a fait. Elle est passée sous notre nez en direction de l'ouest puis elle a traversé le pont. C'est comme si elle savait où aller et à quel moment. Sa voix prend une nuance d'incrédulité. Comme si elle savait que nous relâcherions notre vigilance.

Je me pince le haut du nez. *Putain !* Si ce qu'il dit est vrai, la fuite de Yulia ne doit rien au hasard.

Quelqu'un a donné à ma captive des détails concernant notre système de sécurité, quelqu'un qui connaît parfaitement les horaires des gardes.

— Est-ce qu'elle a vu qui que ce soit ? La possibilité la plus logique serait que le traître est soit Diego soit Eduardo, mais je connais bien ces deux jeunes gardes et ils sont trop loyaux et trop futés pour ce genre de double jeu. À part vous deux, est-ce que quelqu'un a parlé avec elle ?

— Non. En tout cas, nous n'avons vu personne. La voix de Diego se tend comme s'il devinait mes soupçons. Évidemment, elle passait une bonne partie de la journée toute seule ; quelqu'un a pu venir chez toi en notre absence.

— C'est vrai. Bordel, le traître aurait même pu contacter Yulia avant mon départ pour Chicago. Je veux que tu examines les enregistrements des drones concernant tout ce qui s'est passé autour de chez moi depuis quinze jours. Si quelqu'un a mis ne serait-ce qu'un pied dans ma véranda, je veux le savoir.

— Entendu.

— Bon. Et maintenant, partez à la poursuite de Yulia. Elle ne peut pas être loin.

Diego raccroche, visiblement il veut se racheter pour la bourde qu'ils ont faite, Eduardo et lui, et je remets le téléphone dans ma poche en me forçant à lâcher prise.

Ils vont la rattraper et ils vont la ramener.

J'ai besoin d'y croire, sinon je serai hors d'état de travailler ce soir.

* * *

Tout en attendant des nouvelles de Diego, je m'occupe des gardes pour m'assurer qu'ils sont tous en position dans la maison qu'Esguerra habite pendant son séjour à Chicago. Cette demeure est dans le quartier résidentiel de Palos Park et elle est bien située pour assurer sa sécurité, mais je vérifie quand même les caméras qui viennent d'être installées pour voir s'il n'y a pas d'angles morts et je passe en revue l'horaire des patrouilles avec les gardes. Je le fais parce que c'est mon boulot, mais aussi parce que j'ai besoin de ne pas penser à Yulia et d'oublier la colère qui m'étouffe et me brûle la poitrine.

Elle s'est enfuie. Je n'avais pas plus tôt tourné les talons qu'elle s'est précipitée vers son amant, vers ce Misha qu'elle m'a imploré d'épargner.

Elle s'est enfuie alors que deux jours auparavant elle m'avait dit qu'elle m'aimait.

Quand j'y pense, la rage qui m'envahit est à la fois violente et irrationnelle. Je ne sais même pas si c'est à moi que s'adressaient les paroles de Yulia ; elle les a marmonnées dans un demi-sommeil et je n'ai pas eu l'occasion de la confronter. Et pourtant j'ai passé une nuit blanche avant de partir en me demandant si elle m'aime ou non.

Pour la première fois de ma vie, j'ai senti que j'étais proche de quelque chose… proche de *quelqu'un*.

Je t'aime. Je suis à toi.

Putain, quelle menteuse ! J'ai du mal à respirer en me souvenant des tentatives de Yulia pour me manipuler, pour se mettre dans mes petits papiers afin que j'accepte de sauver la vie de son amant. Dès le départ, elle s'est servie de moi. À Moscou, elle a couché avec moi pour obtenir des renseignements, ensuite elle a fait semblant d'être une captive docile pour faciliter sa fuite.

Les moments que nous avons partagés ne comptent pas pour Yulia, et moi non plus.

La sonnerie du téléphone qui est dans ma poche interrompt ces amères réflexions. Je l'attrape et je vois que le numéro vient du domaine.

— Oui ?

— On a un problème. Diego parle d'une voix saccadée. Il semble que cette fille avait encore mieux organisé le moment de sa fuite qu'on ne le pensait. Il y avait une livraison de provisions au domaine cet après-midi et la police de Miraflores vient juste de retrouver le chauffeur, il marchait le long de la route à quelques kilomètres de la ville. Apparemment, il aurait pris en stop une belle Américaine juste au nord du domaine. Il était persuadé qu'il s'agissait d'une touriste qui avait perdu son chemin jusqu'au moment où elle a tiré un couteau et l'a fait sortir de la camionnette. C'était il y a un peu plus d'une heure.

— Putain ! Avec une voiture, Yulia a tellement plus de chance de réussir à nous échapper.

— Fais fouiller Miraflores et retrouve cette camionnette. Demande de l'aide à la police du coin.

— C'est ce qu'on fait. Je te tiens au courant.

Je raccroche et je rentre dans la maison. Les beaux-parents d'Esguerra viennent déjà d'arriver dans l'allée, ils viennent dîner avec mon patron et sa femme et ce n'est pas le moment de le déranger. Mais il faut quand

même l'informer de ce qui s'est passé et je lui envoie
par mail un message d'une ligne :

Yulia Tzakova est en fuite.

CHAPITRE DEUX

❖ YULIA ❖

Dès que j'arrive dans Miraflores, je m'arrête dans une station-service et je demande au pompiste d'utiliser le téléphone qui est dans sa petite boutique. Il comprend assez bien l'anglais pour me laisser faire et je compose le numéro d'urgence que tous les agents d'UUR connaissent par cœur. En attendant la communication, je ne quitte pas la porte des yeux et mes mains sont moites.

Diego et Eduardo ont dû s'apercevoir de ma disparition, ce qui veut dire que les gardes d'Esguerra sont à ma poursuite. J'ai eu des remords en menaçant le chauffeur de la camionnette et en le forçant à descendre du véhicule, mais j'en avais besoin. En tout état de cause, je n'ai pas de temps à perdre avant que les hommes d'Esguerra ne retrouvent mes traces, si ce n'est déjà fait.

— Allo ! Une douce voix de femme qui me salue en russe ramène mon attention vers le téléphone.

— C'est Yulia Tzakova, dis-je en déclinant mon identité actuelle. Moi aussi, je réponds en russe. Je suis à Miraflores en Colombie et j'ai besoin de parler immédiatement à Vasiliy Obenko.

— Code ?

J'énumère un certain nombre de chiffres puis je réponds aux questions que me pose l'opératrice pour vérifier mon identité.

— Restez en ligne s'il vous plaît, dit-elle, puis il y a un instant de silence avant que je n'entende un clic qui signifie une nouvelle communication.

— Yulia ? Je l'entends à sa voix, Obenko a du mal à le croire. Vous êtes en vie ? Le rapport des Russes disait que vous étiez morte en prison. Comment avez-vous…

— Le rapport a menti. Ce sont les hommes d'Esguerra qui m'ont enlevée. Je garde la voix basse en me rendant compte que le pompiste m'examine d'un air soupçonneux. Je lui ai dit que j'étais une touriste américaine et maintenant je parle russe ce qui le plonge évidemment dans le trouble. Écoutez, vous êtes en danger. Tous ceux qui sont liés à UUR sont en danger. Il faut vous cacher et il faut que Misha se cache…

— Vous êtes aux mains d'Esguerra ? Obenko semble horrifié. Alors comment pouvez-vous…

— Je n'ai pas le temps d'expliquer. Je me suis échappée, mais on me cherche. Vous devez vous cacher, vous et tous les membres de votre famille. Et Misha aussi. Ils vont venir à vos trousses.

— Ils vous ont fait parler ?

— Oui. Ma gorge est nouée tellement je m'en veux, mais je parviens à garder un ton calme. Ils ignorent où vous êtes actuellement, mais ils connaissent les initiales de l'agence et le véritable nom d'un ancien agent. Ce n'est qu'une question de temps avant qu'ils ne vous retrouvent.

— Putain ! Obenko garde un instant le silence puis il dit : il faut que nous vous exfiltrions avant qu'ils ne vous reprennent. En fait, il veut dire : avant qu'ils puissent vous soutirer d'autres renseignements.

— Oui.

Le pompiste pianote quelque chose sur son portable tout en me jetant un coup d'œil et je sais qu'il faut faire vite. J'ai une voiture, mais j'ai besoin d'aide pour quitter le pays.

— Entendu. Vous pouvez vous rapprocher de Bogota ? Nous allons peut-être pouvoir demander au gouvernement vénézuélien de nous rendre service et de vous faire passer la frontière en douce.

— Je crois que ça sera possible. Le pompiste repose son portable et s'avance vers moi si bien qu'avant de raccrocher je dis rapidement : J'y vais.

Le pompiste est presque à côté de moi, les sourcils froncés, mais je sors à toute vitesse de la boutique avant qu'il n'ait le temps de m'attraper. Je saute dans la camionnette, je ferme la portière derrière moi et je démarre. Le pompiste court derrière moi, mais je sors déjà du parking sur les chapeaux de roue.

De nouveau sur la route je fais le point. Il ne reste qu'un quart d'essence dans le réservoir et il est vraisemblable que le pompiste a prévenu les autorités ce qui veut dire que le véhicule sera repéré plus vite que prévu.

Il faut que j'en trouve un autre pour sortir de Miraflores.

J'ai le cœur battant en accélérant et je pousse la vieille camionnette jusqu'à ses limites tout en surveillant attentivement la route. Un kilomètre, un kilomètre et demi, deux kilomètres… À chaque instant, mon anxiété monte d'un cran. Combien de temps me reste-t-il encore avant que les hommes d'Esguerra n'entendent parler de la blonde inconnue de la station-service ? Combien de temps avant qu'ils ne commencent à chercher la camionnette avec leurs satellites ? Sans doute pas plus d'une demi-heure.

Finalement un kilomètre plus tard je vois ce que je cherchais : un petit chemin qui n'est pas goudronné et qui semble aller vers une ferme. En espérant que mon intuition est bonne, je quitte la route principale pour m'y engager.

Deux ou trois cents mètres plus loin, j'aperçois un hangar. Il est à une douzaine de mètres sur la droite et derrière lui se trouve un bois touffu. Je prends cette direction et je gare la camionnette derrière le hangar en la dissimulant sous les arbres. Si j'ai de la chance, elle ne sera pas repérée durant un bon moment.

Et maintenant, il faut que je trouve un autre véhicule.

En m'éloignant du hangar, je trouve une grange avec un vieux tracteur en piteux état garé devant. Comme je ne vois personne, je m'approche de la grange et j'y jette un coup d'œil.

J'ai de la chance !

Dans la grange, il y a un petit camion. Il a l'air ancien et rouillé, mais ses vitres sont propres. Quelqu'un s'en sert donc régulièrement.

En retenant mon souffle je me glisse dans la grange et je m'approche du camion. La première chose que je fais est de regarder autour sur les étagères pour y chercher les clés ; parfois, il y a des gens assez bêtes pour les laisser à côté du véhicule.

Malheureusement, ça n'a pas l'air d'être le cas de ce fermier. Impossible de trouver les clés. Eh bien tant pis ! Je jette un coup d'œil autour de moi et je vois une pierre attachée à un bout de lino. Je l'attrape et je m'en sers pour fracasser la vitre du camion. C'est une solution brutale, mais ça va plus vite que d'essayer de trafiquer la serrure.

Et maintenant vient le plus difficile.

En ouvrant la portière du chauffeur, je monte sur le siège et j'ouvre le boîtier du démarreur qui se trouve sous le volant. Puis j'examine le fouillis des fils en espérant me souvenir comment ça marche sans que le camion tombe en panne et sans m'électrocuter. Pendant ma formation, on a étudié les circuits électriques, mais je n'ai jamais eu à le faire sur le terrain et j'ignore si je vais y arriver. Chaque voiture est un peu différente des autres ; il n'y a pas de système de couleurs universel pour les fils et les véhicules anciens comme ce camion sont particulièrement compliqués. Si j'avais le choix, je ne m'y risquerais pas, mais en ce moment c'est la seule solution.

Il ne se passe rien. J'essaye de calmer le rythme de ma respiration et je tente différentes combinaisons de fils. Et à ma troisième tentative, le moteur se met en marche.

Je pousse un soupir de soulagement, je ferme la portière et je sors de la grange pour rejoindre la route.

Avec un peu de chance, le propriétaire du camion ne découvrira pas immédiatement sa disparition et j'atteindrai la ville la plus proche avant d'avoir encore besoin de changer de véhicule.

* * *

Tout en conduisant, je me mets à penser à Lucas. Est-ce que les gardes l'ont prévenu de ma fuite ? Est-il en colère ? Pense-t-il que je l'ai trahi en m'enfuyant ?

Je t'aime. Je suis à toi. Même maintenant je rougis en me souvenant de ces paroles que j'ai prononcées en rêve, à moins qu'il ne s'agît pas d'un rêve. Avant cette nuit-là, je ne savais pas ce que je ressentais, je n'avais pas réalisé à quel point je m'étais attachée à mon geôlier. Il y avait tant d'obstacles entre nous, tant de peur, de colère et de défiance que j'ai mis du temps à comprendre cette étrange attirance.

À comprendre quelque chose d'aussi irrationnel et d'aussi absurde.

Tu vas me manquer. C'est ce que Lucas m'a dit le lendemain matin en me câlinant sur ses genoux et j'ai eu toutes les peines du monde à ne pas éclater en sanglots. Savait-il ce qu'il me faisait et à quel point il me troublait en disant ces paroles emplies de tendresse ? Et cette tendresse inattendue faisait-elle partie de son diabolique plan de vengeance ? Comme une manière encore plus sadique de me faire du mal sans m'infliger le moindre bleu ?

Devant moi la route se brouille et je m'aperçois que les larmes que j'ai retenues ce jour-là coulent sur mon visage, l'adrénaline provoquée par ma fuite accentue encore la douleur de ce souvenir. Je ne veux pas penser à la manière dont Lucas m'a fait parler, comment il m'a déchiré le cœur alors qu'il m'avait promis la sécurité, mais je ne peux pas m'en empêcher. Les souvenirs tournent en boucle dans ma mémoire et je n'arrive pas à leur échapper. Il y a quelque chose dans le comportement de Lucas durant ces derniers jours que je n'arrive pas à m'expliquer, quelque chose qui sonne faux et que j'avais remarqué sans pouvoir le comprendre vraiment sur le moment.

— Putain, ne me supplie pas pour le sauver, avait crié Lucas quand j'ai intercédé pour mon frère. C'est moi qui ai le droit de vie ou de mort, pas toi.

Et il a dit encore d'autres choses, des choses qui m'ont fait mal. Et pourtant quand il m'a prise cette nuit-là il n'y avait pas de colère dans ses caresses. Oui, il y avait du désir. Un désir fou de possession. Cependant, pas de colère, du moins, pas le genre de colère à laquelle j'aurais pu m'attendre de la part d'un homme me détestant assez pour assassiner le seul membre de ma famille qui me reste encore. Et puis cette phrase « tu vas me manquer » le lendemain matin. Il y a quelque chose qui ne colle pas.

C'est inexplicable, sauf si c'était délibéré.

S'il continuait à me torturer.

Je suis tellement confuse que je commence à avoir mal à la tête et j'essuie mes larmes avant de serrer plus fort le volant. Les intentions de Lucas à mon égard n'ont plus d'importance. Je me suis enfuie et je ne peux plus regarder en arrière.

Il faut que j'avance.

CHAPITRE TROIS

❖ LUCAS ❖

Le vendredi matin, je me réveille avec un mal de tête épouvantable qui accentue encore ma rage. J'ai à peine fermé l'œil, Diego et Eduardo m'ont tenu au courant, heure par heure de leurs recherches et il me faut deux cafés avant de reprendre forme humaine.

Rosa entre dans la cuisine au moment où je vais en sortir, elle est en jean au lieu de son costume de bonne traditionnel.

— Oh bonjour Lucas, dit-elle. Justement, je te cherchais.

— Ah bon ? J'essaie de ne pas la regarder trop méchamment. Je m'en veux encore d'avoir eu à décourager le petit penchant qu'elle a pour moi. Ce n'est pas de la faute de Rosa si ma prisonnière s'est échappée et je ne veux pas qu'elle subisse ma mauvaise humeur.

— Le Señor Esguerra dit que je peux aller explorer la ville aujourd'hui si je prends un garde avec moi, dit Rosa en me regardant avec inquiétude. Malgré mes efforts pour garder mon calme elle a dû sentir que j'étais en colère. Est-ce qu'il pourrait y en avoir un de libre ?

Je réfléchis à ce qu'elle me demande. Franchement, la réponse est non. Je veux que tous les gardes qui veillent sur la maison des parents de Nora y restent et il y a un quart d'heure Esguerra m'a envoyé un SMS pour me dire qu'il emmène Nora dans un parc, ce qui signifie qu'il aura besoin d'au moins une douzaine d'hommes.

— Je vais à Chicago aujourd'hui. Après un instant de réflexion, voici ma réponse : j'y ai rendez-vous. Tu peux venir avec moi si ça ne te dérange pas d'attendre un peu. Ensuite, je t'emmènerai où tu voudras et après le déjeuner il y aura quelqu'un d'autre pour me remplacer, si tu veux encore rester en ville.

— Oh, je… La peau bronzée de Rosa se met à rougir et ses yeux brillent d'excitation. Tu es sûr que ça ne te dérange pas ? Je n'ai pas besoin d'y aller aujourd'hui si…

— Non, ça va. Je me souviens que mercredi la jeune fille m'a dit qu'elle n'était encore jamais allée aux États-

Unis. Je suis certain que tu es impatiente de voir la ville et ça ne me dérange pas.

Peut-être que sa compagnie me permettra de ne pas penser à Yulia et d'oublier que ma prisonnière est toujours en fuite.

* * *

Rosa bavarde sans interruption sur la route de Chicago et me raconte toutes les anecdotes qu'elle a lues en ligne sur la ville.

— Et tu savais qu'elle s'appelle la ville du vent à cause des hommes politiques qui ne vendent que du vent ? dit-elle quand je m'engage dans West Adam Street dans le centre-ville et que j'entre dans le parking souterrain d'un gratte-ciel de verre et d'acier. En fait, ça n'a rien à voir avec le vent qui souffle du lac. C'est dingue, non ?

— Oui, c'est incroyable, dis-je l'air absent en jetant un coup d'œil au téléphone quand nous sortons de la voiture. Je suis déçu, il n'y a pas de nouvelles de Diego. En remettant le téléphone dans ma poche, je contourne la voiture et j'ouvre la portière pour Rosa.

— Viens, lui dis-je. J'ai déjà cinq minutes de retard.

Rosa se dépêche derrière moi quand je me dirige vers l'ascenseur. Elle marche deux fois plus vite que moi et je ne peux m'empêcher de comparer sa démarche saccadée avec les enjambées gracieuses de Yulia qui a de si longues jambes. La bonne n'est pas aussi petite que la femme d'Esguerra, mais elle ne semble vraiment pas grande, surtout depuis que je me suis habitué à Yulia qui a une taille mannequin.

Putain, arrête de penser à elle. Mes mains se serrent dans ma poche alors que j'attends l'arrivée de l'ascenseur en prêtant une oreille distraite à Rosa qui me parle du Magnificent Mile. L'espionne est comme une écharde sous ma peau. En dépit de tous mes efforts, je ne pense à rien d'autre. Sans pouvoir m'en empêcher, je sors mon téléphone pour y jeter un nouveau coup d'œil.

Toujours rien.

— Alors, c'est quoi ce rendez-vous ? demande Rosa et je m'aperçois qu'elle me fixe en attendant ma réponse. C'est pour le Señor Esguerra ?

— Non, dis-je en remettant le téléphone dans ma poche ; c'est personnel.

— Ah bon. Elle semble vexée par le laconisme de ma réponse et je pousse un soupir en me souvenant qu'elle ne doit pas subir les effets de ma frustration. Elle n'a rien à voir avec Yulia et toute cette situation merdique.

— J'ai rendez-vous avec mon gestionnaire de portefeuille, dis-je au moment où s'ouvre la porte de l'ascenseur. J'ai juste besoin de savoir où en sont mes investissements.

— Ah, je vois dit Rosa en souriant tandis que nous entrons dans l'ascenseur. Tu as investi, comme le Señor Esguerra.

— Oui. J'appuie sur le bouton du dernier étage. Ce type est aussi son gestionnaire.

Fait tout en verre et en acier, l'ascenseur s'élance vers le haut, et en moins d'une minute nous arrivons dans un hall élégant et moderne.

Pour un type de vingt-six ans né dans un HLM, Jared Winters n'a pas à se plaindre.

Sa réceptionniste, une Japonaise mince dont il serait difficile de deviner l'âge se lève à notre arrivée.

— Mr Kent, dit-elle en me souriant poliment. Asseyez-vous, je vous en prie. Mr Winters sera à vous dans une minute. Puis-je vous offrir quelque chose à boire ainsi qu'à votre compagne ?

— Rien pour moi, merci. Je jette un coup d'œil à Rosa ; tu voudrais quelque chose ?

— Hum, non, merci, ça va. Elle ne quitte pas des yeux la baie vitrée et la ville qui s'étend sous nos pieds.

Avant que je n'aie le temps de m'asseoir sur l'un des fauteuils près de la fenêtre, un grand homme brun sort du bureau et vient vers moi.

— Désolé de vous avoir fait attendre, dit Winters en me tendant la main. Ses yeux verts brillent froidement derrière des lunettes sans monture. Je terminais juste un appel.

— Pas de souci, nous aussi nous sommes un peu en retard.

Il sourit et je le vois jeter un coup d'œil à Rosa qui est restée debout, elle semble absolument fascinée par la vue.

— Votre petite amie, j'imagine ? dit Winters à voix basse et je sursaute de surprise à cette question personnelle.

— Non, dis-je en le suivant en direction de son bureau. J'en ai la responsabilité pendant deux ou trois heures.

— Ah bon. Winters n'ajoute rien, mais au moment où nous entrons dans son bureau je m'aperçois qu'il jette un nouveau coup d'œil à Rosa, comme s'il ne pouvait s'en empêcher.

CHAPITRE QUATRE

❖ YULIA ❖

— Yulia Tzakova ?

Ma gorge se noue et instinctivement ma main se resserre autour du couteau caché dans mon jean.

Un homme brun se tient devant moi. Il est parfaitement banal ; même ses lunettes de soleil et sa casquette sont ordinaires. Cela pourrait être n'importe qui dans la foule du marché de Villavicencio, mais ce n'est pas le cas.

C'est le contact d'Obenko au Venezuela.

— Oui, dis-je sans lâcher le couteau. Vous êtes Contreras ?

Il hoche la tête.

— Suivez-moi, je vous prie, dit-il en russe avec un accent espagnol.

Je lâche le manche du couteau et je le suis à travers la foule. Moi aussi je porte une casquette et des lunettes de soleil, je les ai volées en chemin dans une autre station-service, mais j'ai quand même l'impression qu'on va me montrer du doigt en hurlant « C'est elle ! C'est l'espionne recherchée par les hommes d'Esguerra ! »

Mais à mon grand soulagement, personne ne semble vraiment faire attention à moi. En plus de la casquette et des lunettes de soleil, j'ai acheté un grand tee-shirt et un jean très large dans la même station-service. Avec ces vêtements informes et mes cheveux cachés par la casquette, je ressemble davantage à un adolescent qu'à une femme.

Contreras me guide vers une banale camionnette bleue garée au coin de la rue.

— Où est le véhicule qui vous a permis de venir jusqu'ici ? demande-t-il quand je monte à l'arrière.

— Je l'ai laissé à une douzaine de rues d'ici, selon les instructions d'Obenko, dis-je. Depuis notre premier contact à Miraflores, j'ai parlé deux fois avec mon patron, il m'a indiqué où se trouverait le rendez-vous et donné ses ordres sur la procédure à suivre. Je ne pense pas avoir été suivie.

— Peut-être pas, cependant, il faut que nous vous exfiltrions de Colombie dans les prochaines heures, me dit Contreras en démarrant. Esguerra a étendu son périmètre de recherche. Votre photo est déjà signalée à tous les postes-frontière.

— Alors comment allez-vous me faire sortir ?

— Il y a un grand bidon à l'arrière, dit Contreras en prenant la route. Et l'un des douaniers me doit un service. Avec un peu de chance, ça devrait suffire.

Je hoche la tête en sentant l'air froid de la climatisation sur mon visage en sueur. J'ai conduit toute la nuit en ne m'arrêtant que pour voler une autre voiture et trouvé des vêtements et, je suis épuisée. Sur la route à chaque instant je m'attendais à entendre le vrombissement d'un hélicoptère et le hurlement des sirènes. C'est un véritable miracle que je sois arrivée là sans encombre et je sais que la chance peut tourner d'un moment à l'autre.

Et pourtant même la peur ne peut rien contre mon épuisement. Alors que la camionnette de Contreras s'engage sur l'autoroute en direction du nord, je sens mes paupières se fermer et je ne résiste pas au sommeil qui m'engourdit.

Je n'ai besoin que de m'assoupir quelques minutes et ensuite je pourrais faire face à ce qui m'attend.

* * *

— Réveillez-vous, Yulia.

L'ordre que me chuchote Contreras m'arrache à un rêve dans lequel je regarde un film avec Lucas. J'ouvre brusquement les yeux en m'asseyant et en faisant rapidement le point.

C'est déjà le crépuscule et la circulation semble au point mort.

— Où sommes-nous ? Qu'est-ce que c'est que ça ?

— Un barrage de police dit sèchement Contreras. Toutes les voitures sont fouillées. Cachez-vous immédiatement dans le bidon.

— Votre douanier n'est pas…

— Non, nous sommes encore à vingt kilomètres de la frontière vénézuélienne. Je ne sais pas ce qui se passe, mais ça n'est pas bon signe.

Merde ! Je détache ma ceinture et je rampe de l'autre côté d'une petite vitre à l'arrière de la camionnette. Comme l'a dit Contreras, j'y trouve un bidon, mais il a l'air trop petit pour s'y cacher. Un enfant pourrait y arriver, mais pas une femme de ma taille.

Et pourtant dans un tour de magie on fait rentrer n'importe qui dans quelque chose qui a l'air trop petit pour ça. C'est le secret de la femme coupée en deux, quelqu'un de souple fait le torse et quelqu'un d'autre les jambes.

Je ne suis pas aussi souple que l'assistante d'un magicien, mais je suis beaucoup plus motivée.

Après avoir ouvert le bidon, je me couche sur le dos et je replie les jambes pour essayer de refermer le couvercle sur ma tête. Après deux ou trois minutes sans y arriver je me rends compte que ça sera impossible : mes genoux dépassent au moins de quinze centimètres.

Pourquoi Contreras a-t-il pris un aussi petit bidon ? Il suffirait de quelques centimètres de plus et j'y arriverai.

La camionnette redémarre et je m'aperçois que nous approchons du barrage de police. Les portes arrière de la camionnette vont s'ouvrir d'un instant à l'autre et l'on va me découvrir.

Il faut absolument que je me cache dans ce putain de bidon.

En grinçant des dents, je me tourne sur le côté en essayant de coincer mes genoux entre ma poitrine et la paroi du bidon. Comme ils ne tiennent pas dans un espace aussi petit, je retiens mon souffle et j'essaie de nouveau sans tenir compte de mes rotules qui me font mal quand je les heurte contre le bord de métal. Tout en continuant à me débattre, j'entends le ton monter en espagnol et je sens que la camionnette s'arrête de nouveau.

Nous sommes arrivés au barrage.

Dans tous mes états, je me tourne et attrape le couvercle de la caisse, je le tire sur moi d'une main.

Il y a des pas, suivis par des voix à l'arrière de la camionnette.

Ils vont ouvrir les portes.

Le cœur battant, je me roule en boule en écrasant mes seins contre mes genoux. Malgré l'effet anesthésiant de l'adrénaline, mon corps hurle de douleur dans cette position impossible.

Le couvercle se referme sur le bidon et les portes de la camionnette s'ouvrent.

CHAPITRE CINQ

❖ LUCAS ❖

Mon rendez-vous avec Winters prend moins d'une heure. Nous passons en revue mes investissements et nous discutons de la conduite à tenir étant donné les dernières secousses du marché. Depuis que Jared Winters gère mon portefeuille, il l'a multiplié par trois, il dépasse maintenant les douze millions, si bien que je ne m'inquiète pas vraiment s'il liquide l'essentiel de mes actions et se prépare à vendre des valeurs technologiques bien cotées jusqu'ici.

— Son PDG est sur le point d'avoir de graves ennuis avec la justice, explique Winters et je ne prends pas la peine de lui demander comment il le sait. Le délit d'initiés est peut-être illégal, mais nos contacts à la commission boursière permettent aux fonds de Winters de passer à travers les mailles du filet.

— On parle de quelle somme ? Demandé-je.

— Sept millions, répond Winters. La situation va mal tourner.

— D'accord, dis-je. Allez-y.

Sept millions, ce n'est pas négligeable, mais si les valeurs technologiques s'effondrent autant que le pense Winters on pourrait encore multiplier mes résultats par trois ou même davantage.

Nous passons encore en revue d'autres opérations boursières puis Winters me raccompagne à l'accueil où Rosa lit un magazine.

— On y va ? Elle hoche la tête en guise de réponse.

Elle se lève, repose le magazine sur la table basse et nous adresse un grand sourire à tous les deux.

— Tout à fait.

— Encore merci, dis-je en me retournant pour serrer la main de Winters, mais ce n'est pas moi qu'il regarde.

Il fixe Rosa des yeux, ses yeux verts ont une expression étrange.

— Winters ? Je l'interroge d'un air amusé.

Il la quitte alors du regard.

— Oh oui. Avec plaisir, marmonne-t-il en me serrant la main, et avant que je ne puisse ajouter un mot, il se précipite dans son bureau dont il referme la porte derrière lui.

* * *

Comme je l'ai promis à Rosa, après ce rendez-vous je l'emmène faire des courses dans le Magnificent Mile qu'on appelle aussi Michigan Avenue. Tandis qu'elle essaie des robes dans un grand magasin, je m'assieds à côté de la cabine d'essayage et je vérifie une fois de plus si j'ai de nouveaux messages. Cette fois-ci, il y a un petit mot de Diego.

Le camion volé a été localisé dans une station-service près de Granada. Pas d'autres véhicules volés pour l'instant. Selon vos instructions, barrages de police en place sur toutes les grandes artères.

Je remets le téléphone dans ma poche, la frustration et la colère me nouent le ventre. On n'a toujours pas retrouvé Yulia et elle pourrait bien être déjà dans un autre pays. Il est évident qu'elle a pris contact avec son agence et s'ils se débrouillent bien il est tout à fait possible qu'ils soient parvenus à l'exfiltrer.

Si ça se trouve, elle est déjà à bord d'un avion et va rejoindre son amant.

— Qu'est-ce que tu en penses ? demande Rosa, et je me retourne pour voir qu'elle est sortie de la cabine d'essayage et qu'elle porte une courte robe jaune très moulante.

— C'est joli, dis-je machinalement. Tu devrais la prendre. Objectivement, je vois bien que cette robe lui va bien, mais en ce moment la seule chose qui m'occupe l'esprit c'est que Yulia va rejoindre Misha… le seul homme qu'elle aime.

— D'accord ! Rosa m'adresse un grand sourire. Je la prends !

Elle retourne dans la cabine et je reprends mon téléphone pour me dépêcher d'envoyer un message aux hackers qui enquêtent sur UUR.

Même si Yulia est parvenue à s'enfuir, elle ne va pas rester longtemps en liberté.

Je ferai n'importe quoi pour la retrouver et elle ne pourra plus jamais m'échapper.

CHAPITRE SIX

❖ YULIA ❖

— Désolé de vous avoir infligé ça, dit Contreras en soulevant le couvercle du bidon. Je ne m'attendais pas à ce que vous soyez aussi grande. Je suis content que vous ayez pu y tenir.

Je pousse un gémissement quand il me tire de là, j'ai des crampes après avoir passé une heure dans ce minuscule bidon. Mes genoux ne sont plus qu'un seul bleu et ma colonne vertébrale me fait mal tant elle a été coincée contre les parois du bidon. Mais je suis en vie et j'ai traversé la frontière vénézuélienne, donc ça en valait la peine.

— Ce n'est pas grave, dis-je en faisant un demi-tour de tête. Mon cou me fait mal tellement qu'il est raide, mais après un bon massage ça ira. La police et les douaniers n'y ont vu que du feu. Ils n'ont même pas eu l'idée de regarder ce qu'il y avait dans le bidon.

Contreras hoche la tête.

— C'est pourquoi je l'ai choisi. Il semble trop petit afin que quelqu'un puisse s'y cacher, mais quand on le veut vraiment… Il hausse les épaules.

— Ouais. Je tourne de nouveau la tête en demi-cercle pour essayer de réveiller mes muscles. Et maintenant qu'est-ce qu'on fait ?

— Maintenant, on vous met dans l'avion. Obenko a déjà tout arrangé. Et demain, vous devriez être à Kiev, saine et sauve.

* * *

Nous ne mettons qu'une heure de route pour rejoindre le petit terrain d'aviation et, nous nous arrêtons à côté d'un vieil appareil.

— Nous y voilà ! dit Contreras. À partir de maintenant, les vôtres vont prendre le relais.

— Merci, dis-je et il hoche la tête lorsque j'ouvre la portière.

— Bonne chance ! dit-il en russe avec son accent espagnol et je lui souris avant de sauter de la camionnette et de me hâter vers l'avion.

Tandis que je monte les marches de la passerelle, un homme d'âge moyen en sort et me bloque le passage.

— Code ? Dit-il la main sur la gâchette.

Après un coup d'œil prudent vers son arme je lui donne mon numéro d'identification. Techniquement, m'éliminer équivaudrait à me soustraire aux hommes d'Esguerra ; je ne pourrai plus divulguer aucun autre secret d'UUR. En fait, ce serait une meilleure solution…

Avant que mon esprit n'ait le temps de poursuivre dans cette direction, l'homme baisse la main et s'écarte pour me laisser monter à bord.

— Bienvenue, Yulia Borisovna, dit-il en se servant de mon véritable patronyme, nous sommes heureux que vous vous en soyez tirée.

CHAPITRE SEPT

❖ LUCAS ❖

À partir de samedi matin, je suis convaincu que Yulia doit être de retour en Ukraine. Diego et Eduardo ont pu suivre ses traces jusqu'au Venezuela, mais ensuite elle a disparu.

— Je pense qu'elle a quitté le pays, dit Eduardo quand je l'appelle pour avoir des nouvelles. Un avion privé enregistré dans une société-écran a soumis un plan de vol pour Mexico, mais il ne semble pas y avoir atterri. Ce devait être ses acolytes et si c'est le cas elle est bien partie.

— Ce n'est pas encore prouvé. Continuez les recherches, leur dis-je tout en sachant qu'il a vraisemblablement raison.

Yulia s'est enfuie et pour avoir le moindre espoir de la reprendre il faut élargir le champ d'action et faire appel à certains de nos contacts à l'étranger.

Je me demande s'il faut informer Esguerra de tout cela, mais je décide d'attendre dimanche. Aujourd'hui, c'est le vingtième anniversaire de sa femme et je sais qu'il n'est pas d'humeur à être dérangé. La seule chose qui compte pour mon patron c'est de donner à Nora tout ce qu'elle désire, y compris une visite dans un night-club à la mode au centre de Chicago.

— Vous vous rendez compte que ce sera un vrai cauchemar de sécuriser cet endroit n'est-ce pas ? Lui dis-je quand il me parle de cette sortie au déjeuner. Il y aura trop de monde. Et un samedi soir…

— Oui, je sais, répond Esguerra. Mais c'est ce que Nora m'a demandé, nous devons donc trouver un moyen d'y arriver.

Nous passons les deux heures qui suivent à examiner le plan du night-club et à décider où poster tous nos gardes. Il est peu vraisemblable que les ennemis d'Esguerra en entendent parler puisque ça s'est décidé au dernier moment, mais nous décidons quand même de mettre des tireurs d'élite en position sur les bâtiments des alentours et d'avoir d'autres gardes dans tout le quartier. Mon rôle consistera à rester dans la voiture et à conserver un œil sur l'entrée du night-club au cas où un danger surviendrait de ce côté. Nous préparons également un plan pour assurer la sécurité au restaurant où Esguerra et sa femme iront dîner avant de se rendre au night-club.

— Oh, j'allais oublier, dit Esguerra au moment de terminer. Nora veut que Rosa se joigne à nous au night-club. Tu pourras demander à l'un des gardes de l'y emmener ?

— Oui, je crois, dis-je après un moment de réflexion. Thomas peut l'y conduire avant de prendre position au bout de la rue.

— C'est parfait. Esguerra se lève. À ce soir.

Il sort de la pièce et je vais dehors pour transmettre mes consignes aux gardes.

* * *

Le dîner d'Esguerra se passe sans encombre et ensuite je le conduis avec Nora au night-club. Rosa les y attend déjà, elle porte la robe jaune qu'elle a achetée avec moi. Dès que Nora sort de la voiture, Rosa court vers elle et j'entends les deux jeunes femmes parler avec animation en entrant dans la boîte de nuit. Esguerra les suit, il semble légèrement amusé, et je reste dans la voiture en me préparant pour une longue soirée bien ennuyeuse.

Environ une heure plus tard tandis que je mange un sandwich que j'avais apporté je vérifie mes messages. Je suis soulagé de voir qu'il y a des nouvelles des hackers.

Nous avons finalement réussi à franchir les pare-feu du gouvernement ukrainien et à déchiffrer certains dossiers. UUR est l'acronyme de Ukrainskoye

Upravleniye Razvedki c'est-à-dire approximativement « Services Secrets Ukrainiens ». C'est un groupe d'espionnage clandestin établi en raison de la corruption de la principale agence d'espionnage, il a des liens étroits avec la Russie. Nous essayons maintenant de décoder un message qui pourrait nous mener à deux agents en activité et à un bureau à Kiev.

Avec un sombre sourire, j'écris ma réponse et je remets le téléphone dans ma poche. Ce n'est plus qu'une question de temps, l'organisation de Yulia va disparaître. Et quand ça sera fait elle n'aura plus nulle part où aller, plus personne pour l'aider.

Plus d'amants à retrouver.

Je serre les dents et je ressens une violente jalousie me transpercer. Yulia pourrait déjà être avec lui, avec son Misha. Il pourrait même la tenir dans ses bras à l'instant même.

Il pourrait même être en train de la baiser.

Cette pensée me rend fou furieux. S'il était devant moi maintenant, je le tuerais de mes mains et j'obligerais Yulia à y assister. Ce serait sa punition pour sa dernière trahison.

Le son et la vibration de mon téléphone interrompent mes idées de vengeance. Je l'attrape, et en lisant le message d'Esguerra mon sang se glace.

Nora et Rosa ont été attaquées, dit le message. Rosa a été enlevée. Je pars à sa poursuite. Préviens les autres.

CHAPITRE HUIT

❖ YULIA ❖

L'odeur familière des gaz d'échappement et du lilas emplit mes narines tandis que la voiture se faufile dans les rues animées de Kiev. Je n'ai jamais vu celui qu'Obenko a envoyé me prendre à l'aéroport et il ne parle pas beaucoup, ce qui me permet de regarder la ville où j'ai vécu et suivi ma formation pendant cinq ans.

— Nous n'allons pas à l'Institut ? Je pose cette question au chauffeur quand la voiture prend une direction inattendue.

— Non, répond l'homme. Je vais vous mettre à l'abri.

— Obenko y sera ?

Le chauffeur hoche la tête.

— Il vous attend.

— Parfait. Je respire profondément pour calmer mes nerfs. Je devrais être soulagée d'être ici, mais à la place je suis tendue et anxieuse. Et ce n'est pas seulement parce que j'ai merdé et mis l'organisation en péril. Obenko n'est pas tendre quand on échoue, mais le fait qu'il m'ait exfiltrée de Colombie au lieu de me tuer me rassure à ce sujet.

Non, la principale source de mon anxiété est le vide que je sens en moi, une souffrance qui s'amplifie avec chaque heure passée loin de Lucas. J'ai l'impression d'être en manque, sauf que ça voudrait dire que Lucas est ma drogue et ça, je refuse de l'accepter.

Ce que j'ai commencé de ressentir pour mon geôlier disparaîtra. Il le faut, parce qu'il n'y a pas d'autre alternative.

Lucas et moi c'est fini pour de bon.

— Nous y sommes, dit le chauffeur en s'arrêtant devant un immeuble modeste de quatre étages. Il ressemble à tous les autres immeubles du voisinage : vieux, en mauvais état, la façade couverte du plâtre jaunâtre de l'ère soviétique. Ici on sent davantage le parfum des lilas, il vient d'un parc qui se trouve de l'autre côté de la rue. Dans n'importe quelle autre circonstance, j'aurais aimé sentir ce parfum que j'associe au printemps, mais aujourd'hui il me rappelle la jungle que j'ai laissée derrière moi et donc celui qui m'y retenait prisonnière.

Le chauffeur gare la voiture le long du trottoir et me conduit dans l'immeuble. Il faut prendre un escalier, la montée d'escalier est aussi délabrée que l'extérieur du bâtiment. Au premier étage j'entends crier et je sens une odeur d'urine et de vomi.

— Qui sont les gens du premier étage ? Je pose cette question en arrivant devant un appartement du second. Ils ne font pas partie de l'organisation ?

— Non, ils passent trop de temps à se soûler pour s'occuper de nous.

Je n'ai pas le temps de poser d'autres questions parce que la porte s'ouvre et je vois un homme aux cheveux noirs dans l'embrasure. Son grand front est plissé et la tension fait grimacer ses lèvres minces.

— Entrez, Yulia, dit Vasiliy Obenko en reculant pour me laisser entrer. Nous avons beaucoup de choses à nous dire.

* * *

Pendant les deux heures suivantes, je subis un interrogatoire aussi pénible que tout ce que j'ai pu endurer dans la prison russe. En plus d'Obenko il y a deux agents haut placés d'UUR, Sokov et Matyenko. Comme mon patron ils ont la quarantaine et des années d'entraînement ont aguerri leur corps pour en faire des armes redoutables. Ils sont assis tous les trois en face de moi derrière la table de la cuisine et ils me posent des questions à tour de rôle. Ils veulent tout savoir, des détails de mon évasion aux informations que j'ai précisément données à Lucas à propos d'UUR.

— Je ne comprends toujours pas comment il est parvenu à vous faire parler, dit Obenko quand j'ai fini de raconter mon histoire. Comment savait-il ce qui s'est passé avec Kirill ?

Mon visage brûle de honte.

— Il l'a su à cause d'un cauchemar que j'ai fait. Et à cause des confidences que j'ai faites ensuite à Lucas, mais je ne le dis pas. Je ne veux pas que mon patron sache qu'il avait raison à mon sujet depuis le début, que pour les choses importantes je ne pouvais contrôler mes émotions.

— Et dans ce cauchemar vous… vous avez parlé de votre entraîneur ? C'est Sokov qui me pose cette question, la dureté de son expression montre clairement qu'il ne croit pas mon histoire. Vous avez l'habitude de parler en dormant, Yulia Borisovna ?

— Non, mais les circonstances n'étaient pas vraiment *habituelles*. Je fais de mon mieux pour ne pas sembler être sur la défensive. J'étais prisonnière et placée dans des situations qui ont déclenché quelque chose chez moi, qui déclencheraient quelque chose chez n'importe quelle femme ayant subi une agression.

— Et quelles étaient exactement ces situations ? Matyenko m'interrompt. Vous ne semblez pas avoir été particulièrement maltraitée.

Je réprime une réponse pleine de colère.

— Je n'ai pas été physiquement torturée ou privée de nourriture, je vous l'ai déjà dit. Ma réponse est prononcée d'une voix calme. Les méthodes de Kent étaient plutôt d'ordre psychologique. Eh oui, c'était en grande partie dû au fait que je lui plaisais. D'où le déclenchement de ces cauchemars.

Les deux agents échangent des regards et Obenko me regarde en fronçant les sourcils.

— Alors il vous a violée et c'est ce qui a déclenché ces cauchemars ?

— Il… Ma gorge se serre au souvenir de la réaction incontrôlable de mon corps dans les bras de Lucas. C'était l'ensemble de la situation. Je ne l'ai pas bien maîtrisée.

De nouveau, les agents se regardent puis Matyenko dit :

— Parlez-nous davantage de la femme qui vous a aidée à vous enfuir. Vous avez dit qu'elle s'appelait comment ?

Faisant appel à tout ce que j'ai de patience je raconte mes rencontres avec Rosa pour la troisième fois. Après ça Sokov me demande de raconter de nouveau mon évasion, minute par minute, puis, Matyenko m'interroge sur l'organisation du système de sécurité du domaine d'Esguerra.

— Écoutez, leur dis-je après une autre heure d'interrogatoire ininterrompu, je vous ai dit tout ce que je sais. Quoi que vous pensiez de moi, l'agence est vraiment menacée. L'organisation d'Esguerra a déjà démantelé des réseaux entiers de terroristes, et ils sont à nos trousses. Si vous avez prévu des mesures d'urgence, c'est le moment de les appliquer. Mettez-vous en sécurité, vous et vos familles.

Obenko m'examine un moment puis hoche la tête.

— On a fini pour aujourd'hui, dit-il en se tournant vers les deux autres. Yulia est fatiguée après ce long voyage. Nous reprendrons demain.

Les deux hommes s'en vont et je m'écroule sur la chaise, me sentant encore plus vide qu'avant.

CHAPITRE NEUF

❖ LUCAS ❖

Dès que j'ai lu le SMS d'Esguerra, j'envoie un message radio aux gardes et j'ordonne à la moitié d'entre eux d'aller à la boîte de nuit. Aucun n'a remarqué quoi que ce soit de suspect, ce qui signifie que la menace, quelle que soit la forme qu'elle ait prise, est venue de l'intérieur du night-club et pas de l'extérieur comme on aurait pu s'y attendre. Au moment où je me hâte à l'intérieur, je reçois un autre message d'Esguerra :

Repris Rosa. Suivre le 4x4 blanc.

Immédiatement, je préviens les gardes de le faire et c'est alors que je reçois un nouveau message :

Amène la voiture dans l'allée située derrière.

Je démarre et me précipite à toute vitesse autour du pâté de maisons au risque de renverser deux ou trois piétons. L'allée qui se trouve derrière la boîte de nuit est sombre et pue les ordures et l'urine, mais j'ai à peine le temps de m'en rendre compte. Je descends de voiture quand j'apprends que mes hommes ont repéré le 4x4 et le suivent. Je vais leur donner de nouvelles instructions quand la porte de la boîte de nuit s'ouvre et que Nora en sort, tenant Rosa dans ses bras. Esguerra les suit, le visage grimaçant de rage. À la lumière des phares qui illumine leurs visages, je comprends pourquoi.

Les deux femmes sont tremblantes, le visage pâle et couvert de larmes. Mais c'est l'état de Rosa qui me rend fou. Sa robe jaune vif est déchirée, tachée de sang et un côté de son visage est terriblement tuméfié.

La jeune fille vient d'être violemment agressée, exactement comme Yulia il y a sept ans.

Un nuage pourpre m'empêche de voir. Je sais que ma réaction est disproportionnée, je connais à peine Rosa, mais je ne peux pas m'en empêcher. Je vois une jeune fille vulnérable de quinze ans dont le corps mince a été martyrisé, elle saigne, et en voyant la honte et le désespoir sur le visage de Rosa, savoir que Yulia a subi le même sort me donne envie de vomir.

— Quels salauds ! Ma voix est pleine de rage. Je contourne la voiture pour ouvrir la portière. Ces putains de salauds. Ils vont mourir, putain !

— Oui, ils vont mourir, dit sombrement Esguerra, mais je ne l'écoute pas. Tendant les mains vers Rosa je la prends doucement des bras de Nora. La femme d'Esguerra ne semble pas aussi mal en point, mais elle est visiblement bouleversée. Rosa sanglote tandis que je la conduis vers la voiture et je fais de mon mieux pour la traiter avec douceur, pour la réconforter comme je n'ai pas pu réconforter Yulia il y a si longtemps.

Tandis que j'attache sa ceinture, j'entends Esguerra prononcer le nom de sa femme, sa voix est étrangement tendue, et je me retourne pour voir Nora prostrée à côté de la voiture.

Le bébé, je comprends immédiatement en me souvenant qu'elle est enceinte, mais Esguerra la met dans la voiture et hurle au chauffeur d'aller tout de suite à l'hôpital.

* * *

Nous arrivons à l'hôpital en un temps record, mais bien avant qu'Esguerra n'arrive dans la salle d'attente je sais que le bébé n'a pas survécu. Il y avait trop de sang dans la voiture.

— Je suis navré, dis-je en voyant le visage de mon patron. Il est anéanti. Comment va Nora ?

— On a arrêté l'hémorragie. Esguerra parle d'une voix rauque. Elle veut rentrer à la maison, c'est ce qu'on va faire. Et on emmène aussi Rosa.

Je hoche la tête. J'ai dit à l'hôpital que j'étais le petit ami de Rosa, j'ai donc eu régulièrement des nouvelles sur son état. Comme prévu, elle a refusé de faire une déposition et puisque ses blessures ne mettent pas sa vie en danger elle n'a pas besoin de passer la nuit à l'hôpital.

— Entendu, dis-je. Vous vous occupez de votre femme et moi de Rosa.

Esguerra retourne auprès de Nora et je prends contact avec notre équipe de « nettoyeurs » en leur donnant des instructions pour ce qu'ils devront faire du type inanimé qu'ils ont trouvé au night-club. D'après ce que j'ai pu reconstituer selon les explications hystériques de Rosa, elle a été attaquée dans une arrière-salle de la boîte de nuit par deux hommes avec lesquels elle avait dansé auparavant. Nora lui est venue en aide en assommant un troisième type qui gardait la pièce. Esguerra est arrivé in extremis et a tué l'un des agresseurs, mais l'autre avait entraîné Rosa dans sa voiture et en aurait abusé à son tour si Esguerra ne l'avait pas sauvée. C'est lui qui s'est enfui dans le 4x4 dont je recherche actuellement la plaque d'immatriculation.

Quand nous connaîtrons son identité, le chauffeur du 4x4 sera un homme mort.

Après avoir remis mon portable dans ma poche je vais chercher Rosa. En entrant dans sa chambre, je la trouve assise sur son lit en tenue d'infirmière ; le personnel de l'hôpital a dû la lui donner pour remplacer sa robe déchirée. Elle est roulée en boule et son visage est pâle et couvert de bleus. De nouveau, l'image de Yulia me traverse l'esprit et j'ai besoin de reprendre mon souffle pour maîtriser ma rage.

Je m'approche doucement du lit.

— Je suis navré, dis-je à voix basse en la prenant par le coude pour l'aider à se lever. Vraiment navré. Tu peux marcher ou tu préfères que je te porte ?

— Je peux marcher, ça va. Elle parle d'une voix imperceptible, rendue plus aigüe par l'anxiété et en laissant retomber ma main je me rends compte qu'elle ne supporte pas que je la touche.

Évidemment, ça ne va pas, ça n'est pas vrai, mais je ne le lui fais pas remarquer. Je me contente de ralentir pour être à son rythme et je la conduis vers la voiture.

* * *

Une heure après notre arrivée dans la demeure d'Esguerra, mon patron descend au salon où je l'attends pour lui donner les dernières nouvelles.

— Où est Rosa ? demande-t-il. Sa voix est calme, elle ne laisse rien trahir de la peine que je lis dans ses yeux. Il sépare tous les problèmes pour affronter ce qui s'est passé et choisit de se concentrer sur ce qu'il faut faire plutôt que de s'attarder sur l'irrémédiable.

— Elle dort, dis-je en me levant du canapé. Je lui ai donné un somnifère et j'ai fait en sorte qu'elle prenne une douche.

— Bon. Merci. Esguerra traverse la pièce pour venir vers moi. Et maintenant, dis-moi tout.

— L'équipe de « nettoyeurs » s'est occupée du corps et a attrapé le gamin que Nora a assommé dans le hall, dis-je. Ils le gardent en captivité dans un hangar que j'ai loué sur la rive sud.

— Bon. Et la voiture blanche ?

— Nos hommes sont parvenus à la suivre jusqu'à un quartier résidentiel de gratte-ciels du centre-ville. C'est alors qu'elle a disparu dans un garage et ils ont décidé d'arrêter leur poursuite. J'ai déjà retrouvé sa plaque d'immatriculation.

— Et ?

— Et il semblerait que nous ayons un problème, dis-je. Est-ce que le nom de Patrick Sullivan vous dit quelque chose ?

Esguerra fronce des sourcils.

— Ce nom me dit quelque chose, mais je ne sais plus quoi.

— Les Sullivan contrôlent la moitié de la ville, dis-je en relatant ce que je viens d'apprendre de notre plus récent ennemi. Prostitution, drogue, armes, etc. Ils y sont mouillés jusqu'au cou. Patrick Sullivan est le chef de famille et il a tous les hommes politiques ainsi que toute la police de Chicago dans sa poche.

— Ah d'accord ! Esguerra semble s'en souvenir maintenant. Et qu'est-ce que Patrick Sullivan a à voir avec tout ça ?

Je le lui explique :

— Il a deux fils ; ou plutôt il *avait* deux fils. Brian et Sean. Au moment où nous parlons, Brian baigne dans de la soude dans ce hangar que j'ai loué et Sean est le propriétaire du 4x4 blanc.

— Je vois, dit Esguerra et je sais qu'il pense la même chose que moi.

L'identité et les relations des violeurs compliquent les choses, mais elles expliquent également pourquoi ils s'en sont pris à Rosa dans un lieu public. Ils ont l'habitude que leur gangster de père les tire d'affaire et ils n'ont jamais imaginé qu'ils risquaient de se mesurer à quelqu'un d'aussi dangereux que lui.

— Par ailleurs dis-je tandis qu'Esguerra assimile tout ça, le gamin que nous gardons au frais dans le hangar est leur cousin de dix-sept ans, le neveu de Sullivan. Il s'appelle Jimmy. Apparemment, il est proche des deux frères. Ou plutôt il en *était* proche.

Esguerra plisse ses yeux bleus.

— Ont-ils la moindre idée de qui nous sommes ? Auraient-ils pu s'en prendre à Rosa pour m'atteindre personnellement ?

— Non, je ne crois pas. Une nouvelle bouffée de rage me fait serrer la mâchoire. Les frères Sullivan ont un lourd passé avec les femmes. Ils les droguent pour les violer, agressions sexuelles, viols collectifs d'étudiantes, la liste est sans fin. Sans l'intervention de leur père, ils pourriraient déjà en prison.

— Je vois. Esguerra fait froidement la grimace. Eh bien, quand nous en aurons terminé avec eux ils regretteront de ne pas y avoir été.

Je hoche la tête. Dès que j'ai appris pour Patrick Sullivan, j'ai su que nous étions en guerre.

— Dois-je rassembler une équipe de choc ? En lui posant cette question, je sens une impatience que je connais bien. Il y a longtemps que je ne me suis pas battu.

— Non, pas encore, dit Esguerra. Il se retourne et va vers la fenêtre. J'ignore ce qu'il regarde, mais il conserve le silence pendant plus d'une minute avant de se retourner vers moi. Je veux que Nora et ses parents soient au domaine avant que nous ne fassions quoi que ce soit, dit-il. Et je lis la dure résolution sur son visage. Sean Sullivan ne perd rien pour attendre. Pour le moment, nous allons nous concentrer sur le neveu.

— D'accord. J'incline la tête. Je m'en occupe tout de suite.

CHAPITRE DIX

❖ YULIA ❖

La première nuit que je passe dans la maison où je suis cachée est agitée, je me réveille toutes les deux ou trois heures après avoir fait des cauchemars. Je ne me souviens pas des détails précis, mais je sais que Lucas y est, ainsi que mon frère. Les scènes sont floues dans mon esprit, mais je me souviens de quelques bribes, il y a des trains, des lézards, des coups de feu, et en arrière-plan le délicat parfum des lilas.

Vers cinq heures du matin, je renonce à me rendormir. Je me lève, je mets une robe de chambre et je cherche où est la cuisine pour me faire une tasse de thé. Obenko y est, il lit le journal et à mon arrivée il lève ses yeux couleur noisette, le regard vif, malgré l'heure matinale.

— Le décalage horaire ? demande-t-il, et je hoche la tête. Autant expliquer comme ça l'état dans lequel je suis.

— Vous voulez du thé ? Je lui en offre en versant de l'eau dans une bouilloire et en la posant sur la cuisinière.

— Non, merci. Il m'examine et je me demande ce qu'il voit. Une traîtresse ? Une ratée ? Quelqu'un qui est désormais davantage un problème qu'un atout ? Autrefois, ce que mon patron pensait de moi avait de l'importance, je désirais qu'il soit satisfait de moi comme je l'avais désiré avec mes parents, mais maintenant ça m'est bien égal.

Une seule chose compte pour moi ce matin.

— Et mon frère, dis-je en m'asseyant après m'être fait une tasse d'Earl Grey. Comment va-t-il ? Où se trouve la famille de votre sœur maintenant ?

— Ils sont en sécurité. Obenko replie son journal. Nous les avons fait déménager.

— Avez-vous de nouvelles photos à me montrer ? Je lui pose la question en essayant de ne pas avoir l'air trop anxieuse.

— Non. Obenko pousse un soupir. Nous pensions que vous aviez disparu, et quand vous nous avez contactés ce n'était pas vraiment la priorité de prendre des photos, j'en ai peur.

Pour cacher ma déception, j'avale une gorgée de thé brûlant.

— Je vois.

Obenko pousse un nouveau soupir.

— Yulia… ça fait onze ans. Il faut oublier Misha. Votre frère a une vie sans vous.

— Je sais bien, mais je ne pense pas que quelques photos de temps en temps soient trop vous demander. Le ton de ma voix est plus dur que je ne le souhaitais. Ce n'est pas comme si je vous demandais de le voir… Je m'arrête à cette idée. Eh bien, en fait puisque vous n'avez pas de photos, je pourrais peut-être le voir de loin, dis-je en sentant mon pouls s'accélérer sous l'effet de l'excitation. Je pourrais prendre des jumelles ou un télescope. Il n'en saurait rien.

Le regard d'Obenko se durcit.

— Nous en avons déjà parlé, Yulia. Vous savez pourquoi vous ne pouvez pas le voir.

— Parce que ça intensifierait l'attachement irrationnel que je ressens pour lui, dis-je en répétant ses propres mots. Oui, je sais que c'est ce que vous m'avez dit, mais je ne suis pas d'accord. J'aurais pu mourir en prison en Russie ou être torturée à mort par Esguerra. Le fait que je sois encore ici aujourd'hui…

— N'a rien à voir avec Misha ni avec l'accord que nous avons passé il y a onze ans, dit Obenko. Vous avez merdé dans cette mission. À cause de vous, votre frère a dû être déraciné, il a fallu le changer d'école, il a dû abandonner ses amis. Ce n'est pas le moment d'avoir des exigences.

Mes doigts se resserrent autour de ma tasse.

— Ce ne sont pas des exigences, dis-je d'un ton calme. C'est une question. Je sais que c'est de ma faute si nous sommes dans cette situation, et j'en suis désolée. Mais je ne vois pas le rapport. J'ai passé six ans à Moscou à faire exactement tout ce que vous vouliez. Je vous ai fourni beaucoup de renseignements utiles. Tout ce que je vous demande en échange est de voir mon frère de loin. Je ne m'approcherai pas de lui, je ne lui adresserai pas la parole, je me contenterai de le regarder. Pourquoi est-ce que ça pose problème ?

Obenko se lève.

— Buvez votre thé, Yulia, dit-il sans répondre à ma question. Il y aura une autre séance de débriefing à onze heures.

CHAPITRE ONZE

❖ LUCAS ❖

Je passe la nuit à assurer la coordination avec l'équipe des « nettoyeurs » et à préparer notre départ. S'il y a quelque chose de positif dans ce désastre, c'est que nous allons rentrer plus tôt que prévu et que bientôt je pourrai rechercher Yulia sans être préoccupé par une autre tâche.

Mais d'abord, il faut régler la situation ici.

Je commence par préparer un petit déjeuner pour Rosa qui n'est pas sortie de sa chambre ce matin. Au départ, je suis tenté de lui faire un sandwich, mais je décide de tenter ma chance et de lui faire une omelette comme celles que Yulia préparait devant moi. Après deux tentatives, je réussis quelque chose qui ressemble aux plats délicieux de Yulia. Et ça n'est pas mauvais du tout, je m'en aperçois en la goûtant avant de mettre la moitié de l'omelette sur une assiette pour l'apporter à Rosa.

Tenant l'assiette d'une main je frappe à la porte de Rosa. Après deux ou trois minutes, j'entends des pas et elle vient ouvrir. Elle porte un long tee-shirt informe et à mon grand soulagement ses yeux sont secs, mais les contusions sur son visage sont encore pires qu'hier.

— Salut, dis-je avec un sourire contraint. J'ai fait une omelette. Tu en veux ?

Elle cligne des yeux d'un air surpris.

— Oh, bien sûr, merci. Elle prend l'assiette et y jette un coup d'œil. Mais ça a l'air délicieux, merci, Lucas.

— Avec plaisir. J'examine ses blessures et leur vue me noue le ventre. Comment te sens-tu ?

Elle rougit et détourne les yeux.

— Bien.

— Entendu. Je comprends qu'elle souhaite rester seule et je lui dis : si tu as besoin de quoi que ce soit, dis-le-moi. Et je retourne à la cuisine.

J'ai besoin de déjeuner à mon tour avant de m'attaquer à la tâche suivante.

* * *

Quand Esguerra sort de chez lui, tout est prêt.

— J'ai amené le cousin ici, dis-je quand mon patron sort dans l'allée. J'ai pensé que vous n'auriez pas envie d'aller à Chicago aujourd'hui.

— Parfait. Une lueur sombre brille dans le regard d'Esguerra. Où est-il ?

— Dans cette camionnette. Je montre du doigt une camionnette noire garée derrière les arbres, le plus loin possible des voisins.

Nous y allons ensemble et Esguerra me demande :

— Est-ce qu'il a commencé à parler ?

— Il nous a donné le code d'accès du garage de son cousin et des ascenseurs de l'immeuble, dis-je. Le faire parler n'a pas été difficile. J'ai pensé vous laisser le reste de l'interrogatoire au cas où vous voudriez lui parler en personne.

— Tu as bien fait. C'est exactement ce que je souhaite. En s'approchant de la camionnette, Esguerra ouvre la portière arrière et jette un coup d'œil à l'intérieur qui est dans l'obscurité.

Je sais ce qu'il voit : un adolescent maigre qui est bâillonné et dont les pieds et les mains sont ligotés derrière le dos. C'est le troisième type de la bande, celui que Nora a assommé hier. Deux des gardes l'ont déjà cuisiné et maintenant il est prêt pour Esguerra.

Mon patron ne perd pas de temps. Il monte dans la camionnette, se retourne vers moi et demande :

— Il est insonorisé ?

Je hoche la tête.

— À environ 90 %. Je sens l'odeur d'urine et de sueur à l'intérieur et je sais qu'elles seront bientôt noyées par la puanteur métallique du sang.

— Bon, dit Esguerra, ça devrait suffire.

Il referme les portières de la camionnette et s'enferme avec le garçon. Une minute plus tard, les plaintes et les hurlements de sa victime me parviennent. Je m'efforce de ne pas les entendre et je laisse Esguerra s'amuser tout en lisant le dernier rapport que j'ai reçu de Diego et d'Eduardo. Ils ont retrouvé la trace d'un avion privé qui a atterri à Kiev, Yulia a donc définitivement quitté la Colombie.

Je transmets ce qu'a trouvé Diego aux hackers et quand Esguerra en a terminé j'enveloppe le corps de l'adolescent dans un sac plastique et j'envoie un message aux « nettoyeurs » pour qu'ils viennent.

* * *

Une demi-heure plus tard, je me dirige vers la maison quand mon portable se met à vibrer, c'est un message d'Esguerra.

Il y a du nouveau. Il faut avancer notre départ.

Mon niveau d'adrénaline ne fait qu'un bond. En entrant dans la maison, je tombe sur Esguerra dans le hall.

— Qu'est-ce qui s'est passé ?

— J'ai reçu un message de Frank, notre contact à la CIA, dit Esguerra en rejetant en arrière ses cheveux mouillés. Il a dû prendre une douche pour se débarrasser du sang du neveu Sullivan. Un portrait-robot de Nora, de Rosa et de moi-même a été envoyé au bureau de FBI du quartier, ça doit venir du frère Sullivan qui s'est enfui dans le 4x4 blanc. J'imagine que les Sullivan vont bientôt découvrir qui nous sommes et étant donné ce que nous avons fait à l'autre frère dans la boîte de nuit et au cousin ce matin… Il ne termine pas sa phrase, mais il n'en a pas besoin.

Esguerra et moi savons que Patrick Sullivan voudra voir le sang couler.

— Je vais envoyer Thomas préparer l'avion, dis-je. Vous pensez que les parents de Nora seront prêts à partir dans une heure ?

— Ils n'auront pas le choix, dit Esguerra. Je veux que les femmes et eux soient partis avant que nous ne fassions quoi que ce soit.

— Combien de gardes devons-nous mettre dans l'avion avec eux ?

— Quatre, en cas de besoin, répond Esguerra après avoir réfléchi un instant. Les autres peuvent rester et feront partie de notre équipe de choc.

— D'accord. Je vais le dire aux autres et m'assurer que Rosa sera prête à partir.

* * *

Nous arrivons en force chez les beaux-parents d'Esguerra, notre limousine est suivie de sept 4x4 blindés à bord desquels il y a vingt-trois gardes. Les voisins nous regardent bouche bée et je sens un léger amusement à la pensée des parents de Nora tentant d'expliquer ça aux gens qu'ils connaissent dans le quartier. Je suis certain que ces braves gens d'Oak Lawn ont entendu dire que Nora est mariée avec un trafiquant d'armes, mais entendre des rumeurs et voir un tel spectacle, ce n'est pas pareil.

Comme on pouvait s'y attendre, les parents ne sont pas encore prêts si bien qu'Esguerra et sa femme vont les chercher. Rosa reste dans la voiture en expliquant à Nora qu'elle ne veut pas déranger.

Une fois seuls tous les deux, je me retourne et je regarde Rosa à travers la vitre qui sépare l'avant de l'arrière de la limousine.

— Voudrais-tu de la musique ? Dis-je, mais elle secoue la tête en signe de négation. Elle garde le silence, elle se contente de regarder fixement dehors, et je suis sûr qu'elle pense à ce qui est arrivé hier.

Ne voulant pas lui faire de peine je remonte la vitre de séparation et mets ce temps à profit pour vérifier où en est l'avion. Thomas m'assure qu'il est prêt à partir, je vérifie donc mes armes, un M16 que je porte en bandoulière et un Glock 26 attaché à l'une de mes jambes. J'aimerais être encore mieux armé, mais c'est moi qui conduis. Heureusement, Esguerra a tout un arsenal sous l'un des sièges. J'espère qu'on n'en aura pas besoin, mais il faut être prêt si c'est nécessaire.

Environ quarante minutes plus tard, Esguerra sort de la maison en traînant une énorme valise. Il est suivi par le père de Nora qui porte une autre valise et finalement par Nora et sa mère.

Bien qu'il y ait encore beaucoup de place à l'arrière, Rosa monte s'asseoir devant avec moi en expliquant qu'elle veut donner plus de place aux quatre autres.

— Ça ne te dérange pas, n'est-ce pas ? demande-t-elle en me jetant un coup d'œil et je la rassure d'un sourire.

— Non, je t'en prie, assieds-toi. De nouveau, je remonte la vitre de séparation et je démarre. Comment te sens-tu ?

— Bien. Elle parle à voix basse, mais sans trembler. Je n'insiste pas et nous conduisons tranquillement en silence pendant un moment. Rosa ne reprend la parole qu'au moment où nous quittons la route pour rejoindre l'autoroute.

— Lucas, dit-elle à voix basse, je voudrais te demander un service.

Surpris, je lui jette un coup d'œil avant de me concentrer de nouveau sur la route.

— De quoi s'agit-il ?

— Si jamais c'était possible… Sa voix se brise. Si jamais vous les retrouvez, je veux y être. D'accord ? Je veux seulement être là.

Elle n'en dit pas plus, mais j'ai compris. Et je lui fais cette promesse :

— C'est d'accord. Je ferai en sorte que tu sois présente quand on te fera justice.

— Merci… commence-t-elle, mais, au même moment j'entrevois quelque chose dans le rétroviseur et mon cœur s'emballe.

Sur la route étroite, notre 4x4 est suivi par toute une procession de voitures et elles vont nous rattraper.

J'appuie sur l'accélérateur en sentant monter l'adrénaline. La limousine s'élance d'un coup, elle accélère à une vitesse folle et j'abaisse la vitre de séparation pour croiser le regard d'Esguerra dans le rétroviseur.

— Nous sommes suivis, dis-je laconiquement. Ils sont à nos trousses et ils ont mis le paquet.

CHAPITRE DOUZE

❖ YULIA ❖

— *Bayu-bayushki-bayu, ne lozhisya na krayu...* Ma mère me chante une berceuse russe et je me glisse plus profondément sous la couverture. *Pridyot seren'kiy volchok, i ukusit za bochok...*

Sa voix sonne faux et les paroles décrivent un loup gris qui va me mordre les flans si je m'approche trop près du bord du lit, mais la mélodie est douce et réconfortante, comme le sourire de ma mère. Je m'y prélasse et je la savoure aussi longtemps que possible, mais à chaque mot la voix de ma mère devient de plus en plus imperceptible jusqu'à disparaître complètement.

Il n'y a plus que le silence et un vide froid et sombre. Je murmure :

— Ne pars pas, maman, reste à la maison. Ne va pas chez Grand-Père ce soir. Je t'en prie, reste à la maison.

Mais il n'y a pas de réponse. Il n'y aura jamais de réponse. Il n'y a que l'obscurité et les pleurs de Misha. Il a de la fièvre et il réclame ses parents. Je le prends dans mes bras pour le bercer, sentir son poids de petit garçon me rassure dans cet océan d'obscurité.

— Ne t'inquiète pas, Mishen'ka. Tout va bien, nous allons nous en sortir, je vais prendre soin de toi. Nous allons nous en sortir, je te le promets.

Mais il continue de pleurer. Il pleure toute la nuit. Ses hurlements deviennent hystériques quand la directrice d'école vient le chercher le lendemain matin et je sais qu'elle lui a fait mal. J'ai vu les bleus sur ses jambes quand il est sorti de son bureau hier soir. Elle lui a fait mal, elle l'a traumatisé. Depuis il n'a pas cessé de pleurer.

— Non, ne le prenez pas ! Je lutte pour retenir Misha, mais elle me repousse et emmène mon frère avec elle. Je la poursuis, mais deux garçons plus grands me bloquent la route en s'interposant entre elle et moi.

— Arrête, dit l'un d'eux. C'est inutile.

Ses yeux sont tout noirs, comme l'obscurité qui m'entoure et je me sens tourbillonner. Je suis perdue, tellement perdue dans cette obscurité.

— J'ai une proposition à te faire, Yulia. Un homme revêtu d'un costume me sourit, ses yeux noisette sont froids, son regard calculateur. Un marché si vous voulez. Tu n'es pas trop jeune pour faire un marché, si ?

Je relève le menton et je croise son regard.

— J'ai onze ans. Je peux faire ce que je veux.

"Bayu-bayushki-bayu, ne lozhisya na krayu··· "

— C'est de ta faute, sale pute. Des mains s'emparent brutalement de moi et m'entraînent dans l'obscurité. Tout est de ta faute.

" Pridyot seren'kiy volchok, i ukusit za bochok... "

La mélodie disparaît de nouveau et je pleure, je pleure tout en me débattant et en m'enfonçant encore davantage dans l'obscurité.

— Parlez-moi de ce programme.

Des bras vigoureux m'attrapent et m'emprisonnent contre un corps d'homme musclé. Je sais que je devrais être terrifiée, mais en relevant les yeux et en croisant le regard pâle de cet homme une douce chaleur m'envahit. Son visage est dur, chacun de ses traits semble sculpté dans la pierre, mais ses yeux gris-bleu ont une chaleur que je n'ai pas vue depuis des années. J'y lis une promesse de sécurité, et quelque chose d'autre encore.

Quelque chose que je désire de toute mon âme.

— Lucas… Je tends éperdument les mains vers lui. Je t'en prie, baise-moi. Je t'en prie…

Il plonge en moi sa grosse verge qui m'étire, me transperce, et son ardeur fait disparaître le froid qui était encore là. Je brûle et ça ne me suffit pas, j'en veux encore plus. Je lui murmure :

— Je t'aime, et mes ongles s'enfoncent dans son dos musclé. Je t'aime, Lucas.

— Yulia. Sa voix est froide et distante quand il dit mon nom. Yulia, c'est l'heure.

— Je t'en prie… Je le supplie en essayant de le retenir, mais il commence déjà à disparaître. Je t'en prie, ne pars pas, reste avec moi.

— Yulia. Une main se pose sur mon épaule. Réveillez-vous.

À bout de souffle, je m'assieds dans le lit et je fixe le regard froid d'Obenko. Mon cœur bat à se rompre et je suis légèrement couverte de sueur. En tournant la tête, je vois le papier peint qui se décolle par endroit et la lumière grise qui traverse la vitre sale de la fenêtre. Lucas n'est pas là, il n'y a personne pour me sauver de l'obscurité.

Je suis dans ma chambre, dans la maison où je suis cachée, et j'ai dû me rendormir avant le débriefing.

— Est-ce que je… j'ai parlé ? Je pose cette question en essayant de calmer ma respiration. Mon rêve commence déjà à disparaître de ma mémoire, mais les bribes qui restent suffisent à me nouer l'estomac.

— Non. Le visage d'Obenko reste impassible. Vous auriez dû ?

— Non, bien sûr que non. Les battements frénétiques de mon cœur commencent à se calmer.

Donnez-moi une minute pour me rafraîchir et j'arrive tout de suite.

— Entendu. Obenko sort et je m'enroule dans la couverture en quête du moindre réconfort possible.

CHAPITRE TREIZE

❖ LUCAS ❖

En entendant retentir les coups de feu, je jette un coup d'œil dans le rétroviseur et je vois nos gardes tirer sur les véhicules lancés à la poursuite de leurs 4x4. Une balle frappe le flanc de notre voiture et je zigzague afin que la limousine soit plus difficile à atteindre. À l'arrière, les parents de Nora se sont mis à hurler de panique et Esguerra saute de son siège pour prendre les armes.

Bordel de merde ! Ma main s'agrippe au volant. Ça n'est pas possible ! Pas avec des civils. Esguerra et moi sommes à la hauteur, mais pas Rosa ni Nora, et encore moins ses parents. Si jamais il leur arrivait quelque chose… J'accélère encore plus et je dépasse les 160 km/heure.

Encore des coups de feu. Je vois nos hommes échanger des coups de feu avec les poursuivants. Tout au bout, l'une des voitures de Sullivan rentre dans l'une des nôtres et la force à quitter la route, puis il y a une nouvelle fusillade avant que le 4x4 de Sullivan ne quitte la route et se renverse.

Un autre véhicule rattrape l'un de nos 4x4 et lui rentre dedans à son tour. Derrière lui, il y a au moins une douzaine de véhicules, des 4x4, des camionnettes et des Hummers équipés de porte-grenades.

Non, pas une douzaine.

Ils ont au moins quinze ou seize véhicules et nous n'en avons que huit.

Bordel de merde ! J'accélère encore et j'arrive à 180 km/heure. Il faudrait aller encore plus vite, mais la limousine blindée est trop lourde. Elle est conçue pour la sécurité, pas pour faire de la vitesse.

À l'arrière, un de nos 4x4 est projeté en l'air et explose. La détonation est assourdissante, mais je fais comme si de rien n'était, toute ma concentration est fixée sur la route devant moi. Ce n'est pas le moment de penser aux hommes que nous venons de perdre ni à leurs familles.

Afin que nous ayons une chance de nous en tirer, je dois rester concentré.

— Lucas ! Rosa a l'air de paniquer. Lucas, c'est…

— Oui, c'est un barrage de police. Je dois élever la voix pour couvrir le vacarme des coups de feu et des explosions. Quatre voitures de police nous barrent la route et elles sont entourées de brigades d'intervention spéciale. Ils nous attendent, ce qui veut dire qu'ils sont de mèche avec Sullivan.

À l'arrière Julian hurle quelque chose à Nora et dans le rétroviseur je le vois sortir des gilets pare-balles et un fusil lance-grenades.

— Il faut forcer le barrage. Je hurle sans cesser d'accélérer. Nous n'en sommes plus qu'à quelques secondes, la limousine se jette à toute vitesse sur le barrage. Je la dirige entre deux voitures de police, l'intervalle est réduit, mais pour cette manœuvre le poids considérable de la voiture blindée est un avantage. Je crie à Rosa :

— Agrippe-toi !

En rentrant dans les voitures de police, l'impact du choc nous propulse en avant. Je sens la ceinture me rentrer dans le corps, j'entends les balles des brigades d'intervention frapper les côtés et les vitres de notre voiture, mais nous sommes passés et la limousine continue d'avancer laissant derrière elle deux voitures qui se rentrent dedans et qui explosent.

Ces voitures sont à Sullivan, je m'en rends compte avec soulagement un instant plus tard. D'après ce que je vois dans le rétroviseur, nos 4x4 n'ont pas été touchés. À côté de moi, Rosa est livide de peur, mais ne semble pas blessée.

Avant de pouvoir reprendre mon souffle, j'entends une explosion assourdissante et je vois s'envoler la voiture de police qui explose. Elle atterrit sur le côté et se met à flamber puis l'un des Hummers de Sullivan lui rentre dedans. Il y a une nouvelle explosion puis une camionnette appartenant à Sullivan quitte la route. J'ai un sourire sauvage en voyant Esguerra debout au milieu de la limousine, la tête et les épaules qui dépassent du toit ouvrant.

Mon patron doit se servir du lance-grenades de notre arsenal.

Il y a une autre détonation quand il tire, mais cette fois-ci aucun véhicule ennemi n'est touché. À la place, un des Hummers fait un zigzag et rentre dans un de nos 4x4 et je vois le véhicule des gardes se retourner et quitter la route.

Merde ! Ma jubilation s'évanouit. Si Esguerra n'arrive pas à tirer juste, nous sommes foutus.

Comme pour répondre à mes pensées, il y a une autre détonation et l'une des camionnettes de Sullivan explose derrière nous. Deux 4x4 de Sullivan lui rentrent dedans, mais ma satisfaction est de courte durée lorsque j'entends des balles frapper notre voiture. En poussant des jurons, je tourne le volant et commence à zigzaguer d'un bord à l'autre.

Contrairement à la limousine, le crâne d'Esguerra n'est pas blindé. Agrippé au volant, je marmonne :

— Allez, Esguerra, tire leur dessus !

Boom ! Un 4x4 de Sullivan vient d'exploser et celui qui le suivait a quitté la route.

— Il va y arriver, dit Rosa d'une voix tremblante, il ne leur reste que quatre voitures.

Je jette un coup d'œil dans le rétroviseur pour vérifier si elle a raison. Six véhicules ennemis contre cinq de notre côté.

Nous avons encore une chance de gagner.

Tout à coup, j'aperçois des flammes dans le rétroviseur. Deux de nos 4x4 ont volé en l'air et je réalise que les Hummers les ont frappés. *Merde, merde, merde, et merde !*

— Allez, Esguerra ! Sur le volant, les jointures de mes mains sont toutes blanches. Vas-y, putain !

Boom ! L'un des Hummers quitte la route, de la fumée s'échappe de son capot.

— Le Señor Esguerra les a touchés ! La voix de Rosa s'emplit d'une joie folle. Lucas, il les a touchés !

Je n'ai pas le temps de lui répondre, l'une des voitures ennemies perd le contrôle et rentre dans une autre. Nos hommes doivent avoir abattu le chauffeur.

— Il n'en reste plus que trois, Lucas ! Trois ! Rosa est sur le point de sauter sur son siège et je réalise que l'adrénaline la rend euphorique. Au-delà d'un certain point, on cesse d'avoir peur et tout n'est plus qu'un jeu, c'est une drogue comme une autre. C'est ce qui crée une telle dépendance au danger, en tout cas pour moi.

C'est la proximité de la mort qui me donne l'impression d'être vraiment vivant.

Mais je réalise brusquement que ce n'est plus vrai. Aujourd'hui, mon ivresse est moins forte, elle est atténuée par mon inquiétude pour nos civils et par ma rage d'avoir perdu des hommes. L'excitation est remplacée par une sombre détermination à survivre.

À vivre pour rattraper Yulia et avoir l'impression d'être vivant d'une autre manière.

— Lucas ! Tout à coup, Rosa semble tendue. Lucas, tu as vu ?

— Quoi ? Dis-je avant d'entendre le léger vrombissement d'un hélicoptère, un son reconnaissable entre tous.

— C'est un hélicoptère de la police, dit Rosa dont la voix s'est remise à trembler. Lucas, pourquoi y a -t-il un hélicoptère ?

Au lieu de lui répondre, j'appuie à fond sur l'accélérateur. Il n'y a que deux possibilités : soit les autorités ont eu vent de ce qui se passe, soit ce sont d'autres flics pourris. Je parierais pour la seconde, ce qui veut dire que nous sommes vraiment foutus. D'après mes calculs, Esguerra n'a plus qu'une grenade à tirer et il lui sera impossible de descendre cet hélicoptère.

— Qu'est-ce qu'on va faire ? Rosa panique, c'est clair. Lucas, qu'est-ce qu'on va…

— Tais-toi ! J'appuie encore sur l'accélérateur en me concentrant sur le bâtiment qui se dessine devant nous. Nous sommes presque arrivés à l'aéroport privé et si nous pouvons y entrer il nous reste encore une chance. Je crie à Esguerra :

— Je fonce sur le hangar ! Et d'un grand coup de volant, je tourne à droite en direction du bâtiment.

Dans le même temps, j'accélère une fois de plus, la limousine est à fond. Nous volons vers le hangar, mais inexorablement le grondement de l'hélicoptère continue de se rapprocher.

Boom ! Une explosion résonne dans mes oreilles et instinctivement je donne un à-coup avant de redresser la voiture et d'accélérer de nouveau. Derrière nous, un de nos 4x4 se dirige sur un autre et ils se rentrent dedans avec des crissements de pneus avant de quitter la route.

— Ils lui ont tiré dessus. Rosa n'a pas l'air d'y croire. Oh, Mon Dieu, Lucas, l'hélicoptère leur a tiré dessus.

Je secoue la tête pour essayer de me débarrasser du tintement dans mes oreilles, mais avant qu'il ne disparaisse il y a une nouvelle explosion, elle est assourdissante.

Le Hummer qui nous suit s'enflamme, contre nous il ne reste plus que deux 4x4 et l'hélicoptère.

Esguerra a réussi son dernier coup.

Avant que je puisse reprendre mon souffle, la limousine reçoit un choc violent. Je n'y vois plus rien, la tête me tourne, le bourdonnement dans mes oreilles devient un gémissement aigu qui me donne le tournis. Seules des décennies d'entraînement me permettent de garder les mains sur le volant et quand je retrouve la vue je m'aperçois que Rosa pousse des hurlements.

— Nous avons été touchés, Lucas, nous avons été touchés !

Putain, elle a raison. Il y a de la fumée qui s'échappe de l'arrière de la voiture et la vitre arrière a volé en éclats.

— Est-ce que... Esguerra et sa famille... Je commence cette phrase d'une voix rauque avant de voir Esguerra apparaître dans le rétroviseur. Il est couvert de sang, mais il est clair qu'il est vivant. En relevant Nora qui était au sol, il lui tend un AK-47. Derrière elle, ses parents ont l'air abasourdis et sont couverts de sang eux aussi, mais ils n'ont pas perdu connaissance.

Nous sommes presque dans le hangar maintenant si bien que je ralentis. À l'arrière, j'entends Esguerra donner des instructions à sa femme. Il veut qu'elle prenne ses parents avec elle et qu'ils courent ensemble vers l'avion dès que la voiture s'arrêtera.

— Tu vas courir avec eux, Rosa, tu m'entends ? Dis-je sans quitter la route des yeux. Tu vas sortir de la voiture et courir.

— D-d'accord ! J'ai l'impression qu'elle est sur le point de faire de l'hyperventilation.

Nous renversons les portes du hangar et je freine d'un coup, la limousine s'arrête avec un crissement de pneus.

— Cours, Rosa ! Je lui hurle cet ordre en ouvrant ma ceinture, elle se précipite au-dehors et moi aussi après avoir attrapé mon M16.

— Vas-y, Nora ! hurle Esguerra derrière moi en ouvrant la portière arrière. Vas-y tout de suite !

Du coin de l'œil, je vois Rosa courir derrière Nora et ses parents, mais avant d'avoir pu m'assurer qu'ils ont atteint l'avion un 4x4 des Sullivan arrive en trombe dans le hangar.

J'ouvre le feu et Esguerra aussi.

Le pare-brise du 4x4 vole en éclats au moment où il pile devant nous et où des hommes armés en sortent. Je crie à Esguerra :

— Recule ! Va derrière la limousine ! Je veux le couvrir, puis c'est lui qui me couvre quand je plonge à mon tour derrière la limousine.

— Prêt ? Dis-je et, il me fait signe de la tête. En synchronisant nos gestes, nous sortons chacun de notre côté et nous tirons plusieurs rafales avant de plonger à nouveau.

— Quatre de moins dit Esguerra en rechargeant son M16. Je crois qu'il n'en reste plus qu'un.

— Couvre-moi, dis-je et je commence à contourner la limousine en rampant. Je sens la sueur me couler dans les yeux, j'avance sur le ventre tandis qu'Esguerra tire sur le 4x4 pour faire diversion. J'attends au moins une minute avant de trouver le bon moment puis je tire sur l'assaillant.

La balle l'atteint au cou et fait jaillir un geyser de sang.

Je me relève en haletant. Après le vacarme incessant de la bataille, le silence me donne l'impression d'être devenu sourd.

— Beau travail, dit Esguerra en sortant de derrière la limousine. Maintenant si les hommes qui nous restent ont le…

— Julian ! De l'autre côté du hangar, Nora brandit son AK-47 au-dessus de la tête. Elle est radieuse. Par ici ! Viens, allons-y !

Le visage d'Esguerra s'éclaire d'un immense sourire quand il la voit courir dans sa direction, puis je suis projeté en l'air par un nuage de feu.

CHAPITRE QUATORZE

❖ YULIA ❖

La seconde séance de « débriefing » est encore plus dure que la première. Obenko et les deux agents veulent que je revienne sur chacune de mes conversations avec Lucas et que je décrive chacun de nos moments ensemble en détail. Ils veulent savoir comment il me ligotait, à quel moment il m'a donné des vêtements, ce qu'il me préparait à manger, quels sont ses goûts sexuels. Au début, je coopère, mais après un moment je commence à répondre de manière évasive. Je ne supporte pas de voir ces hommes disséquer ma relation avec mon ancien geôlier. Je ne veux pas qu'ils découvrent les sentiments que j'éprouve pour Lucas ni qu'ils connaissent mes fantasmes à son égard. Les doux moments que nous avons vécus et ce qu'il m'a promis, tout cela n'appartient qu'à moi seule.

Ce qui s'est passé pendant ma captivité était mal et pervers, mais ça compte, en tout cas ça compte pour moi.

— Yulia, dit Obenko après une nouvelle réponse évasive de ma part. Ceci est important. Celui avec lequel vous avez passé quinze jours est le second d'Esguerra. D'après ce que vous nous dites, il ne semble pas que ce soit Esguerra qui mène cette poursuite contre nous. Il est essentiel que nous comprenions exactement ce qu'il veut et comment il pense.

— Je vous ai déjà dit tout ce que je sais. J'essaie de ne pas laisser transparaître ma frustration. Que voulez-vous de plus de moi ?

— La vérité, tout simplement, Yulia Borisovna. Matyenko me jette un regard pénétrant. C'est Kent qui vous a envoyé ici ? C'est pour lui que vous travaillez maintenant ?

— Quoi ? J'en reste bouche bée. Vous plaisantez ? C'est moi qui vous ai prévenu. Vous croyez sincèrement que je pourrais trahir la famille adoptive de mon frère ?

— Je ne sais pas, Yulia Borisovna. L'expression de Matyenko n'a pas changé. Vous pourriez le faire ?

Je me lève.

— Si je travaillais pour lui pourquoi vous dirais-je qu'il m'a soutiré ces informations ? Un agent double ne vous dirait pas qu'elle a parlé, elle viendrait à vous en héroïne, pas en ratée.

À côté de Matyenko, Sokov croise les bras.

— Tout dépend de l'intelligence de cet agent double, Yulia Borisovna. Les meilleurs ont toujours une histoire à raconter.

Je me tourne vers Obenko.

— C'est aussi ce que vous croyez ? Que je vous ai trahi ?

— Non, Yulia. Mon patron est impassible. Si c'était le cas, vous seriez déjà morte. Mais je pense que vous nous cachez quelque chose. C'est vrai ?

— Non. Je soutiens son regard. Je vous ai tout dit. Je ne sais rien d'autre qui puisse vous aider.

Obenko serre les lèvres, mais il hoche la tête.

— Alors d'accord. Nous en avons fini pour aujourd'hui.

* * *

Après le départ de Matyenko et de Sokov je retourne dans ma chambre avec un mal de tête épouvantable. Je crois qu'Obenko était sincère : s'il pensait que j'étais un agent double, il m'aurait déjà tuée.

Après avoir survécu à la prison russe et à l'enlèvement par les hommes d'Esguerra, je risque de mourir aux mains de mes collègues.

Bizarrement, cette pensée ne me fait pas grand-chose. Le vide glacial qui a envahi mon cœur atténue tout, même la peur. Maintenant que je suis ici et que j'ai fait tout ce qui est en mon pouvoir pour assurer la sécurité de mon frère, mon propre sort m'est complètement indifférent. Même le souvenir de la cruauté de Lucas me semble lointain et affaibli, comme si ça s'était passé il y a des années et non pas il y a quelques jours.

De retour dans ma chambre je me couche et je m'enroule dans la couverture, mais sans arriver à me réchauffer.

Un seul être pourrait chasser le froid, et il est à des milliers de kilomètres de moi.

CHAPITRE QUINZE

❖ LUCAS ❖

Rat-a-tat-tat !

Les violentes dénotations des coups de feu traversent l'obscurité et me ramènent à moi. Il me semble que mon cerveau nage dans un épais brouillard visqueux.

En gémissant, je roule sur le ventre, j'ai tellement mal au crâne que j'ai envie de vomir. Où est Jackson ? Qu'est-il arrivé ? Nous étions en patrouille et ensuite... *Putain !*

Sans tenir compte de mon mal de tête, je commence à ramper sur le sable pour m'éloigner de la fusillade. J'ai mal partout, des grains de sable irritent mes yeux et emplissent mes poumons. Il me semble que je suis fait de sable, que ma peau va se désintégrer dans le vent âpre et mordant.

Encore des coups de feu, puis un cri de douleur.

La peur me serre le cœur.

— Jackson ?

— Je suis touché. La voix de Jackson est brisée par la panique. Oh putain, Kent, ils m'ont eu.

— Tiens bon ! Je retourne en rampant vers le feu en traînant mon fusil désormais inutile. J'ai épuisé toutes mes munitions cinq minutes après le début de l'embuscade, mais je ne veux pas laisser d'armes à l'ennemi. J'ai demandé de l'aide. On arrive.

Jackson tousse, mais sa toux vire au gargouillis. Trop tard, Kent. Putain, c'est trop tard. Retourne à l'abri.

— Ferme-la. Je rampe de plus belle, la pâle lueur de la lune illumine un petit monticule juste à côté de notre Humvee qui s'est retourné. La voix de Jackson vient de cette direction, je sais que ça doit être lui. Allez, tiens bon !

— Ils ne… Ils ne viendront pas, Kent. Maintenant, Jackson peine à respirer. La balle doit l'avoir touché au poumon. Roberts… C'est ce qu'il voulait. C'est lui qui a donné l'ordre.

— Qu'est-ce que tu racontes ? J'arrive enfin près de lui, mais quand je le touche je ne sens que des chairs humides et des os brisés. Je retire la main. Putain, Jackson, ta jambe…

— Tu dois… Jackson inspire avec un nouveau gargouillis… partir. Ils vont faire tout sauter s'ils arrivent. Roberts, il… Je l'ai pris sur le fait. J'allais le dénoncer. Ce ne sont pas les talibans. Roberts était au courant… Il a une toux grasse. Il savait que nous serions ici. C'est de sa faute.

— Arrête ! On va s'en sortir. Ce n'est pas le moment de réfléchir à ce que me dit Jackson ni d'en tirer les conséquences. Notre officier supérieur n'a pas pu nous trahir de cette façon. C'est impossible. Allez, tiens bon, mon vieux.

— Trop tard. De nouveaux gargouillis mêlés de sifflements s'échappent de la bouche de Jackson quand j'essaie de nouveau de le toucher. Roberts… il s'étrangle et je sens un liquide chaud me recouvrir les mains quand je lui appuie sur le ventre.

— Jackson, reste avec moi. Mon cœur se met à battre comme un fou. Pas Jackson, ça ne peut pas arriver à Jackson. J'appuie plus fort sur sa blessure pour essayer d'arrêter l'hémorragie. Allez, mon vieux, reste avec moi. On va bientôt avoir de l'aide ;

— Va-t'en ! Le marmonnement de Jackson est presque inaudible. Il va te tuer… Il frissonne et je sens le moment précis où ça arrive. Son corps devient inerte et la puanteur des boyaux qui se vident emplit l'air.

— Jackson ! Une main toujours posée sur son ventre je place l'autre sur son cou, mais il n'y a plus de pouls.

C'est fini. Mon meilleur ami est mort.

Rat-a-tat-tat !

La fusillade a repris et mon cerveau est de nouveau enrobé dans le brouillard. Et il fait chaud, beaucoup plus chaud qu'il ne le devrait la nuit dans le désert. Cette chaleur me consume, elle me dévore comme…

Bordel de merde, j'ai pris feu !

Je me jette sur le côté, je roule sur moi-même jusqu'à ce que cette chaleur brûlante diminue. J'ai horriblement mal aux côtes et la tête me tourne, mais les flammes qui me léchaient la peau ont disparu.

En haletant, j'ouvre les yeux et je fixe le haut plafond au-dessus de moi.

Il y a un plafond, pas le ciel.

Les synapses de mon cerveau retrouvent leur connexion et se remettent enfin à fonctionner.

L'Afghanistan c'était il y a huit ans.

Je suis à Chicago, pas en Afghanistan, et si je suis touché ça n'a rien à voir avec mon ancien commandant.

Rat-a-tat-tat !

Je tourne la tête pour voir une petite silhouette courir au fond du hangar. Elle est poursuivie par quatre hommes en tenue de combat. J'ai du mal à y croire, mais la femme d'Esguerra se retourne pour faire feu sur ses poursuivants avec son AK-47 avant de se précipiter derrière un des avions.

Merde ! Il faut que j'aille aider Nora. En gémissant, je roule sur le côté. Tout autour de moi, il y a des débris en feu et la limousine brûle. Dans le mur du hangar derrière la limousine, il y a un trou à travers lequel j'aperçois l'hélicoptère de la police. Il a atterri dans l'herbe et ses pales sont immobiles.

Les acolytes de Sullivan ont dû abattre les hommes qui se trouvaient dans notre dernier 4x4 avant de se lancer à notre poursuite.

En m'efforçant de me relever, je vois Esguerra se jeter vers la limousine en feu. Je réalise avec soulagement qu'il a survécu. Je lutte contre l'étourdissement qui me gagne et je fais un pas vers la voiture sans tenir compte de la douleur atroce qui me tiraille les côtes.

Mais avant que je puisse l'atteindre, Esguerra sort d'un bond de la limousine avec deux mitrailleuses et se précipite sur les trousses des poursuivants de Nora. Je suis sur le point de lui porter main forte quand j'entends bouger à côté de l'hélicoptère.

Deux hommes en descendent, ils ont visiblement l'intention de fuir.

Avant même de savoir qui ils sont, je réagis. Je lève mon arme et je les crible de balles en épargnant volontairement leurs organes vitaux. Quand j'arrête de tirer, le hangar retrouve le silence et je me retourne pour voir Esguerra prendre Nora dans ses bras, ils semblent tous les deux indemnes.

Il est temps que les hommes de Sullivan aient ce qu'ils méritent.

* * *

— C'est bien celui que je crois, demande Esguerra d'une voix rauque en désignant de la tête le plus âgé des deux, et je souris de plus belle.

— Oui, c'est Patrick Sullivan en personne, ainsi que son fils préféré, celui qui lui restait, Sean.

Je tire sur Patrick à la jambe et sur Sean au bras et les deux hommes roulent sur le sol en gémissant de douleur. Leur souffrance contribue à adoucir ma rage folle. Ces hommes vont payer pour ce qu'ils ont infligé à Rosa et à Nora et pour les gardes qui sont morts aujourd'hui.

— J'imagine qu'ils sont venus en hélicoptère pour observer le déroulement des événements et pour intervenir au bon moment, dis-je en me tenant les côtes. Sauf que le bon moment n'est jamais venu. Ils ont dû apprendre qui vous êtes et appeler tous les flics sur lesquels ils pouvaient compter.

— Les hommes que nous avons tués sont des flics ? Nora pose la question en tremblant. Elle doit avoir une baisse d'adrénaline. Ceux qui étaient dans les Hummers et dans les 4x4 aussi ?

— Oui, si l'on en juge par leur équipement. Esguerra la prend par la taille d'un geste protecteur. Certains étaient sans doute des flics pourris, mais d'autres ont suivi aveuglément les ordres de leurs supérieurs. Je suis certain qu'on leur a dit que nous étions de dangereux criminels. Peut-être même des terroristes.

— Ah bon ! Nora s'appuie sur son mari en blêmissant d'un coup.

— Putain ! marmonne Esguerra en la prenant dans ses bras pour la porter. Je l'emmène dans l'avion.

À ma surprise, Nora secoue la tête.

— Non, ça va. Repose-moi s'il te plaît. Elle le repousse avec tant de détermination qu'Esguerra s'exécute et la repose doucement sur le sol.

Tout en gardant un bras autour de sa taille, il lui jette un coup d'œil inquiet.

— Qu'est-ce qu'il y a, bébé ?

Nora désigne les captifs.

— Qu'est-ce que tu vas en faire ? Tu vas les tuer ?

— Oui, répond Esguerra sans la moindre hésitation. Je vais le tuer.

Nora ne dit rien et je me souviens alors de la promesse que j'ai faite à son amie.

— Je pense que Rosa devrait être là, dis-je. Elle voudra voir que justice est faite.

Esguerra regarde sa femme et elle hoche la tête.

— Amène-la ici, dit Esguerra et malgré la gravité de la situation je ne peux m'empêcher de sentir un soupçon d'amusement en allant vers l'avion.

La délicate petite femme d'Esguerra s'est bien habituée à notre monde.

Quand j'arrive à l'avion Rosa en sort pour venir à ma rencontre, elle est toute pâle.

— Lucas, ils sont…

— Oui, viens ! Je lui prends doucement le bras et je la conduis en dehors du hangar. En arrivant à l'extérieur je m'aperçois que Patrick Sullivan s'est évanoui, mais son fils est toujours conscient et il nous implore de lui laisser la vie sauve.

Je jette un coup d'œil à Rosa et je suis content de voir qu'elle a repris des couleurs. Elle s'approche de Sean Sullivan, baisse les yeux quelques secondes sur lui puis les relève vers Esguerra et vers moi.

— Je peux ? demande-t-elle en tendant la main et je souris froidement en lui tendant mon arme. Quand elle vise son agresseur, la main de Rosa ne tremble pas.

— Vas-y, dit Esguerra, et elle appuie sur la gâchette. La tête de Sean Sullivan explose, il y a du sang et des fragments de cervelle partout, mais Rosa ne bronche pas et ne détourne pas les yeux.

La détonation n'est pas terminée qu'Esguerra fait un pas vers Patrick Sullivan qui n'a pas repris connaissance et lui vide son chargeur dans la poitrine.

— Nous en avons terminé ici, dit Esguerra en tournant le dos au cadavre, et nous retournons tous les quatre vers l'avion.

DEUXIÈME PARTIE :
LA PISTE

CHAPITRE SEIZE

❖ LUCAS ❖

À notre retour de Chicago je passe la première semaine à m'occuper des suites du voyage et à récupérer de mes blessures. Selon Goldberg, le médecin du domaine, j'ai des côtes fêlées et des brûlures au premier degré sur le dos et sur les bras, des blessures insignifiantes étant donné la bataille à laquelle nous avons survécu.

— Tu as de la chance, fils de pute, dit Diego quand je le vois finalement avec Eduardo pour faire le point sur Yulia. Tous ces types…

— Ouais. J'ai mal aux dents à force de serrer la mâchoire toute la journée. Les visages de ceux de nos hommes qui sont morts me hantent, tout comme ceux des gardes dans l'accident d'avion. Depuis deux mois nous avons perdu plus de soixante-dix de nos hommes et le moins qu'on puisse dire c'est que l'ambiance du domaine est sinistre.

Entre l'organisation des enterrements, la recherche de nouvelles recrues et le nettoyage des dégâts que nous avons faits à Chicago, je ne réussis à fonctionner que grâce à l'adrénaline.

— J'espère que vous les avez fait payer, ces salauds, dit Eduardo dont la voix vibre de rage. Si j'avais été là…

— Tu serais mort comme les autres, dis-je avec lassitude. Je ne suis pas d'humeur à encourager les fanfaronnades du jeune garde. Mes brûlures ont pratiquement guéri, mais à chaque mouvement les côtes me font mal. Dis-moi ce que vous avez appris jusqu'ici. Avez-vous pu établir si ma prisonnière a rencontré qui que ce soit avant de s'enfuir ?

Diego et Eduardo échangent un regard bizarre. Puis Diego dit :

— Oui, il y a quelqu'un, mais je ne crois pas que ce soit elle.

Je fronce les sourcils.

— Elle ?

— Rosa Martinez, la bonne de la grande maison, dit Eduardo en hésitant. Elle… Et bien, les enregistrements des drones la montrent deux fois vers chez toi pendant ces quinze jours.

— Oui, c'est ça ! Je ris avec amertume. Elle s'intéressait étrangement à Yulia. Je ne vais pas dire aux gardes que Rosa a peut-être un faible pour moi. Elle semble s'en être remise et je ne crois pas qu'elle apprécierait qu'on sache ce qu'elle a éprouvé.

Elle en a assez vu comme ça.

— Ah tant mieux, je suis content que tu sois au courant, dit Diego en poussant un soupir de soulagement. Nous avions trouvé ça bizarre de sa part, mais je voulais t'en parler au cas où. Elle est la seule à être venue chez toi le mardi, donc…

— Attends ? Mardi ? C'est-à-dire la veille de mon départ ? J'avais mis Rosa en garde bien avant ce jour-là et je croyais qu'elle en tiendrait compte. Elle est venue chez moi mardi ?

— C'est ce que montrent les enregistrements, dit prudemment Diego. Mais elle ne peut pas nous avoir trahis. Je connais Rosa, nous sommes sortis ensemble. Ce n'est pas… elle n'a pas pu…

Je lève la main pour l'interrompre.

— Je suis certain que ce n'est pas de sa faute, dis-je alors que ma gorge se noue. Mais si Rosa est venue chez moi après ma mise en garde, la situation n'est plus la même.

Je me suis trompé sur son compte.

— Vous avez bien fait de m'en parler, dis-je aux deux gardes. Mais j'apprécierais que vous n'en parliez à personne d'autre pour le moment. Nous ne voulons pas de malentendu à ce sujet, y compris de la part de Rosa.

S'il y a eu autre chose de sa part qu'un petit faible pour moi, je ne veux pas qu'on la prévienne de ce que je sais.

Diego et Eduardo hochent tous les deux la tête, ils ont l'air soulagé quand je les libère. Après leur départ, je décroche le téléphone pour appeler les hommes que nous avons envoyés à Chicago.

Les relations d'Esguerra à La CIA ont fait de leur mieux pour couvrir la bataille que nous avons livrée sur la route, mais il a été impossible de tout dissimuler, et maintenant on ne parle plus à Chicago que de spéculations sur une opération clandestine pour arrêter un dangereux trafiquant d'armes. L'histoire du trafiquant d'armes vient du chef de la police qui était de mèche avec Sullivan. Il a utilisé des renseignements que Sullivan avait obtenus sur nous pour inventer cette histoire qui fait passer des explosifs en douce à Chicago. Sous ce prétexte, il a réuni l'équipe d'intervention qui est venue en aide à Sullivan et a raconté partout que les hommes de Sullivan étaient un renfort venu d'une autre division. L'opération n'avait pas été divulguée aux autres corps de maintien de la paix et c'est la raison pour laquelle nous n'avons pas été prévenus que l'attaque aurait lieu. Si bien que maintenant, il y a un sacré boulot. Il faut s'occuper du chef de police et des autres complices de Sullivan et le reste de son organisation doit être éliminé avant que les parents de Nora puissent rentrer chez eux.

J'ai beau être très impatient de m'occuper de la trahison de Rosa, il y a des problèmes plus urgents à régler en premier.

* * *

Je n'ai le temps de repenser à Rosa que tard cette nuit, une fois au lit. Est-il possible qu'elle ait fait une chose pareille ? A-t-elle pu aider Yulia à s'enfuir ? Et dans ce cas, pourquoi l'a-t-elle fait ? Par jalousie, ou à la demande de quelqu'un d'autre ?

L'agence de Yulia aurait-elle pu corrompre Rosa ou la menacer ?

Je réfléchis à cette seconde hypothèse pendant quelques minutes avant de décider que c'est peu vraisemblable. Le domaine est très isolé et nous surveillons tous les mails et toutes les communications téléphoniques avec l'extérieur. Esguerra est le seul à avoir des communications privées, ce qui signifie qu'UUR n'aurait pas pu contacter Rosa sans lever l'alarme.

Ce que Rosa a fait, elle l'a fait de sa propre initiative.

Mon cœur se serre encore davantage, l'amertume de la trahison se mêle avec la colère qui ne me quitte plus. Depuis que j'ai appris la fuite de Yulia, je vis avec la rage et maintenant j'ai une nouvelle cible pour elle. Si Rosa ne venait pas de traverser une telle épreuve dès demain, j'irais la chercher pour la questionner. Étant donné la situation, je vais lui donner une semaine pour récupérer et j'utiliserai ce laps de temps pour garder l'œil sur elle et pour m'assurer que je ne me trompe pas sur ses motivations.

Si elle est payée par quelqu'un, je vais en trouver la preuve. Entretemps, je dois finir le nettoyage à Chicago et retrouver Yulia, et il faut faire vite. Être sans elle me rend fou. J'ai beau travailler jusqu'à épuisement, je n'arrive pas à dormir. Il y a des douzaines de problèmes qui devraient occuper mes pensées, mais ce n'est pas les soucis concernant le recrutement de nouveaux gardes ou la nécessité d'empêcher les fuites dans les journaux qui m'empêchent de dormir. Non, c'est à elle que je pense le soir dans mon lit.

Yulia.

Ma beauté, ma traîtresse, mon obsession.

Dès que je ferme les yeux, je la vois, ses yeux, son sourire, sa démarche gracieuse. Je me souviens de son rire et de ses larmes et elle me manque d'une manière qui va au-delà de mon sexe et de mon désir pour sa chair soyeuse. J'ai beau avoir une envie folle de la baiser, je veux aussi la tenir dans mes bras, l'entendre respirer à côté de moi et sentir le chaud parfum de pêche de sa peau.

Putain, elle me manque, et je lui en veux à cause de ça.

Lui arrive-t-il de penser à moi ou est-elle trop occupée avec celui qu'elle aime ? Je l'imagine couchée dans ses bras, ensommeillée et repue après avoir fait l'amour, et ma rage se transforme alors en une douleur atroce qui me serre le cœur au point de m'étouffer. Je préférerais avoir une douzaine de côtes fêlées et des centaines de brûlures au lieu d'éprouver une telle souffrance.

Je ferais n'importe quoi pour l'avoir de nouveau avec moi.

Je t'aime. Je suis à toi.

Putain de merde.

Je rallume la lampe de chevet en grimaçant à cause de mes côtes qui me font mal. Je me lève, je vais à la bibliothèque et j'y prends un livre au hasard.

Ce n'est qu'en retournant me coucher que je m'aperçois que c'est le dernier livre que je l'ai vu lire.

De nouveau, mon cœur se serre.

Il faut la retrouver.

Je n'ai pas le choix.

CHAPITRE DIX-SEPT

❖ YULIA ❖

— J'ai une nouvelle mission pour vous dit Obenko en entrant dans la cuisine de la maison où je suis cachée.

Stupéfaite, je relève les yeux de mon assiette de kasha (c'est de la crème de blé). Une mission ?

Mon patron vient de passer une semaine à effacer toute trace d'UUR de la toile et à donner aux agents importants des missions aussi discrètes que possible. Et il a fait comme si je n'existais pas, ce qui explique pourquoi je suis surprise de le voir ici ce matin.

Obenko s'assied en face de moi de l'autre côté de la table.

— C'est à Istanbul, dit-il. Comme vous le savez, la situation entre la Turquie et la Russie commence à se dégrader et nous avons besoin de quelqu'un sur place.

J'avale une autre cuillerée de kasha, pour me donner le temps de réfléchir. Je n'ai pas d'appétit, ça fait une semaine que je n'ai plus faim, mais je me force à manger pour sauver les apparences. Je ne veux pas qu'Obenko sache à quel point je me sens mal et qu'il se demande pourquoi. Puis je lui demande après avoir avalé :

— Que voulez-vous que je fasse à Istanbul ?

— Votre mission consistera à vous rapprocher d'un haut fonctionnaire turc. Pour ce faire, vous vous inscrirez à l'université d'Istanbul dans le cadre d'un programme d'échange avec les États-Unis. Nous avons déjà préparé vos documents. Obenko me fait passer un épais dossier. Vous vous appelez Mary Becker et vous êtes de Washington D.C. Vous préparez un mémoire de maîtrise en Sciences Politiques à l'université du Maryland et bien que vous ayez une licence d'économie vous avez passé des unités de valeurs en Études sur le Moyen-Orient, d'où votre intérêt pour ce programme d'échange avec la Turquie.

La kasha que je viens de manger me reste sur l'estomac.

— Alors ça sera une autre longue mission ?

— Oui. Obenko me regarde sans concession. Y a-t-il un problème ?

— Non, bien sûr que non. Je fais de mon mieux pour sembler indifférente. Et mon frère ? Vous m'avez dit que vous auriez des photos.

Obenko serre les lèvres.

— Elles sont aussi dans ce dossier. Jetez-y un coup d'œil et dites-moi si vous avez des questions.

Il se lève et sort de la cuisine pour passer un appel, j'ouvre le dossier d'une main tremblante. J'essaie de ne pas penser aux implications de cette mission, mais je ne peux m'en empêcher. Ma gorge se serre et la nausée s'empare de moi.

Pas maintenant Yulia. Il ne faut penser qu'à Misha.

Sans regarder les papiers du dossier, je trouve les photos agrafées au fond. Ce sont bien des photos de mon frère, je reconnais la couleur de ses cheveux et son mouvement de tête. Visiblement, elles ont été prises à la hâte ; le photographe l'a pris surtout de profil et de dos, il n'y en a qu'une de face. Sur celle-là, Misha fronce les sourcils, son jeune visage a une maturité inhabituelle chez lui. Est-il contrarié parce que sa famille a dû déménager, ou y a-t-il une autre raison derrière son expression tendue ?

J'examine ces photos pendant plusieurs minutes avec le cœur lourd, puis je me force à les mettre de côté pour découvrir ma mission.

Ahmet Demir est député au parlement turc, il a quarante-sept ans et l'on sait qu'il a un faible pour les blondes américaines. Objectivement, il n'est pas mal, les cheveux un peu clairsemés, il est un peu trop corpulent, mais avec des traits réguliers et un sourire charismatique. Regarder sa photo ne devrait pas me donner envie de vomir, mais c'est précisément ce que je ressens à l'idée de me « rapprocher » de lui.

Je ne peux pas m'imaginer couchant avec cet homme ni avec qui que ce soit, sauf Lucas.

Me sentant de moins en moins bien, je repousse les papiers et je respire profondément plusieurs fois de suite. La dernière fois que j'ai ressenti une telle répulsion était avant ma toute première mission quand j'avais peur qu'un homme me touche après avoir été agressée par Kirill. C'est une phobie contre laquelle j'ai lutté pour faire mon travail et je suis déterminée à surmonter ce que je ressens en ce moment.

Pour Misha. Voilà ce que je me dis en reprenant les photos. *Je le fais pour Misha.* Sauf que cette fois-ci, ça sonne faux. Mon frère n'est plus un enfant, ce n'est plus un petit garçon sans défense agressé dans un orphelinat. Le visage qui apparaît sur la photo est celle d'un jeune homme, pas d'un enfant. À cause de la faute que j'ai commise, sa vie a déjà été bouleversée. Je ne sais pas quelle raison ses parents adoptifs lui ont donnée pour changer d'identité, mais je suis sûre qu'il est stressé et contrarié. La vie insouciante et stable dont j'ai rêvé pour lui n'est plus possible et malgré l'horrible culpabilité qui me ronge le cœur, je me rends compte que je suis soulagée.

Ce dont j'avais peur est arrivé et je n'y peux plus rien.

Pour la première fois, je me demande ce qui se passerait si je quittais UUR, si je partais, tout simplement. Me laisseraient-ils faire ou me liquideraient-ils ? Si je disparaissais, est-ce que la sœur d'Obenko et son mari se mettraient à maltraiter Misha ? Je ne vois pas pourquoi. Seuls des monstres le mettraient à la rue maintenant et tout semble indiquer que les parents adoptifs de Misha sont de braves gens.

Ils aiment bien Misha et ils ne lui feraient pas de mal.

Je reprends les documents dans le dossier pour les examiner de nouveau. Ils ont l'air authentique, un passeport, un permis de conduire, un extrait de naissance et une carte de sécurité sociale. Si j'accepte cette mission, je deviendrai Mary Becker, une étudiante américaine. Je vivrai à Istanbul, j'irai en cours, et un beau jour je deviendrai la petite amie d'Ahmet Demir. Mon histoire avec Lucas Kent ne sera plus qu'un souvenir et je tournerai la page.

Je survivrai, comme je l'ai toujours fait.

— Vous avez des questions à me poser, demande Obenko et je relève les yeux quand il entre dans la cuisine. Vous avez eu le temps de jeter un coup d'œil au dossier ?

— Oui. Ma voix semble rauque et je dois éclaircir ma gorge avant de continuer. J'ai besoin de réviser un certain nombre de matières avant d'aller à Istanbul.

— Bien sûr, dit Obenko. Vous avez une semaine avant le début du dernier semestre. Vous n'avez donc pas de temps à perdre.

Il sort de la cuisine et je prends mon assiette à moitié pleine avec des mains tremblantes. Je la porte vers la poubelle, j'y jette ce qui reste de mon petit déjeuner, je lave l'assiette et je vais dans ma chambre tandis qu'un plan commence à s'esquisser dans mon esprit.

Pour la première fois de ma vie, je peux choisir mon avenir, et j'ai l'intention de ne pas laisser passer cette occasion.

* * *

Pendant la semaine qui suit, j'apprends des rudiments de turc et je me familiarise avec la culture turque. Je n'ai pas besoin de savoir grand-chose, juste assez pour passer pour une étudiante américaine qui s'y intéresse. J'apprends aussi par cœur tout ce qu'il faut savoir sur Mary Becker et je revois les détails de la vie universitaire aux États-Unis. Je prépare des histoires sur mes amies d'internat et les fêtes à la fac, je lis des cours d'économie et j'imagine les passe-temps préférés de Mary. Obenko et Matyenko m'interrogent quotidiennement et quand ils pensent que je suis une Mary Beker crédible ils m'achètent un billet pour Berlin.

— Vous irez à Berlin sous le nom d'Elena Depeshkova, explique Obenko. Et sous celui de Claudia Shreider pour aller de Berlin à New York. Une fois aux États-Unis vous deviendrez Mary Becker et vous prendrez l'avion pour Istanbul. De cette manière, personne ne pourra deviner que vous venez d'Ukraine. Yulia Tzakova aura disparu une fois pour toutes.

— J'ai compris, dis-je en me mettant un rouge à lèvres éclatant devant une glace. Je porterai une perruque noire pour le rôle d'Helena, j'aurai donc besoin d'un maquillage plus marqué pour aller avec celle-ci. Elena, Claudia, puis Mary.

Obenko hoche la tête et me fait répéter le nom de tous les membres de la famille de Mary, en commençant par ses lointains cousins et en terminant avec ses parents. Je ne me trompe pas une seule fois et quand il s'en va ce jour-là, je sais que tout mon travail en valait la peine.

Mon patron croit que je serai une parfaite Mary Becker.

Le lendemain matin, Obenko me conduit à l'aéroport et me dépose dans la salle des départs. Maintenant, je suis Elena, je porte donc cette perruque et des bottes à hauts talons qui vont bien avec mon jean sombre et ma veste élégante. Obenko m'aide à mettre ma valise sur un chariot avant de repartir en voiture et je lui fais signe en guise d'au revoir tandis qu'il disparaît dans la circulation de l'aéroport.

Dès que sa voiture a disparu, je me jette dans l'action. Laissant ma valise sur le chariot je me précipite à la salle des arrivées et je hèle un taxi.

— Conduisez-moi en ville, dis-je au chauffeur. J'ai besoin de retrouver l'adresse exacte.

Il commence à conduire et je sors mon portable. En ouvrant l'application de localisation que j'ai installée il y a deux ou trois jours, j'identifie un petit point rouge qui se dirige vers le centre-ville à un ou deux kilomètres devant nous. C'est la minuscule puce GPS que j'ai mise dans le téléphone d'Obenko sans qu'il s'en aperçoive quand nous étions dans la maison où je me cachais.

Je n'ai pas l'intention d'accomplir la mission d'Istanbul, mais je n'ai pas eu de mal à trouver un bon usage pour l'équipement de surveillance qu'UUR m'a fourni.

— Tournez à gauche ici, dis-je au chauffeur quand je vois le point rouge quitter l'autoroute et tourner à gauche. Puis continuez tout droit.

Je continue à lui dire où aller jusqu'à ce que je voie le point rouge d'Obenko s'arrêter au centre de Kiev. Ayant dit au chauffeur de s'arrêter un pâté de maisons avant je sors mon portefeuille pour payer ; puis je descends du taxi et je fais le reste du chemin à pied sans quitter mon application des yeux pour être sûre qu'Obenko ne disparaisse pas.

Je retrouve sa voiture devant un grand bâtiment. On dirait des bureaux, il a le sigle d'une multinationale au sommet et le premier étage est occupé par des commerces comme un café à la mode et une boutique de vêtements haut de gamme.

Je m'approche lentement du bâtiment en regardant sans cesse autour de moi pour être sûre de ne pas être suivie.

Mes chances sont minces : rien ne garantit qu'Obenko aille bientôt rendre visite à sa sœur. Mais c'est le seul moyen que j'ai imaginé pour retrouver Misha. Étant donné qu'ils viennent seulement de déménager, ses parents adoptifs commencent leur nouvelle vie et il est possible qu'ils aient besoin de demander quelque chose à Obenko, quelque chose qui nécessitera qu'il aille les voir en personne.

En suivant Obenko le temps qu'il faudra, il y a une chance qu'il me conduise jusqu'à mon frère.

Je sais que mon plan est le fruit du désespoir et qu'il est à la limite de la folie. Puisque je quitte l'UUR, la meilleure solution serait de disparaître dans Berlin ou mieux encore, d'aller jusqu'à New York. Et c'est exactement ce que j'ai l'intention de faire, *après* avoir vu Misha de mes propres yeux.

Je ne peux pas quitter l'Ukraine sans m'assurer que Misha va bien.

Deux jours, voilà ce que je me dis. *Je me donne deux jours maximum.* Si je n'ai pas encore trouvé mon frère après deux jours, je partirai. On mettra trois jours à s'apercevoir que je n'ai pas embarqué, c'est le moment où je devais rencontrer mon responsable à Istanbul, ce qui me donne donc un peu plus de quarante-huit heures pour suivre Obenko avant de quitter le pays.

Sur mon téléphone, le point rouge indique qu'Obenko est au deuxième étage du bâtiment. Je suis curieuse de savoir ce qu'il y fait, mais je ne veux pas prendre le risque de le suivre. Je ne pense pas que la famille de mon frère s'y trouve ; Obenko les a sans doute installés à l'extérieur de la ville, en supposant qu'ils habitaient d'abord Kiev. Pour des raisons de sécurité, mon patron ne m'a jamais révélé où ils habitaient, mais d'après l'arrière-plan des photos de mon frère j'ai deviné qu'ils vivaient en ville et peut-être à Kiev.

J'entre dans le café, je commande une viennoiserie et une tasse d'Earl Grey et j'attends que le point rouge d'Obenko se remette à bouger. Quand c'est le cas, je hèle un autre taxi et je suis mon patron jusqu'à sa prochaine destination, la maison où je me cachais.

Il y reste plusieurs heures avant que le point rouge ne bouge de nouveau. Entretemps, j'ai déjeuné dans un restaurant du quartier et remplacé ma perruque noire par une rousse que j'ai achetée dans ce but. J'ai aussi remplacé mon jean par une longue robe grise et mes bottes à talons hauts par des bottillons plats, la tenue plus confortable qu'« Elena » avait dans son sac.

Ensuite, Obenko se rend dans d'autres bureaux du centre-ville. Il y reste deux ou trois heures avant de retourner à la planque. Je continue à le suivre, mais je commence à me décourager de plus en plus.

Il est clair que ce n'est pas le bon moyen de retrouver mon frère.

Mon téléphone commence à se décharger, je vais donc le recharger dans un autre café tandis qu'Obenko reste sur place. Je vais également sur internet pour acheter en ligne un autre billet pour Berlin demain matin pour remplacer celui dont je ne me suis pas servie aujourd'hui.

Il est temps d'admettre mon échec et de disparaître une fois pour toutes.

En soupirant, je commande un autre thé et je le bois en lisant les nouvelles sur mon téléphone. Obenko semble vouloir passer la nuit là où il est, le point rouge ne bouge plus. Je finis mon thé, je me lève et décide d'aller passer la nuit à l'hôtel pour me reposer avant le long voyage de demain. Mais au moment où je sors dans la rue, mon téléphone sonne dans mon sac ce qui veut dire que l'application signale du mouvement.

Quel bonheur ! Je prends le téléphone et en jetant un coup d'œil à l'écran je m'aperçois qu'Obenko se dirige vers le nord et qu'il va peut-être sortir de la ville.

Nous y voilà peut-être.

Retrouvant immédiatement de l'énergie je saute dans un taxi et je suis Obenko. Je sais qu'il y a quatre-vingt-dix-neuf pour cent de chance que cela ne concerne pas mon frère, mais je ne peux m'empêcher d'avoir un espoir fou en voyant le point rouge d'Obenko continuer vers le nord.

— Vous êtes sûre de savoir où vous allez, Mademoiselle ? demande le chauffeur de taxi une fois que nous avons quitté la ville. Vous disiez que votre petit ami vous donne la direction.

Je lui assure :

— Oui, il vient juste de m'envoyer un SMS. On est presque arrivés.

Je mens comme je respire, j'ignore où nous allons, mais j'espère que ce n'est pas trop loin. Avec toutes les courses de taxi que j'ai déjà payées, il ne me reste plus beaucoup d'argent et j'en aurai encore besoin demain pour aller à l'aéroport.

— D'accord, marmonne le chauffeur. Mais dites-le-moi vite sinon je vous dépose au prochain arrêt de bus.

— C'est seulement à un quart d'heure, dis-je en voyant le point rouge tourner à gauche et s'arrêter 500 mètres plus loin. Tournez à gauche au prochain croisement.

Le chauffeur me lance un regard mauvais dans le rétroviseur, mais s'exécute. La route sur laquelle nous sommes arrivés n'est pas éclairée, elle est à peine carrossable et j'entends le chauffeur pousser un juron quand il évite un nid-de-poule assez profond pour engloutir la voiture.

— Arrêtez-vous ici, lui dis-je quand l'application m'indique que nous ne sommes plus qu'à deux cents mètres. Je sors de la voiture, et je lui tends une liasse de billets en lui disant :

— Voilà la moitié de ce que je vous dois. Attendez-moi s'il vous plaît et je vous donnerai le reste quand vous me ramènerez en ville.

— Quoi ? Il me regarde d'un air furieux. Non, bordel ! Paie-moi en entier, sale pute.

Je fais comme si de rien n'était et je me retourne pour m'en aller, mais il bondit du taxi et il m'attrape par le bras. Instinctivement, je fais demi-tour, mon poing le frappe sous le menton et mon genou l'atteint entre les jambes. Il s'écroule par terre en gémissant et en se tenant l'aine, je lui donne un coup de pied à la tempe qui lui fait perdre connaissance.

J'ai de terribles scrupules à faire mal à ce type qui n'y est pour rien, mais je ne peux pas le laisser repartir. Je n'aurais aucun moyen de revenir en ville et je raterais le vol de demain matin.

Essayant de ne plus y penser, je vérifie le pouls du chauffeur pour m'assurer qu'il est en vie, j'attrape les clés du taxi au cas où il reviendrait à lui, puis je me dirige vers le point rouge que signale l'application de mon téléphone.

Deux ou trois minutes plus tard, j'arrive à ce qui ressemble à un hangar abandonné. Je le fixe avec déception en me demandant si je devrais m'en approcher. Ce qu'Obenko fait là à peu de chance d'avoir un rapport avec la famille adoptive de mon frère ; mon patron ne demanderait pas à sa sœur de le rencontrer loin de tout juste pour lui donner des documents. Il est bien plus vraisemblable qu'il soit en service commandé, et je ne veux surtout pas le déranger.

Malgré tout, je m'approche de quelques pas. Et puis je continue à marcher. Mes jambes semblent avancer d'elles-mêmes. Je suis venue jusqu'ici, voilà ce que je me dis pour justifier ce mouvement irrésistible. Je ne suis plus à quelques minutes près et ça confirmera que je me suis trompée. D'un côté du hangar, on voit un peu de lumière, je me dirige vers elle et je m'accroupis sous une petite fenêtre sale. J'entends des voix à l'intérieur et je retiens mon souffle pour essayer de comprendre ce qui est dit.

—… devient bon, dit un homme en russe. J'ai l'impression de reconnaître sa voix, mais je ne sais pas qui c'est.

— Bien, répond quelqu'un d'autre, et cette fois-ci je sais que c'est Obenko qui parle. Nous aurons besoin de toute l'aide possible.

— Vous voulez une démonstration, dit le premier interlocuteur. Ils aimeraient vous montrer ce qu'ils ont déjà appris.

— Bien sûr, dit Obenko, et j'entends un grognement suivi par un bruit sourd, quelque chose vient de tomber. Ces bruits se répètent à plusieurs reprises et je comprends qu'il s'agit d'une bagarre. Ce sont deux personnes qui se battent à coups de poing, peut-être davantage, et si l'on ajoute ce que j'ai entendu par ailleurs il n'y a qu'une explication possible.

Je suis tombée sur un camp d'entraînement appartenant à l'UUR.

Et maintenant, ça suffit. Je dois partir avant de me faire prendre.

Je me retourne pour m'en aller quand le premier interlocuteur a un grand rire et s'exclame :

— Beau travail !

Je m'arrête tout net et la nausée s'empare de moi. *Cette voix.* Je connais cette voix. Je n'ai cessé de l'entendre dans mes cauchemars.

En me retournant, je sens une sueur froide m'envahir, mais il faut que j'aille vers cette fenêtre.

Ce n'est pas possible.

Ce n'est vraiment pas possible.

Mon cœur bat à se rompre et mes mains tremblent quand je les pose sur le mur à côté de la fenêtre.

Je rêve.

J'hallucine.

C'est la seule explication possible.

En mordant ma lèvre inférieure je me glisse sur la gauche pour voir par la fenêtre. Je sais que je prends un risque terrible, mais je dois savoir la vérité.

Je dois savoir si l'on m'a menti.

La scène que je découvre est la même que dans mes séances de formation. Il y a plusieurs jeunes gens, des garçons et des filles qui forment un demi-cercle. Ils me tournent le dos et font face à un grand tapis de sol sur lequel deux hommes, ou plutôt un homme et un jeune homme se battent. Obenko se tient de côté et les regarde avec un sourire approbateur.

J'ai à peine le temps de m'en apercevoir parce que j'ai les yeux rivés sur les deux combattants. Comme ils roulent au tapis en luttant, j'ai du mal à bien les voir jusqu'à ce qu'ils s'arrêtent quand l'homme bloque son jeune adversaire au tapis.

— Bravo, dit l'homme en se relevant. Il tend la main en riant pour aider le vaincu à se relever. Tu t'es bien battu aujourd'hui, Zhenya.

Le garçon se relève à son tour et époussette ses vêtements, mais ce n'est pas lui que je regarde.

Je ne vois que l'autre.

Il n'a pas beaucoup changé. Ses cheveux bruns sont plus clairsemés et commencent à grisonner, mais il est toujours aussi fort et aussi costaud. Son tee-shirt couvert de sueur est trop petit pour ses larges épaules et il a des bras comme des piliers.

Il y a sept ans personne ne pouvait battre Kirill en combat singulier et il est toujours le plus fort.

Toujours le plus fort et toujours *en vie*.

Obenko m'a menti. Ils m'ont tous menti.

Mon violeur n'a pas payé pour ce qu'il m'a fait.

Il a même gardé son travail d'entraîneur.

Un goût métallique m'envahit la bouche et je m'aperçois que je me suis mordu la lèvre.

C'est de ta faute sale pute. Tout est de ta faute. Le grand corps de Kirill me plaque au sol, ses mains déchirent brutalement mes vêtements. Tu vas payer pour ce que tu as fait.

J'ai du vitriol dans la gorge, mêlé avec l'amertume de la bile. Il me semble que la terreur et la haine vont m'étouffer, mais avant d'être suffoquée par mes souvenirs quelqu'un d'autre entre dans mon champ de vision.

— C'est mon tour, dit un jeune homme blond qui s'approche du tapis. Regarde ça, oncle Vasya ! Il se met en position de combat devant Kirill et une lumière fluorescente illumine son visage.

Un visage que je connais aussi bien que le mien parce que j'ai passé des heures à en contempler la photo.

Parce que tous les traits de ce visage sont l'équivalent masculin de ce que je vois dans la glace.

Mon frère est devant moi, prêt à affronter Kirill.

CHAPITRE DIX-HUIT

❖ LUCAS ❖

— C'est fait, dis-je en entrant dans le bureau d'Esguerra. S'ils le souhaitent, vos beaux-parents peuvent rentrer chez eux dès demain.

La semaine dernière, nous avons exterminé les derniers survivants du gang Sullivan et la CIA a finalement donné son accord pour laisser repartir les parents de Nora. Après le cauchemar médiatique que nous avons provoqué, il a fallu promettre de rendre de grands services à la CIA, mais les relations d'Esguerra nous ont finalement accordé leur aide.

— Tu as aussi fait abattre le chef de la police ? demande Esguerra.

Je hoche la tête en m'approchant de son bureau.

— Au moment où je vous parle, son corps se désintègre dans la soude. C'était le dernier complice, la police de Chicago est propre comme un sou neuf et débarrassée de sa vermine. À part quelques grosses pointures de la CIA, personne ne sait que vos beaux-parents ont été impliqués dans ce merdier.

— Excellent. Esguerra se frotte les tempes et je vois qu'il a l'air particulièrement fatigué. Comme moi, il travaille sans relâche depuis notre retour de Chicago. Il n'a pas besoin d'en faire autant, j'ai supervisé tous les détails du nettoyage, mais il semble vouloir surmonter la fausse couche de sa femme en travaillant. Je vais le dire à Nora, ajoute-t-il. Entretemps, je veux que tu postes une nouvelle douzaine d'hommes pour veiller sur ses parents pendant les prochains mois. Je ne m'attends pas à ce qu'il y ait des problèmes, mais il vaut mieux prendre des précautions.

— Entendu, dis-je. Vous pourriez aussi leur dire d'éviter les endroits où il y a beaucoup de monde pendant un certain temps, au cas où.

— C'est une bonne idée. Esguerra hoche la tête d'un air approbateur. Du moment qu'ils peuvent reprendre leur travail et voir leurs amis, ça ne devrait pas trop les déranger.

— Je suis sûr qu'ils vont vous manquer, dis-je sèchement. Depuis quinze jours les parents de Nora lui en veulent d'être ici et j'imagine qu'Esguerra en a assez de leur présence et de leur désapprobation.

À ma surprise, mon patron a un petit rire.

— Il ne faut pas trop leur en vouloir. Tu sais bien, la famille, etc.

— C'est vrai. J'essaie de ne pas le fixer, mais, en vain. Esguerra a changé : c'est l'évidence. Quand j'ai fait sa connaissance, il n'aurait jamais prononcé le mot « famille ». Et maintenant, il fait un effort pour supporter ses beaux-parents qui le détestent, simplement pour faire plaisir à sa femme.

C'est à la fois amusant et déconcertant de l'observer, comme de voir un jaguar jouer avec un chaton domestique.

— Un jour, tu comprendras, dit Esguerra, et je m'aperçois que l'expression de mon visage a dû me trahir. La vie, ce n'est pas seulement ça, et il désigne les écrans derrière lui et les piles de papier sur son bureau.

— Alors vous allez laisser tomber et vous ranger, dis-je en plaisantant seulement à moitié. Esguerra en a certainement les moyens. Sa fortune se compte en milliards. Même s'il ne devait plus jamais vendre d'armes, il pourrait vivre comme un roi pour le restant de ses jours.

Et pourtant je ne suis pas surpris quand il secoue la tête disant :

— Tu sais bien que ça n'est pas possible. Quand on entre dans cette vie-là, c'est pour de bon. Et d'ailleurs… Il sourit en montrant les dents. D'ailleurs, ça me manquerait. Et à toi aussi ?

— Bien sûr, dis-je et nous nous regardons avec un sourire complice.

Le jaguar a beau jouer avec le chaton, il a beau être amoureux du chaton, il reste quand même un jaguar.

* * *

Tandis que je quitte le bureau d'Esguerra, mon téléphone se met à vibrer, c'est un message qui vient d'arriver. J'ouvre ma boîte mail et je souris cruellement d'impatience.

Message décodé, dit le message de hackers. Un repère clandestin d'UUR a été localisé à vingt-cinq kilomètres au nord de Kiev. Ils semblent avoir commencé à supprimer toute trace de leur existence, mais pas assez vite. Nous nous rapprochons de deux agents de terrain. Espérons avoir bientôt d'autres nouvelles.

Il y a une pièce jointe sous le message. C'est une photo satellite de mauvaise qualité où une croix sur une carte montre l'endroit où j'imagine que doit se trouver ce repère clandestin.

Maintenant, nous savons par où commencer.

— Salut, Lucas, dit une voix de femme au léger accent et je me retourne pour voir Rosa s'approcher de moi, elle vient de la grande maison. Elle porte son costume de bonne habituel et ses cheveux noirs sont relevés en un chignon serré. Comment vas-tu ?

Je sens un accès de rage, mais je parviens à répondre calmement :

— Je vais bien. Son attitude amicale me fait l'effet d'une craie qui raie le verre. Je suis tenté de la ligoter dans le hangar et de l'interroger sans plus tarder, mais il serait plus malin d'attendre encore un peu. Je respire profondément pour me calmer. J'imite son ton amical et je lui demande :

— Et toi, comment ça va ?

Elle hausse les épaules et baisse un moment les yeux.

— Tu sais, on prend chaque jour comme il vient.

— D'accord. Malgré tout, je sens un élan de pitié à son égard. Les bleus ont beau avoir disparu de son visage, je me souviens de son état après la boîte de nuit et ma colère se dissipe un peu.

Si je croyais au karma, j'aurais tendance à croire qu'elle a déjà été assez punie comme ça.

— Et toi, tu as toujours mal aux côtes ? demande-t-elle en relevant les yeux vers moi. Elle semble vraiment se faire du souci pour moi. Elles continuent à te brûler ?

— Non, pas autant qu'avant, dis-je en me calmant encore un peu. Je ne pourrais pas recommencer à m'entraîner avant un mois, mais maintenant je respire normalement.

— Tant mieux ! Rosa sourit puis demande d'un air indifférent :

— Et tu as des nouvelles de ta fugitive ?

Ma rage refait surface avec plus de violence que jamais. J'ai toutes les peines du monde à ne pas étrangler Rosa.

— Mais oui, dit-je d'une voix douce. Je viens juste de la retrouver. C'est faux, j'ignore si la trouvaille des hackers me mènera jusqu'à Yulia, mais si Rosa est de mèche avec l'UUR je veux qu'elle panique et qu'elle les prévienne. Et j'ajoute, bien décidé à lui faire peur : en fait, je vais me lancer à ses trousses dès que j'aurais ramené les parents de Nora.

— Ah bon ! Rosa cligne des yeux et je vois une ombre passer sur son visage. C'est bien.

— Oui, c'est bien, n'est-ce pas ? Je lui adresse le plus neutre des sourires. Je suis fou d'impatience. Et maintenant, excuse-moi, il faut que j'aille inspecter nos nouvelles recrues.

Et avant de lui donner le temps de répondre, je me retourne et je me dirige vers le terrain d'entraînement.

Si je reste un instant de plus en présence de Rosa, je la tuerai de mes mains.

CHAPITRE DIX-NEUF

❖ YULIA ❖

Mon frère.

Kirill entraîne mon frère.

J'ai l'impression d'entrer dans un de mes cauchemars. Il faut reculer avant d'être aperçue, mais je ne peux plus bouger. Mes pieds sont enracinés dans le sol, et je ne peux plus respirer, l'air me fait défaut.

Mischa et Kirill.

L'élève et son maître.

J'ai un goût de vomi dans la bouche et je n'y vois plus rien, tout devient flou.

Va-t'en, Yulia, va-t'en avant qu'il ne soit trop tard.

Je veux obéir à cette voix, mais je suis paralysée, figée sur place.

Non seulement Obenko m'a menti sur la mort de Kirill, mais il m'a menti sur tout le reste.

J'essaie d'inspirer, mais ma gorge est trop serrée. La fenêtre flotte devant moi comme si je la voyais à travers la lentille d'une caméra en mouvement et je m'aperçois que je tremble comme une feuille, mes doigts que j'appuie sur le mur sont glacés.

Va-t'en, Yulia, va-t'en immédiatement.

La voix se fait plus pressante et je me force à reculer d'un tout petit pas. Mais je ne peux toujours pas détourner les yeux de la scène horrible que j'ai devant moi.

Vas-y, Yulia, va-t'en !

Avant que je ne puisse faire un autre pas, Misha jette un coup d'œil vers la fenêtre et se fige à son tour en me fixant droit dans les yeux.

Je le vois écarquiller ses yeux bleus puis crier

— Il y a quelqu'un dehors ! Et il se jette vers la fenêtre.

Je réussis finalement à bouger, je me retourne et je m'enfuis.

Mes jambes sont raides comme du bois, elles répondent mal, et je n'arrive pas à respirer. Il me semble être dans des sables mouvants, chaque pas me demande un effort démesuré. Je sais bien que c'est à cause du choc que je viens d'avoir, mais ça n'améliore rien. Il me semble que mes muscles sont à quelqu'un d'autre et je ne sens pas mes pieds quand ils touchent le sol.

Le taxi. Il faut atteindre le taxi.

Je me concentre sur ce but, mettre un pied devant l'autre sans réfléchir. En courant, je sens que mes jambes sont moins raides et je sais que j'ai enfin une bouffée d'adrénaline qui me permet de surmonter le choc.

— Yulia ! Arrêtez-vous !

C'est Obenko. Entendre sa voix m'emplit d'une telle rage que je redouble de vitesse. En serrant les dents, j'accélère encore, et je me mets à courir éperdument. S'ils me rattrapent, je suis perdue et personne ne fera payer Obenko pour son épouvantable trahison.

Je pourrirai dans une tombe anonyme tandis que Kirill fera de mon frère une machine à tuer dépourvue de toute conscience.

— Yulia !

Cette fois-ci, c'est une autre voix qui m'appelle. Je reconnais l'intonation plus grave de Kirill et une terreur atroce me parcourt les veines. Mes souvenirs m'étreignent comme une plante empoisonnée. Je tente de les repousser, mais des bribes me parviennent et me traversent l'esprit comme des fragments de film.

On entre dans mon dortoir. Une grande main se referme sur ma bouche et quelqu'un m'attrape par-derrière.

Je cours de plus belle, le sol est devenu flou. Je respire par saccade en sifflant et mes poumons sont sur le point d'exploser.

Je me débats. Je tombe par terre. Il y a un homme au-dessus de moi. Je ne peux plus bouger, je ne peux plus rien faire.

Je suis maintenant à une douzaine de mètres du taxi et je serre les clés dans ma poche, prête à y monter.

Boum ! Boum ! Le pare-brise du taxi vole en éclats et je zigzague pour échapper à la prochaine balle.

— Ne tirez pas, hurle Kirill derrière moi. Sa voix semble s'être rapprochée ; il gagne du terrain. Je répète, ne tirez pas !

Savoir qu'il veut me prendre vivante est encore plus terrifiant que l'idée de mourir. Je réussis à aller encore plus vite et je bondis vers le taxi. Le chauffeur est au sol, il n'a pas repris connaissance et j'espère de tout mon cœur qu'aucune des balles ne va l'atteindre. Mais je n'ai pas le temps de m'en préoccuper parce qu'au moment de mettre la clé dans la porte une main m'attrape l'épaule.

Je fais volte-face et brandis les clés comme une arme en visant l'œil de mon agresseur. Il recule d'un coup, je me jette par terre et je roule sous le taxi en me rendant compte que mon adversaire est de plus petite taille et qu'il a les cheveux moins foncés que Kirill.

Ce n'est pas lui qui m'a rattrapée, c'est Misha.

Je me relève de l'autre côté du taxi et je me remets à courir. Malgré ma terreur, je m'aperçois qu'une fierté absurde m'a prise. Mon frère court vite. Obenko ne me l'avait jamais dit.

Je l'entends courir à toute vitesse derrière moi et je me demande s'il sait qui je suis, s'il réalise qu'il va tuer sa propre sœur. Connaît-il le mensonge d'Obenko ou lui a-t-on menti à lui aussi ?

— Attrape-la ! Hurle Kirill et tout le poids d'un corps s'abat sur moi en me plaquant au sol. Je réussis à me retourner et c'est moi qui atterris sur Misha. Avant qu'il n'ait le temps de réagir, je lui donne un coup de poing dans la mâchoire et je reprends ma course d'un bond.

Mais c'est trop tard. En me retournant quelqu'un d'autre me rentre dedans, me fait tomber et cette fois je n'ai pas le temps de riposter.

En un éclair, mon bras est tordu derrière le dos et mon visage enfoui dans le gravier tandis qu'un énorme poids s'enfonce sur moi. Mon entraîneur me murmure à l'oreille :

— Bonjour, Yulia, je suis content de te revoir !

CHAPITRE VINGT

❖ LUCAS ❖

Esguerra m'informe que les parents de Nora souhaitent prendre l'avion demain matin de bonne heure et je décide de faire exactement ce que j'ai dit à Rosa : j'irai en Ukraine immédiatement après les avoir ramenés chez eux. Je ne me suis pas complètement remis, mais il commence à y avoir moins de travail pour régler le désastre de Chicago et mes côtes pourront guérir en Ukraine aussi bien qu'ici.

Maintenant, il faut que j'apprenne la nouvelle à Esguerra et que je l'informe de tout ce que j'ai appris sur l'UUR.

— Est-ce que j'ai bien compris ? dit Esguerra quand je vais dans son bureau lui expliquer l'existence du repère clandestin. Tu veux une douzaine de nos meilleurs hommes pour conduire une opération en Ukraine alors que nous essayons seulement de nous remettre de nos pertes ? Pourquoi est-ce aussi urgent ?

— Ils ont commencé à faire disparaître des traces de leur existence, dis-je. Si nous attendons davantage, il sera beaucoup plus difficile de les retrouver.

Je passe sous silence le fait que chaque jour sans Yulia est une foutue torture et que je ne peux pas dormir sans elle à mes côtés.

— Et alors ? dit Esguerra en fronçant de sourcils. On finira bien par les avoir, quand on aura repris des forces et reconstitué notre équipe de sécurité. Nous n'avons pas une douzaine de gardes de disponibles en ce moment et l'UUR ne nous menace pas directement comme le faisait Al Quadar. Nous ferons payer les Ukrainiens pour l'accident d'avion, mais nous le ferons au bon moment.

Je respire profondément. Je sais qu'Esguerra a raison, mais je ne peux pas rester au domaine tant que je sais que Yulia est là-bas avec son Misha.

— Entendu, dis-je. Et si j'allais tout seul en Ukraine en emmenant seulement deux ou trois gardes ? Je pourrais prendre Diego et Eduardo, vous pouvez sûrement vous passer de nous trois.

Esguerra me regarde plus durement.

— Pourquoi ? C'est à cause de la fille qui s'est enfuie ?

J'hésite un instant puis je décide de lui dire la vérité.

— Oui, dis-je en examinant la réaction d'Esguerra. Je veux qu'elle revienne.

— Je croyais que c'était juste un jeu pour toi.

— Oui, mais, ce n'est pas fini.

Esguerra me fixe.

— Je vois.

— Elle est à moi, dis-je en décidant d'abattre mon jeu. Je veux la reprendre et je veux la garder.

— La garder ? L'expression d'Esguerra reste la même, mais je vois s'agiter un muscle de sa mâchoire tandis qu'il se penche en avant sur son siège. Que veux-tu dire exactement ?

J'écarte davantage les pieds et je le regarde froidement.

— Je veux dire que je vais lui mettre des implants de localisation et la garder aussi longtemps que j'en aurai envie. Je suis certain que vous n'aurez pas d'objection.

Le tremblement s'intensifie dans la mâchoire d'Esguerra tandis que nous nous fixons mutuellement sans céder ni l'un ni l'autre. La tension est palpable et je sais que c'est un moment décisif, celui où je vais savoir si mon patron apprécie vraiment ma loyauté.

C'est Esguerra qui parle le premier.

— Alors voilà ? Tu es prêt à passer l'éponge sur l'accident d'avion ?

— Elle suivait des ordres, dis-je. Et d'ailleurs, qui dit qu'elle va s'en tirer comme ça ?

Yulia *paiera* pour nouvelle trahison, pour s'être enfuie vers son amant.

Esguerra soutient mon regard quelques instants de plus avant de se lever et de contourner son bureau. Il s'arrête devant moi et dit à voix basse :

— Nous savons tous les deux ce que je te dois pour ce que tu as fait en Thaïlande, et si c'est ce que tu veux, si c'est *elle* que tu veux, ce n'est pas moi qui vais t'en empêcher. Mais elle porte malheur, Lucas. Fais ce qui est nécessaire pour assouvir ton envie, mais n'oublie pas qui elle est ni ce qu'elle a fait.

— Oh, ne vous inquiétez pas, dis-je avec un sourire grave. Je n'oublierai pas.

Je n'ai pas encore décidé comment châtier Yulia quand je l'aurai retrouvée, mais il y a une chose que je sais déjà.

Les jours de son amant sont comptés.

* * *

Ce soir-là, je fais en sorte que Thomas, un autre garde qui a toute ma confiance, garde l'œil sur Rosa. Je ne lui dis pas pourquoi ; je me contente de lui dire de la suivre discrètement et de surveiller tous ses mails et tous ses appels. Pour le moment, ma priorité essentielle est de retrouver Yulia, mais je n'ai pas oublié le danger potentiel que Rosa constitue pour nous.

Je m'occuperai d'elle à mon retour d'Ukraine. Mais d'abord, il faut ramener les parents de Nora chez eux et trouver le moyen d'aller en Ukraine sans me faire repérer.

Je commence par appeler Bushekov, le fonctionnaire russe que nous avons rencontré à Moscou. Je ne lui parle pas de la fuite de Yulia, mais je lui donne les renseignements que j'ai déjà obtenus sur l'UUR. Plus je peux faire pression sur l'agence de Yulia, mieux ça vaut.

Malheureusement, Bushekov prétend qu'il est incapable de m'aider à entrer discrètement en Ukraine, il explique que la tension entre les deux pays est trop grande. Je devine qu'il ne veut pas mettre en péril les agents qu'il y a placés, mais je n'insiste pas. Si je savais exactement où se trouve Yulia, ça serait différent, mais le repère clandestin n'est qu'une piste possible et je dois garder la bonne volonté dont les Russes sont prêts à faire preuve à notre égard. Ce qui signifie qu'il ne reste qu'une seule solution.

Je contacte Peter Sokolov, l'ancien consultant en sécurité d'Esguerra et je lui demande de m'aider.

C'est Peter qui a aidé Esguerra à s'en tirer après l'accident d'avion, mais pour y parvenir il a laissé les terroristes enlever Nora et mon patron a juré d'avoir sa peau s'il lui met la main dessus. Mais je ne partage pas les sentiments d'Esguerra. En fait, je suis heureux qu'il soit sain et sauf. Je ne suis pas resté en contact avec Peter, mais j'ai gardé son ancienne adresse mail et je lui envoie donc un message pour lui expliquer la situation. Il a un réseau de relations exceptionnel en Europe de l'Est ; d'ailleurs, c'est lui qui nous a présentés à Bushekov.

Comme je m'y attendais, il ne répond pas immédiatement. Je sais qu'il a fort à faire pour se venger de ceux qui sont sur sa liste. Pourtant j'espère qu'il aura le temps de jeter un coup d'œil à ses mails. Il me suffira que deux ou trois responsables du trafic aérien détournent les yeux quand j'atterrirai à Kiev.

Et enfin, j'explique notre future mission à Diego et à Eduardo.

— Il n'y aura que nous trois, dis-je, il nous faudra donc être très discrets. Il ne faut pas que notre présence soit repérée tant que nous serons en Ukraine. Notre but est de nous renseigner autant que possible et d'en sortir vivants. Est-ce clair ?

Ils hochent tous les deux la tête et de bonne heure le lendemain matin nous chargeons l'avion avec des armes, des vêtements pare-balles, de faux papiers et tout ce dont nous pourrions avoir besoin si les choses tournent mal.

Et maintenant, il suffit que Peter me réponde.

* * *

Mais quand nous atterrissons à Chicago, il n'y a toujours aucun message de sa part si bien que je remets les beaux-parents d'Esguerra à notre équipe de sécurité et que je recommande aux gardes de les raccompagner chez eux. Les parents de Nora semblent soulagés d'être de retour sur le sol américain et j'imagine qu'on n'est pas près de les revoir en Colombie.

— Alors qu'est-ce qu'on fait ? demande Diego quand je reviens à l'avion. On part tout de suite pour Kiev ?

— On va peut-être faire une escale d'un jour ou deux à Londres, dis-je. J'attends une piste. Et juste à ce moment-là, mon téléphone se met à vibrer, il y a un nouveau message. En l'ouvrant, je lis la réponse de Peter et un sourire éclaire mon visage. Je me retourne vers la cabine de pilotage en rectifiant : oubliez ce que je viens de dire, on se dirige vers l'Ukraine.

CHAPITRE VINGT-ET-UN

❖ YULIA ❖

— Alors dites-nous, Yulia, dit Obenko en se penchant sur la table, pourquoi n'avez-vous pas pris cet avion ?

Je garde le silence en me concentrant sur ma respiration. Inspirer, expirer. Et puis encore une fois, et une autre. C'est la seule chose que je sois capable de faire en ce moment. Tout le reste est au-dessus de mes forces. Quelque part dans un coin de ma conscience se tapit la souffrance de la trahison, une sorte de souffrance monstrueuse qui va m'anéantir si je la laisse faire, si bien que je me concentre sur ce qu'il y a de plus prosaïque comme ma respiration ou les lampes fluorescentes qui clignotent au-dessus de ma tête.

J'ai les mains ligotées derrière le dos et une longue chaîne relie mes poignets à mes chevilles. Je porte toujours la robe que j'avais quand on m'a capturée, mais on m'a enlevé ma perruque à un moment donné. Je ne sais pas quand ni où je me trouve parce que je ne me souviens que très vaguement des heures qui ont suivi ma capture. Je sais que je suis dans une salle d'interrogatoire avec un miroir qui fait tout un pan de mur et du mobilier en fer, mais j'ignore si nous sommes toujours à Kiev. Il me semble qu'on m'a conduit du hangar à un autre endroit, mais peut-être pas, d'ailleurs ça n'a pas d'importance.

Je n'en sortirai pas vivante.

— Répondez-moi, Yulia, dit Obenko d'une voix plus dure. Pourquoi n'avez-vous pas pris l'avion comme vous deviez le faire et comment avez-vous trouvé notre camp d'entraînement ? Vous travaillez pour Esguerra maintenant ?

Je ne réponds pas et Obenko plisse les yeux.

— Je vois. Eh bien si vous ne voulez pas me parler, peut-être parlerez-vous à Kirill Ivanovitch. Il se lève et fait un petit signe en direction du miroir avant de sortir de la pièce.

Une minute plus tard, mon ancien entraîneur y pénètre, ses lèvres minces sont grimaçantes, il sourit durement. Malgré tous mes efforts pour garder mon calme, ma gorge se serre et une sueur froide mouille mes aisselles quand il s'approche de la table et s'assied en face de moi.

— Pourquoi un tel entêtement ? Son genou effleure ma jambe nue sous la table et je dois avaler ma salive pour ne pas vomir. Tu es un agent double comme on le soupçonne ?

J'essaie de bouger la jambe pour qu'il ne me touche plus, mais je suis enchaînée sur place. D'où je suis, je sens l'odeur de son eau de Cologne et je me mets à respirer tellement vite que je suis au bord de l'hyperventilation. Dans un effort éperdu pour me contrôler je baisse les yeux vers la table en me concentrant sur les tâches graisseuses qui salissent sa surface métallique. *Inspirer, expirer. Inspirer, expirer.*

— Yulia… La main de Kirill m'attrape le genou sous la table, ses doigts s'enfoncent dans ma cuisse. Tu travailles pour Esguerra ?

Inspirer, expirer. Inspirer, expirer. Je peux surmonter ça. Je peux garder la douleur à distance. *Inspirer, expirer.*

Mais sa main remonte le long de ma cuisse.

Inspirer, expirer.

— Réponds-moi, Yulia.

Inspirer, expirer. Je sens se rapprocher les ténèbres et l'engourdissement qui m'ont protégée pendant ma captivité et pour une fois je les accueille avec reconnaissance, laissant mon esprit s'évader de cette pièce, loin de cette souffrance envahissante. Ce n'est pas moi qui suis enchaînée à cette chaise, ce n'est que mon corps. Ce ne sont que de la chair et des os qui vont bientôt cesser de vivre. On ne peut plus me faire de mal parce que je ne suis pas ici.

Ce n'est pas moi qui suis ici.

*　*　*

— Catatonique, dit un homme. Sa voix me parvient comme si elle traversait un épais mur d'eau. J'ai du mal à comprendre ce qu'il dit et je lutte pour repousser les ténèbres quand il ajoute : vous n'obtiendrez rien d'elle de cette façon. Il faut en finir. Il est évident qu'elle est passée à l'ennemi.

— Nous devons découvrir ce qu'elle sait, répond quelqu'un d'autre et je reconnais sa voix, c'est celle d'Obenko. D'ailleurs si ce n'est pas un agent double ça peut encore s'arranger.

— Vous vous trompez, dit le premier interlocuteur et cette fois je reconnais sa voix, c'est celle de Matyenko, l'un des supérieurs qui m'a interrogée à mon retour. Elle ne vous le pardonnera jamais.

— Peut-être pas, mais j'ai une idée, dit Obenko et j'entends des pas s'éloigner. Mon esprit retrouve lentement sa lucidité et j'entrouvre les yeux pour jeter un coup d'œil.

Je suis toujours dans la salle d'interrogatoire, mais je ne suis plus enchaînée à la table. Maintenant, je suis couchée sur le côté sur un sol froid en ciment à côté de ma chaise et mes poignets sont menottés derrière le dos.

Deux hommes se tiennent vers la porte, Kirill et Matyenko. Ils parlent à voix basse et me jettent un coup d'œil de temps en temps ; la nausée me tord les boyaux, les ténèbres sont revenues. Est-ce que Kirill m'a touchée quand j'ai perdu connaissance ? Est-ce lui qui m'a ôté les chaînes et mise par terre ?

— Elle est consciente, s'exclame Matyenko en venant vers moi, et je cesse de lutter contre les ténèbres.

Je ne suis plus là.

Je n'existe plus.

* * *

— Yulia. Une main froide m'effleure le front. Yulia, tu m'entends ?

Le mur d'eau est de nouveau là et il m'empêche de bien entendre, mais il y a quelque chose dans cette voix qui attire mon attention. Les ténèbres se dissipent, le mur d'eau se dissipe et j'ouvre les yeux.

Un garçon blond est accroupi au-dessus de moi, il a des yeux bleus perçants et un beau visage.

Nous nous fixons une seconde ; puis mon frère se relève d'un bond.

— Oncle Vasya hurle-t-il, elle a repris connaissance.

J'entends des pas puis une main me relève brutalement et me replace sur la chaise. Mon pouls s'accélère, mais avant que la panique ne prenne le dessus je réalise que Kirill n'est plus là.

Il n'y a plus qu'Obenko et moi.

— Où est Misha ? Je pose cette question d'une voix rauque. Il me semble avoir la gorge pleine de sable, la bouche pâteuse et sèche. J'ai dû m'évanouir assez longtemps.

— Il est sorti afin que nous puissions parler, dit Obenko. Alors, parlons, Yulia.

— D'accord. Je me rends compte que je frissonne et que je ne sens plus le bout de mes doigts, ils sont glacés. Et pourtant je dis d'une voix ferme : de quoi voulez-vous parler ? Vous voulez qu'on parle de vos mensonges depuis onze ans ? Ma voix se raffermit et mon cerveau retrouve sa clarté, le brouillard s'en va. Vous voulez qu'on parle de mon frère que vous avez enlevé et dont l'entraîneur est un monstre ?

Obenko pousse un soupir las.

— Ce n'est pas la peine de dramatiser. Je ne vous ai pas menti, en tout cas, pas au sujet de Misha. Simplement, je ne vous ai pas tout dit.

— « Tout », ça veut dire quoi ?

— Jusqu'il y a deux ans, Misha a mené exactement le genre de vie que je vous ai montré sur les photos. C'était un garçon normal, heureux de vivre, bien intégré. Et puis les choses ont commencé à changer. Il s'est mis à sécher l'école, à se battre, à voler des cigarettes… Obenko fait la grimace. Ma sœur ne savait plus que faire et elle m'a demandé d'intervenir pour voir si j'arriverai à le raisonner. Mais quand j'ai essayé, j'ai vu que c'était inutile. Misha était trop insatisfait, il s'ennuyait trop. Obenko me regarde. Un peu comme moi, à son âge.

— Alors, quoi ? Je serre une main glacée derrière le dos. Vous avez décidé d'en faire un espion ?

Obenko ne bronche pas.

— Il avait besoin d'être encadré, Yulia. Il avait besoin d'avoir un but dans la vie, et nous pouvions le lui donner. Il y a tant de jeunes gens comme lui dans notre pays, un pays qui a perdu ses illusions. Des jeunes gens qui ne sont plus dans le droit chemin et qui ne le retrouveront plus. Ils ne savent pas ce qu'ils font de leur vie, se moquent de tout sauf de plaisirs sans lendemain, je ne voulais pas que votre frère devienne comme eux.

— C'est ça. Il me semble que je vais m'étrangler. Vous vouliez qu'il devienne comme vous et comme Kirill.

— Yulia, écoutez, en ce qui concerne Kirill… Quelque chose qui ressemble à de la culpabilité passe dans les yeux d'Obenko. Il faut que vous compreniez, notre organisation secrète n'a pas beaucoup de membres. Nous ne pouvions pas nous permettre de perdre quelqu'un d'aussi compétent et d'aussi expérimenté que lui. Pas à cause d'une seule erreur.

— Une erreur ? Ma voix se brise. C'est comme ça que vous appelez une violente agression ?

Obenko pousse un nouveau soupir, comme si j'exagérais.

— Ce qui vous est arrivé est un incident isolé, dit-il patiemment. C'est la seule et unique fois qu'il a perdu le contrôle de lui-même de cette manière. Je comprends que ça vous ait traumatisée, mais Kirill est un atout pour notre agence et pour notre pays. La seule chose que nous pouvions faire était de l'éloigner de vous et de nous assurer que vous alliez vous en remettre.

— En me disant qu'il était mort ? Que vous l'aviez fait assassiner ?

Obenko hoche la tête.

— C'était pour votre bien. Comme ça, vous pouviez l'oublier et tourner la page.

— Vous voulez dire que je pouvais rendre service à l'UUR.

Obenko ne répond pas, mais je sais exactement ce qu'il pense. Pour lui, je ne suis pas un être humain, je suis un pion sur l'échiquier, un pion qui peut être soit un atout soit un problème.

— Et Misha le sait-il ? Je l'interroge en le fixant alors qu'autrefois je l'admirais. Sait-il que je suis sa sœur ?

Obenko hésite puis me dit :

— Oui, il le sait. Il a des souvenirs de l'orphelinat, nous n'avons donc pas eu le choix, il a fallu lui parler de vous. Il sait aussi que vous vous êtes retournée contre nous, qu'il s'est passé quelque chose chez Esguerra et que vous avez trahi votre propre pays.

J'enfonce les ongles dans la paume de ma main.

— C'est faux. Je ne vous ai pas trahi.

— Alors, pourquoi m'avoir suivi ? Pourquoi m'avoir mis ça ? Obenko pose la main sur la table et ouvre le poing pour me montrer la puce du GPS que j'ai mise dans son téléphone.

Après y avoir réfléchi, je décide que je n'ai rien à perdre en lui disant la vérité. À ses yeux, je suis déjà un problème.

— Parce que je voulais revoir Misha une dernière fois dis-je calmement. Parce que je ne pouvais plus continuer à travailler pour vous.

— Alors vous alliez partir. Obenko m'examine attentivement. Vous savez, je m'en doutais. Vous n'êtes plus la même depuis que vous êtes revenue.

Je hausse les épaules. Je ne vais pas lui expliquer la relation complexe que j'entretiens avec Lucas ni mon incapacité à accepter une nouvelle « mission ». Si j'ai eu le moindre sentiment de culpabilité à l'idée d'abandonner l'UUR il a disparu, il s'est volatilisé quand j'ai été frappée par la trahison d'Obenko et le désir de Misha d'abandonner une vie pour laquelle je m'étais tant battue.

J'ai passé onze ans à protéger mon frère pour m'apercevoir qu'il va devenir comme moi.

J'imagine que ça devrait m'anéantir, mais c'est encore une peine lointaine, tenue à distance par un engourdissement glacé qui domine tout, même ma rage.

— Je veux lui parler, dis-je à Obenko. Je veux parler à Misha.

Il m'examine encore un moment puis secoue lentement la tête.

— Non, Yulia, vous ne feriez que lui compliquer les choses. Il est là où il doit être, mentalement et émotionnellement, et ce que vous avez l'intention de lui dire rendra la situation plus difficile pour lui. Ce n'est pas ce que vous souhaitez, me semble-t-il.

Je fais une grimace de dédain.

— Donc il ignore ce qu'a fait Kirill ainsi que la manière dont vous m'avez manipulée pendant toutes ces années.

Obenko ne bronche pas.

— Misha sait que Kirill Ivanovitch a consacré sa vie à son pays, comme nous tous à l'UUR, et que vous l'avez abandonné quand il était petit. Tout le reste n'est qu'une question de point de vue.

— Évidemment. Je devrais être furieuse que mon frère me prenne pour une traîtresse qui l'a abandonné à l'orphelinat, mais c'est trop grave afin que je puisse tout assimiler d'un coup. Il me semble que ça concerne quelqu'un d'autre, comme si je regardais un film au lieu d'y figurer. Alors que pensera-t-il de ma disparition ?

Obenko pousse un nouveau soupir.

— Yulia…

— Allez-y, dites-le-moi.

— Vous vous serez enfuie, dit Obenko. Vous aurez disparu en Amérique latine avec votre amant.

— Ah oui. Évidemment, mon amant. Je pense à Lucas et à la manière dont nous nous sommes séparés et c'est déchirant. Mais je parviens à lui demander : et c'est pour quand, le grand départ ? Aujourd'hui ? Demain ?

— Ce n'est pas inévitable, Yulia. Je lis un regret sincère dans les yeux d'Obenko. Il n'est pas trop tard. On peut recommencer et oublier tout ça. Si vous faisiez la preuve...

— Faire la preuve ? Je ne peux retenir un rire amer. Et comment ? En baisant encore d'autres hommes pour vous ?

La main d'Obenko qui est posée sur la table se replie, mais le ton de sa voix reste imperturbable.

— En exécutant votre mission. Vous savez à quel point ce que nous faisons est important...

— Oui, je le sais. Je fais la grimace. Tellement important que vous pouvez laisser un violeur s'occuper de l'entraînement de jeunes filles. Tellement important que vous pouvez mentir, assassiner et manipuler n'importe qui... y comprit votre neveu adoptif.

Le regard d'Obenko se durcit et il se lève.

— À votre guise, dit-il. Vous avez jusqu'à demain matin. Si vous faites le bon choix, dites-le-moi.

Il sort de la pièce et je demeure vers la table à écouter le bruit de ses pas qui s'éloignent.

* * *

Une heure plus tard, Matyenko vient détacher mes menottes et m'emmène dans une pièce sans fenêtre qui ressemble à une cellule. Elle a une étroite couchette avec une petite ouverture, un w.c. en métal sans couvercle et un petit lavabo rouillé.

— Où sommes-nous ? Je pose cette question, mais il ne me répond pas. Il se contente de sortir et de fermer à clé derrière lui, me laissant seule.

J'attends quelques minutes pour être sûre qu'il ne va pas revenir puis je vais aux toilettes et je me lave les mains dans l'eau trouble qui coule du robinet. Je me demande si je vais en boire pour assouvir ma soif, mais je décide que non.

Je préférerais ne pas passer ma dernière nuit à vomir tripes et boyaux.

Je vais vers la couchette pour m'y allonger. Je fixe le plafond. Je sais que je ne pourrai pas dormir, je n'essaie donc même pas. Les mêmes pensées reviennent sans cesse dans ma tête et j'oscille entre une rage amère et un désespoir morne. Il y a trois choses qui reviennent sans cesse :

Kirill est en vie, il est chargé de la formation de mon frère qui va devenir un espion.

On a raconté toutes sortes de mensonges à mon frère.

Je vais mourir demain si je n'accepte pas de continuer à travailler pour l'UUR.

Je ne peux rien faire pour résoudre les deux premiers problèmes, mais j'ai le pouvoir de résoudre le troisième, du moins si Obenko dit la vérité. Théoriquement, je pourrais accepter de remplir ma mission, et si je fais mes preuves, tout sera pardonné.

Je pourrais aussi promettre de remplir ma mission et m'enfuir à la place.

C'est très tentant, mais ça ne sera pas facile. J'ai avoué que je voulais disparaître, si l'on décide de me laisser sur le terrain je serai donc étroitement surveillée. On me mettra peut-être même des implants de localisation, comme ceux que Lucas voulait me faire poser.

Mon désespoir laisse place à une amertume amusée. Quoi que je fasse j'ai l'impression d'être destinée à rester prisonnière.

Je suis secouée de frissons et je m'aperçois que j'ai à nouveau froid, j'ai les pieds et les mains gelés. Je me roule en boule, je mets la couverture sur ma tête et je fais semblant d'être dans un cocon, où rien de mal ne peut m'atteindre, où je peux dormir et rêver d'une autre vie, une vie où Lucas me regarde comme il l'a fait le dernier matin avant de partir, et où je n'aurai plus besoin de fuir.

Une souffrance que je connais bien me perce le cœur et je ferme les yeux pour laisser revenir les souvenirs. Il y avait tant de choses qui n'allaient pas dans notre relation, et pourtant nous avons eu des moments de bonheur. Et maintenant… maintenant, eux seuls comptent.

Il ne me reste plus que des souvenirs et le désir intense de le revoir une dernière fois avant de mourir.

* * *

On m'arrache la couverture, des mains tirent violemment sur mon slip et le déchirent en soulevant ma robe. Un corps d'homme s'abat de tout son poids sur moi et on me plaque les poignets au-dessus de la tête. Je crois d'abord que je rêve de Lucas puis je sens cette odeur.

L'eau de Cologne.

Lucas n'en met jamais.

Complètement paniquée, j'ouvre les yeux et un cri rauque me sort de la gorge, un cri immédiatement étouffé par une grande main qui se pose sur ma bouche.

— Chut ! murmure Kirill tandis que je me débats comme une folle pour essayer de me dégager. Nous ne voulons déranger personne, n'est-ce pas ?

La main qu'il a posée sur ma bouche m'écrase la mâchoire et son autre main me serre tellement fort les poignets que je sens mes os se frotter les uns contre les autres. Comme ses jambes plaquent les miennes sur le lit je ne peux ni bouger ni lui donner de coups de pieds et la terreur me donne la nausée en sentant son sexe en érection se frotter contre ma jambe nue.

— On va s'amuser un peu, dit-il et ses yeux noirs brillent cruellement d'excitation. En souvenir du bon vieux temps.

Puis il met de force son genou entre mes jambes et baisse la tête.

CHAPITRE VINGT-DEUX

❖ LUCAS ❖

Je lève le poing pour faire signe à Diego et à Eduardo de s'arrêter, c'est la nuit, mais je parviens à deviner le bâtiment qui est devant nous. Pour un repère clandestin, il est curieusement petit, ce n'est qu'une maison délabrée en pleine campagne au milieu des bois.

— Tu es sûr que c'est là ? murmure Diego en s'accroupissant à côté de moi. Ça ne paie pas de mine.

— J'imagine que l'essentiel est en sous-sol, dis-je sans élever la voix. Je vois deux 4x4 dans un hangar à l'arrière, et je ne crois pas que les paysans ukrainiens conduisent des 4x4.

Nous laissons notre propre voiture dans les bois à quelques centaines de mètres pour explorer les lieux et décider de notre plan d'action. Quoi que nous fassions, il faudra être rapide et discret pour pouvoir quitter le pays avant qu'UUR ne s'aperçoive de notre présence. Grâce aux relations de Peter Sokolov, nous avons atterri sans nous faire repérer dans un aéroport privé et nous devons repartir de la même manière.

— Fais le tour par-derrière et surveille les lieux de là-bas, dis-je à Eduardo qui est derrière Diego. Je vais essayer de pirater leurs ordinateurs à distance.

Il hoche la tête et disparaît dans les buissons, et je sors l'équipement que j'ai apporté. L'un des avantages de travailler avec Esguerra est de disposer de matériel d'espionnage militaire de pointe, comme ce récupérateur de données à distance.

En ouvrant mon ordinateur portable je le synchronise avec ce logiciel et je dis à Diego :

— Bonne nouvelle, nous ne sommes pas hors champ. Et maintenant, il suffit de laisser le programme pirate faire des miracles.

Il lui faut plus d'une heure pour traverser les pare-feu, mais finalement mon écran s'emplit d'une multitude de données, y compris les plans de la maison et l'enregistrement vidéo en direct d'un hall mal éclairé.

— On est à l'intérieur du bâtiment ? demande Diego en regardant par-dessus mon épaule. Je lui réponds :

— Tu l'as dit ! Je vois deux hommes passer devant la caméra. L'un des deux semble étonnamment jeune, c'est à peine un adolescent, ce qui commence par me déconcerter, jusqu'à ce que je me souvienne qu'UUR a l'habitude de recruter des enfants.

Je clique sur l'enregistrement vidéo suivant et je vois ce qui ressemble à une salle d'interrogatoire. À part une table de métal et deux chaises, elle est vide. Ensuite, je vois ce qu'enregistre la caméra d'un poste de contrôle. Il y a un homme lourdement armé assis devant une rangée d'ordinateurs. Je clique sur l'enregistrement suivant qui me montre un autre couloir et d'autres qui me montrent des pièces ressemblant à des cellules. Mais je suis déçu, elles sont toutes vides.

On ne doit pas beaucoup s'en servir.

Je continue de cliquer en comparant la disposition des pièces aux plans qui sont sur mon écran et je prends des notes. Ce faisant, je vois deux autres hommes, l'un ressemblant à un champion de lutte catégorie poids lourd, l'autre qui est plus mince et doit avoir la quarantaine.

— Seulement cinq agents pour le moment, et l'un d'entre eux est un gamin, dit Diego par-dessus mon épaule. Nous devrions être plus forts qu'eux.

— C'est vrai. Je continue à cliquer en notant ce qu'il y a à l'intérieur de chaque pièce et je m'arrête en revenant sur l'une des cellules qui m'avait d'abord semblée vide. Je m'aperçois que je me suis trompé : il y a quelque chose sur une couchette, quelque chose de recouvert par une couverture.

— Mais c'est…

— Oui, j'ai l'impression qu'ils ont un prisonnier, dis-je en examinant l'image de mauvaise qualité. Il y a bien quelqu'un, j'aurais dû le remarquer la première fois. Attends, je vais voir si je peux avoir une image plus nette.

En activant la télécommande du programme pirate, je peux isoler la section du mécanisme de surveillance contrôlant la caméra dans chaque pièce. En faisant bien attention, je la dirige directement sur la couchette. La personne qui s'y trouve ne bouge pas, soit elle est évanouie, soit elle dort.

— OK, six personnes, dit Diego, à condition d'inclure le prisonnier parmi les ennemis. C'est tout à fait jouable, surtout si nous les prenons par surprise.

— Oui, je pense, dis-je en cliquant pour passer à l'image suivante. J'avais d'abord eu l'intention de rassembler des données et de partir, mais je ne peux laisser passer cette chance. Il est possible que l'un des agents sache où se trouve Yulia. C'est le moment que mes côtes choisissent pour me faire souffrir, mais je fais comme si de rien n'était.

Même si je suis blessé, nous devrions l'emporter sur cinq ou six personnes.

J'allume mon oreillette et je dis :

— Eduardo, j'ai besoin que tu poses des explosifs aux coins nord-ouest et sud-ouest de la maison. Assez pour faire tomber les murs, mais pas pour la détruire entièrement. Autant que possible, nous voulons tous les prendre vivants.

— Entendu, répond Eduardo et je me retourne pour jeter un coup d'œil à Diego.

— Nous y allons immédiatement après la première détonation, dis-je. Prépare-toi.

Il hoche la tête et prend son M16 et je retourne à l'ordinateur. En une minute, le programme pirate prend le contrôle du système de surveillance extérieur et remplace les images d'Eduardo qui s'approche furtivement de la maison par une vue inoffensive des arbres et des buissons dans la nuit.

Et maintenant, il suffit d'attendre qu'Eduardo allume les charges d'explosif.

En attendant, je regarde de nouveau les enregistrements vidéo de l'intérieur. Sur l'enregistrement du hall, je vois l'un des hommes se diriger vers la cellule du prisonnier. C'est l'agent qui a une carrure de lutteur, et cette fois il est seul. Moyennement intéressé, je le vois entrer dans la cellule, poser son arme sur le lavabo au fond de la cellule et se diriger vers la silhouette cachée par une couverture. Il se penche sur la couchette et j'ai la surprise de le voir ouvrir la fermeture éclair de son jean.

Qu'est-ce qui se passe, putain ? Mon attention grandit quand il enlève la couverture, maintenant je vois qu'il s'agit d'une prisonnière, et qu'il relève sa robe. Là où se trouve l'agent d'UUR la caméra ne me permet pas de bien voir la prisonnière et pourtant mon cœur se serre avec anxiété comme si j'avais une prémonition.

— Kent ? dit Diego, mais je ne l'écoute pas. Toute mon attention se dirige vers l'écran de l'ordinateur et j'essaie de mieux diriger la caméra.

L'homme se met à califourchon sur la prisonnière et lui attrape les poignets, des poignets délicats et si fins qu'ils donnent l'impression de devoir se briser dans ces grosses pattes d'ours. La caméra s'incline, penche à gauche et je vois des cheveux blonds en désordre et un beau visage pâle.

Yulia !

Elle est là, et l'on s'attaque à elle.

CHAPITRE VINGT-TROIS

❖ YULIA ❖

Je sens l'haleine chaude et fétide de Kirill sur mon visage, son énorme poids est sur moi et il m'enfonce dans la couchette. J'ai un haut-le-cœur d'horreur et de dégoût et je sens mon esprit sombrer vers les ténèbres où je n'existe plus et où je ne sens plus rien.

Non. Avec une grande lucidité, je sais que si je m'abandonne, je suis perdue. Je ne ressortirai plus jamais de ces ténèbres. Je dois rester consciente. Je dois me battre.

Je ne peux pas le laisser m'anéantir une nouvelle fois.

J'élimine mon désir instinctif de me débattre, je me détends complètement, mes poignets ne résistent plus entre les mains brutales de Kirill. Je ne réagis pas non plus quand il passe sa langue sur ma joue et mes jambes ne se raidissent pas quand il les écarte et y tombe lourdement. Il faut qu'il me croie tétanisée et apprivoisée.

C'est ma seule chance.

Je sens la dureté de sa verge contre ma cuisse nue et la nausée me monte à la gorge, je risque de rendre le repas que j'ai pris il y a plusieurs heures. *Juste une seconde de plus*, voilà ce que je me dis en restant détendue. *Ne te précipite pas. Attends le bon moment.*

Le bon moment survient quand il se met sur moi et que son visage est juste au-dessus du mien. Je le regarde à travers mes paupières à peine entrouvertes et quand il baisse une main pour m'attraper un sein, je passe à l'attaque.

Je lui donne un coup de tête de toutes mes forces et je lui atteins le nez.

Le sang gicle partout et Kirill recule en hurlant. N'importe qui d'autre aurait touché son nez cassé, mais il se contente de se relever en hurlant :

— Sale pute !

Il me donne un coup de poing dans la mâchoire, ma tête vacille de côté, il m'a fait tellement mal que je vois trente-six chandelles. J'ai le goût métallique du sang dans la bouche, mais Kirill n'en a pas encore terminé avec moi.

— Sale pute ! Cette fois, il me donne un coup de poing dans le ventre, il me semble avoir reçu un boulet de démolition. Tu as toujours pensé que tu étais trop bien pour moi, c'est ça ?

Impossible de répondre. La souffrance me coupe le souffle et je me roule en boule pour me protéger. Je m'aperçois vaguement qu'il me lâche les poignets pour mieux me frapper, il lève de nouveau le poing. Je bouge le torse de côté et il m'égratigne la pommette au lieu de la fracasser comme il en avait l'intention, mais le coup résonne quand même dans mes oreilles. De nouveau, je change de côté pour essayer de me dégager, mais le bas de son corps pèse une tonne sur moi.

Bats-toi, Yulia, bats-toi ! C'est comme un refrain désespéré dans ma tête. Je lui donne un coup de poing qui l'atteint à la mâchoire, mais ses yeux brillent de plus belle et il me rattrape les poignets. Je vois la rage et la folie dans ce qu'elles peuvent avoir de pire et cette fois je sais que je n'en sortirai pas vivante.

— Tu vas le payer ! Siffle-t-il, d'une voix grave et gutturale et je sens ses testicules poilus sur ma cuisse quand il m'écarte encore davantage les jambes tout en coupant la circulation de mes mains. Sa verge s'appuie sur mon ouverture et je hurle en me préparant à l'inévitable, toute l'horreur du viol.

Boom !

Pendant un instant, je suis certaine qu'il vient encore de me frapper, que ce bruit assourdissant vient des os de mon visage qu'il aurait fracassés, cependant la poussière et le plâtre qui tombent sur nous me détrompent très vite. Kirill se relève d'un bond en poussant un juron, sa verge sort de son pantalon ouvert, et il vacille à quelques pas de moi au moment où une autre explosion secoue la pièce.

Saisissant cette opportunité je me précipite hors de la couchette sans tenir compte de la douleur atroce que je ressens au visage et sur le côté. Il y a une grande fusillade au-dessus de nous. Kirill se fige, il hésite d'un air hagard entre moi et la porte. Il a bien dû comprendre que le local était assiégé, mais je le sens balancer entre sa haine pour moi et son sens du devoir. Il devrait être là-bas et défendre ses collègues, mais ce qu'il veut vraiment, c'est me faire souffrir.

Et c'est ça qui semble devoir l'emporter.

— Sale traîtresse, dit-il d'une voix grinçante. La veine de son front se gonfle, il se dirige vers moi, le poing levé pour me frapper.

Je me baisse instinctivement et à ce moment-là une nouvelle explosion secoue la pièce si bien que Kirill perd l'équilibre et que le plâtre nous tombe de nouveau dessus. Un craquement et un grondement semblent venir des profondeurs du bâtiment et tout à coup un coin de la pièce s'effondre entraînant une avalanche de briques et de plâtre qui tombe à moins d'un mètre de moi.

Le souffle coupé je fais un bond de côté et je vois quelque chose.

Une brique dans laquelle est fichée une tige de métal rouillé.

Je me jette dessus et je me mets à plat ventre sur le sol jonché de débris. Des pierres et du plâtre égratignent mes jambes nues et mon ventre, mais ma main se referme sur la tige de métal et juste à temps je bondis sur Kirill pour essayer de l'assommer avec la brique alors qu'il se précipite sur moi.

Il recule en vacillant vers le lavabo, s'y rattrape, et de nouveau j'entends le violent rythme saccadé des mitrailleuses au-dessus de nous. Cette fois, les détonations assourdissantes ne s'arrêtent plus. Je ne sais pas qui sont les attaquants, mais ils ne sont pas à court de munitions. Mais je n'ai pas le temps de me demander qui ils peuvent bien être parce que Kirill se penche sur le lavabo et y prend un fusil.

Instantanément, je lâche la grosse brique et je me jette de côté puis je roule sur le sol en direction de mon agresseur. J'entends son coup de feu, je sens la brûlure de la balle m'effleurer le bras puis je rentre à toute vitesse dans les genoux de Kirill.

Il ne doit pas s'être complètement remis du dernier coup que je lui ai porté parce qu'il continue de vaciller et qu'il me manque quand il tire à nouveau. Je réussis à me relever, mes oreilles tintent des coups de feu dans la pièce au-dessus de nous. Je l'attrape par le poignet droit et je lui tords la main pour essayer de lui faire lâcher son arme.

L'instant d'après, je suis précipitée à l'autre extrémité de la pièce. Il m'a prise de l'autre main, je m'en rends vaguement compte en me fracassant contre un mur. Mes poumons se vident d'un coup, je peine à respirer, je souffre le martyre et je vois Kirill pointer son fusil sur moi, le visage grimaçant d'une rage folle.

Il va me tuer.

Cette certitude me donne une bouffée d'adrénaline. Sans réfléchir une seconde de plus, je me jette sur lui en tendant la main vers le fusil, elle se referme sur le métal froid du canon. Je le sens bouger sous mes doigts, j'entends le terrible sifflement de la balle et puis je tombe.

Je tombe, mais je ne suis pas morte.

Je tombe sur Kirill, abasourdie, la main toujours sur le canon du fusil auquel je m'agrippe sans pouvoir le lâcher. Je n'arrive pas croire que j'ai survécu. Instinctivement, je tire sur le fusil pour essayer de le lui arracher et je suis stupéfaite d'y parvenir. Le fusil à la main je me dégage du corps énorme de Kirill et c'est seulement quand j'arrive à quelques mètres de lui que je comprends ce qui s'est passé.

Un bout de plafond s'est détaché et l'a assommé. Un fin filet de sang lui coule sur la tempe, il y a du plâtre tout autour de lui.

Kirill a perdu connaissance, il est peut-être mort.

Encore étourdie, je réussis néanmoins à me relever et je pointe le fusil sur lui en essayant d'empêcher ma main de trembler. Ma vision est floue et chaque pensée semble me demander un effort disproportionné. Je ne sens que ma haine. Elle coule de toute sa violence dans mes veines et fait disparaître toute pensée rationnelle.

Mon doigt appuie sur la gâchette, presque de lui-même, et je vois le premier tir trouer mon violeur sur le côté puis son sang se mettre à couler.

Une secousse agite son corps et je tire une nouvelle fois en le visant entre les jambes. Sa verge dégonflée et ses testicules explosent, du sang et de la chair giclent partout. Mais je suis sur le point de perdre connaissance, ma tête chavire tant elle me fait mal, alors je serre les dents, décidée à rester consciente assez longtemps pour pouvoir l'achever.

De nouveaux coups de feu attirent mon attention et tout à coup je m'aperçois que je ne sais toujours pas ce qui se passe ni qui sont les assaillants. Puis, soudainement, je me souviens d'autre chose.

Misha.

Mon frère était là tout à l'heure.

Une terreur glacée fend mon étourdissement. Est-ce que Misha pourrait encore être là ? Est-ce qu'il pourrait être *en haut*, dans cette bataille contre des inconnus ?

Avant même d'y réfléchir, je suis déjà à la porte et je me précipite le long du couloir du sous-sol.

Il faut que je retrouve Misha.

S'il est encore en vie, il faut le sauver.

Alors que je vais prendre l'escalier, je heurte quelqu'un qui court vers moi, nous nous heurtons et nous tombons tous les deux. Surprise, je m'aperçois que c'est mon frère, il se précipitait vers moi. Il me tombe dessus, mais avant que je ne reprenne mon souffle il s'est déjà relevé en haletant.

— Misha ! Tout en luttant pour ne pas perdre connaissance, je me relève aussi. Je n'ai toujours pas lâché le fusil de Kirill, mais je réussis à attraper Misha par le bras avant qu'il ne se dégage. Tu es touché ? Tu es blessé ? Que se passe-t-il ? Mes questions se bousculent éperdument dans une mixture de russe et d'ukrainien, mais Misha se contente de secouer la tête en ouvrant grands les yeux sans comprendre. Il semble avoir reçu un choc ; sous le sang et la poussière qui lui couvrent le visage, ses joues semblent blêmes.

Mon cœur bat à se rompre tandis que je passe ma main libre sur lui pour vérifier s'il a été blessé ou s'il a une fracture, mais à part quelques égratignures il semble indemne.

Soulagée, je l'attrape de nouveau par la main et je le traîne dans l'une des pièces qui donnent sur le hall.

— Viens, il faut partir d'ici.

— Tu… ils… il semble avoir du mal à parler. Ils viennent juste de…

— Oui, je sais, allez, viens. Je le traîne dans une petite pièce semblable à la cellule où j'étais tout à l'heure et j'y cherche un endroit où se cacher. Il n'y en a pas et je suis au désespoir en entendant les coups de feu au premier étage s'arrêter puis reprendre avec une intensité redoublée.

— Misha ! Tenant fermement le fusil de la main droite je lève la main gauche et lui caresse doucement la joue. Mon petit frère me dépasse déjà de plusieurs centimètres et à en juger par son allure dégingandée il n'a pas encore fini de grandir. Il n'arrive pas à s'arrêter de trembler et je sens que sa peau est glacée. Mishen'ka, tu connais un moyen de sortir d'ici ?

Il avale sa salive.

— Non.

— OK. Moi aussi je tremble, mais je garde mon calme pour ne pas aggraver sa terreur. Tu sais ce qui se passe en haut ? Qui a attaqué ?

— Je ne sais pas. Il tremble de plus belle. Ils viennent de… Ils ont tué Oncle Vasya et…

— Obenko est mort ? Malgré tout, je ressens un léger pincement au cœur. Puis après avoir repoussé ce sentiment absurde, je baisse la main et lui demande : combien sont-ils ? Ont-ils dit quelque chose ?

Misha secoue de nouveau la tête, ses yeux brillant de larmes.

— Ils ont tué Oncle Vasya, murmure-t-il comme s'il ne pouvait pas le croire. Et l'agent Matyenko. Il a le visage défait, comme lorsqu'il était petit.

— Oh Misha… Je me rapproche encore de lui en ravalant mes propres larmes. Je suis navrée. Plus que tout au monde, je voudrais le prendre dans mes bras et le consoler, mais nous n'en avons pas le temps et je lui dis : il faut trouver un moyen de sortir. Il doit y avoir…

Des bruits de pas lourds dans l'escalier me coupent la parole. Misha se raidit et je vois la terreur traverser son regard.

— Ils arrivent, ils vont…

— Chut ! Je porte un doigt à mes lèvres tout en reculant d'un pas et en jetant un coup d'œil éperdu tout autour de la pièce. J'ignore combien il y avait de balles dans le fusil de Kirill qu'il avait apporté lorsqu'il est venu dans ma cellule, mais il ne doit pas en rester plus de deux ou trois. Mais je pourrais toujours tirer pour faire diversion et permettre à Misha de s'enfuir. Je l'attrape par le bras et je murmure :

— Viens ! Dès que tu pourras t'enfuir, tu y vas. Compris ?

— Mais, ils…

— Tais-toi. Je le traîne dans le hall. Arrivés dans la pièce suivante j'y engouffre mon frère et je chuchote : pas un bruit !

Et serrant le fusil des deux mains je me retourne vers l'escalier, prête à affronter mon sort.

CHAPITRE VINGT-QUATRE

❖ LUCAS ❖

Yulia.

Il faut que je trouve Yulia.

Cette idée m'obsède tandis que je dévale les escaliers sans tenir compte du sang qui coule le long de mon bras. Une balle m'a égratigné l'épaule et j'ai mal aux côtes à force de courir, mais je m'en rends à peine compte. Finalement, le combat a duré longtemps, il fut brutal : même pris au dépourvu et secoués par nos bombes, les agents d'UUR n'ont pas été faciles à neutraliser. Être obligé d'échanger des coups de feu avec eux pendant que Yulia se faisait agresser au sous-sol m'a rendu fou. Dès que nous avons abattu deux des trois agents qui défendaient le rez-de-chaussée de la maison, j'ai foncé au sous-sol en laissant Diego et Eduardo s'occuper du dernier tireur. J'espère qu'ils pourront le capturer vivant, mais quoi qu'il en soit, ça ne vaut pas la peine de rester avec eux.

Sauver Yulia est infiniment plus important que d'obtenir des renseignements.

Arrivé au pied de l'escalier je m'oblige à ralentir. C'est par là que s'est enfui le jeune homme après la mort du second tireur et l'agresseur de Yulia pourrait bien y être embusqué aussi. Il a forcément entendu les coups de feu et les explosions du rez-de-chaussée. En tout cas, je l'espère. C'est précisément la raison pour laquelle j'ai demandé de faire sauter les bombes avant, afin que nous soyons dans la meilleure position possible pour attaquer. Je me suis dit qu'il serait peu vraisemblable qu'il continue avec Yulia une fois qu'il aurait réalisé qu'ils étaient attaqués.

Les mains serrées sur mon M16 je m'arrête à chaque coin. Le hall qui donne sur les cellules est sur ma droite. Si je me souviens bien, celle de Yulia devrait être la quatrième à gauche.

Ce ne devrait pas être simple. Je ne peux plus tirer dans le tas comme je l'ai fait au rez-de-chaussée, ça mettrait la vie de Yulia en péril

Je m'accroupis et je jette un coup d'œil de l'autre côté.

Personne dans le hall.

Je jette un second coup d'œil, cette fois pour évaluer la distance qui me sépare de la cellule la plus proche dont la porte est ouverte.

Trois mètres. Je peux y arriver.

Resserrant encore plus fort mon arme je plonge dans la cellule où je roule à terre. Je m'attendais à moitié à ce qu'on me tire dessus, mais rien, je me relève d'un bond en examinant la pièce pour voir s'il y a du danger.

Elle est vide, personne non plus.

Je respire profondément pour ralentir les battements de mon cœur. Savoir que Yulia n'est plus qu'à quelques mètres de moi m'incendie les veines, mais je sais qu'il faut faire preuve de patience. Quelque part se cachent deux adversaires potentiellement dangereux et je dois me montrer prudent pour en réchapper et la récupérer.

Je me colle au mur à côté de la porte, j'examine le hall, tous mes sens sont en alerte. Je suis certain qu'ils savent que je suis là, d'un instant à l'autre l'un d'eux va perdre patience et va essayer de m'abattre. Pour lutter contre mon propre désir de passer à l'action, je compte mentalement jusqu'à dix, et puis je recommence.

À la troisième fois, j'entends un léger grattement et je vois bouger quelque chose. C'est imperceptible, rien qu'une ombre changeant de forme dans l'embrasure de l'une des autres portes, mais je sais de quoi il s'agit.

C'est l'ennemi.

Le plus sûr serait de cribler la porte de balles, mais je ne peux risquer de tirer accidentellement sur Yulia. Je vois déjà les dégâts qu'ont faits les bombes que nous avons déclenchées. Le sol est couvert de plâtre et les ampoules du plafond clignotent sans cesse. Je ne peux supporter l'idée que Yulia ait pu être blessée, je m'efforce donc de ne pas y penser et d'oublier également la peur et la rage qui me dévorent. Je ne peux y penser tant que je n'aurais pas retrouvé Yulia.

En respirant de nouveau profondément, j'évalue la distance qui me sépare de la porte d'à côté.

Un peu plus de deux mètres.

Je m'autorise une dernière pause pour respirer et me calmer puis je fonce en trois longues enjambées. J'entends tirer, mais j'y suis déjà, je désarme le tireur, je l'abats au sol et le plaque en lui mettant mon fusil au travers de la gorge.

Une seconde plus tard, je m'aperçois de mon erreur.

C'est une *femme*.

Yulia est sur le dos, je suis au-dessus d'elle, et la stupeur écarquille ses yeux bleus. Son visage pâle est sali et couvert de bleus, de sang et de gravats, mais c'est bien elle.

— Lucas ? Laisse-t-elle échapper d'une voix étranglée et je la vois jeter un coup d'œil à droite.

Je réagis sans réfléchir. L'attrapant d'une main tout en tenant mon M16 de l'autre je me jette de côté et je roule à terre en l'entraînant avec moi. Mes côtes me font souffrir le martyre, mais j'évite la brique qui allait m'atteindre à la tête, elle s'écrase au sol et je bondis pour esquiver le danger suivant, le jeune homme que j'ai vu dans l'enregistrement vidéo.

Il a visiblement été entraîné à l'action et il est rapide. Quand je dirige mon arme vers sa tête, il esquive le coup tout en me visant de la jambe gauche. Je recule d'un bond si bien qu'il ne m'atteint pas au côté et avant qu'il ne reprenne ses esprits je brandis de nouveau mon arme et lui enfonce le canon dans le plexus solaire.

Il devient pâle comme un linge et ses genoux fléchissent. Il s'écroule par terre en luttant pour respirer et je lève mon arme pour l'abattre. Mais avant de l'atteindre à la tête, je vois du mouvement à côté de moi.

C'est Yulia qui s'est jetée sur moi et qui montre les dents.

— Pousse-toi ! Ne lui fais pas de mal ! Elle hurle presque comme une folle quand je l'attrape au vol et que je me retourne pour la plaquer contre le mur. Elle me donne un coup de poing dans les flancs, ce qui intensifie la douleur dans mes côtes, je me débats pour la mater sans toutefois lâcher mon arme. Elle tente de s'emparer de celle-ci en se battant et je pousse un grognement de douleur quand elle me donne un nouveau coup de coude dans les côtes.

— Bordel de merde, Yulia, arrête ! Je ne veux pas lui faire de mal, mais je ne peux lui abandonner mon arme. Elle m'a déjà tiré dessus, on ne peut savoir ce qu'elle ferait d'un M16 chargé à bloc. Tout en continuant à me battre contre elle, je vois du coin de l'œil une ombre bouger dans le hall.

Si c'est l'autre agent qui vient lui prêter main-forte, je suis foutu.

Prenant sur moi je me retourne et je donne un coup de coude à Yulia, l'atteignant dans la cage thoracique. J'ai bien calculé mon coup, juste assez fort pour lui couper le souffle, puis je bondis pour faire face au garçon qui est toujours à terre, mais qui commence à reprendre connaissance.

Il ouvre grands les yeux quand je lève mon arme pour la diriger droit sur lui et pour la première fois je vois clairement ses traits.

Des traits que bizarrement je connais bien.

— Non !

Avant de me laisser le temps de comprendre Yulia me rentre dedans et m'attaque tellement violemment que je vacille avant de pouvoir réagir. Son visage grimace de terreur et de colère, elle essaie de m'arracher mon arme et je commence alors à deviner ce qui se passe.

— Misha ! hurle-t-elle en ajoutant quelque chose en russe, mes soupçons deviennent une certitude lorsque je vois le garçon réussir à se relever et se précipiter vers moi en montrant les dents dans une grimace presque identique à celle de Yulia.

Fils de pute !

J'arrache d'un coup brutal le fusil des mains de Yulia en criant :

— Arrête, putain, je ne vais pas lui faire de mal !

Mais le garçon ne me donne pas le temps de finir ma phrase qu'il se jette sur moi, je lui donne un coup à la gorge en atténuant sa violence pour ne pas lui briser la trachée. Malgré tout, il s'effondre en suffoquant et en haletant, il me reste juste à contenir l'attaque de Yulia.

Elle s'est jetée sur moi comme une bête sauvage, toutes dents et toutes griffes dehors, les yeux fous de terreur. Visiblement, elle ne m'a pas cru quand j'ai promis de ne pas faire de mal au garçon, quel que soit le lien qui les unit. Elle se bat comme une mère ourse qui veut protéger son petit. En poussant un juron, je l'empêche de me donner un coup de genou entre les jambes et j'esquive son poing en me baissant. Avant qu'elle ne m'attaque de nouveau, je l'attrape et je lui plaque les bras sur le côté en la serrant de toutes mes forces. Je n'ai pas lâché le M16, mais je ne m'en sers pas. Je me contente de tenir Yulia contre moi, je la laisse s'épuiser en se débattant vainement.

Elle perd des forces plus vite que prévu, sans doute parce qu'elle est blessée. En deux ou trois minutes, elle s'affaisse dans mes bras, le souffle rapide et irrégulier. Je sens ses muscles trembler sous l'épuisement et tout en la maintenant, malgré la violente douleur que j'ai dans les côtes, un mélange familier de désir et de tendresse me parcourt le corps, me réchauffe le cœur et me fait durcir.

Yulia.

J'ai enfin retrouvé ma Yulia.

Je sens la douceur de ses seins, son corps mince et délicat entre mes bras. Elle sent la peur, la sueur et le sang, mais je sens quand même un léger parfum de pêche, ce parfum que j'associerai toujours avec elle. Je le respire pour me faire plaisir un instant puis je me souviens de l'ombre que j'ai vue bouger tout à l'heure.

L'autre agent, l'agresseur de Yulia rôde toujours.

— Il t'a fait mal ? J'ai une rage folle dans la voix. Ce salaud t'a touchée ?

Yulia se fige des pieds à la tête puis recommence à se débattre.

— Lâche-moi ! Je l'entends à peine, sa bouche est tout contre ma chemise. Lâche-moi, Lucas !

Je resserre le bras autour d'elle sans tenir compte de la douleur que provoque ce mouvement.

— Réponds-moi !

Elle s'immobilise en haletant et je vois le garçon qui essaie de se relever. Je serre la mâchoire et je retourne Yulia de manière à pointer mon M16 sur lui. Il se fige immédiatement et je me demande que faire ensuite. Mon instinct me pousse tout entier à me précipiter dans le hall pour attraper l'agent qui l'a agressée, mais si je lâche Yulia elle va reprendre la lutte et je ne veux pas devoir lui faire mal.

Et puis il y a ce sacré gamin.

Tout en luttant contre ce dilemme, je m'aperçois que les coups de feu ont cessé, en fait le silence dure depuis deux ou trois minutes. Juste au moment où je le remarque, j'entends courir dans l'escalier et une minute plus tard Eduardo fait irruption dans la pièce, prêt à abattre nos derniers attaquants. Il dirige son arme sur le gamin et je lui ordonne :

— Attends ! Ne lui tire pas dessus.

Yulia commence de nouveau à se débattre, je la serre plus fort dans mes bras et je lui murmure à l'oreille :

— Calme-toi. Nous ne lui ferons pas de mal. Si nous avions voulu le tuer, nous l'aurions déjà fait.

Elle semble avoir compris. Elle arrête de se débattre et je prends le risque de la serrer moins fort. Quand je m'aperçois qu'elle ne lutte pas, je la relâche en reculant d'un pas. Mais au dernier moment, je change d'avis, et de la main gauche je lui attrape le poignet pour la maintenir près de moi.

Il n'est pas question de lui permettre de s'échapper de nouveau.

—Il y en a un autre dans les parages, dis-je à Eduardo d'une voix dure. La pensée que l'agresseur de Yulia soit toujours en liberté m'est intolérable. Trouve-le et amène-le-moi.

Eduardo hoche la tête et disparaît et Yulia me fixe en tremblant comme une feuille. Je ne sais pas si elle va s'évanouir ou tenter de fuir.

— Tu ne vas pas… Sa voix se brise. Tu ne vas pas faire de mal à Misha ?

Je jette un coup d'œil au garçon qui est judicieusement resté par terre.

— Si c'est lui Misha, alors non. Je respire profondément pour me calmer en essayant de ne pas grimacer, mais mes côtes me font atrocement souffrir. Qu'est-il pour toi ?

Yulia ouvre grands les yeux.

— Tu ne sais pas ? Mais tu disais…

— Je me demande s'il n'y a pas eu un malentendu, dis-je en gardant une voix neutre. Qui est-ce ? Ton cousin ?

Elle cligne des yeux.

— C'est mon frère.

Et maintenant, c'est à moi d'être pris de cours.

— Mais tu as dit que tu étais fille unique.

— J'ai menti, dit-elle. Puis elle fronce les sourcils sans comprendre. Mais tu as dit que tu comprenais. Quand je t'ai demandé de ne pas le tuer, tu as dit que tu comprenais. Qu'est-ce que tu voulais dire ? Qu'est-ce que tu…

— Je croyais que c'était ton amant, c'est clair ? Et la colère (contre moi-même cette fois) rend ma diction saccadée. Pourquoi avoir menti et m'avoir dit que tu étais fille unique ?

Yulia se mouille les lèvres.

— Parce que je ne te faisais pas confiance.

Évidemment, et non sans raison, visiblement. Je m'oblige à respirer profondément encore une fois. Je lui demande alors sur un ton plus calme :

— Es-tu blessée ? Est-ce que ce salaud t'a fait du mal ?

Elle se raidit de nouveau.

— Mais comment...

— J'ai piraté le circuit vidéo du bâtiment, dis-je. Puis je lui lâche le poignet et je lève la main pour glisser les doigts sur le côté gauche de son visage qui est enflé. C'est lui qui t'a fait ça, dis-je en essayant de contrôler ma rage. Il t'a frappée ?

— Il... Yulia avale sa salive. Je me suis débattue alors, il m'a frappée. Puis tu... Elle s'arrête. Mais comment as-tu trouvé cette maison ?

Je plisse les yeux et je refuse de changer de sujet.

— Il t'a violée ?

— Il a essayé, mais non. Elle baisse les yeux. Pas cette fois-ci.

— Cette fois ? Je suis sur le point d'exploser. Il t'avait déjà fait du mal ?

Elle relève les yeux, apparemment surprise.

— Mais je t'en ai parlé, tu ne t'en souviens pas ?

— C'était...

— Kirill, oui. Elle serre ses lèvres tuméfiées. On m'avait menti à son sujet. Il était en vie. Il était en vie et il était chargé de l'entraînement de Misha... elle jette un coup d'œil au garçon qui a gardé un mutisme complet pendant notre conversation. Je ne sais pas s'il comprend l'anglais, mais à en juger par la stupéfaction que je lis sur son visage il a dû comprendre certaines choses.

Je m'aperçois que Yulia va lui parler alors je l'attrape fermement par le menton pour attirer son attention vers moi et je lui fais cette promesse d'une voix sombre :

— On va l'avoir, cette fois il ne s'échappera pas.

À ma surprise, Yulia a un petit sourire quand je baisse la main.

— Ce n'est plus la peine. Je m'en suis occupée.

— Quoi ?

— Il est mort, ou il le sera bientôt s'il ne l'est pas déjà. Le sourire de Yulia se durcit. Il est dans ma cellule. Ou du moins, son cadavre devrait y être.

Je suis sur le point de lui dire de m'y emmener quand Eduardo entre dans la pièce.

— Il est parti, dit le garde avec un dégoût visible. Ce salaud a dû réussir à atteindre un des 4x4 qui étaient garés derrière et foutre le camp. Mais il a saigné tout le long du chemin et il doit être salement touché. Il va peut-être y passer en se vidant de son sang.

Yulia fronce les sourcils.

— De qui…

— Il parle de Kirill. Je m'efforce de garder un ton neutre. J'ai vu bouger une ombre tout à l'heure quand Misha et toi faisiez de votre mieux pour m'assommer. Il ne doit pas être aussi mal en point que tu le croyais ou alors…

— Je lui ai tiré dans l'entrejambe. Instinctivement, la réponse laconique de Yulia me fait broncher, ainsi que les deux autres hommes qui sont dans la pièce. Et, je lui ai mis une balle dans les côtes, dit-elle, mais avant que personne n'ait le temps de répondre elle quitte la pièce en courant vers sa cellule.

Je montre son frère du doigt à Eduardo et, je lui ordonne :

— Garde l'œil sur lui.

Puis je la suis, bien décidé à ne plus jamais la perdre des yeux.

CHAPITRE VINGT-CINQ

❖ YULIA ❖

Lucas est ici. Il a promis de ne pas faire de mal à mon frère. Kirill a dû s'échapper.

Je n'arrive pas à assimiler tout ça, je n'essaie donc même pas. En faisant irruption dans la cellule où Kirill m'a attaquée, je m'aperçois tout de suite qu'Eduardo avait raison.

Kirill n'y est plus.

Il y a du sang partout. Je me retourne pour en suivre les traces, mais Lucas est déjà sur mes trousses, il domine l'embrasure de la porte de toute sa hauteur. Sa mâchoire énergique est couverte d'une barbe de trois jours blonde et ses yeux sont de la couleur d'un lac recouvert par les glaces. En tenue de combat et avec sa mitraillette, il a l'air impitoyable d'un vrai soldat.

Je veux le fuir tout en ayant envie de me jeter dans ses bras.

Je ne fais ni l'un ni l'autre. À la place, je dis d'un air morne :

— Il est parti. Je sais que c'est une évidence, mais je semble incapable de la moindre réflexion pour le moment. J'ai terriblement mal à la tête et je ne tiens plus sur mes jambes. L'adrénaline qui m'a soutenue quand je me débattais contre Lucas a disparu et maintenant je suis toute tremblante.

Kirill a failli me violer une nouvelle fois. Lucas m'a sauvée. Lucas pensait que Misha était mon amant.

Je secoue la tête et un rire hystérique me sort de la gorge.

— Yulia… Lucas tend la main vers moi en fronçant des sourcils, mais mon rire s'intensifie. Je ne peux plus m'arrêter ni quand il m'attire dans ses bras, avec son M16 dans le dos ni quand il me berce contre lui en me murmurant des petits riens à l'oreille pour me réconforter. Il me promet qu'il retrouvera Kirill, qu'il fera en sorte que ce salaud souffre, mais je ne l'écoute pas. Comme une balle de ping-pong, mon esprit passe éperdument d'une folle pensée à une autre.

Lucas est en Ukraine. Mon frère est ici avec moi. Lucas n'a pas l'intention de le tuer, mais il voulait le faire quand il croyait que Misha était mon amant.

Mon rire hystérique se transforme en sanglots tout aussi hystériques. Je sais que c'est pathétique, mais je ne peux m'arrêter. Toute la peine et le stress de ces dernières heures s'accumulent dans une grosse boule qui se forme dans ma gorge et j'ai beau inspirer, j'ai l'impression de suffoquer.

Misha aurait pu être tué. Il pourrait l'être encore si Lucas change d'avis. Je voudrais de nouveau intercéder en sa faveur, mais je n'arrive qu'à faire un son étouffé qui se transforme en d'autres sanglots.

— Chut, ma chérie, tout ira bien… La voix de Lucas est un murmure indistinct dans mon oreille. Je te protégerai contre lui, je te le promets…

Il se penche, me soulève de terre et me berce contre sa poitrine et je lui mets les bras autour du cou en écrasant mon visage contre sa gorge. Presque immédiatement, je me sens plus calme, mes sanglots se font plus rares tandis qu'il me porte au bout du couloir.

Mais quand nous passons devant la pièce où j'ai laissé mon frère, je m'aperçois qu'elle est vide et la sensation d'étouffement me reprend.

— Où est-il ? Ma voix se fait plus aiguë et je repousse Lucas. Où est Misha ?

— J'imagine qu'Eduardo l'a emmené en haut et c'est là que je t'emmène aussi, dit Lucas en me serrant plus près de lui. Ne t'inquiète pas, bébé. Tout ira bien pour lui et pour toi.

Sa réponse me réconforte un peu. Je n'ai toujours pas confiance en Lucas, mais je ne vois pas ce qu'il pourrait gagner en me mentant à ce sujet. Comme il me l'a dit, s'il voulait la mort de Misha il l'aurait déjà tué.

— Que vas-tu faire de lui ? Ma voix est légèrement plus calme quand je me dégage pour regarder mon ravisseur. Que vas — tu faire de nous deux, je veux dire.

— Tu vas venir avec nous, et ton frère aussi. Les yeux de Lucas brillent tandis qu'il monte l'escalier quatre à quatre. Et maintenant, détends-toi, nous allons bientôt tout régler.

Et avant que je ne puisse lui poser une autre question, il arrive dans les ruines du rez-de-chaussée.

* * *

Les heures qui suivent sont floues dans mon esprit. Je me souviens d'avoir vu le cadavre ensanglanté d'Obenko quand Lucas m'a fait sortir des ruines de la maison, mais j'ai dû m'évanouir tout de suite après, car je ne me souviens plus de la route pour l'aéroport ni du décollage de l'avion. Dans le dernier souvenir assez net qui me reste, mon frère est assis à côté de moi dans la voiture, les yeux rouges et gonflés ainsi que les mains menottées derrière le dos.

Plusieurs fois pendant le vol Diego me secoue pour me réveiller et me demande comment je m'appelle et lui dire combien de doigts il me montre. La première fois, je lui demande où est mon frère et Diego montre du doigt un amas de couvertures sur une couchette de l'autre côté de la cabine.

— Nous lui avons donné un calmant pour qu'il arrête de se débattre, explique le garde. Votre frère n'a pas bien pris la mort des autres agents d'UUR.

J'essaie de me lever pour vérifier que Misha va bien, mais mon corps tout entier se met à protester violemment, à commencer par mon crâne, et je retombe sur mon siège douillet en poussant un gémissement de douleur et en luttant contre la nausée et le vertige.

— Restez tranquille, dit Diego en attachant ma ceinture. Lucas pense que vous pourriez avoir un traumatisme crânien. Il m'a dit de vous surveiller pendant qu'il pilote l'avion.

— Mais Misha…

— Il va bien. Diego va vers lui et lui donne un petit coup à l'épaule. Mon frère fait un bruit incohérent et le garde dit : vous voyez ? Il dort. Et maintenant, détendez-vous. Nous survolons déjà l'Atlantique et nous allons bientôt arriver à la maison.

— À la maison ? J'essaie de réfléchir malgré mon terrible mal de tête.

— Notre domaine. Le jeune mexicain se met à sourire. Le vent est derrière nous, nous allons bientôt arriver.

Je voudrais le contredire, le domaine d'Esguerra n'est pas *ma* maison, mais j'ai encore plus mal à la tête et je perds à nouveau connaissance.

* * *

— De nombreuses contusions au visage, au dos et sur le ventre et sans doute un léger traumatisme crânien. Je vais lui donner quelque chose contre la douleur pour qu'elle puisse se reposer tranquillement. Ce n'est pas la peine de la réveiller, sa blessure à la tête est sans gravité. Elle a subi un traumatisme et son corps a besoin de s'en remettre. Plus elle dort, mieux ça vaut. Et je vous conseille de vous reposer aussi. Toute cette agitation ne vaut rien pour vos côtes.

Il me semble reconnaître cette voix. En entrouvrant les paupières, je vois Lucas debout à côté d'un petit homme chauve, le médecin qui m'a examinée la première fois que je suis venue au domaine. Comment s'appelait-il donc ? En étouffant un gémissement, je tourne la tête pour regarder autour de moi et je m'aperçois que je suis dans la chambre de Lucas, couchée dans son grand lit confortable.

Je suis aussi propre et nue sous la couverture. Lucas a dû me déshabiller et me laver quand j'étais évanouie.

— Où est Misha ? Mes paroles sont presque inaudibles et inintelligibles. Je m'éclaircis la gorge et je fais une nouvelle tentative. Où est mon frère ? Si j'en juge par les persiennes fermées et les lampes de la chambre qui sont allumées, c'est déjà le soir ou peut-être même la nuit.

Lucas et le docteur se retournent en même temps vers moi. La bouche de Lucas a une expression de sévérité, mais dès que j'essaye de m'asseoir il traverse rapidement la pièce et s'assied au bord du lit.

— Tu dois te reposer. Son ton est dur, mais ses gestes doux quand il me recouche. Reste tranquille.

Il va se relever, mais je lui attrape désespérément la main.

— Il faut que je voie Misha.

Lucas hésite un instant puis dit d'un ton bourru :

— Entendu. On va l'amener ici. Mais tu vas te reposer, compris ?

Je resserre plus fort la main sur celle de Lucas.

— Où le gardes-tu ? Maintenant que nous avons échappé au pire, une nouvelle peur s'empare de moi. Mon frère est là, dans le domaine d'Esguerra, aux mains d'hommes qui peuvent le supprimer aussi facilement qu'ils écraseraient un insecte. Si je n'avais pas arrêté Lucas dans le sous-sol, il est vraisemblable qu'il aurait tué Misha, tout comme il a tué Obenko et les autres agents.

Mon ravisseur est dangereux et je ne dois pas l'oublier.

— Misha, ou plutôt Michael comme il préfère qu'on l'appelle, est dans la caserne des gardes, dit Lucas, et je vois tressauter le muscle de sa mâchoire. Quelque chose semble le mettre en colère, mais j'ignore quoi. Diego et Eduardo le surveillent. Et maintenant, excuse-moi, je vais appeler Diego et faire amener ton frère ici.

Je lâche la main de Lucas et il se lève en donnant ses instructions au médecin.

— Donnez-lui quelque chose contre la douleur, je reviens dans une minute.

Le médecin hoche la tête et Lucas sort de la pièce après m'avoir jeté un dernier regard plein de sévérité. Malgré mon mal de tête, je comprends son avertissement tacite :

Tiens-toi bien sinon...

S'il m'avait demandé mon avis, j'aurais pu lui dire que ses recommandations étaient inutiles. Non seulement j'ai l'impression d'avoir été écrasée par un camion, mais mon frère est entre les mains de Lucas. Même si je voulais m'échapper, je n'irais nulle part sans Misha, et je m'aperçois en frissonnant que ce doit être la raison pour laquelle Lucas l'a amené ici.

— Voilà, dit le médecin en me tendant la main et j'accepte machinalement les deux cachets qu'il me donne.

— Merci, Dr Goldberg, dis-je en me souvenant finalement de son nom.

Le petit homme me sourit avec gentillesse et m'aide à m'asseoir en mettant deux oreillers derrière mon dos tandis que je remonte la couverture sur ma poitrine. Il me donne aussi une bouteille d'eau qui me permet d'avaler les cachets. Il est inutile de résister ; les cachets vont sans doute m'engourdir l'esprit, mais mon mal de tête le fait déjà. Même après avoir dormi pendant tout le voyage je suis abrutie d'épuisement et j'ai mal partout.

— Vous devriez vous reposer, dit le Dr Goldberg puis il se retourne et fouille dans sa trousse tandis que je resserre la couverture autour de ma poitrine en la maintenant par les bras.

Comme pour obéir à ses instructions mes paupières s'alourdissent de plus en plus, mes pensées se perdent devant le médecin qui dit quelque chose dans sa barbe à voix basse. Je suis presque endormie quand je me souviens de quelque chose qu'il a dit tout à l'heure.

— Est-ce que Lucas est blessé ? Je me redresse, et l'inquiétude qui survient chasse le sommeil. Vous avez parlé de ses côtes.

Le Dr Goldberg se retourne en haussant les sourcils, l'air surpris.

— Oh oui. Oui, ses côtes fêlées pourront mettre du temps à guérir. Il est censé ne pas faire d'exercice au lieu de se démener comme Rambo.

Je fronce les sourcils.

— Quand a-t-il été blessé ? Le médecin en parle comme si c'était de l'histoire ancienne.

Le médecin me regarde d'un air stupéfait.

— Vous n'êtes pas au courant ? Puis il se rassérène et secoue la tête. Évidemment que non. À quoi ai-je la tête ?

— Il s'est passé quelque chose ici ?

Il hésite puis me dit :

— Je crois qu'il vaut mieux que Kent vous en parle.

— Lui parler de quoi ? demande Lucas en entrant dans la chambre et je vois mon frère qui le suit, les mains menottées.

— Misha ! Je suis sur le point de sauter du lit, au diable mes blessures, mais je me souviens in extremis que je suis toute nue sous la couverture. En rougissant, je serre les bras le long du corps et je souris à mon frère à la place. Je lui demande en russe :

— Comment te sens-tu, ça va ?

Misha me fixe et je le vois rougir tandis qu'il jette un coup d'œil à Lucas puis au docteur Goldberg.

Je me tourne vers mon ravisseur.

— Lucas, serait-il possible…

— Tu as cinq minutes, grommelle-t-il et il sort précipitamment de la pièce. Le médecin le suit, ferme la porte derrière lui, et je me retrouve seule avec mon frère pour la première fois depuis onze ans.

CHAPITRE VINGT-SIX

❖ LUCAS ❖

Dès que la porte de la chambre se referme, je me tourne vers le Dr Goldberg et lui dit :

— Préparez les implants de localisation, je veux que vous les lui mettiez avant de partir.

Le médecin cligne des yeux d'un air interloqué.

— Ce soir ? Mais…

— Elle prend déjà des analgésiques, elle est tellement assommée qu'elle ne sentira presque rien. Je croise les bras sur la poitrine. Vous pouvez lui faire une anesthésie locale pour être sûr qu'elle ne souffre pas quand vous les lui mettrez. Je marque une pause avant d'ajouter en fronçant les sourcils : à moins que ça risque de retarder sa convalescence ?

— Non, mais… Il me regarde d'un air las. Vous ne trouvez pas qu'elle en a assez vu ?

— Pardon ?

Goldberg soupire et dit :

— Peu importe. Je vois que vous y êtes résolu. Je vais tout préparer.

Il va vers le canapé, ouvre sa trousse, en sort une seringue avec une grosse aiguille ainsi que les implants stérilisés que je lui ai déjà donnés. Ils sont minuscules, ils font à peu près la taille d'un grain de riz, mais sont capables de transmettre un signal venu du monde entier. Je le regarde faire quelques instants puis je me dirige vers la fenêtre et je regarde au-dehors dans le vide pour essayer de maîtriser la rage qui bouillonne en moi.

Kirill s'est échappé.

Il a fait du mal à Yulia et il s'est échappé, putain ; je ne sais pas comment il a fait. Si Yulia avait raison sur les blessures qu'elle lui a infligées, il devrait être aux portes de la mort, mais ce salaud s'est enfui dans le 4x4 et nous n'aurions pas pu le poursuivre sans alerter les autorités de notre présence dans leur pays. De toute façon, étant donnés les coups de feu et les explosions ce n'était qu'une question de temps avant que nous ayons des problèmes. La meilleure solution était de déguerpir aussi vite que possible, et c'est exactement ce que nous avons fait.

Évidemment la raison de notre départ précipité c'est que Yulia est blessée et que nous voulions la ramener ici le plus vite possible. Sinon nous serions partis à la poursuite de ce salaud et nous nous serions préoccupés de rentrer après.

En repensant que Yulia a été frappée et presque violée, je sens une nouvelle rage m'envahir. Je ne sais pas contre qui je suis le plus en colère : contre Yulia qui m'a menti en me disant qu'elle était fille unique, ou contre moi qui aie fait preuve de précipitation en tirant les mauvaises conclusions.

Misha est son frère, pas son amant.

Putain, c'est son jeune frère.

Pendant le vol, j'ai eu le temps de réfléchir à tout ça et rétrospectivement il est évident que ma jalousie m'a aveuglé et empêché de voir la vérité. L'idée que Yulia puisse être amoureuse de quelqu'un d'autre m'était si intolérable que j'ai refusé d'écouter ses prières.

À cause de mon obsession pour elle, elle a failli mourir.

— Lucas ? La voix de Goldberg interrompt mes réflexions. Quand je me retourne pour le regarder, le médecin dit d'un air prudent : je pense que leurs cinq minutes sont terminées. Si vous voulez que je fasse cette procédure, je suis prêt.

— Entendu. Je me force à garder un ton calme. Allons-y.

Malentendu ou pas, Yulia ne pourra plus jamais m'échapper.

CHAPITRE VINGT-SEPT

❖ YULIA ❖

Dès que la porte se referme derrière le médecin, je m'approche du bord du lit en vérifiant que la couverture est bien relevée sur ma poitrine. Bouger me fait mal à la tête, mais je dis :

— Mishen'ka…

— Mikhail, ou Michael puisque tu aimes tellement l'anglais, réplique sèchement mon frère en fronçant violemment ses sourcils blonds. Je ne suis pas un enfant.

— Non, je le vois bien. Sans tenir compte de mon affreux mal de tête, j'examine ses traits en remarquant les changements apportés par l'adolescence. À quatorze ans, il a déjà commencé sa transition vers l'âge adulte et son visage est plus anguleux et plus dur que dans mon souvenir, même d'après les photos de ces derniers mois.

Maîtrisant une envie absurde de pleurer je recommence :

— Michael… (la version complète de son nom en anglais semble étrangère dans ma bouche) je veux te parler de… eh bien, de tout.

Il se contente de rester là, debout à côté du lit, il est en colère et semble tendu, je continue donc. Je suis navrée pour Obenko, je veux dire ton oncle. Je sais qu'il comptait beaucoup pour toi. Et pour Matyenko. C'étaient de bons agents. Ils aimaient vraiment leur pays et je sais qu'Obenko t'aimait beaucoup… Je m'aperçois que je dis n'importe quoi alors, je respire et j'ajoute : écoute, je sais que les hommes qui nous détiennent semblent terrifiants, mais je te le promets, je ferai tout ce qui est en mon pouvoir pour te protéger. Lucas a dit qu'il ne te ferait pas de mal, et moi…

— C'est ton amant ? Misha rougit en me posant cette question, mais sans détourner les yeux et toujours avec cet air accusateur.

Je me sens rougir à mon tour. Je ne voulais pas parler de ça avec mon petit frère.

— C'est… c'est compliqué. Mais tu n'as pas besoin de t'inquiéter pour ça. Je ferai en sorte que tu sois en sécurité, d'accord ?

— Ouais, comme tu as fait en sorte qu'Oncle Vasya soit en sécurité. Le ton de Misha est dur, mais je sens sa peur et son chagrin sous-jacents. La formation qu'il a reçue depuis deux ans ne l'a pas préparé à ça. Mon petit frère sait peut-être se battre et manier un fusil, mais je ne pense pas que jusqu'à hier il ait vu la mort de près. C'est quelque chose qui vient plus tard dans le programme de formation.

— Michael… Je me mords les lèvres en me demandant quelle est la meilleure manière d'aborder les mensonges d'Obenko. Je sais que ton oncle t'a dit certaines choses à mon sujet et…

— Tu vas aussi l'accuser d'avoir menti ? Il est mort à cause de toi, ça ne te suffit pas ? Le visage de Misha se tend et ses yeux se mettent à briller un peu trop. Ces assassins, ils étaient à *ta* poursuite. Tout ça c'est arrivé à cause de toi.

— Non, Misha, pardon, Michael, ce n'est pas vrai. Sa peine me fait souffrir. Je me suis échappée pour prévenir Obenko que… Je m'interromps pour ne pas l'effrayer encore davantage. Sur un ton plus calme je dis : écoute, je sais quelle impression tu as dû avoir, mais je te le jure, j'avais les meilleures intentions. Tout ce que j'ai fait depuis que je t'ai laissé à l'orphelinat c'était pour…

— Oh, je t'en prie. Misha s'avance vers moi, ses mains menottées sont raides devant lui. Tu m'y as laissé moisir. Un jour tu m'as promis que tu serais toujours là pour moi et le lendemain tu étais partie.

Bouleversée, j'ouvre la bouche, mais il ne me laisse pas lui répondre.

— Tu crois que j'ai oublié ? Il élève la voix en s'avançant encore vers moi. Eh bien non. Je me souviens de tout. Tu m'as menti. Tu m'as dit que nous serions toujours ensemble et puis tu es partie !

— Ça suffit. La voix de Lucas nous immobilise tous les deux, la porte s'ouvre et mon ravisseur entre dans la chambre. Il est suivi par le Dr Goldberg qui porte des gants en latex et tient dans la main un plateau chirurgical avec des seringues et des aiguilles de plusieurs tailles.

Mon cœur tressaute puis bat à se rompre.

— Qu'est-ce que c'est ? Je ne peux cacher ma panique en regardant Lucas. Tu as dit…

— Ce sont les implants de localisation dont je t'ai déjà parlé, dit Lucas en traversant la pièce. Il s'arrête devant mon lit et jette un coup d'œil à mon frère qui regarde le plateau d'un air horrifié. Ça va aller, dit Lucas en attrapant Misha par le bras et en l'éloignant du lit de force.

— Non, attends ! Une sueur froide me recouvre tout entière quand le Dr Goldberg prend une petite seringue et se dirige vers moi. Je ne suis pas prête pour affronter ce nouveau combat. Lucas, je t'en prie, tu n'en as pas besoin. Je le supplie tandis qu'il entraîne mon frère à l'autre bout de la chambre, sans tenir compte des tentatives de Misha pour se jeter par terre et donner des coups de genoux. Je ne m'enfuirai pas, je le promets. Je ferai tout ce que tu voudras…

Lucas s'arrête sur le pas de la porte et maintient Misha contre lui en le prenant par la gorge. Son avant-bras musclé est plus large que le cou de Misha.

— Je sais bien, dit-il en me médusant de son regard glacial. Tu feras tout ce que je voudrai. Et maintenant, je veux que tu sois sage et que tu laisses le docteur te faire une anesthésie locale pour faciliter l'insertion des implants.

— Mais…

Le visage de Misha devient violet sous la pression redoublée de Lucas et je fais rapidement un signe de tête, les yeux brûlants de larmes impuissantes.

— OK, oui, d'accord. Mais lâche-le.

— Je le lâcherai, quand les implants auront été mis. Lucas lâche la gorge de Misha, mais l'attrape par la chemise et l'entraîne à l'extérieur de la chambre et referme la porte sur leur passage.

— Je suis désolé, dit le médecin en se penchant sur moi. Ses yeux bruns sont pleins de sympathie. Je sais que ça n'est pas facile pour vous. S'il vous plaît, si vous pouvez vous coucher sur le ventre…

Je lui obéis et mes bleus transmettent une douleur sourde quand je me tourne sur le ventre. Le médecin relève la couverture et je sens un petit pincement entre les omoplates quand l'aiguille me rentre dans la peau. Il est suivi d'un autre pincement dans le bas du cou et d'une piqûre sous le bras. Ma peau s'engourdit et je ferme les yeux, mes larmes mouillent les draps sous mon visage.

Mon ravisseur est toujours aussi cruel et cette fois-ci il n'y a plus moyen de fuir.

CHAPITRE VINGT-HUIT

❖ LUCAS ❖

— Qu'est-ce que vous nous voulez ? demande le garçon en anglais en se frottant la gorge avec ses mains menottées. Son regard hésite entre la porte de la chambre et moi et je sais qu'il se demande s'il va m'attaquer pour essayer de venir à la rescousse de sa sœur. Vous allez nous tuer ?

Il parle bien l'anglais, presque aussi bien que sa sœur, ce qui est logique puisqu'UUR a dû le lui apprendre dès son plus jeune âge.

— Non, Michael, dis-je. Pas si ta sœur fait ce qu'on lui dit. Je n'ai pas l'intention de le tuer, et certainement pas l'intention de tuer Yulia, mais il vaut mieux que ce gamin ne le sache pas pour le moment. Il a beau être jeune, il est fort et habile pour son âge.

J'aurai besoin d'un moyen de pression pour le faire marcher droit.

Comme prévu, le garçon relève le menton d'un air martial.

— Alors, si vous n'avez pas l'intention de nous tuer pourquoi nous avoir amenés ici ? Je ne trahirai pas mon pays, et si vous pensez que vous pouvez me faire parler…

— Je ne pense pas qu'un stagiaire puisse savoir quoi que ce soit d'important, tu peux te détendre. La torture n'est pas à l'ordre du jour.

Il me regarde avec colère et je devine qu'il se demande s'il a des chances de l'emporter en se battant contre moi.

— À ta place, je n'essaierais pas. Je fais un pas à droite pour me mettre entre lui et la porte de la chambre. J'ai promis à Yulia que je ne te ferai pas de mal, mais si tu continues à m'attaquer… Je laisse mes menaces en suspens, mais le garçon pâlit et recule.

Satisfait de sa réaction, je désigne le canapé.

— Assieds-toi. Tu peux regarder la télévision en attendant le retour de Diego.

Le gamin ne bouge pas.

— Pourquoi faites-vous ça à Yulia ? Qu'est-ce que vous lui voulez ?

— Ça ne te regarde pas. Ma réponse est plus dure que je ne l'aurais voulu. J'ai surpris la conversation du frère et de la sœur en entrant dans la chambre et bien que je ne comprenne pas le russe, il était évident que Michael accusait sa sœur de quelque chose. Elle avait l'air blessée, et même bouleversée de ce que le garçon venait de lui dire. À tel point que j'en ai presque changé d'avis au sujet des implants que je veux lui imposer aujourd'hui.

Presque, mais pas tout à fait.

Mon besoin d'enchaîner Yulia, de l'enchaîner à moi est incontrôlable. Ne pas l'avoir auprès de moi ces deux dernières semaines fut la pire des tortures et je ne veux plus jamais vivre ça. Esguerra a eu bien raison de mettre des implants sur sa femme. Les localisateurs me diront où se trouve Yulia à tout moment. Avec ce système implanté dans son cou et dans son dos, seul un chirurgien extrêmement compétent sera capable de les enlever en toute sécurité.

— C'est ma sœur, réplique le garçon et ses yeux bleus — qui ressemblent étrangement à ceux de Yulia — brûlent de rage. Si vous lui faites du mal…

— Tu n'y pourras rien, dis-je en pensant qu'il vaut mieux que les choses soient claires tout de suite. La seule raison pour laquelle tu t'en es tiré, c'est que j'en ai décidé ainsi. Beaucoup de gens ici sont morts à cause de ton agence et mon patron a failli être tué. Tu comprends ?

Le gamin me fixe quelques instants puis il va s'asseoir sur le canapé, les épaules rigides de tension.

Il a compris.

S'il m'arrivait quoi que ce soit, Yulia et lui seraient foutus.

J'imagine que je devrais m'en vouloir de lui faire peur, mais il doit connaître la vérité au sujet de la situation. Jusqu'à présent, ce gamin n'a fait que nous poser des problèmes. Il a attaqué Eduardo dans l'avion en lui donnant un coup de pied à l'aine et quand Diego l'a déposé chez moi, le garde m'a dit qu'il avait essayé de s'emparer de son arme avant d'arriver ici.

Pour sa propre sécurité, le frère de Yulia doit accepter la situation qui est désormais la sienne.

— Écoute, Michael… Je m'approche du canapé et je prends la commande à distance. Je n'ai pas l'intention de faire de mal à Yulia, et à toi non plus d'ailleurs. Mais il faut que tu coopères et que tu arrêtes de te battre contre nous.

Le gamin me regarde d'un air renfrogné.

— Allez vous faire foutre.

Je devrais sans doute le réprimander de me parler de cette manière, mais j'ai fait pire à son âge.

— Qu'est-ce que tu as envie de voir ? Dis-je en tendant la commande à distance vers la télévision.

Il ne répond pas tout de suite puis dit à voix basse :

— Vous avez tué mon oncle.

Surpris, je me retourne vers lui.

— Ton oncle ?

— Ouais. Le garçon se relève d'un bond, les mains serrées. Vous savez, celui dont vous avez fait sauter la tête hier ?

Je fronce les sourcils. Cette histoire est plus compliquée que je ne le pensais.

— C'était l'un des agents du repère ?

— Allez vous faire foutre. Le gamin s'affale sur le canapé et regarde droit devant lui. J'espère que vous ne mangerez que de la merde et que vous en crèverez.

— Bon, alors ça sera *Modern Family*, dis-je en allumant la télévision et en choisissant cette comédie à succès. Diego va arriver d'une minute à l'autre, mais pour le moment il me semble que ça devrait convenir.

L'émission commence et je me dirige vers la porte de la chambre où je m'adosse au mur tout en gardant un œil sur le garçon et en écoutant ce qui se passe dans la chambre. On n'y entend rien et quelques minutes plus tard Diego revient.

— Surveille-le bien, dis-je au garde en baissant la voix presque jusqu'au murmure. Il semblerait que nous ayons tué quelqu'un de sa famille. Il faut que j'en parle à Yulia pour avoir des éclaircissements, mais pour le moment, ne le quitte pas des yeux. Le gamin veut voir le sang couler.

Diego hoche la tête, le visage sombre et je sais qu'il a compris.

La vengeance est la pire des motivations.

Je vais vers la porte en m'assurant que le garçon ne fait aucune tentative à ce moment-là puis je retourne dans la chambre où Goldberg referme déjà sa trousse.

Yulia est couchée sur le ventre, raide et silencieuse, avec des petits pansements là où sont les implants. La couverture est repliée jusqu'à sa taille, son dos fin et la belle ligne de sa colonne vertébrale sont dénudés. Elle a le visage tourné de l'autre côté, ses cheveux blonds en désordre forment comme un nuage sur les draps et mon cœur se serre en voyant les égratignures et les bleus marquant sa peau douce.

Finalement, j'aurais peut-être dû attendre pour les implants.

Non. Douter de moi ne m'arrive pas souvent et j'y renonce immédiatement. Je regarde le médecin et je l'interroge :

— Tout s'est bien passé ?

Goldberg hoche la tête en prenant sa trousse.

— Oui, absolument, dit-il en se dirigeant vers la porte. Le saignement devrait cesser dans une heure et à ce moment-là si vous voulez vous pourrez remplacer les pansements par du Tricostéril ordinaire. En nettoyant bien les points d'insertion, il n'y aura pas de cicatrice.

— Bien. Merci. Je m'approche du lit et je m'assieds en attendant le départ du médecin. Dès que j'entends la porte se refermer, je tends la main et je la passe sur le dos nu de Yulia en évitant ses bleus. Sa peau est fraîche et soyeuse et je la sens frissonner sous mes doigts. Instantanément, mon corps se ranime, mon désir pour elle se réveille avec une violence sauvage.

En jurant intérieurement, je retire la main et je serre le poing pour ne plus la toucher. Je ne peux pas la prendre tout de suite. Elle est traumatisée, elle souffre, elle est trop vulnérable pour supporter l'intensité de mon désir.

Il faut lui laisser le temps de se remettre.

À ma surprise, Yulia roule sur le dos et étire les bras derrière la tête, un geste qui attire mon regard vers les globes ronds et doux de ses seins.

— Tu ne vas pas me baiser ? murmure-t-elle et je vois ses tétons se raidir comme si elle était excitée.

Ma verge se raidit comme un pieu dans mon jean. Je sais que ses tétons ont sans doute réagi à l'air frais de la climatisation, mais j'ai l'eau à la bouche tant il me tarde de les sucer, de lécher la chair pâle qui entoure leurs auréoles roses et de mordre sous ses seins. Seuls les bleus qu'elle a au visage et au ventre m'empêchent de la prendre sur-le-champ.

Non sans peine, je détourne les yeux de ses seins.

— Non, dis-je d'une voix rauque. Je sais que je devrais me lever, m'éloigner de l'objet de ma tentation, mais il m'est impossible de bouger. J'ai envie d'elle, et pas seulement pour la baiser. Le désir qui me consume vient du plus profond de mon être. Il y a seulement quinze jours que nous sommes séparés l'un de l'autre, mais il me semble que ça fait des années. Je ne te toucherai pas aujourd'hui.

Les lèvres meurtries de Yulia font la grimace, ses yeux sont plus brillants que d'habitude et je remarque que ses joues sont mouillées.

— Non ? Je ne suis plus assez jolie pour toi ? Sa voix a pris une sombre nuance de provocation et je m'aperçois qu'elle me punit pour les implants, que telle est sa manière de reprendre le contrôle.

Tout en le sachant, je mords à l'hameçon.

— Tu es très belle et tu le sais, bordel, dis-je durement. Si ça aide Yulia à se sentir mieux de me tourmenter ainsi, je ne suis pas contre, d'autant plus que c'est une manière de soulager la désagréable sensation de culpabilité que la vue de ses larmes a provoquée chez moi.

J'aurais dû attendre, putain.

— Alors, vas-y, baise-moi, dit Yulia en rejetant le reste de la couverture. Elle est toute nue (je l'ai déshabillée et lavée quand nous sommes arrivés il y a une heure) et je me raidis en voyant son ventre plat et ses fines jambes fuselées qui semblent sans fin. Et entre ces jambes… Ma température monte, ma respiration se fait haletante et poussive quand je vois ses plis roses et humides entre les cuisses.

— Je ne te toucherai pas. Mais j'ai beau le répéter, je m'aperçois que ma voix manque de conviction. Elle était évanouie quand je l'ai lavée et même un geste aussi simple m'a donné une douloureuse érection.

Alors, voir Yulia bien réveillée et me provoquant de tout son corps, c'est comme si une souris sans défense paradait devant un chat qui meurt de faim.

— Et pourquoi pas ? Elle se cambre et ses seins se dressent, elle prend la position d'une star du porno et je refoule un grognement de torture quand mon attention revient de nouveau sur ses tétons. N'est-ce pas la raison pour laquelle tu m'as poursuivie ? Pour pouvoir me baiser ?

Elle a raison, sauf que la baiser ne me suffit plus. Je veux ce que nous avons déjà eu ensemble, et plus.

Je la veux tout entière.

M'abandonnant au cruel désir qui me dévore je vais sur le lit et je me mets à quatre pattes sur elle pour l'emprisonner de mon corps sans toutefois la toucher. Elle écarquille les yeux et je vois un soupçon de peur dans son regard.

Elle ne s'attendait pas à ce que je la prenne au mot.

Un sombre sourire apparaît sur mes lèvres. En me penchant vers elle, je lui murmure à l'oreille :

— Oui, ma belle, je t'ai ramenée ici pour te baiser, et je vais le faire. Bientôt. Mais maintenant, nous allons faire quelque chose d'autre.

Bien que mon haleine lui réchauffe le cou, elle se met à frissonner et elle pousse un gémissement étouffé quand j'embrasse sa chair tendre derrière l'oreille puis que je lui mordille le lobe. Ses cheveux me chatouillent le visage et son parfum de pêche m'emplit les narines, si bien que je brûle du désir de la posséder, d'ouvrir ma fermeture éclair et de m'enfouir en elle, de sentir son fourreau doux, humide et chaud tout autour de moi.

Ce désir est presque insupportable, mais je m'oblige à descendre sur elle en ne tenant pas compte de ma verge qui vibre avec insistance. Je lui lèche le cou, j'embrasse sa clavicule et je suce chacun de ses tétons raidis avant de goûter son ventre plat et tremblant.

Quand mon visage est parallèle au V entre ses cuisses je courbe la tête et je respire profondément pour sentir son chaud parfum de femme. Yulia se contracte en resserrant les cuisses pour m'empêcher d'arriver à son sexe, alors je lui attrape doucement, mais fermement l'intérieur des cuisses afin de lui ouvrir grand les jambes. Je lui murmure :

— Détends-toi, je ne te ferai pas de mal, et je relève les yeux vers elle. Les siens sont grands ouverts et pleins d'incertitude, il n'y a plus le moindre signe de la star du porno. Je sens son anxiété croissante et quand l'image de l'attaque de Kirill me vient à l'esprit mon ardeur se refroidit légèrement.

Malgré toutes ses fanfaronnades, ma belle espionne est loin de pouvoir jouer ce genre de jeu.

Sans détourner les yeux d'elle, je pose ma bouche sur son sexe et je sens le goût de sa chair rose et humide. Yulia se met à trembler, ses mains délicates se crispent et elle serre les poings de part et d'autre de son corps ; je mordille les doux plis qui entourent son clitoris en la taquinant et en léchant cette partie si sensible avant de la lécher tout autour de la fente. Elle gémit, ferme les yeux et je sens son excitation croissante tandis que ses muscles intimes ne peuvent s'empêcher de se tendre sous ma langue.

— Oui, ma chérie, tu y es presque… Je sens de nouveau son parfum enivrant puis je ferme les lèvres autour de son clitoris et je le caresse par-dessous avec la langue avant de le sucer en tirant dessus vigoureusement. Elle pousse un cri, ses hanches se soulèvent du lit et je sens la tension monter en elle. Mon propre corps réagit en envoyant une nouvelle giclée de sang dans ma verge et mes testicules se resserrent quand je sens commencer ses contractions.

Je continue à la lécher jusqu'à ce qu'elle s'affaisse en haletant après avoir joui et finalement je décide de satisfaire mon propre désir. En me mettant à genoux, j'ouvre la fermeture éclair de mon jean et je referme le poing autour de ma verge en érection.

Quelques secousses de la main suffisent à me faire jouir à mon tour, ma semence gicle partout sur son ventre blanc et sur ses seins. Ce n'est pas une éjaculation très agréable, je préférerais tellement être en elle, mais voir mon sperme sur son corps a quelque chose d'érotique à sa manière.

En quelque sorte et d'une manière primitive, je viens de la marquer, elle m'appartient.

Yulia ne bouge pas et ne dit rien non plus quand je descends du lit et que je vais dans la salle de bains. Elle se contente de me regarder avec les yeux mi-clos et quand je reviens une minute plus tard avec une serviette mouillée d'eau chaude, elle garde le silence avec une expression énigmatique sur le visage tandis que je la nettoie.

Quand j'ai fini, je me déshabille et je reviens près d'elle dans le lit. Je l'attire doucement vers moi en m'efforçant de ne pas toucher ses blessures quand je l'étreins par-derrière. Mes côtes me font toujours mal, mais je n'en tiens pas compte. C'est si bon de l'avoir dans mes bras, de la tenir contre moi et de savoir qu'elle est à moi.

D'abord, Yulia continue de se raidir, mais quelques instants plus tard je sens la tension de ses muscles se dissiper lentement. Une minute plus tard, sa respiration devient plus régulière et je sais qu'un sommeil réparateur s'est emparé d'elle.

Mes propres paupières s'alourdissent et j'effleure ses tempes des lèvres avant de fermer les yeux. Je lui murmure :

— Bonne nuit ma belle, et une satisfaction euphorique m'envahit tandis qu'elle se blottit plus près de moi en marmonnant quelque chose d'une voix ensommeillée.

J'ai retrouvé ma Yulia et je ne la perdrai plus jamais.

TROISIÈME PARTIE :
LE GARDIEN

CHAPITRE VINGT-NEUF

❖ LUCAS ❖

Le soleil brille implacablement dans le ciel tandis que je me dirige vers le bureau d'Esguerra et malgré l'heure matinale je suis déjà en sueur à cause de l'humidité de l'air. Et pourtant, je me sens plus léger que je ne l'ai été depuis des semaines, savoir que Yulia dort dans mon lit m'emplit d'un étrange mélange de satisfaction et de soulagement.

Je l'ai retrouvée. Elle est à moi.

Même le fait de savoir que Kirill s'est échappé ne suffit pas à altérer ma bonne humeur ce matin. J'ai laissé Diego surveiller Yulia pendant qu'elle dort pour pouvoir commencer à rechercher Kirill, mais je me sens infiniment plus calme après avoir dormi huit heures d'affilée.

Si calme en fait que mon pouls s'accélère à peine quand je vois Rosa traverser la pelouse et venir vers moi. Quand elle se rapproche, je m'aperçois qu'elle est mal à l'aise et qu'elle tripote sa jupe sur les côtés.

— J'ai entendu dire que tu avais été pris dans une autre fusillade en Ukraine, dit-elle en m'examinant avec une curiosité inquiète. Et que tu l'avais retrouvée. Tu n'es pas blessé ?

Je hoche la tête, ma bonne humeur me quittant à chacun des mots qu'elle prononce. Avant de sortir de la maison, j'ai jeté un coup d'œil au rapport de Thomas sur Rosa et découvert qu'il ne contenait rien de nouveau. La bonne n'a contacté personne en dehors du domaine, et personne n'a essayé de la contacter. Si elle travaillait avec l'UUR ou certains de nos autres ennemis, soit elle est vraiment douée pour le dissimuler, soit mes premiers soupçons concernant sa jalousie étaient les bons.

C'est le moment de régler ce problème une fois pour toutes.

— Rosa, dis-je à voix basse, pourquoi as-tu aidé Yulia à s'enfuir ?

Le visage bronzé de la bonne pâlit.

— Est-ce que quelqu'un t'a payée pour le faire ?

Elle recule en écarquillant les yeux.

— Non, bien sûr que non ! Je… Elle fait visiblement un effort pour reprendre contenance. Je ne sais pas de quoi tu parles, dit-elle d'une voix presque ferme. Quoiqu'elle t'ait dit, elle a menti. Je n'ai rien à voir avec sa fuite.

Je souris froidement.

— Yulia n'a pas dit un mot, mais je trouve curieux que tu en parles.

Rosa pâlit encore davantage et je vois qu'elle ne peut s'empêcher de serrer les mains en continuant de reculer.

— Je t'en prie, Lucas, ce n'est pas ce que tu crois.

— Ah bon ? Je me rapproche d'elle et l'attrape par l'avant-bras avant qu'elle ait le temps de se retourner et de déguerpir. Alors de quoi s'agit-il ?

— C'est… Elle serre les lèvres et secoue la tête en me fixant. Je n'ai rien à voir avec sa fuite, répète-t-elle en relevant le menton et je comprends qu'elle n'a pas l'intention de m'avouer quoi que ce soit.

— Entendu, dis-je en lui serrant le bras de plus belle. Puisque tu es au service d'Esguerra, nous allons voir ce qu'il en dit.

Et sans tenir compte de l'expression terrifiée de son visage, je me dirige vers le bureau d'Esguerra en la traînant avec moi.

* * *

Le visage d'Esguerra est livide de rage quand je lui montre les enregistrements des drones. Ce sont des vidéos en basse résolution et l'image est parfois masquée par les arbres, mais on y reconnaît clairement la silhouette rondelette de Rosa dans son costume de bonne s'approchant de ma maison. Rosa garde le silence et tremble des pieds à la tête tandis qu'Esguerra regarde les vidéos sur son ordinateur. Elle ne commence à pleurer que quand il se tourne vers elle.

— Pourquoi as-tu fait ça ? lui demande-t-il d'une voix glaciale en se levant. Qu'espérais-tu y gagner ? Tu sais ce que nous faisons aux traîtres.

Rosa secoue la tête et ses larmes redoublent quand Esguerra s'approche d'elle, et malgré ma propre colère elle me fait d'abord un peu pitié. Mais immédiatement après je me souviens de ce qui a failli arriver à Yulia à cause d'elle, et toute pitié disparaît.

Quelle que soit la décision de mon patron, le sort de Rosa sera entièrement mérité.

— Je vous en prie, Señor Esguerra. Elle le supplie quand il l'attrape par le coude et la force à se lever de la chaise où elle s'était blottie. Je vous en prie, ça ne s'est pas passé comme ça…

— Alors qu'est-ce qui s'est passé ? Je l'interroge tout en prenant mon couteau suisse dans ma poche et en l'ouvrant. Je m'avance vers elle, je l'empoigne par les cheveux et lui renverse la tête en arrière tandis qu'Esguerra la maintient par les avant-bras. Pourquoi as-tu aidé ma prisonnière à s'enfuir ? Les larmes coulent sur le visage de Rosa et sa bouche tremble quand j'appuie la lame sur sa gorge, lui entaillant suffisamment le cou pour qu'elle sente cette première morsure.

— Arrête, je t'en prie. Je vois bien qu'elle est terrifiée, mais cette fois ça me laisse froid. Je suis dans mon rôle, c'est un interrogatoire, et il en va de même pour Esguerra. Je le vois dans l'éclat et la dureté de son regard.

Si elle ne parle pas d'ici à deux ou trois minutes, la minuscule blessure que je lui ai faite au cou sera le moindre de ses soucis.

— Julian, tu as vu… Nora se fige en entrant dans le bureau, elle écarquille les yeux en voyant ce qui se passe.

— Bordel ! marmonne Esguerra en lâchant brusquement Rosa. Je la rattrape de justesse quand elle tombe en arrière et m'arrive dessus. Mais avant qu'elle ne parvienne à s'enfuir, je lui plaque l'avant-bras sur la gorge et je baisse mon couteau. La bonne sanglote. Au même moment, Esguerra s'avance vers sa femme et lui dit :

— Nora, rentre à la maison, bébé. C'est un problème de sécurité.

— Un problème de sécurité ? Balbutie Nora dont le regard n'arrête pas d'aller entre son mari et moi. De quoi parles-tu ?

— Rosa a aidé la prisonnière de Lucas à s'échapper, explique laconiquement Esguerra en prenant Nora par le bras et en la poussant à l'extérieur de son bureau. Elle résiste, mais elle est trop petite et il est trop fort pour elle et il l'entraîne doucement, mais fermement vers la porte.

— Nous l'interrogeons pour en savoir davantage. Mais tu n'as aucune raison de t'inquiéter, mon chat.

— Tu es fou ? Nora hausse la voix en se débattant et Esguerra s'arrête pour l'étreindre par derrière tandis qu'elle essaye de lui donner des coups de pieds et un coup de tête. C'est mon amie. Ne la touche pas !

Esguerra se contente de la soulever de terre et de la serrer plus fort dans ses bras pour l'empêcher de gesticuler. Nora hurle, se cabre entre ses bras et Rosa sanglote de plus belle tandis qu'Esguerra se dirige vers la porte. Il y est presque parvenu quand Nora s'écrie :

— Arrête, Julian ! Ce n'est pas elle. C'est moi ! J'ai tout fait !

Les sanglots de Rosa s'interrompent comme si on lui avait ôté la voix et Esguerra s'arrête et repose Nora par terre.

— Quoi ? Tonne-t-il. Il attrape sa femme par les épaules. De quoi parles-tu, bordel ?

J'allais poser la même question, mais je me retiens de justesse. Étant donnée l'implication inattendue de Nora, il vaut mieux qu'Esguerra prenne le relais.

Il suffirait que je regarde sa femme de travers pour qu'il m'étripe.

— C'est moi. Nora relève le menton et regarde son mari droit dans les yeux. Il est furieux. C'est moi qui ai aidé Yulia à s'enfuir. Alors si tu dois interroger quelqu'un, interroge-moi. Elle n'a rien à voir là-dedans.

— Tu mens. La voix d'Esguerra est terriblement douce. J'ai vu les enregistrements des drones. Elle est allée chez Lucas juste avant notre départ.

Nora ne se laisse pas démonter.

— Effectivement. Parce que je le lui ai demandé.

Rosa s'étouffe et me griffe l'avant-bras et je m'aperçois que j'ai failli l'étrangler par inadvertance. Je baisse le bras et la repousse, la laissant tomber sur la chaise où elle était assise tout à l'heure. La femme d'Esguerra ment, j'en suis presque sûr, mais je ne sais pas comment le prouver. Nora n'avait aucune raison d'aider Yulia ; elle ne la connaît pas et elle n'est certainement pas amoureuse de moi.

— Et pourquoi aurais-tu fait une chose pareille ? demande Esguerra d'une voix implacable. Visiblement, il pense comme moi. Cette fille, tu la méprises. Tu la détestes à cause de l'accident d'avion, tu te souviens ? Il fusille Nora du regard, mais elle ne cède pas.

— Et alors ? Elle se dégage des bras d'Esguerra et recule en haletant. Tu sais que ça me gêne que Lucas torture une femme chez lui, même *elle*. Je peux lire sur le visage d'Esguerra qu'il sait de quoi elle parle, mais il serre les dents et je m'aperçois avec stupéfaction que c'est peut-être bien Nora. Effectivement, Esguerra m'a dit en passant que Rosa et elle étaient allées chez moi le jour de l'arrivée de Yulia. Dans ce cas, Nora a pu voir Yulia assise dans mon salon, nue et ligotée sur une chaise. Il n'est pas inconcevable que ça l'ait révoltée. Nora a beau s'être endurcie, elle est toujours le produit de son milieu, elle a les faiblesses de la bourgeoisie américaine dont elle est issue.

En découvrant un mode de vie différent du leur, la plupart des gens se seraient opposés à ce que je torture Yulia, et c'est peut-être aussi le cas de Nora.

Bordel de merde. Si Nora n'était pas la femme d'Esguerra…

Quant à lui, il semble prêt à tuer quand il attrape Nora par le bras et l'entraîne vers lui.

— Explique-moi tout. Ses yeux bleus étincellent de rage. Qu'as-tu demandé à Rosa de faire exactement ?

Rosa se remet à pleurer et je lui jette un coup d'œil avant de me concentrer sur le drame qui se joue devant moi. Je n'ai encore jamais vu Esguerra éprouver une telle colère envers sa femme. Si j'étais Nora je me rétracterais immédiatement. J'ai vu son mari faire des choses qui feraient peur à des tueurs en série.

Nora fixe Esguerra, le visage livide, mais sa voix tremble à peine quand elle dit :

— Je lui ai demandé d'aider Yulia à s'enfuir. Je ne lui ai pas dit comment, elle connaît les lieux mieux que moi, je lui ai donc laissé choisir les moyens. Rosa ne voulait pas le faire, mais je lui ai dit à quel point ça me gênait, et avec ce qui s'est passé avec le bébé, etc. elle a accepté.

Quelle petite manipulatrice ! Je suis partagé entre l'envie d'étrangler Nora et de l'applaudir tant je l'admire. Parler du bébé qu'ils viennent de perdre était un coup bas, mais elle a eu l'effet escompté. Esguerra relâche son emprise sur Nora et je vois bien qu'il souffre avant de reprendre contenance. Quand il reprend la parole, sa voix a perdu de sa dureté.

— Pourquoi ne pas m'en avoir parlé ? Si ça te gênait tant que ça, pourquoi n'avoir rien dit ?

— Je ne pensais pas que ça changerait quoi que ce soit, dit Nora et je vois ses grands yeux noirs se remplir de larmes. Je suis désolée, Julian, mais je voulais qu'elle soit partie à notre retour et j'ai demandé à Rosa de s'en occuper. J'étais persuadée que tu serais contre. Son menton tremble et les larmes se mettent à couler le long de ses joues. Je t'en prie, si tu dois punir quelqu'un c'est moi, pas Rosa. Elle a seulement fait preuve d'amitié envers moi. Je t'en prie, Julian. Elle lève sa main restée libre pour lui toucher le visage et je détourne les yeux tandis qu'Esguerra lui prend le poignet et l'attire tout contre lui, les narines dilatées. La tension qu'il y a entre eux est devenue intensément sensuelle et tout à coup il me semble que je suis de trop, comme un voyeur observant un moment d'intimité.

En m'éclaircissant la gorge, je m'avance vers Rosa et je la prends par l'avant-bras pour qu'elle se lève.

— Je vous laisse résoudre ce problème ensemble, dis-je en poussant la bonne vers la porte. Et d'ici là je vais demander aux gardes de surveiller Rosa.

Ni Esguerra ni sa femme ne daignent me répondre et en sortant du bâtiment j'entends un bruit de chute suivi par le cri étouffé de Nora. Rosa avale son souffle, elle a dû l'entendre elle aussi et de nouveaux sanglots secouent ses épaules.

— Ne t'inquiète pas, dis-je en lui adressant un regard glacial tout en la conduisant à l'extérieur. Esguerra a beau être sadique, il ne lui fera pas de mal, en tout cas pas beaucoup. Quant à toi, il y a toujours un point d'interrogation. Et si Nora a menti pour te protéger…

Je n'ai pas terminé ma déclaration, mais je ne dois pas.

Nous savons tous les deux ce qu'Esguerra fera subir à Rosa si elle a laissé Nora la couvrir.

CHAPITRE TRENTE

❖ YULIA ❖

Quand je me réveille, je suis abrutie et désorientée et j'ai mal de la tête aux pieds. Je me lève en chancelant pour aller à la salle de bains. Toujours à moitié endormie, je vais aux toilettes et c'est seulement en me lavant le visage que je me rends compte que je suis seule et libre.

Une certaine douleur derrière le cou m'en rappelle la raison : les implants de localisation. Lucas doit être persuadé que je serai incapable de m'enfuir une nouvelle fois.

Je lève la main pour toucher le pansement que j'ai à la nuque puis je me retourne pour voir mon dos dans la glace. À part l'endroit que je touche et au milieu de la palette de bleus, il y a désormais deux endroits supplémentaires, ceux des implants. Ils ne sont plus recouverts que d'un Tricostéril ; Lucas a dû me les mettre pendant que je dormais. Je me rappelle vaguement le médecin lui dire de le faire.

Je me souviens aussi de ce qui s'est passé ensuite et je rougis violemment, je n'ai plus du tout sommeil désormais. Je ne sais pas vraiment pourquoi j'ai provoqué Lucas de la sorte, mais sur le moment ça semblait logique. Visiblement, il ne tient guère à moi en tant que telle, et je voulais qu'il l'admette. Je voulais qu'il me prouve une fois pour toutes que je ne suis rien d'autre pour lui qu'un objet sexuel lui permettant de baiser à sa guise et qu'il peut me faire mal et me traiter comme bon lui semble.

Mais il ne m'a pas fait mal. Il m'a donné du plaisir puis il s'est masturbé en me couvrant de sa semence.

— Yulia ? Je sursaute en entendant frapper à la porte et je me retourne, le cœur battant à tout rompre. Ce n'est pas la voix de Lucas, et je suis toute nue.

— Oui ? Je réponds en attrapant une grande serviette de bain moelleuse sur le porte-serviette et en m'enveloppant dedans.

— Lucas m'a demandé de vous surveiller ce matin, dit l'homme, et je pousse un soupir de soulagement en reconnaissant la voix de Diego. J'espère que je ne vous ai pas fait peur. Il a dit que vous dormiriez sans doute un moment et j'étais dans la cuisine pour manger un morceau quand j'ai entendu l'eau couler. Tout va bien ? Vous avez besoin de quelque chose ?

— Non, merci, ça va, dis-je et les battements de mon cœur commencent à se calmer. C'est juste que… J'arrive dans une minute.

— Pas de problème. Prenez votre temps. Je serai dans la cuisine. Et je l'entends partir.

Machinalement, je me lave les dents et je passe un peigne dans mes cheveux en bataille pour démêler leur fouillis blond. Franchement je ne sais même pas pourquoi j'essaie de me rendre présentable. Le visage que je vois devant moi dans la glace est cauchemardesque. Mes lèvres commencent déjà à cicatriser, mais le côté gauche de mon visage, là où Kirill m'a frappée, est entièrement contusionné et ce n'est pas beau à voir. Des égratignures plus petites et d'autres bleus ornementent le reste de mon visage et de mon corps, sauf mon dos qui est encore pire que mon visage.

Pas étonnant que j'aie encore mal.

Je tourne doucement le cou de chaque côté pour essayer d'assouplir mes muscles. Ce geste me fait mal à la tête, mais pas autant qu'hier. Le médecin avait raison concernant le peu de gravité de mon traumatisme crânien. Quand je me suis évanouie dans l'avion, c'était autant à cause du choc que j'ai reçu et par épuisement qu'en raison de ma blessure à la tête.

Me sentant légèrement mieux, je resserre la serviette autour de moi et je vais me changer dans la chambre.

Tous les petits vêtements d'été que Lucas m'a procurés sont encore là et je prends un short et un tee-shirt au hasard en grimaçant de douleur en les enfilant.

Quand j'arrive finalement dans la cuisine j'y trouve Diego, il tartine du Kiri sur un bagel toasté.

— Salut, dit-il en m'adressant un sourire charmeur comme d'habitude. Vous avez faim ?

C'est le moment que choisit mon ventre pour faire entendre un gargouillis et le jeune garde sourit jusqu'aux oreilles. Il me semble bien que oui, dit-il en posant son bagel sur son assiette et en se levant. Qu'est-ce qui vous ferait plaisir ? Des corn flakes, des toasts, un fruit ? Tenez, asseyez-vous. Il montre la table. J'ai reçu des ordres précis, vous ne devez surtout pas vous fatiguer aujourd'hui.

— Hum, des corn flakes, ça me va. Je vais vers la table et je m'assieds, toute désorientée. Il me semble qu'il y a seulement quelques minutes, j'étais encore en Ukraine au milieu des coups de feu et des explosions et maintenant je suis dans la cuisine de Lucas et il est question du petit déjeuner avec l'un des mercenaires qui a tué mes collègues d'UUR.

Je corrige mentalement : mes *anciens* collègues d'UUR. J'ai cessé de faire partie de l'organisation quand j'ai choisi de disparaître au lieu de remplir ma mission.

— Où est mon frère ? Je pose la question en me souvenant de ce que m'a dit Lucas, les gardes le surveillent.

Diego m'adresse un nouveau sourire.

— Il est avec Eduardo, il n'a pas de chance, le pauvre.

Je cligne des yeux.

— Ah bon ?

— Disons que votre frère n'est pas ravi d'être ici. Diego va vers le frigidaire et en sort un berlingot de lait. Il verse des corn flakes dans un bol, ajoute le lait, prend une cuiller et me les amène. Sans me laisser le temps de l'interroger, il ajoute :

— Mais tout va bien, ne vous inquiétez pas pour lui. Personne ne lui fera de mal.

Je prends la cuiller, mais je n'ai plus faim. L'anxiété me noue l'estomac. Il n'est pas surprenant que Misha ne soit pas content d'être ici. Comment pourrait-il en être autrement ? Son oncle a été tué sous ses yeux et il doit être fou de peur. Et si Obenko n'a pas menti à propos de la relation de Misha avec ses parents adoptifs, ils doivent être malades d'inquiétude à son sujet. Sauf s'il vivait à l'internat d'UUR comme les autres stagiaires ? Dans ce cas, ils ne savent peut-être pas encore ce qui s'est passé, même si je suis certaine que quelqu'un va bientôt les prévenir.

Quel désastre, et tout ça, c'est de ma faute. Si je n'avais pas été aussi faible, Lucas n'aurait jamais rien su d'UUR. J'ai laissé mon ravisseur me faire parler et ensuite je l'ai involontairement conduit vers mon frère, que j'essayais justement de protéger. Je me souviens de la dispute d'hier avec Misha, des accusations qu'il m'a adressées, et j'ai envie de me recroqueviller et de pleurer.

— Vous ne vous sentez pas bien ? Diego s'assied en face de moi et prend son bagel. Vous êtes vraiment pâle.

— Si, ça va, dis-je machinalement en plongeant ma cuiller dans mon bol et en portant les corn flakes ramollis à ma bouche. Je ne suis pas vraiment dans mon assiette, c'est tout.

— Bien sûr. Diego me sourit gentiment. Le décalage horaire c'est l'horreur, et en plus vous avez eu une dure journée hier.

Il mange son bagel et j'essaie d'avaler encore quelques corn flakes avant de reposer ma cuiller. Je ne lui ai pas menti en lui disant que je n'étais pas dans mon assiette. Je n'arrive pas à me concentrer, les idées se pressent dans ma tête. L'avenir, en particulier l'avenir de mon frère, me semble comme un abîme terrifiant qui me menace au loin, et j'essaie donc de me concentrer sur le présent et sur le passé proche.

— Comment avez-vous su où me trouver ? Je pose la question à Diego une fois qu'il a fini son bagel. Plus généralement, comment avez-vous pu retrouver le repère d'UUR ?

— Oh ouais, cet endroit… Le garde se lève et porte son assiette dans l'évier. Votre sauvetage a été plus ou moins une question de chance pour nous, mais je laisserai à Kent le soin de vous en dire plus.

Génial. Encore quelqu'un qui refuse de me parler. Est-ce qu'ici chacun me considère comme la propriété personnelle de Lucas si bien que personne n'accepte de répondre à mes questions ?

En oubliant ma frustration, je m'oblige à avaler une nouvelle cuillerée de corn flakes avant de me lever pour jeter le reste à la poubelle.

— Qu'est-ce que vous faites ? Donnez, je m'en occupe. Diego m'intercepte avant que je ne parvienne à l'évier et me prend le bol des mains. Vous devez vous reposer aujourd'hui.

— Mais ça va, dis-je en me penchant sur le plan de travail alors que mes genoux qui flageolent viennent démentir mon affirmation. Je veux voir Misha, je veux dire Michael. Vous pouvez l'amener ici ou me conduire auprès de lui ?

— Pas possible, dit gaiement Diego. Eduardo l'a emmené à la salle de gym il y a une heure. Pourquoi n'allez-vous pas vous reposer pour le moment, ensuite on verra ce que dit Kent ? Le garde a le sourire, mais je peux sentir une résolution d'acier sous son apparente bonhomie. Il ne me laissera rien faire si ce n'est me reposer et attendre le retour de Lucas.

Je voudrais protester, mais je sais que c'est inutile. Et d'ailleurs, ce ne serait pas si désagréable d'aller me recoucher.

— Entendu, dis-je. Merci pour le petit déjeuner.

De retour dans la chambre je m'allonge en me sentant aussi épuisée que si je venais de courir pendant dix kilomètres. J'ai de nouveau terriblement mal à la tête et mes bleus me font mal. J'ai même mal à la gorge et la peau me tire. Sur la table de nuit à côté du lit, je vois les analgésiques d'hier et après un instant d'hésitation j'ouvre le flacon et je prends deux cachets. En prenant la bouteille d'eau que quelqu'un a eu la gentillesse de laisser sur la table de nuit, j'avale les cachets avec une gorgée d'eau pour les faire passer avant de me coucher et de fermer les yeux.

Il est inutile de lutter contre les ordres de Lucas aujourd'hui. J'ai besoin de garder des forces pour les choses importantes.

CHAPITRE TRENTE-ET-UN

❖ LUCAS ❖

Après mon absence de plusieurs jours, j'ai une tonne de boulot à rattraper et je ne rentre pas chez moi avant le dîner. Quand j'arrive finalement à la maison, je trouve Diego dans le salon, il regarde la télévision. Avec un coup d'œil vers la chambre je lui demande :

— Comment va-t-elle ? Elle dort toujours ?

Diego hoche la tête en se levant.

— Ouais. Comme je te l'ai dit dans mes SMS, elle ne s'est pas levée pour déjeuner, ensuite elle s'est réveillée pendant une heure ou deux, elle a lu au lit et puis elle s'est de nouveau endormie. Je lui ai fait un sandwich, mais elle y a à peine touché. Elle a également demandé à voir son frère, mais je lui ai dit qu'il fallait ton autorisation.

— Je vois. Merci de t'en être occupé. Je te dirai si j'ai besoin de toi demain.

Diego sourit.

— Pas de problème, mon vieux.

Il s'en va et j'entre dans la chambre pour voir comment va Yulia. Trop dormir n'est pas une réaction inhabituelle quand on a été physiquement traumatisé et qu'on a subi un stress intense sur le plan émotionnel, c'est de cette manière que le corps se remet, mais ce manque d'appétit m'inquiète.

Il fait sombre dans la chambre, je vais donc vers le lit et j'allume la lampe de chevet. Cette lumière douce ne fait même pas réagir Yulia. Elle est couchée sur le dos, la couverture remontée sur sa poitrine et le visage tourné vers moi. Mon cœur se serre en voyant sa mâchoire enflée et ses yeux cernés. Avec sa main fine posée sur l'oreille et la paume retournée, elle semble douloureusement jeune et vulnérable, elle a plutôt l'air d'une enfant blessée que d'une femme adulte.

Si Kirill est encore vivant, il regrettera de ne pas être mort dix fois quand j'en aurai fini avec lui.

Ce matin, j'ai tâté le terrain avec tous nos contacts en Europe et j'ai donné une nouvelle mission à nos hackers : retrouver Kirill Luchenko. J'ai aussi repris contact avec Peter Sokolov pour voir s'il connait quelqu'un en Ukraine qui peut m'aider. Il a tout de suite répondu en promettant de s'en occuper, ce n'est donc plus qu'une question de temps avant de retrouver ce salaud.

En admettant qu'il n'ait pas crevé de ses blessures. Puisque Yulia a fait sauter sa queue, il sera sans doute entre la vie et la mort pendant un certain temps.

Je m'assieds sur le bord du lit, je tends la main vers Yulia et je caresse sa paume du bout du doigt en sentant la chaleur et la douceur de sa peau. Comme tout le reste de sa personne, sa main est étonnamment délicate, c'est l'élégance et la féminité même. Mais je sais aussi à quel point elle peut être dangereuse, et désormais Kirill le sait aussi.

Ce fils de pute va mourir privé de queue comme un eunuque, ça me plaît bien.

Les doigts de Yulia se replient en sentant mes caresses et sa gorge laisse échapper un petit gémissement. Mais elle ne se réveille toujours pas et par intuition je me penche vers elle pour lui toucher le front du dos de la main.

Putain !

Elle a chaud, beaucoup trop chaud. Son front est brûlant.

Je me relève immédiatement et je prends mon téléphone. Goldberg ne répond pas tout de suite et je le rappelle. Et puis je recommence.

Il décroche à la troisième tentative.

— Qu'est-ce qui se passe ?

— Yulia est malade, dis-je sans autre préambule. Il y a vraiment quelque chose qui ne va pas. J'ai besoin que vous veniez. Tout de suite.

— J'arrive.

Il raccroche, je m'assieds sur le lit et je reprends la main de Yulia en remarquant qu'elle est en sueur. Mon cœur bat lourdement dans ma poitrine tandis que je lève son poignet vers mon visage et pose les lèvres sur la paume de sa main. Passant outre la peur qui me ronge violemment je murmure :

— Tu vas bientôt aller mieux, tu vas bientôt aller mieux, bébé. Il le faut.

* * *

— On dirait une sorte de grippe, dit Goldberg après avoir examiné Yulia. Elle l'a frappé de plein fouet, sans doute parce que son système immunitaire était déjà affaibli par ses blessures et le reste. Je vais tout de suite lui donner un antiviral et du Tylenol pour faire baisser la fièvre. À part ça, il suffit qu'elle se repose et qu'elle boive le plus possible.

Pendant qu'il me parle, les paupières de Yulia s'ouvrent et elle me fixe d'un air perdu.

— Lucas ? Elle a une petite voix rauque et elle se met sur le côté. Qu'est-ce…

— Tout va bien, ma chérie. Tu as seulement de la fièvre à cause de la grippe, dis-je en m'asseyant sur le lit à côté d'elle. Je prends la bouteille d'eau sur la table de nuit, je lui glisse le bras derrière le dos et je l'aide à s'asseoir et l'adossant aux oreillers. Je lui tends la bouteille et les cachets que Golberg m'a donnés et je lui murmure : tiens, bois ça, ça va te faire du bien.

Je sens que le médecin me regarde d'un air amusé en refermant sa trousse, mais je me fous éperdument de ce qu'il peut bien penser et de ce qu'il pourra dire au sujet de mon faible pour Yulia.

Elle est à moi et il est temps que ça se sache.

Yulia m'obéit, elle avale les cachets et les fait passer en buvant ce qui reste dans la bouteille.

— Où est Misha ? demande-t-elle quand elle a fini et je soupire en réalisant que la bataille continue.

— Ton frère a passé une très bonne journée avec Eduardo, dis-je en reposant la bouteille vide sur la table de nuit tandis que Goldberg s'éclipse discrètement. Ils ont eu une longue séance d'entraînement, Michael a pu soulager un peu de son agressivité avec le garde et maintenant il me semble qu'ils doivent dîner, et c'est ce que nous devrions faire aussi. Tu as faim ? Je peux faire réchauffer un peu de soupe de poulet aux vermicelles. C'est de la soupe en boîte, mais…

— Je n'ai pas faim, dit-elle en secouant la tête. Je veux juste voir Misha.

— Que dirais-tu de ça : tu prends une douche, tu manges un peu de soupe et tu bois du thé et je vais voir ce que je peux faire pour faire venir Misha ici. Je veux qu'elle mange pour se remettre et ça me semble la meilleure façon d'y parvenir.

— D'accord. Yulia repousse la couverture et essaie de se lever, mais je l'attrape et je la soulève avant qu'elle n'ait le temps de faire quelques pas chancelants. Elle me jette un coup d'œil surpris, mais pose le bras autour de mon cou et se tient à moi quand je l'emmène dans la salle de bain.

Une fois arrivé, je la repose doucement sur le sol et je commence à la déshabiller tandis qu'elle garde le silence, les yeux brillants de fièvre. Sans savoir pourquoi ça me rappelle sa première venue ici, mal en point et émaciée après la prison russe. Il semble impossible de croire qu'un mois seulement est passé depuis, qu'il n'y a que trois mois que je la connais.

J'ai l'impression d'être obsédé par ma captive depuis toujours. Je lui demande :

— Tu veux être seule un instant ? Yulia hoche la tête, la partie de son visage qui n'est pas couverte de bleus se met à rougir.

— Entendu. Je serai juste à côté. Appelle-moi si tu as le vertige ou s'il y a quoi que ce soit.

Je sors pour la laisser aller aux toilettes et quand j'entends couler la douche je reviens dans la salle de bain. Elle est déjà dans la cabine de douche et sa main tremble pour attraper le shampoing.

— Attends, laisse-moi t'aider, dis-je en me déshabillant rapidément et en la retrouvant sous la douche. Je ne veux pas que tu te fatigues.

— Mais ça va, proteste-t-elle. Je lui prends tout de même le shampoing des mains, j'en verse un peu dans ma paume et je vais sous la douche pour qu'elle ne la reçoive pas en plein visage. Tandis que je la shampouine, je réprime un grondement quand son derrière ferme et rebondi s'appuie sur mon aine et me donne une érection complète. Jusqu'ici j'étais parvenu à ne pas regarder son corps nu, ma libido s'effaçait derrière mon inquiétude pour son état de santé, mais maintenant ce n'est vraiment plus possible.

Même malade et blessée elle m'excite terriblement.

J'ordonne à ma verge : *couché, putain, couché !* Il me semble que mon sang bouillonne comme de la lave en fusion quand je tourne Yulia vers la douche et que je lui rince les cheveux avant de mettre de l'après-shampoing dans ses longues boucles blondes.

— Lucas… Elle a un murmure entrecoupé en se retournant vers moi et en me regardant de ses yeux brillants de fièvre. Des gouttes d'eau restent sur ses cils bruns en les allongeant encore davantage et j'ai toutes les peines du monde à respirer quand elle tend la main vers moi, effleure mes abdominaux avant de refermer la main sur ma verge en érection qui me fait mal.

J'ai besoin de toutes mes forces pour me dégager.

— Mais qu'est-ce que tu fais ? Ma voix est rauque, ma verge durcie tressaute vers mon nombril quand l'eau de la douche gicle sur ses seins. Tu as la grippe, putain.

Elle se rapproche de moi en clignant des yeux à cause de la douche.

— Laisse-moi m'occuper de toi, au moins comme ça. Ses doigts effleurent de nouveau ma verge en érection, mais je lui attrape le poignet avant qu'elle puisse refermer la main dessus.

— Qu'est-ce que tu fais, bordel ? Je la fixe avec incrédulité, ses yeux sont cernés et son visage est anormalement pâle. Elle est sur le point de s'évanouir et elle veut me branler ?

Quand je la rejette Yulia a les lèvres qui tremblent et elle baisse les yeux, son poignet reste inerte dans ma main. Elle semble complètement désemparée et tout en fixant sa tête baissée il me vient une sombre pensée. Je lui demande d'une voix plus dure :

— Tu fais ça par devoir ? Tu as peur que je fasse du mal à ton frère si je ne couche pas avec toi ?

Elle relève les yeux, ils sont pleins de larmes, et je m'aperçois que c'est exactement ce dont elle a peur, qu'elle m'en croit capable. Elle n'a pas entièrement tort, je me servirais de son frère si c'était nécessaire, mais pas dans ce cas.

Pas quand elle est dans cet état.

— Yulia... Je prends doucement son menton en veillant bien à ne toucher que la partie indemne de son visage. Je ne vais pas te punir parce que tu es malade, tu sais ? Je ne suis pas monstrueux à ce point. Ton frère est en sécurité. Tu peux te reposer et te remettre sans t'inquiéter pour lui.

— Mais...

— Chut ! Je pose les doigts sur ses lèvres. Tout ira bien pour lui à une condition : que tu arrêtes de te stresser et que tu acceptes de te soigner. Tu crois que c'est possible ?

Elle hoche lentement la tête et je baisse la main. Bon ! Et maintenant, on finit de te laver et on te remet au lit. Ce soir, c'est moi qui vais prendre soin de toi, d'accord ?

Yulia hoche encore la tête et je rince l'après-shampoing puis je la lave entièrement avec soin en tentant d'oublier mon érection qui n'a pas cessé. Je me dis que je suis un docteur qui prend soin d'une patiente, ou que c'est comme laver un enfant, mais ma verge ne l'entend pas de cette oreille. Malgré tout, j'arrive à finir de la doucher sans la sauter et une fois que je l'ai enveloppée dans un drap de bain et ramenée au lit, j'ai presque retrouvé le contrôle de moi-même.

— Et maintenant de la soupe et du thé ! Dis-je en l'adossant aux oreillers. Elle me regarde d'un air morne et elle est encore plus pâle que tout à l'heure.

— Entendu, murmure-t-elle. Et ensuite mon frère, d'accord ?

— Oui, dis-je, mais quand je reviens avec de la soupe et du thé elle s'est déjà rendormie et sa température est encore montée.

CHAPITRE TRENTE-DEUX

❖ YULIA ❖

Les quelques jours qui suivent se passent dans le brouillard, j'ai de la fièvre et je souffre. Les articulations et la gorge me font mal, j'ai l'impression d'avoir avalé une boule de feu. J'ai même mal à la racine des cheveux, la fièvre me consume de l'intérieur. La grippe m'épuise complètement, je suis faible et tremblante et j'ai besoin de l'aide de Lucas pour les plus simples choses comme aller aux toilettes ou me doucher.

J'ai l'impression de dormir vingt heures par jour et si Lucas ne m'obligeait pas à boire de l'eau et du thé et à prendre de la soupe à intervalles réguliers, je dormirais encore davantage. Mais il n'arrête pas de me réveiller pour me faire boire et je suis trop fatiguée pour résister à ses soins affectueux, mais insistants. Il est avec moi la nuit, son grand corps m'étreint de manière protectrice pendant notre sommeil, et il est avec moi pendant la journée, toute la journée.

— Tu n'as rien d'autre à faire ? Je lui pose cette question d'une voix cassée la première fois que je vois mon ravisseur à mon chevet en train de travailler, il est assis sur une chaise qui n'a pas l'air très confortable. D'habitude, tu es parti à cette heure-ci.

Les lèvres dures de Lucas ont un sourire.

— J'ai pris un jour de repos. Comment te sens-tu ? Tu as faim ? Soif ?

— Non, ça va. Je murmure en fermant les yeux. Mais je suis tellement fatiguée… Cet épuisement semble avoir atteint les profondeurs de mes os et pèse sur moi comme une tonne. Même ce bref dialogue a eu raison du peu d'énergie qu'il me reste et je me suis presque déjà rendormie quand Lucas m'aide à m'asseoir et à boire de l'eau à la température de la pièce avec une paille.

Avaler me fait mal à la gorge, mais me donne assez de forces pour me permettre de prendre des nouvelles de mon frère. Lucas m'assure que tout va bien, mais quand je continue d'insister pour voir Misha, il demande à Eduardo de le filmer pendant deux minutes et de nous envoyer la vidéo. Dans ce film mon frère mange un burger et compare avec Diego les mérites respectifs de Krav Maga et de Tae Kwan Do. Il n'a l'air ni effrayé ni maltraité, ce qui me rassure un peu.

— Je le ferai venir quand tu auras repris un peu de forces, me promet Lucas. Goldberg dit que le pire sera passé demain.

Mais ce n'est pas le cas. Le lendemain est encore pire, ma fièvre monte en flèche et quand je me réveille vers midi j'entends Lucas insister auprès du médecin pour me faire hospitaliser.

J'ouvre avec peine les yeux pour voir mon ravisseur faire les cent pas dans la chambre avec un thermomètre à la main.

— Elle a presque 40° de fièvre. Et si c'était une pneumonie ou quelque chose de ce genre ?

— Je vous l'ai dit, ses poumons n'ont rien, dit le Dr Goldberg à la limite de l'exaspération. Tant que vous la ferez boire suffisamment, il n'y a aucun danger. Il faut seulement que la maladie suive son cours. Le corps humain a du mal à supporter un stress violent et d'après ce que vous m'avez dit, elle en a plus vu en trois mois que la plupart des gens pendant une vie entière. Elle a été traumatisée physiquement et mentalement et elle a besoin de se reposer et de dormir pour guérir. D'une certaine manière, cette grippe est un moyen de dire à son corps de faire une pause et de prendre soin d'elle-même.

Lucas s'arrête devant le lit, les poings serrés.

— Si jamais il lui arrive quoi que ce soit…

— Oui, je sais, vous me mettrez en pièces, dit le médecin avec lassitude. Vous me l'avez déjà dit. Et maintenant si ça ne vous dérange pas il y a un garde qui a reçu une balle dans la jambe et qui a besoin de moi. Appelez-moi si la fièvre monte encore et pour le moment alternez le Tylenol et l'Advil.

Il s'en va et je ferme les yeux pour replonger dans le sommeil.

* * *

La fièvre se poursuit encore pendant trois jours avec des hausses et des baisses inattendues. Chaque fois que je me réveille avec l'impression d'être mourante, Lucas est à mon chevet, prêt à me donner à boire, à mettre une serviette mouillée sur mon front ou à me porter aux toilettes.

— Tu es sûr que tu n'as pas fait des études d'infirmier ? Je plaisante d'une voix faible tandis qu'il me recouche après avoir changé les draps et tapoté les oreillers. Tu es vraiment doué.

Lucas sourit et m'enveloppe dans la couverture.

— Je pourrais toujours y penser si ce boulot avec Esguerra ne marchait plus.

Je réussis à lui adresser un petit sourire et puis je me rendors, trop épuisée pour rester éveillée plus longtemps.

Cette nuit-là, la fièvre me tourmente sans relâche et Lucas n'arrive pas à la faire baisser ni avec le Tylenol ni avec des serviettes fraîches. Je n'arrête pas de me tourner dans le lit, de trembler et d'être en sueur et je fais des rêves pénibles. Le loup des comptines vient près de moi et me dévore les flancs et je pousse un hurlement quand sa gueule se métamorphose pour devenir le visage de Kirill, un visage qui explose quand je lui tire dessus sans m'arrêter. Lucas me secoue pour m'obliger à me réveiller, il me garde sur ses genoux jusqu'à ce que mes sanglots hystériques s'apaisent, mais dès que je me rendors je refais presque le même rêve ; cette fois, je rate Kirill et je touche mon frère à la place tandis que Kirill éclate de rire en tenant sa queue ensanglantée.

— Chut, Yulia, ma chérie, arrête. Misha va bien, il va bien. Ces paroles rassurantes et la voix grave de Lucas me calment jusqu'à ce que je me rendorme et que je fasse un autre cauchemar et ce cercle vicieux continue jusqu'à ce que la fièvre tombe le lendemain matin.

— Je suis désolée. Je murmure en me réveillant et en voyant Lucas assis à côté de moi, les yeux cernés, pas rasé et les sourcils froncés en regardant son ordinateur portable. Je t'ai empêché de dormir toute la nuit ?

Il lève les yeux de son ordinateur.

— Non, bien sûr que non. Malgré sa fatigue apparente, ses yeux pâles sont très vifs et il tend la main vers la table de chevet pour me donner le verre et la paille. Comment te sens-tu ?

— Je n'ai pas la moindre force. Ma voix est rauque et je finis le verre d'eau. Mais dans l'ensemble, ça va mieux. Pour la première fois depuis plusieurs jours je n'ai plus mal à la tête et ma peau ne flotte plus. Même ma gorge est presque normale et j'ai un creux à l'estomac qui pourrait bien être de la faim.

Le visage de Lucas se détend, il replace l'ordinateur sur la table de nuit et se lève.

— Tant mieux ! Encore quelques heures comme ça et j'allais t'envoyer en avion à l'hôpital, quoiqu'en dise Goldberg.

Il se penche vers moi, me prend doucement dans ses bras et m'emmène dans la salle de bain où il fait couler un bain, je suis trop faible pour rester debout dans la douche.

— Pourquoi fais-tu tout ça ? Je lui pose cette question tandis qu'il finit de me laver de la tête aux pieds. Maintenant que je commence à me sentir un peu mieux, je commence tout juste à m'apercevoir à quel point, tout ce qu'a fait Lucas depuis quelques jours est extraordinaire. Je connais bien des maris qui n'auraient pas pris soin de leur femme avec autant de dévouement.

— Qu'est-ce que tu veux dire ? Lucas fronce les yeux en m'enveloppant dans une épaisse serviette de bain et me prend dans ses bras. Tu avais besoin de prendre un bain.

— Je sais, mais tu n'avais pas besoin de t'en occuper, dis-je alors qu'il me porte dans la chambre. Tu aurais pu demander à l'un des gardes de m'aider ou... Je m'interromps en le voyant se rembrunir.

— Si tu crois que je vais laisser un autre homme te toucher... sa voix est terriblement glaciale, et malgré moi je frissonne tandis qu'il me remet au lit et installe deux oreillers derrière mon dos afin que je puisse m'asseoir. Penché vers moi, il grommelle :

— Tu es à moi et à moi seul, compris ?

Je hoche la tête avec prudence. Je me suis laissée aller à oublier à quel point mon ravisseur est dangereux, dangereux et follement possessif.

En se relevant, Lucas fait un effort visible pour se maîtriser. Il respire profondément et me demande d'un ton plus calme :

— As-tu faim ? Veux-tu du bouillon de poulet ?

Je lèche mes lèvres gercées.

— Oui. Et peut-être un sandwich ?

Il hausse les sourcils.

— Vraiment, un sandwich ? Tu dois commencer à aller mieux. Pourquoi pas des œufs ? J'ai essayé de faire une omelette il y a quelque temps et elle était assez réussie.

— Ah bon ? Je le fixe. Alors d'accord, j'en mangerai une avec plaisir.

Lucas sourit et disparaît dans l'embrasure de la porte. Vingt minutes plus tard, il revient avec un plateau sur lequel il y a une omelette très appétissante et une tasse d'Earl Grey bouillant.

— Et voilà ! dit-il en posant le plateau sur la table de nuit et en prenant l'assiette et une fourchette. Il pique dans l'omelette, lève la fourchette et me dit :

— Ouvre la bouche !

— Je peux manger seule, dis-je en tendant la main vers l'assiette, mais il l'éloigne de moi.

— Tu n'as pas la moindre force, tu te souviens ? Il me jette un regard inflexible. Alors, assieds-toi et ouvre la bouche.

J'obéis en soupirant, il me semble avoir deux ans et ce n'est pas agréable. Lucas s'assied sur le bord du lit et me donne la becquée avec l'efficacité désinvolte d'une infirmière. Mais son œil qui brille n'est pas celui d'une infirmière et j'ai la surprise de constater que d'une certaine manière ça lui fait plaisir.

Il aime que je sois sans défense et que je dépende de lui.

Pour confirmer cette théorie, je l'examine attentivement à la bouchée suivante. Effectivement : dès que ma bouche se referme sur la fourchette ses yeux s'attardent autour d'elle et sa main se raidit. La couverture qui est repliée sur mes genoux m'empêche de voir le bas de son corps, mais je devine qu'en vérifiant je m'apercevrais qu'il a une érection et que sa grosse verge a du mal à tenir dans son jean.

Une vague de chaleur descend le long de mon dos et mes tétons se raidissent sous la couverture. La réaction de mon corps me prend au dépourvu. Je ne suis vraiment pas en condition pour penser à faire l'amour. Et pourtant je m'aperçois que je suis de plus en plus mouillée entre les cuisses tandis que Lucas continue à me donner à manger et se penche sur moi à chaque bouchée.

L'omelette est bonne, Lucas a vraiment appris comment les faire, mais j'en remarque à peine le goût succulent et délicieux, je ne ressens que l'érotisme pervers de la situation. Dans un certain sens, l'insistance de Lucas à prendre soin de moi est le prolongement de son désir de me posséder, de me contrôler complètement. Faible et malade, je suis encore plus à sa merci que d'habitude, et d'une manière assez perverse, le savoir nous excite tous les deux.

L'omelette est bientôt terminée et je retombe sur les oreillers, à la fois rassasiée et épuisée par le simple fait de manger. Excitée ou pas, je ne suis pas encore guérie. Lucas met une paille dans mon thé et il m'en fait boire une demi-tasse puis je me rendors, mon corps a toujours besoin de repos.

* * *

Quand je me réveille, je me sens légèrement mieux, mais je me souviens des cauchemars que j'ai eus pendant la nuit.

— Est-ce que je pourrais voir mon frère s'il te plaît ? Je pose cette question à Lucas qui m'apporte un sandwich et un bol de soupe. J'aimerais vraiment lui parler.

Il secoue la tête.

— Tu n'es pas encore assez remise.

— Si, ça va. Je t'en prie. Il faut que je lui parle. Je pose la main sur la cuisse de Lucas et je sens la dureté de ses muscles à travers l'étoffe rêche du jean. Je veux juste le voir.

— Je ne veux pas que tu te fatigues, répond Lucas et je sens qu'il hésite.

— Que dirais-tu de ça ? Je me redresse pour mieux m'asseoir. Je vais manger, et si je ne me rendors pas tout de suite tu le laisseras venir. Je t'en prie, Lucas.

Il plisse les yeux.

— Tu vas manger et je vais y réfléchir.

Je hoche la tête avec enthousiasme et je commence à manger le sandwich, le dévorant en quelques grosses bouchées. Lucas insiste pour me donner lui-même la soupe, ses paupières sont lourdes sur ses yeux pâles tandis qu'il porte la cuiller à ma bouche. Je ne proteste pas. Je suis trop contente à l'idée de voir Misha et cet étrange fétichisme que mon ravisseur semble avoir développé ne me gêne pas. De plus, je ne veux pas que Lucas s'aperçoive que je ne vais pas encore aussi bien que je le pensais. Une fois de plus, ça me fatigue de manger et je commence à avoir trop chaud, comme si la fièvre était de retour.

Heureusement, Lucas ne s'en rend pas compte, et comme je ne m'endors pas tout de suite après le repas, il envoie un message à Diego pour lui demander d'amener Misha venir me voir.

— Je vais te donner dix minutes avec lui, dit Lucas en me mettant un de ses tee-shirts. Mais dès que tu te sentiras fatiguée…

— Je lui dirai au revoir et je me reposerai, dis-je en essayant de sourire gaiement comme si j'étais en bonne santé. Ne t'inquiète pas, tout ira bien.

Lucas fronce des sourcils en me touchant le front, mais juste à ce moment on frappe à la porte.

Mon frère et Diego sont arrivés.

— Dix minutes, me prévient Lucas en m'enveloppant dans les couvertures. Je suis à côté, d'accord ?

Je hoche la tête.

— Tu peux écarter un peu la chaise du lit, s'il te plaît ? Je ne veux pas que Misha attrape mon virus.

Lucas fait ce que je lui demande avant de sortir de la pièce et quelques instants plus tard mon frère entre.

— Comment te sens-tu, demande-t-il en russe dès qu'il entre dans la chambre et je lève la main, ne voulant pas qu'il se rapproche trop de moi. J'ai beau penser ne plus être contagieuse à ce stade de la grippe, il me semble être davantage une loque infestée de microbes qu'un être humain.

— Pas aussi bien que d'habitude, dis-je en indiquant à Misha la chaise que Lucas lui a préparée. Ma peau est irritée, mais Misha n'a pas besoin de le savoir. Et toi, comment ça va ? Comment te traitent-ils ?

Misha hésite puis hausse les épaules.

— Pas mal, il me semble. Il s'assied sur la chaise et je remarque que cette fois il n'est plus menotté.

— Tu es libre d'aller et de venir ? Je l'interroge avec surprise et mon frère hoche la tête.

— On ne me laisse pas seul avec des armes et je suis menotté la nuit, mais ouais, j'ai une certaine liberté.

— Bien. Je me creuse les méninges pour trouver le meilleur moyen de commencer, puis je décide de me lancer. Michael, dis-je à voix basse, où sont tes parents adoptifs ? Comment t'es-tu retrouvé avec l'UUR ?

Il me regarde d'un air hostile.

— Oncle Vasya m'a dit que tu savais tout…

— Il m'a dit certaines choses… Mais j'aimerais avoir ta propre version. Après la trahison d'Obenko, je n'ai aucune confiance dans celle que m'a racontée mon ancien patron. Est-ce que tes parents savent ce que tu fais ? Étaient-ils d'accord avec cette formation ?

Misha me regarde en silence.

— Mishen'ka… Quand je me redresse, mes articulations me font mal. Je veux seulement en savoir un peu plus sur ta vie. Tu n'as aucune raison de me croire, mais il y a onze ans j'ai conclu un marché ave Vasiliy Obenko, ton oncle Vasya. Je lui ai promis de rejoindre l'UUR si sa sœur t'adoptait et s'occupait bien de toi. C'est la raison pour laquelle je suis partie : parce que je voulais que tu aies le genre de vie que nous avions avant la mort de nos parents, le genre de vie que je ne pouvais pas te donner à l'orphelinat…

Pendant que je parle, Misha secoue la tête.

— Tu mens, dit-il en se levant d'un bond. Tu es partie. Oncle Vasya m'a dit que tu avais rejoint l'organisation parce que tu ne voulais pas de la responsabilité de ton petit frère… Parce que tu en avais assez d'être à l'orphelinat. Il était peiné que tu m'aies abandonné, il a parlé de moi à maman et puis... Il s'arrête en haletant. Il n'a pas pu me mentir là-dessus. Ce n'est pas possible. Il répète cette phrase comme s'il voulait s'en convaincre et je réalise que mon frère n'a pas autant confiance en Obenko qu'il n'y paraît. A-t-il déjà eu l'occasion d'être témoin de sa cruauté ?

— Je suis navrée, dis-je en me recouchant sur les oreillers quand mon bref élan d'énergie s'évanouit. J'aimerais que ça soit vrai, mais pour ton oncle son pays venait toujours en premier. Tu le sais, n'est-ce pas ?

Misha fait la grimace et secoue de nouveau la tête.

— Non. Il disait que tu étais douée pour manipuler la réalité.

— Misha...

— Appelle-moi Michael. Il croise les bras sur sa poitrine. Et je ne veux plus parler de ça.

— D'accord. Je suis encore trop souffrante pour discuter avec un adolescent qui a été traumatisé. Dis-moi seulement une chose... Tes parents adoptifs, ce sont de braves gens ? Est-ce qu'ils étaient gentils avec toi ?

Après avoir hésité un instant, Misha hoche la tête et se rassied.

— Oui, ils étaient gentils... Ils sont gentils. Son regard se radoucit un peu. Maman fait des galettes de pommes de terre pendant le week-end et papa joue au tennis de table. Il est vraiment fort. J'y jouais tous les soirs avec lui quand j'étais petit.

Des larmes de soulagement m'emplissent les yeux en entendant une véritable émotion dans sa voix. Quelles que soient les raisons pour lesquelles il s'est retrouvé à l'UUR, Misha aime ses parents adoptifs, il les aime comme j'aimais papa et maman.

— Tu les vois souvent ? Maintenant que mon frère me parle vraiment, je meurs d'envie d'en savoir davantage sur sa vie. Je veux dire, depuis que tu as commencé ta formation ? Tu es en internat ou tu habites encore chez eux ? Et qu'est-ce qu'ils pensent de ce que tu fais ?

Mon frère cligne des yeux en entendant toutes ces questions.

— Je... Je les vois une fois par mois désormais, répond-il lentement. Et effectivement, je suis en internat. Maman était contre, mais Oncle Vasya a dit que ça vaudrait mieux, que ça m'aiderait à m'adapter, etc.

Je hoche la tête d'un air encourageant et il poursuit après une petite pause.

— Ils étaient plus ou moins d'accords afin que je rejoigne l'agence. Je veux dire, ils comprennent que nous servons notre pays. Il détourne les yeux en se trémoussant sur sa chaise et je lis entre les lignes.

Ses parents ont peut-être compris, mais ils étaient loin d'être ravis, que leur fils, encore adolescent ait été recruté pour la cause.

— Tu crois qu'ils s'inquiètent pour toi ? Sans tenir compte de mon épuisement grandissant, je m'oblige à me rasseoir. Ont-ils pu apprendre ce qui s'est passé ?

— Ils… Sa voix se brise quand il me regarde en clignant rapidement des yeux. Ouais, je pense qu'ils doivent être au courant maintenant. Quelqu'un a dû prévenir maman au sujet d'Oncle Vasya.

— Je suis navrée, Michael. Je me mords la lèvre. Je suis vraiment navrée que ça se soit passé comme ça. Crois-moi, si je pouvais revenir en arrière…

— Arrête. Misha se lève en serrant les poings. Ne fais pas semblant.

— Je ne…

— Ça suffit. La voix de Lucas est tranchante comme un rasoir quand il entre dans la pièce et s'approche à grands pas de mon frère, l'air furieux. Je te l'ai dit, tu n'as pas le droit de la contrarier. Il attrape Misha par le dos de sa chemise et le traîne vers la porte en grommelant : c'est pourtant très clair, non ?

— Arrête, Lucas ! Je repousse ma couverture, le cœur battant sous la peur tout à coup. Je t'en prie, il n'a rien fait.

Lucas lâche immédiatement Misha et traverse la pièce pour venir vers moi, j'ai posé les pieds par terre pour me lever bien que j'aie le vertige.

— Mais qu'est-ce que tu fais ? En me jetant un coup d'œil mauvais, il me prend les jambes et les repose sur le lit, m'obligeant à m'y rasseoir et à m'adosser aux oreillers avant de m'emprisonner entre ses bras. Ses yeux brillent de rage quand il se penche à quelques centimètres de moi. Tu dois te reposer, compris ?

— Oui. J'ai la gorge serrée et j'avale ma salive. Désolée.

Ma réaction semble satisfaire Lucas, il se redresse et se retourne vers mon frère.

— Allons-y, dit-il en montrant la porte et Misha me lance un coup d'œil pour s'excuser avant de sortir de la pièce, suivi de Lucas.

Épuisée, je me laisse tomber sur les oreillers et je ferme les yeux.

Mon frère va bien, mais il n'est pas à sa place ici. Il faut que je le renvoie chez ses parents.

Il faut qu'il rentre chez lui.

CHAPITRE TRENTE-TROIS

❖ LUCAS ❖

Après avoir escorté Michael à l'extérieur et l'avoir confié à Diego, je retourne dans la chambre où Yulia s'est rendormie. Bien que les bleus provoqués par l'agression de Kirill se soient presque entièrement estompés, elle a de grands cernes sombres sous les yeux et son visage est pâle et creusé. Elle a maigri depuis qu'elle est tombée malade et une fois de plus elle m'inquiète par sa vulnérabilité, on dirait une figurine de verre qui pourrait se briser au plus léger contact.

Je dois être pervers parce que j'ai quand même envie d'elle.

Après avoir respiré profondément, je me déshabille et je me couche à côté d'elle. Les oreillers sont en désordre, je les dispose plus confortablement et je m'allonge en l'attirant contre moi. Elle porte toujours mon tee-shirt, mais cette barrière entre nous ne me gêne pas.

Elle me permet de contrôler mon désir pour Yulia, de préserver l'illusion selon laquelle je suis un gardien indifférent à la place d'un homme qui a dû se masturber deux fois par jour depuis une semaine.

La nuit dernière, je n'ai pas dormi, je devrais m'assoupir immédiatement, mais je n'ai pas du tout sommeil et je sens monter de nouveau la température de Yulia. Putain, la fièvre est revenue. Je savais que je n'aurais pas dû l'écouter, mais je n'ai pas pu résister à ses grands yeux bleus qui m'imploraient. Je ne sais toujours pas vraiment ce qu'il en est de son frère, le garçon refuse de répondre à la moindre question, mais je sais qu'elle l'aime.

Elle s'est enfuie pour le protéger de moi.

En fermant les yeux, je me reproche pour la centième fois de l'avoir écoutée. Depuis quelques jours, j'ai eu l'occasion de repenser à la conversation que nous avons eue avant sa fuite, et je vois bien que je suis seul en cause dans ce malentendu. Si j'avais laissé Yulia parler, j'aurais compris qui était Misha et j'aurais promis de ne pas lui nuire.

Même pour *moi* il y a des limites.

Yulia marmonne quelque chose dans son sommeil et se blottit plus près de moi et j'embrasse la conque délicate de son oreille, le cœur serré en la sentant fiévreuse. Elle n'est plus aussi souffrante que la nuit dernière, mais elle est encore loin d'être guérie.

Je me dégage doucement de son étreinte et je vais à la salle de bain chercher une serviette mouillée pour la rafraîchir. Quand je lui enlève son tee-shirt et que je lui humecte le corps, Yulia se réveille et cligne des yeux d'un air confus, mais se rendort avant que je n'aie fini.

J'éteins la lampe et je me recouche auprès d'elle en la reprenant dans mes bras. Ce n'est pas idéal pour elle de sentir la chaleur de mon corps, mais j'ai remarqué qu'elle dort mieux quand je la tiens près de moi. Cela lui évite de faire des cauchemars.

Je referme les yeux et j'essaie de ne pas penser à leur cause, mais c'est impossible. La maladie de Yulia a bouleversé mes habitudes de travail, mais j'ai veillé à ce que les recherches pour retrouver Kirill se poursuivent sans heurt. Malheureusement, à part de vagues rumeurs et quelques fausses pistes, il n'y a rien de tangible ces derniers jours. C'est comme si ce salaud s'était volatilisé. Il est possible qu'il n'ait pas survécu à ses blessures, mais dans ce cas nous aurions trouvé un corps ou entendu parler de son enterrement.

Non, mon intuition me dit que l'ancien entraîneur de Yulia est toujours en vie, il souffre sans doute le martyre, mais il est en vie. Il me faudra redoubler d'efforts pour le retrouver une fois que Yulia ira mieux.

Mais d'abord, il faut qu'elle guérisse.

Embrasser sa tempe, la blottir plus près en ignorant la convoitise de mon sexe. Avec un peu de chance, l'amélioration de l'appétit de Yulia signifie qu'elle est en bonne voie de guérison, et je vais bientôt la retrouver forte et en bonne santé.

Sinon, Goldberg regrettera d'être né.

* * *

Heureusement, la convalescence de Yulia se poursuit sans anicroche pendant les deux jours suivants. Elle a retrouvé un bel appétit et je me retrouve sur internet à la recherche de recettes simples, mais nutritives. Je ne suis toujours pas doué en cuisine, mais je me suis aperçu qu'en me concentrant suffisamment, j'arrive à préparer des plats de base en suivant les recettes et en regardant des vidéos en ligne, quelque chose que je n'ai jamais eu la motivation de faire avant. Mais comme Yulia dépend entièrement de moi, j'ai des scrupules à ne lui donner que des sandwiches et des corn flakes.

Je veux qu'elle mange comme il faut pour retrouver la santé.

— Qu'est-ce que tu fais, mon vieux ? me demande Diego en entrant dans la cuisine et en me voyant couper des légumes en morceaux pour préparer un ragoût. C'est la première fois que je te vois faire la cuisine.

— Ouais, tu sais, j'étends mon champ de compétences, dis-je en mettant tous les légumes dans une grande casserole avant de jeter un coup d'œil à mon ordinateur portable pour y lire l'étape suivante. Il n'est jamais trop tard pour apprendre, n'est-ce pas ?

— Bien sûr. Diego me regarde d'un air dubitatif. Pourquoi ne demandes-tu pas à la gouvernante d'Esguerra de te préparer quelque chose ? En général, elle est d'accord.

— Je ne suis pas dans les petits papiers d'Ana en ce moment, dis-je en mesurant attentivement une cuillerée à café de sel. Tu sais, à cause de ce qui se passe avec Rosa, etc.

— Oui, c'est vrai. Diego s'attable et me regarde avec une évidente fascination. Elle est très contrariée par tout ça, hein ?

— Tu peux le dire !

Bien que l'intervention de Nora ait sauvé Rosa de notre interrogatoire et du châtiment qui aurait suivi, la bonne n'a plus le droit de sortir depuis une semaine jusqu'à ce qu'Esguerra décide que faire à son sujet. Ce qui aurait été facile sans l'amitié de Nora pour la jeune femme, mais Esguerra ne veut pas contrarier sa femme en exécutant son amie.

De plus, aucun de nous deux n'est absolument certain que Nora ait dit vrai, ce qui signifie qu'il est encore possible que Rosa travaillât pour quelqu'un d'autre.

Maintenant que Yulia se sent mieux, je vais lui poser des questions à ce sujet et à propos de tout le reste.

— Alors voilà, tu es un vrai chef maintenant ? dit Diego quand je verse la quantité d'eau requise dans la casserole et que je mets un couvercle avant d'allumer la cuisinière. Est-ce que ça veut dire qu'Eduardo et moi nous pouvons venir dîner ?

— Non, putain. Tu n'as qu'à préparer ton propre ragoût.

Diego éclate de rire, mais retrouve vite son sérieux quand je me retourne vers lui.

— Assez bavardé, dis-je en essuyant les mains sur une serviette en papier. Donne-moi des nouvelles des derniers stagiaires et dis-moi où nous en sommes avec le recrutement.

Le garde se lance dans son rapport quotidien et je m'assieds vers la table en conservant un œil sur la casserole pour m'assurer qu'elle ne déborde pas.

* * *

Quand le ragoût est prêt je vais voir ce que fait Yulia et je la trouve assoupie dans le fauteuil de la bibliothèque, elle porte un autre de mes tee-shirts. Je l'ai conduite ici après le déjeuner quand elle a insisté pour se lever en prétendant qu'elle en avait assez de passer ses journées au lit. À en juger par le livre posé sur ses genoux, elle a dû s'endormir en le lisant.

Les sourcils froncés, je lui effleure le front de la main pour vérifier si elle a de la fièvre. Je suis soulagé de constater que sa température est normale. Elle n'est pas encore complètement guérie, mais Goldberg avait raison de ne pas me laisser céder à la panique.

Je jette un coup d'œil à la pendule.

16 heures. Le dîner n'est pas pour tout de suite.

Ayant pris ma décision je sors de la pièce à pas de loup et je vais dehors. Il faut que j'aille inspecter les gardes et faire le point avec Esguerra. Avec de la chance, Yulia va encore dormir durant deux heures pendant que je travaille et ensuite nous aurons un bon dîner ensemble, notre premier repas normal depuis son retour.

J'en meurs d'impatience.

CHAPITRE TRENTE-QUATRE

❖ YULIA ❖

Une sensation bizarre me réveille. C'est presque comme si quelqu'un m'observait, ou…

Hors d'haleine, je m'assieds dans le fauteuil et je reste bouche bée en voyant une jeune femme de petite taille à la peau dorée au beau milieu de la bibliothèque de Lucas. Elle porte une robe d'été bleu clair, et ses cheveux bruns et luisants tombent en cascade sur ses épaules nues. Il me semble ne l'avoir jamais vue, et pourtant la délicatesse de ses traits ne m'est pas inconnue.

— Qui êtes-vous ? J'essaie de garder une voix neutre, ce qui n'est pas facile, car mon cœur bat à se rompre. La maladie m'a beaucoup affaiblie, et bien que cette créature qui ressemble à une poupée ne semble pas vraiment menaçante, je sais que les apparences peuvent être trompeuses. Que faites-vous ici ?

— Je suis Nora Esguerra, dit-elle en anglais, sans le moindre accent. Il y a une froide ironie dans ses yeux noirs aux cils épais. Vous connaissez mon mari, Julian.

Je cligne des yeux. Voilà la raison pour laquelle elle a pu pénétrer dans la maison, elle doit avoir le même passe-partout que Rosa, et voilà aussi la raison pour laquelle elle ne m'est pas inconnue. Sa photo figurait dans le dossier qu'Obenko m'a donné à Moscou.

Et j'ai déjà vu ces yeux noirs quelque part.

— Vous regardiez par la fenêtre le jour de mon arrivée, dis-je en tirant sur le tee-shirt de Lucas pour mieux me recouvrir les cuisses. Si j'avais su que quelqu'un viendrait me voir, je me serais vraiment habillée. Avec Rosa, c'est ça ?

La jeune femme hoche la tête.

— Oui, nous étions venues vous voir. Elle ne s'excuse pas, ne donne aucune explication et se contente de m'examiner en plissant légèrement les yeux.

— Bon, et aujourd'hui, vous êtes là pour… Je ne finis pas ma phrase.

— Parce que j'ai attendu l'occasion de vous parler et que Lucas est sorti pour la première fois depuis plusieurs jours, dit-elle en s'approchant de mon fauteuil.

Je suis mal à l'aise et je me lève. Bien que mes jambes soient encore flageolantes, je serai moins désarmée en étant debout, si jamais j'ai besoin de me défendre.

— De quoi voulez-vous me parler ? Tout en lui posant cette question, je regarde attentivement ses mains. Elle ne semble pas armée, mais il y a quelque chose dans sa posture qui me dit qu'elle pourrait me nuire sans avoir d'armes sur elle.

Elle a l'expérience du combat, je le vois.

— Je veux vous parler de Rosa, dit la jeune femme. Elle relève le menton et me regarde avec dureté. En particulier de ce que vous allez dire à Lucas et à Julian à son sujet.

Je fronce les sourcils sans comprendre.

— Que voulez-vous dire ?

— Ils vont vouloir savoir comment vous vous êtes enfuie et qui vous a aidée, dit calmement Nora. Et vous allez dire que Rosa a suivi mes ordres. Vous comprenez ?

— Quoi ? Je n'en reviens pas. Vous voulez que je rejette la responsabilité sur vous ?

— Je veux que vous disiez la vérité, dit-elle froidement. Et effectivement, cela implique de dire à tout le monde que Rosa vous a aidée à ma demande.

— Elle n'en a pas dit un mot, dis-je en essayant de comprendre. Il semblerait que Rosa ait des ennuis et que la femme d'Esguerra tente de la protéger en admettant qu'elle ait été impliquée aussi. Sauf que…

— Peu importe ce que Rosa a dit ou n'a pas dit. La voix de Nora est plus tendue. Je vous explique maintenant que Rosa a agi selon mes ordres et c'est ce que vous direz quand Lucas et Julian vous poseront la question. Compris ?

— Et sinon ? J'ai bien perçu la menace présente dans sa voix, mais je veux voir jusqu'où elle va aller. Et sinon, Madame Esguerra ?

— Sinon je ferai personnellement en sorte que Julian vous désosse des pieds à la tête. Elle me sourit froidement. D'ailleurs, je m'en chargerais peut-être moi-même.

Je la fixe en essayant de me souvenir de ce que je sais à son sujet. Elle est jeune, deux ou trois ans de moins que moi, selon le dossier d'Esguerra, et elle s'est mariée récemment avec le trafiquant d'armes. Avant leur mariage, il est censé l'avoir enlevée ; il y a eu une enquête du FBI qui a duré plus d'un an. Mais malgré ses origines, il est clair que désormais elle est devenue comme son mari.

Il ne s'agit pas d'une menace en l'air.

— Entendu, dis-je lentement. Imaginons que vous ayez suggéré à Rosa de m'aider. Mais pourquoi ? Quelles auraient été vos motivations ? Lucas voudra le savoir.

— Il comprendra pourquoi. Il suffit que vous disiez la vérité, toute la vérité, y compris mon implication personnelle.

Je fais la grimace.

— D'accord. Et j'imagine que votre visite d'aujourd'hui ne fait pas partie de la vérité.

— Exact. Elle me regarde sans broncher. Il ne faut pas que Rosa paie pour ce que j'ai fait. Je suis sûre que vous serez d'accord.

— Absolument. Si la femme d'Esguerra veut que son mari, cet homme dont la cruauté est de notoriété publique, pense que tout vient d'elle, je n'ai pas l'intention de m'y opposer, surtout après cette petite conversation. Et maintenant, c'est tout, ou puis-je faire quelque chose d'autre pour vous ?

— C'est tout dit-elle puis, elle se retourne et commence à s'éloigner. Mais avant que je n'aie le temps de pousser un soupir de soulagement, elle s'arrête dans l'embrasure de la porte et me jette un coup d'œil. Un dernier mot, Yulia…

Je relève les sourcils en attendant ce qu'elle va me dire.

— Selon Julian, Lucas semble… exceptionnellement épris de vous. Sa voix est étrangement monocorde. C'est une chance pour vous, étant donné ce qui s'est passé.

Je comprends qu'elle veut parler de l'accident d'avion. Il est normal que la femme d'Esguerra considère que j'en suis responsable. Au moins, je n'ai pas réussi à séduire son mari. J'ai l'impression que si Nora savait qu'Esguerra était ma cible initiale, je risquerais d'avoir la gorge tranchée.

— Je suis convaincue que vous faisiez seulement votre travail, continue-t-elle du même ton. Que vous exécutiez les ordres de vos supérieurs.

Je hoche prudemment la tête. J'ignore ce qu'elle attend de moi. Je ne savais pas que les renseignements que j'avais obtenus serviraient à abattre l'avion de son mari, mais si je l'avais su je ne suis pas sûre que ça aurait changé quoi que ce soit. J'aurais peut-être essayé d'empêcher Lucas de prendre cet avion, même si je le connaissais à peine à l'époque, mais je n'aurais pas bougé le petit doigt pour sauver Esguerra. Et ça serait pareil aujourd'hui.

Étant donné tout ce que je sais à son sujet, ce ne serait une perte pour personne, et certainement pas pour sa femme.

— Bien. C'est ce que Lucas a dit à Julian, ajoute Nora. Il n'y avait donc aucun motif personnel, en quelque sorte.

Je hoche de nouveau la tête en espérant qu'elle arrive enfin au fait. La fatigue provoquée par mon état de santé me fait flageoler et je suis en sueur à cause de l'effort que je fais pour rester debout. Mais je ne veux pas montrer ma vulnérabilité à la femme d'Esguerra. Ce serait tendre la gorge à une louve, une petite louve, soit, mais une louve redoutable.

— Entendu, Yulia… Ses yeux de louve brillent d'un éclat particulier. Ce que j'essaie de vous dire, c'est que dans votre intérêt, j'espère que vous partagez les sentiments de Lucas. Car si jamais il vous retire sa protection… Elle ne termine pas sa phrase, mais j'ai parfaitement compris.

Mon frère n'est pas le seul à être en terrain hostile ici.

— Compris. Je parviens à lui répondre calmement. Autre chose ?

Elle m'adresse un sourire crispé.

— Non, c'est tout. J'espère que vous allez bientôt vous remettre.

Elle se retourne et disparaît dans l'embrasure de la porte et je m'effondre dans le fauteuil, aussi épuisée que si je venais de livrer bataille.

CHAPITRE TRENT-CINQ

❖ LUCAS ❖

Je mets plus longtemps que prévu à régler tout ce que j'ai négligé depuis plusieurs jours et quand je rentre chez moi, il est presque 19 h 30.

La première chose que je fais en rentrant est d'aller dans la bibliothèque. À ma surprise, Yulia n'y est plus.

— Lucas ? Appelle-t-elle, et je m'aperçois que sa voix vient de la cuisine. En fronçant les sourcils, je reviens sur mes pas pour l'y rejoindre.

— Mais qu'est-ce que tu fais ? Dis-je quand je la vois porter deux cuillers vers la table. En deux pas, je suis auprès d'elle, je lui prends les cuillers des mains et je l'attrape par le coude. Tu dois te reposer.

— Mais ça va, proteste-t-elle quand je la guide vers la table. Vraiment, Lucas, ça va bien mieux. J'en avais assez d'être assise toute la journée et je voulais mettre la table pour le dîner.

— Eh bien tant pis, putain ! Je lui indique la chaise. Assieds-toi et je vais m'en occuper. Ton seul devoir pour le moment c'est d'aller mieux, compris ?

Yulia me regarde d'un air exaspéré, mais obéit. Pour la première fois depuis le début de sa maladie elle est habillée normalement, un short en jean et un débardeur, mais ce type de vêtement ne fait qu'accentuer la sévérité de son amaigrissement. Elle a le ventre creux et ses bras sont fins comme des roseaux. Je ne sais pas pourquoi elle fait autant d'effort, mais ça ne me plaît pas.

— Tu ne dois pas bouger le petit doigt, dis-je en me lavant les mains et en prenant deux bols. Yulia a déjà dû allumer la cuisinière pour réchauffer le ragoût parce que quand je vérifie je m'aperçois qu'il mijote doucement. Je sers deux portions généreuses et j'amène les bols sur la table. Je ne veux pas d'une autre rechute, dis-je en m'asseyant en face d'elle.

Elle renifle le ragoût au lieu de répondre.

— C'est toi qui l'as fait ? demande-t-elle en levant les yeux et, je hoche la tête, curieux de voir ce qu'elle va en dire. Je l'ai goûté tout à l'heure et je l'ai trouvé bon, mais j'ai encore beaucoup de progrès à faire avant de pouvoir rivaliser avec elle en cuisine.

Elle plonge sa cuiller dans son bol et essaie un peu de sauce autour des légumes.

— C'est bon, Lucas, et je ne peux m'empêcher de sourire en entendant de la surprise dans sa voix.

— Je suis content que ça te plaise, dis-je en commençant à manger aussi. Ce n'était pas difficile à faire, je devrais pouvoir recommencer.

Yulia se met à manger avec un enthousiasme évident et je la regarde, heureux de voir qu'elle apprécie mes efforts. Il y a quelque chose d'étrangement satisfaisant à la voir attablée chez moi, mangeant quelque chose que j'ai préparé pour elle et portant des vêtements que je lui ai procurés. Je ne me suis jamais considéré comme un père nourricier, je n'ai jamais imaginé prendre soin de quelqu'un, mais c'est justement ce que je veux faire avec elle. C'est d'autant plus étrange parce que quand elle est en bonne santé Yulia est la femme la plus capable que je connaisse.

Elle garde le silence et finit rapidement son ragoût, je la laisse manger tranquille et je me demande même avec inquiétude si ce repas ne risque pas de trop la fatiguer. Quand nous avons terminé, je débarrasse et je lui fais une tasse de son Earl Grey préféré.

— Comment te sens-tu ? Je lui pose cette question en lui apportant son thé et elle me sourit en tapotant son ventre plat.

— Totalement rassasiée. Le ragoût était délicieux. Merci de l'avoir préparé.

— Je t'en prie. Je souris tandis qu'elle étouffe un bâillement avant de prendre une gorgée de thé. Tu as sommeil ?

— J'ai seulement trop mangé, je pense, dit-elle en se remettant presque à bâiller. Il est impossible que j'aie envie de dormir. J'ai assez dormi pour une vie entière.

— Ton organisme en avait besoin, dis-je, et mon amusement disparaît quand je me souviens de l'état presque catatonique dans lequel elle était après avoir été agressée par Kirill. Tu as passé de sales moments.

Elle baisse les yeux sur sa tasse.

— Ouais, c'est vrai.

— Yulia… Je m'assieds et tends la main au-dessus de la table pour la poser sur la sienne. Qu'est-ce qui s'est passé ? Comment t'es-tu retrouvée avec Kirill ?

Je sens tressauter ses doigts sous ma paume, mais elle ne relève pas les yeux.

— Yulia ! Je lui presse légèrement la main. Regarde-moi.

Malgré sa réticence, son regard croise le mien.

— Tu as d'autres frères et sœurs que tu me caches ?

Elle secoue la tête.

— Quelqu'un d'autre que tu essaies de protéger ?

Elle cligne des yeux.

— Non.

— Alors, raconte-moi ce qui s'est passé. Pourquoi étais-tu dans cette cellule ? Ils croyaient que tu les avais trahis ?

— Ils... C'est... C'est compliqué, Lucas. Ses lèvres tremblent une seconde avant qu'elle ne les referme.

— Je vois. Je me lève et je contourne la table. Yulia me regarde d'un air étonné quand je l'aide à se lever, mais je la soulève en la prenant dans mes bras et je l'emmène au salon.

— Qu'est-ce que tu fais ? demande-t-elle quand je m'assieds sur le canapé en la gardant sur mes genoux. C'est inquiétant, elle est légère comme une plume et aussi vulnérable qu'après son séjour dans la prison russe.

— Je m'installe confortablement pour entendre ton histoire compliquée, dis-je en la mettant mieux en équilibre sur mes genoux. Elle a beau avoir maigri, son derrière est doux et rondelet et ses cheveux sentent bon, un mélange de pêche et de vanille. Mon corps réagit instantanément, mais je fais comme si je n'avais pas cette bouffée de désir. Gardant un bras autour de son dos, je lui glisse une de ses mèches derrière l'oreille de ma main restée libre et lui dis doucement :

— Raconte-moi, ma chérie. Je ne vous ferai pas de mal ni à toi ni à ton frère, c'est promis.

Yulia me regarde quelques instants et je me rends compte qu'elle se demande jusqu'où elle peut me faire confiance. J'attends patiemment et elle murmure enfin :

— Par où veux-tu que je commence ?

— Pourquoi pas par le commencement ? Parle-moi de Michael. Quand avez-vous été recrutés par l'agence tous les deux ?

Yulia respire profondément et se lance dans son histoire. Je l'écoute le cœur serré et elle me parle d'une petite fille de dix ans à qui ses parents avaient confié son frère de deux ans pendant une nuit d'hiver glaciale pour ne plus jamais revenir, de la visite de la police le lendemain matin, et des horreurs de l'orphelinat qui s'ensuivirent.

— Personne ne faisait vraiment attention à moi, comme je te l'ai déjà dit, à cet âge-là j'étais maigre et disgracieuse, un vrai vilain petit canard. Mais Misha, lui, il était beau, dit-elle d'une voix cassée. Il aurait pu tourner dans des publicités pour des produits de bébé. Et je n'étais pas la seule à le penser. La directrice l'appelait sans cesse dans son bureau, et j'ai vu des hommes, jamais les mêmes, y aller aussi. Je ne sais pas ce qu'ils lui ont fait, mais il était couvert de bleus et quelquefois il était égratigné. Et après il pleurait des jours durant. J'ai essayé de dénoncer ce qui se passait, mais personne ne voulait m'écouter. Le pays était en plein chaos, il l'est toujours, et personne ne se souciait des orphelins. Nous ne dérangions pas, et c'était la seule chose qui comptait. Ses yeux brillent farouchement quand elle ajoute : j'aurais fait n'importe quoi pour le tirer de là. N'importe quoi.

La rage me bouillonne dans les tempes, mais je garde le silence et je continue d'écouter Yulia qui me raconte la visite d'un homme bien habillé dont les yeux noisette la terrifièrent tout en lui rendant espoir.

— Vasiliy Obenko m'a offert un marché et j'ai accepté, dit-elle. C'était la seule manière de sauver Misha. Nous étions à l'orphelinat depuis moins d'un an et il était déjà très perturbé, il faisait n'importe quoi, il pleurait sans raison, il désobéissait aux professeurs… Même si une famille respectable s'était présentée, elle n'aurait pas voulu adopter un enfant avec ce genre de comportement, même s'il était très beau. J'étais tellement désespérée que j'aie pensé à prendre Misha et à m'enfuir avec lui, mais nous aurions été à la rue et nous serions morts de faim, ou pire. Le monde n'est pas tendre avec les enfants sans abri. Elle respire en tremblant et je lui caresse le dos en essayant d'empêcher mes propres mains de trembler de rage.

Je vais retrouver la directrice de cet orphelinat et faire payer son rôle d'entremetteuse à cette sale pute. Yulia poursuit après quelques instants :

— Alors quand Obenko est venu me recruter en me proposant que Misha soit adopté par sa sœur et son beau-frère et soit placé chez de braves gens, j'ai sauté sur cette opportunité. Je savais qu'il était bien possible qu'il s'agisse d'un pacte avec le diable, mais ça m'était égal. Je voulais simplement que Misha puisse avoir une vie meilleure.

Évidemment. Tout s'explique, putain ! Son étrange loyauté envers une organisation qui avait abusé d'elle, son désir de poursuivre ses « missions » après ce qui s'était passé avec Kirill. Il ne s'agissait nullement de patriotisme ; elle ne le faisait que pour son frère.

— Et Obenko a tenu parole ? Mon ton est relativement calme.

— Plus ou moins ; en fait, je ne sais pas. Elle se mord les lèvres. J'essaie encore de démêler le vrai du faux. Misha était censé mener une vie normale et en donnait l'impression, du moins jusqu'à ces deux dernières années. Ses parents adoptifs n'avaient rien à voir avec l'organisation ; la sœur d'Obenko est infirmière et son mari est ingénieur électricien. Une partie du marché stipulait que je n'aurais aucun contact avec Misha et sa nouvelle famille, je ne le voyais donc qu'en photo. Je n'ai réalisé qu'il avait été recruté par l'UUR qu'en suivant Obenko jusqu'à un hangar dans la banlieue de Kiev et en le voyant à l'entraînement avec Kirill et les autres jeunes.

— Ce Kirill que tu croyais mort ? Ma rage s'intensifie quand j'imagine sa réaction en recevant ces deux coups et cette trahison si cruelle que même moi je ne peux la comprendre.

Yulia hoche la tête, son regard se durcit quand elle me parle de sa capture et de son interrogatoire par les membres de sa propre agence.

— Ils croyaient que j'avais retourné ma veste, tu sais, dit-elle. Que je *les* avais trahis.

— Il y a quelque chose que je ne comprends pas. Je glisse la main sous ses cheveux et la pose sur sa nuque en essayant de contrôler ma rage. Qu'est-ce qui t'a poussée à suivre Obenko dans ce hangar ? Tu soupçonnais quelque chose ?

— Non, pas du tout. Ses yeux bleus s'assombrissent. J'ai commencé à suivre Obenko dans l'espoir qui finisse par me conduire à la famille de sa sœur, et donc à mon frère. Je voulais seulement revoir Misha une dernière fois avant de... Elle s'interrompt en se mordant plus profondément les lèvres.

— Avant quoi ?

Yulia ne répond pas.

— Avant quoi, ma belle ?

— Avant de partir pour une nouvelle mission, murmure-t-elle en clignant rapidement des yeux.

Sa réponse provoque une telle jalousie en moi, une telle violence que j'ai failli ne pas entendre ce qu'elle ajoute d'une voix presque inaudible : et avant de disparaître pour de bon.

— Quoi ? Ma main se referme sur sa nuque. Mais qu'est-ce que ça veut dire, putain ?

Elle fait la grimace et je relâche mon emprise, puis je frictionne l'endroit où je viens de lui faire mal. Mais elle ne dit toujours rien et les secondes passent, chacune me rendant de plus en plus furieux.

— Yulia... Seul le souvenir de ce qui s'est passé la dernière fois que je me suis laissé aveugler par la jalousie m'empêche d'exploser sur-le-champ. Qu'est-ce que ça veut dire, putain ?

— Rien. J'allais juste... Elle ferme les yeux une seconde avant de les rouvrir pour croiser les miens.

J'allais juste partir, tu comprends ? Sa voix tremble. Je ne pouvais plus le faire, je ne pouvais plus remplir une nouvelle mission pour eux. J'avais l'intention d'utiliser le billet d'avion et les papiers d'identité qu'ils m'avaient donnés pour disparaître et repartir à zéro.

— Ah bon ? Je baisse la main sur sa nuque, ma colère s'est un peu calmée. Mais pourquoi ? Après toutes ces années ?

Elle hausse légèrement les épaules et baisse les yeux pour éviter de me regarder.

— Je me suis dit que mon frère était en sécurité maintenant, que ses parents adoptifs ne risqueraient pas de le remettre à l'orphelinat onze ans plus tard.

— Mais ils ne l'auraient pas fait non plus au bout de cinq ans. Je l'attrape par le menton pour l'obliger à me regarder. Je sens que ce sujet la gêne et ça me rend encore plus déterminé à savoir le fin mot de l'histoire. Tu ne savais pas encore ce qui était arrivé à Kirill et à ton frère. Alors, pourquoi avoir décidé de t'enfuir ?

Elle garde le silence.

Je me penche sur elle jusqu'à ce que nos nez se touchent presque. Si près d'elle son parfum est enivrant. Je le respire et il me semble être sur le point de perdre le contrôle de moi-même. Mon cœur bat à se rompre et quand je parle ma voix est brutale et tendue. Pourquoi as-tu décidé de t'enfuir, ma belle ? Qu'est-ce qui avait changé ?

Ses lèvres s'entrouvrent, elle me fixe, et la tentation de l'embrasser, de sentir la douceur délicieuse de ses lèvres roses est insupportable. Je suis tellement sensible à sa beauté, à tout ce qu'elle représente. Le rythme léger et irrégulier de sa respiration, la chaleur de sa peau douce et lisse, la manière dont ses longs cils bruns s'emmêlent au coin de ses yeux, tout cela m'attire, accroît le désir qui brûle dans mes veines. Seule la conviction que je dois obtenir sa réponse, qu'il s'agit de quelque chose de vraiment important m'empêche de m'abandonner à mon désir. Je lui murmure en lui caressant la joue :

— Dis-le-moi, bébé. Pourquoi ne pouvais-tu plus continuer ?

Yulia est haletante, ses yeux se remplissent de larmes et elle me repousse par les épaules en essayant de se dégager. Elle est dans une telle détresse que je suis sur le point de la laisser aller, mais une intuition me pousse à tenir bon.

— Chut… Je la réconforte en resserrant mon bras autour de son dos pour la maintenir immobile. Ce n'est rien. Tout va bien. Mais dis-le-moi ma chérie, dis-moi pourquoi tu voulais t'enfuir.

— Lucas, je t'en prie… Ses larmes se mettent à couler et roulent sur ses joues, mais elle cesse de me repousser. Je t'en prie, arrête.

— Arrête quoi ? J'ai l'impression de tourmenter un chaton sans défense, mais je ne peux plus m'arrêter. Me penchant plus près d'elle j'embrasse ses joues mouillées de larmes et je murmure : arrête de me poser des questions ? Et pourquoi ? Pourquoi ne veux-tu pas me répondre ? Qu'est-ce que tu me caches ?

Yulia ferme les yeux et j'effleure ses paupières tremblantes de mes lèvres. Je lui murmure en me dégageant :

— Allez, ma chérie. Dis-le-moi donc. Qu'est-ce qui a changé pour toi ? Pourquoi ne voulais-tu plus le faire ?

— Parce que je ne pouvais plus. Elle ouvre les yeux, me regarde, ses larmes coulent de plus belle. Je ne pouvais plus le faire, tu comprends ?

— Mais pourquoi ?

Elle essaie de s'éloigner, mais je resserre le bras autour d'elle pour l'en empêcher.

— Parce que je suis tombée amoureuse de toi ! Avec une force inattendue, elle me repousse et je suis tellement abasourdi que je la laisse faire, même lorsqu'elle essaie de se relever. Son geste l'entraîne en arrière, elle est sur le point de tomber, mais avant que je puisse la rattraper elle reprend son équilibre et se précipite dans la chambre en claquant la porte derrière elle.

CHAPITRE TRENTE-SIX

❖ YULIA ❖

*D*ura *! Idiotka ! Imbécile ! Debilka !*

En sanglotant, je traîne une chaise contre la porte de la chambre et je la coince sous la poignée pour la bloquer. L'épuisement et l'adrénaline me font trembler et mes regrets me donnent l'impression d'avoir reçu une masse sur le crâne. Comment ai-je pu être aussi stupide ? Comment ai-je pu admettre mes sentiments pour Lucas *une nouvelle fois* ? Au moins la dernière fois je pensais que je rêvais, mais aujourd'hui je n'ai pas cette excuse.

J'ai cédé à la tendresse insistante de Lucas en toute conscience et j'étais parfaitement réveillée quand je me suis soumise à la douceur impitoyable de ses questions.

— Yulia ! La poignée de la porte se met à grincer, Lucas pousse sur la porte. Putain, qu'est-ce que tu fais ? Laisse-moi entrer.

Je recule en haletant pour m'éloigner de la porte, le poing sur la bouche pour contenir mes sanglots. Mais pourquoi avoir recommencé ? Par masochisme ? Je sais ce que je suis pour lui : un jouet sexuel, quelqu'un qu'il veut posséder et maîtriser. Si j'avais le moindre doute à ce sujet, les implants les auraient dissipés. Ce qu'il a fait, c'est pratiquement mettre une laisse autour du cou d'un être humain, et il a beau m'avoir soignée avec le plus grand dévouement, cela ne compense pas son intention de me garder en captivité jusqu'à ce qu'il se fatigue de moi.

L'amour et la captivité ne font pas bon ménage, sauf chez les fous.

— Yulia ! Lucas tambourine à la porte. Laisse-moi entrer, putain ! Il donne un coup, la chaise craque et bouge de quelques centimètres sur le tapis, puis la porte s'entrouvre légèrement.

Je jette un coup d'œil éperdu dans la chambre. Je ne sais pas ce que je cherche, mais je ne trouve rien et je continue à reculer jusqu'à ce que Lucas commence à s'attaquer sérieusement à la porte. À chaque coup, elle cède davantage et au moment où mes jambes flageolantes touchent le lit la chaise se brise et la porte s'ouvre en grand.

— Lucas, je... Je ne suis pas sûre de ce que j'ai l'intention de dire, mais il ne m'en laisse pas le temps.

Avant même de pouvoir retrouver mes esprits, il est sur moi et je pars à la renverse en tombant sur le lit.

Il me grimpe dessus et en un clin d'œil il m'attrape par les poignets et me met les bras au-dessus de la tête. Ses yeux pâles et brûlants sont rivés sur moi, il m'enfonce dans le matelas, son corps musclé et chaud pèse de tout son poids sur moi. Il a déjà une érection, je sens cette bosse dure dans son jean, et je sais que cette soirée n'a plus qu'une seule conclusion possible.

Le répit que m'a donné la grippe est terminé.

Ses mains se resserrent autour de mes poignets et une terrible anxiété me frappe, mêlée à une excitation perverse. Je suis viscéralement consciente de la force de mon ravisseur, du pouvoir de son grand corps viril. Quand Kirill était au-dessus de moi dans la même position, je n'avais senti que de la terreur et de la révulsion, mais c'est bien plus compliqué avec Lucas. Sous la peur instinctive et le manque de confiance, il y a une intense attirance physique unie à un désir plus profond, un désir d'union qui n'a pas de sens dans le contexte où nous sommes, lui et moi.

Je suis amoureuse d'un homme qui a toutes les raisons de me mépriser et qui me terrifie jusqu'au fond de l'âme.

— Yulia, murmure-t-il en baissant les yeux sur moi et en me fixant, et j'inspire en tremblant, j'ai l'impression de suffoquer. Je suis déchirée : d'une part, je voudrais m'enfuir et me cacher, faire comme si de rien n'était, mais d'autre part, et c'est ma part la plus faible, je voudrais m'abandonner de nouveau à lui, lui dire à quel point il compte pour moi et le supplier de me garder pour toujours.

Le supplier de m'aimer comme je l'aime, comme je l'aimerais toujours.

— Yulia, ma chérie… Son regard s'adoucit et je m'aperçois que j'ai recommencé à pleurer, mon corps tout entier est secoué de sanglots. Chut ! Bébé, ce n'est pas si grave… Tout va bien. Tout ira bien…

Cependant, je n'arrive pas à arrêter de pleurer, même quand il m'embrasse et que sa langue douce passe sur mes lèvres, ni même lorsqu'il lâche mes poignets et qu'il se dégage afin de me déshabiller. Je ne peux pas m'arrêter de pleurer parce que ce n'est pas l'homme qu'il me faut. Tout ira mal. Il n'y a pas d'avenir pour nous, pas d'espoir d'avoir un semblant de vie normale. C'est le bras droit d'un trafiquant d'armes, un homme sans conscience, et je suis sa prisonnière.

Il n'y a pas de happy end pour les gens comme nous.

Le savoir me fait tellement souffrir que je m'aperçois à peine que Lucas m'a arraché mon string et qu'il est revenu sur moi après s'être déshabillé à son tour. J'étouffe complètement, je suis aveuglée par les larmes. Ce n'est qu'une fois qu'il est calé entre mes jambes et que ses cuisses vigoureuses écartent les miennes que ma sensualité animale refait surface et que mon corps répond au sien malgré toute ma détresse. L'extrémité de sa verge effleure mes plis de plus en plus mouillés, mais au lieu de s'enfoncer en moi, il s'immobilise, se met sur les coudes, et me prend le visage entre ses grandes mains.

— Yulia… Ses yeux brillent d'un sombre désir, sa peau bronzée par le soleil se tire sur ses pommettes saillantes. Tu es à moi, dit-il d'une voix grave et gutturale. Ni rien ni personne ne pourra te prendre à moi. Plus de mensonges, plus de fuites, plus de cachettes. Je vais prendre soin de vous et vous protéger ton frère et toi, tous les deux, tu comprends ?

Je parviens à hocher un peu la tête tout en serrant les poings de part et d'autre de son corps. Son corps dur vibre comme un ressort, ses muscles sont bandés comme pour se battre, et je sais qu'il lutte pour se maîtriser. N'importe quelle autre nuit, il serait déjà en moi, mais il essaie de se retenir, d'y aller lentement parce que je viens d'être souffrante.

Le sentir soulage un peu l'anxiété qui me noue la gorge, chasse la panique que je ressentais.

Peut-être ne suis-je pas qu'un jouet pour lui. Je lui murmure en clignant des yeux pour chasser mes larmes :

Il ne se retiendrait pas ainsi si je ne comptais pas pour lui.

— Ça va, Lucas. Étant donné ce qu'il vient de me promettre, le moins que je puisse faire est de me donner à lui. Ça va.

Ses pupilles s'agrandissent, ses yeux gris-bleu s'assombrissent puis il baisse la tête et prend mes lèvres, c'est un baiser profond et sauvage. Sa langue fouille ma bouche, à la fois conquérante et caressante, et mon bas-ventre se contracte en sentant la pression dure et insistante de sa verge. Je commence à brûler, surtout entre les jambes, mais un soupçon de panique me revient. J'ai beau le rassurer, je suis loin d'être prête pour ça, en tout cas pas d'un point de vue émotionnel.

Coucher avec mon ravisseur n'est jamais insignifiant ni facile.

Mais il est trop tard pour lui faire part de mon hésitation. Les lèvres et la langue de Lucas sont dévorantes et me coupent le souffle et une de ses mains descend le long de mon corps, me pétrit la poitrine avant d'atteindre mon sexe. Ses doigts trouvent mon clitoris, jouent avec lui jusqu'à ce que je sois toute mouillée puis, il prend sa verge et la guide vers mon ouverture en relevant la tête pour me regarder en même temps.

Ses yeux brillent quand il soutient mon regard et nous respirons profondément tous les deux quand son gros gland entre doucement en moi et m'étire. Je suis encore serrée, j'avais oublié à quel point sa verge était grosse, à quel point tout son corps est grand. Malgré mon excitation, mes muscles intimes ont besoin de s'habituer à le sentir et je respire à petites bouffées tandis qu'il me pénètre plus profondément, lentement et d'une manière contrôlée, mais inexorablement. Quand il est au fond, il s'arrête et se retient toujours au-dessus de moi et je vois de petites gouttes de sueur perler sur son front. Il essaie encore de se maîtriser, d'être aussi doux qu'il lui est possible de l'être. Incapable de me retenir, je murmure :

— Je t'aime. Peu importe à ce moment que mes sentiments ne soient pas réciproques, et que tout soit contre nous. Je t'aime, Lucas, je t'aime tant.

Son regard est incandescent, ses muscles vigoureux se tendent encore plus fort et je vois s'évanouir ce qu'il lui reste de maîtrise de soi.

— Yulia, gronde-t-il, puis, il se retire et replonge en moi, il va et vient si fort qu'il me coupe le souffle. Son ardeur est trop violente, trop dévastatrice, mais c'est exactement ce dont j'ai besoin et j'enveloppe les jambes autour de lui en le tenant de toutes mes forces quand il commence à me marteler et à me prendre avec une sauvage intensité.

— Lucas… Je balbutie son nom en gémissant tandis que ma propre ardeur monte comme une spirale et se transforme en une tension insupportable. Oh, mon Dieu, Lucas… Chaque muscle de mon corps vibre d'un plaisir douloureux, j'entends distinctement les battements de mon cœur. C'est un moment qui semble durer indéfiniment puis, je jouis avec une violence inouïe, mes muscles resserrent sa verge et chacun de mes nerfs explose sous les sensations.

Lucas baisse la tête et avale mes cris en m'embrassant puis continue à me marteler et à me baiser tandis que se prolonge mon orgasme. Il me baise comme un possédé, sa main glisse dans mes cheveux pour me maintenir et me donner un autre baiser vorace et je sens que je vais jouir à nouveau, chacun de ses coups implacables m'approche plus près du point de non-retour. Mais avant que j'y parvienne, il s'arrête et relève la tête pour me regarder.

— Répète-le, dit-il d'une voix rauque en me fixant du regard. Sa peau est luisante de sueur, il est haletant, et sa verge vibre en moi. Dis-moi que tu m'aimes.

— Je t'aime, je laisse échapper ces mots en un souffle en relevant les hanches dans un effort éperdu pour atteindre l'orgasme. Je t'en prie, Lucas, je t'aime !

Il inspire bruyamment et je le sens devenir de plus en plus gros et de plus en plus dur et donner un dernier coup de reins avant de rejeter la tête en arrière avec un cri sauvage. Il éjacule, sa semence gicle en plusieurs jets brûlants puis il roule des hanches et frotte son pelvis contre mon sexe. À ma grande surprise, ce geste me fait jouir une troisième fois et je pousse un cri à mon tour en lui enfonçant les ongles dans le dos tandis qu'une vague de plaisir irrésistible me traverse de nouveau et me laisse toute tremblante et sans la moindre force.

— Putain, bébé, gronde Lucas et je sens sa verge tressauter une dernière fois avant de se retirer et de se dégager. Comme moi, il est en sueur et à bout de souffle, mais il a quand même trouvé la force de m'attirer vers lui et de m'étreindre par-derrière.

Tandis que les battements de mon cœur commencent à ralentir et que l'extase qui suit l'orgasme se dissipe, je ferme les yeux en essayant de ne pas penser à ce que j'ai fait.

En essayant d'oublier le terrible pouvoir que Lucas a désormais sur moi.

CHAPITRE TRENTE-SEPT

❖ LUCAS ❖

Quand mon souffle s'apaise et que mes muscles répondent de nouveau, je me lève et je porte Yulia à la salle de bain pour une rapide toilette. Elle est silencieuse et repliée sur elle-même, le corps flageolant pendant que je la lave et je sais que j'y suis allé trop fort, que je l'ai prise trop brutalement et trop tôt. J'aurais dû lui donner au moins deux ou trois jours de plus pour reprendre des forces, et au lieu de ça je l'ai attaquée comme un homme des cavernes, sans tenir compte de son état encore vacillant.

Les regrets me rongent et se mêlent à mon inquiétude pour sa santé, mais sous la lourde pression de la culpabilité brille sombrement une brûlante satisfaction. Au-delà des contrecoups d'un plaisir incroyable, au-delà du soulagement physique du sexe, il y a un sentiment qui me réchauffe de l'intérieur et me donne l'impression de tout dominer.

Yulia m'aime. Maintenant, il n'y a plus de doute. C'est moi qu'elle aime et non pas un fantôme dans un rêve ou un amant que j'aie imaginé.

C'est ridicule, mais il me semble que j'ai gagné à une foutue loterie.

Quand nous avons fini de nous laver, j'aide Yulia à sortir de la douche et je la sèche dans une serviette avant de la reprendre dans mes bras. Il me semble parfaitement naturel de prendre ainsi soin d'elle maintenant et mon contentement s'intensifie encore quand elle noue les bras autour de mon cou et pose en toute confiance la tête sur mon épaule tandis que je la ramène dans la chambre. En arrivant près du lit, je lui demande :

— Comment te sens-tu ? Et je me penche pour la poser doucement sur les bras avant de vérifier : je ne t'ai pas fait mal, si ?

— Non, murmure Yulia en fermant les yeux. Elle semble épuisée et mon inquiétude revient cruellement. Et si ça provoquait une rechute ? J'aurais dû me retenir, j'aurais dû mieux me contrôler. Merde, j'aurais dû attendre qu'elle soit complètement rétablie pour obtenir des réponses à mes questions au lieu de céder à mon impatience.

Repoussant ce sentiment de culpabilité j'éteins la lampe et je me couche près d'elle en l'attirant dans mes bras. Sentir les courbes de son corps chaud et mince m'excite de nouveau, mais cette fois je parviens à surmonter les réactions de mon corps. Je murmure :

— Bonne nuit ma belle, dors bien. Et je tends la main pour nous recouvrir tous les deux de la couverture.

En une minute, la respiration de Yulia prend le rythme régulier du sommeil et je ferme les yeux en retrouvant tout mon contentement quand je la serre bien fort.

Elle m'aime et elle est à moi.

La vie ne pourrait pas être plus belle.

* * *

À mon soulagement, le lendemain Yulia ne montre aucun signe de rechute en se réveillant. Je prépare le petit déjeuner dans la cuisine quand elle arrive, elle s'est déjà habillée et porte un short et un tee-shirt, elle s'est coiffée et ses yeux sont brillants et vifs.

— Salut, dit-elle doucement en s'arrêtant dans l'embrasure de la porte. Elle rougit légèrement en me regardant. Tu es encore à la maison aujourd'hui ?

— Seulement pour un petit moment, dis-je en lui souriant. Comment te sens-tu ?

— Bien. Elle esquisse un sourire à son tour. J'ai juste un peu faim.

— Bon. L'omelette est presque prête.

— Tu veux de l'aide ? demande-t-elle en s'approchant de la cuisinière. Je peux…

— Merci, mais c'est presque prêt. Je lui fais signe de s'éloigner. Si tu veux, tu peux nous faire du thé et je pourrais nous servir tout de suite.

Yulia fait ce que je lui ai demandé et cinq minutes plus tard nous sommes attablés pour manger.

— Je veux voir Misha aujourd'hui, dit-elle après avoir fini la moitié de son omelette à toute vitesse. Puisque je suis guérie, etc.

— Je suis sûr que ça doit être possible, dis-je. Je demanderai à Diego de l'amener ici cet après-midi. Je suis encore en colère contre ce gamin de l'avoir contrariée l'autre jour, mais je sais que je ne peux pas l'empêcher de le voir, surtout pas après ce qu'elle m'a raconté hier soir.

Yulia repose sa fourchette, l'expression de son visage est énigmatique.

— Lucas… Elle effleure sa nuque. Suis-je encore prisonnière dans cette maison, même avec les implants ?

Je fronce les sourcils.

— Non, pas du tout. J'ai déjà décidé que je la laisserai libre de se promener dans le domaine une fois que les implants seraient en place. Je te l'ai dit.

— Alors, pourquoi demander à Diego de m'amener Misha ? Pourquoi ne puis-je pas y aller toute seule ?

J'hésite en la regardant. Bien qu'en théorie j'aime l'idée de donner une certaine indépendance à Yulia, maintenant que nous y sommes, je suis réticent à la laisser aller seule dans le domaine.

— Tu peux y aller, dis-je finalement. Mais pas aujourd'hui. Il faut d'abord que je te présente plusieurs personnes. Il faut qu'ils sachent qui tu es et ce que tu représentes pour moi.

— A cause de mon lien avec l'accident d'avion, dit-elle, et je hoche la tête, soulagé qu'elle comprenne. Bien que mes réticences viennent de ma folle jalousie, il y a aussi des raisons d'être prudent.

Les gardes qui sont morts dans l'accident d'avion avaient des amis et de la famille et certains d'entre eux habitent le domaine. Bien qu'Esguerra et moi ayons fait de notre mieux pour rester discrets sur les circonstances du drame, je sais qu'il existe des rumeurs sur l'implication de Yulia.

Jusqu'à ce que je déclare publiquement qu'elle est à moi, elle n'est pas en sécurité toute seule.

— Et mon frère ? demande-t-elle en prenant du thé, et je m'aperçois qu'elle s'est arrêtée de manger. Ses yeux bleus s'attardent sur moi avec insistance. Est-il aussi en danger ?

— Non, dis-je pour la rassurer. Diego et Eduardo sont toujours avec lui.

— *Il* est donc prisonnier, lui ?

Je soupire.

— Yulia, pour ton frère… la situation peut évoluer. Une fois que nous serons sûrs qu'il ne tirera sur personne et qu'il ne tentera pas de s'échapper, nous lui donnerons davantage de liberté à lui aussi, d'accord ? Ce n'est qu'une question de temps.

Elle prend quelques gorgées de thé et se remet à manger, mais je vois qu'elle fronce légèrement les sourcils. Elle s'inquiète pour Michael, un frère qui ne semble pas apprécier les sacrifices qu'elle a faits pour lui. Quand nous avons fini de manger, je lui demande :

— Pourquoi vous disputiez-vous ? Ton frère semblait en colère, pourquoi ?

Yulia finit son thé puis dit à voix basse :

— Il est troublé. Obenko lui a raconté toutes sortes de mensonges à mon sujet quand il l'a recruté et c'était son oncle, alors… Elle hausse les épaules comme si ça n'avait pas d'importance, mais j'aperçois la tristesse assombrir son regard.

La trahison d'UUR la touche plus profondément que je ne le pensais.

— Si bien que Michael ne sait pas ce que tu as fait pour lui ? Je serre ma tasse dans les mains en imaginant tout ce que je vais infliger aux anciens collègues de Yulia.

— Je ne crois pas, mais ça n'a pas d'importance. Elle tente de sourire. Misha est ici maintenant, il faut simplement que je lui parle pour rétablir la vérité.

— Entendu, dis-je en prenant ma décision. La rage bouillonne dans ma poitrine, mais je garde une voix calme en disant : allons-y ! Je vais te conduire moi-même auprès de lui.

Yulia ouvre de grands yeux.

— Maintenant ? Et ton travail ?

— Il attendra. Je repose ma tasse, je me lève et je contourne la table. Tu te sens capable de marcher ?

Elle se lève d'un bond.

— Absolument, dit-elle, rayonnante. Allons-y.

* * *

Nous sortons de la maison par-devant. En arrivant dehors, je prends la main de Yulia en lui serrant légèrement les doigts et elle me regarde ironiquement.

— Je ne vais pas m'échapper, tu sais, dit-elle et je souris, si bien que ma colère commence un peu à se dissiper.

— Ce n'est pas pour t'en empêcher, dis-je en accentuant mon emprise. Yulia est à moi désormais et personne ne lui fera plus jamais de mal. En tout cas, pas sans avoir affaire à moi.

— Ah bon ? Elle regarde tout autour d'elle les gardes et d'autres passants, la plupart d'entre eux nous fixent par en dessous. Alors c'est une stratégie ?

— En partie. Je tiens Yulia par la main parce que j'en ai envie, mais rendre notre relation de notoriété publique est définitivement une bonne chose, en particulier parce que plusieurs gardes jettent un regard appuyé sur ses longues jambes fines.

Je leur lance un œil mauvais et ils se détournent vite. Les salauds !

Yulia lève les yeux sur moi et se rapproche, elle s'appuie presque sur moi en marchant. Je lui fais un petit signe d'approbation. Elle a raison d'accepter publiquement ma protection. Dès que tout le monde saura dans le domaine qu'elle est à moi, elle sera en sécurité.

Nous passons devant la caserne des gardes et Yulia relève les yeux vers moi.

— Où allons-nous ? demande-t-elle. Je croyais que Misha était ici.

— C'est vrai, dis-je, mais Diego m'a dit qu'il l'a emmené au terrain d'entraînement ce matin. C'est là que nous allons.

— Ah, je vois. Yulia garde le silence quand nous passons devant un petit groupe de gardes. Dès qu'ils ne peuvent plus nous entendre, elle ralentit et tourne la tête pour me regarder.

— Lucas, dit-elle à voix basse, il y a quelque chose que je voulais te demander.

— Qu'est-ce que c'est ?

— À notre arrivée, le Dr Goldberg a dit que tu avais été blessé récemment. Qu'est-ce qui s'est passé ? Il y a eu des problèmes pendant votre voyage ?

— Des problèmes ? De ma main libre, je touche machinalement mes côtes, elles me font de moins en moins mal. Oui, on peut le dire. Et tout en marchant, je raconte à Yulia ce qui s'est passé à Chicago, de l'agression contre Rosa au night-club à la course-poursuite et à ses conséquences. J'essaie de glisser sur les détails les plus macabres, mais quand j'ai fini mon récit Yulia est blanche comme un linge et sa main glacée dans la mienne.

— Mais tu aurais pu être tué, murmure-t-elle avec horreur. Et Rosa… Oh mon Dieu, pauvre Rosa…

— Oui, et à ce sujet… Nous ne sommes plus loin du terrain d'entraînement, je m'arrête donc et je me retourne vers Yulia. Pourquoi ne pas me parler de Rosa ? Je veux savoir comment elle t'a aidée à t'enfuir.

La main de Yulia se raidit dans la mienne avant de se détendre à nouveau.

— Qu'est-ce que tu veux dire ? demande-t-elle en fronçant les sourcils dans une apparente confusion. Son expression est l'imitation parfaite de quelqu'un qui ne comprend pas ; si sa bouche ne tremblait pas légèrement, je n'aurais jamais pu remarquer que ma question la prenait en défaut. Elle ne m'a pas… Je lui coupe la parole.

— Plus de mensonges, tu te souviens ? Nous avons passé un accord.

Yulia se lèche les lèvres.

— Lucas, je…

— Tu ne la dénonceras pas, si c'est ce qui t'inquiète, dis-je en lui lâchant la main. Me rapprochant d'elle j'attrape Yulia par le menton et lui relève la tête pour qu'elle me regarde droit dans les yeux. Nous savons ce qu'a fait Rosa, et nous avons une vidéo pour le prouver.

— Ah bon ? Yulia avale sa salive. Et vous… Comment va-t-elle ?

— Pour le moment, ça va. Je la lâche, mais sans lui donner plus de détails. Et maintenant, dis-moi exactement ce qui s'est passé. Comment t'es-tu enfuie ?

Elle me fixe et je sens qu'elle se demande si elle peut me croire au sujet de la vidéo. Finalement, elle me dit d'une voix basse :

— Le jour précédant votre départ Rosa est venue chez toi et m'a donné un rasoir et une épingle à cheveux. Elle m'a aussi un peu parlé de l'emploi du temps des gardes, en particulier du fait que ceux de la tour Nord Deux jouent au poker le jeudi après-midi.

— Je vois. Cela explique pourquoi Yulia est passée devant cette tour exactement à ce moment-là. Et pourquoi t'a-t-elle aidée ? Est-ce que ton agence l'avait contactée ?

— Non, bien sûr que non. Yulia semble étonnée. Comment l'auraient-ils pu ?

— Je ne sais pas. Mais alors pourquoi a-t-elle fait ça ?

Yulia hésite encore puis dit lentement :

— C'était étrange. Elle se comportait comme si elle ne m'aimait pas et d'abord je n'ai pas compris, mais ensuite…

— Ensuite, quoi ? Je l'encourage à continuer quand elle s'interrompt.

— Ensuite, elle a dit quelque chose au sujet de Nora, dit-elle en me fixant sans broncher. Cela donnait l'impression qu'elle lui avait demandé de le faire. Mais Rosa ne m'a pas dit pourquoi.

Putain, j'ai envie de cogner.

La femme d'Esguerra n'avait donc pas menti.

— Et *toi*, tu sais pourquoi cette Nora a voulu m'aider ? demande Yulia, et je me rends compte que je suis planté là, en silence, fou de rage. C'est la femme d'Esguerra, non ?

— Oui, dis-je sombrement en me retournant pour me remettre à marcher. Malheureusement.

Si ce n'était pas le cas, elle serait déjà morte. Mais dans l'état actuel des choses, sauf si Esguerra décide de châtier Nora, elle est intouchable, et si Rosa a obéi à ses ordres, elle pourrait l'être aussi.

CHAPITRE TRENT-HUIT

❖ YULIA ❖

Tandis que nous reprenons notre chemin vers le terrain d'entraînement je regarde Lucas à la dérobée pour voir s'il m'a cru. Pour le moment, il semble que oui. Sa mâchoire carrée est crispée de colère, sa bouche serrée et dure. On dirait qu'il va assassiner quelqu'un, et je me surprends à me sentir légèrement coupable d'avoir menti au sujet de Nora.

C'est comme si je trahissais sa confiance.

Non. Je repousse ce sentiment ridicule. Il n'y a jamais eu de confiance entre nous. Du désir, oui, et même une sorte d'étrange tendresse, mais pas de confiance. J'ai beau ne plus être menottée, avec les implants dans le corps je suis toujours prisonnière de

Lucas, et tomber amoureuse de lui ne m'a pas rendue aveugle. Je sais quel genre d'homme il est, et de quoi il est capable. Si Lucas savait que Nora m'a dit de l'impliquer dans ma fuite, il est très vraisemblable que Rosa serait tuée, et j'imagine que c'est la raison pour laquelle la femme d'Esguerra a voulu la couvrir. Si c'est effectivement ce qu'elle a fait. Il est possible que la jeune femme ait simplement admis la vérité, et dans ce cas je n'ai pas menti à Lucas. Je ne lui ai pas parlé de la visite de Nora, ce qui est complètement différent.

D'ailleurs, ça me rend malade de penser à ce qui est arrivé à Rosa. Je sais à quel point elle doit souffrir. La dernière chose que je souhaite est qu'elle souffre encore davantage.

Heureusement, tout en marchant, la colère de Lucas semble se dissiper, et quand nous arrivons au grand terrain couvert d'une pelouse il semble l'avoir complètement surmontée. Je lui demande :

— On y est ? Le terrain se divise en parts égales entre un champ de tir et une course d'obstacles. Il y a aussi d'un côté un bâtiment au toit plat, peut-être un gymnase, et de l'autre quelque chose qui ressemble à un entrepôt.

— Oui, voici le terrain d'entraînement, dit Lucas quand nous passons devant plusieurs gardes qui s'entraînent aux arts martiaux. Et il me semble que ton frère est là-bas. Il me montre un petit groupe d'hommes sur la course d'obstacles.

Effectivement, les cheveux blonds étincelants de mon frère se détachent parmi les gardes qui sont presque tous d'Amérique latine. Il fait des pompes dans l'herbe à côté d'un jeune garde brun qui semble avoir à peine quelques années de plus que lui.

En nous rapprochant, je m'aperçois qu'ils font une compétition. Les autres sont en demi-cercle autour d'eux et ils les acclament tout en pariant sur eux dans un mélange expressif d'espagnol et d'anglais. Misha et le gars contre lequel il se mesure sont tous les deux torse nu ruisselants de sueur et je me demande depuis quand ils ont commencé. D'ailleurs, il n'y a pas besoin de faire beaucoup d'effort pour être en sueur par cette chaleur ; mon tee-shirt me colle au dos rien qu'avoir marché jusqu'ici.

— J'ai l'impression que Michael est le plus fort, commente Lucas et j'entends une nuance d'amusement dans sa voix. Il faut que j'intensifie le programme d'entraînement des nouvelles recrues, ce n'est vraiment pas possible.

Je lui demande de se taire, ne voulant pas interrompre la concentration de mon frère. Le visage de Misha est rouge et ses bras tremblent comme s'ils allaient céder. Mais l'autre garde est plus mal en point et il s'écroule sous mes yeux, incapable de faire une pompe de plus.

— Vas-y, Michael ! Crie quelqu'un, et je me retourne pour voir Diego l'applaudir. Il a un large sourire. En se retournant vers les autres gardes il leur tend la main et leur dit d'un air suffisant : je vous avais bien dit que le gamin pouvait y arriver. À vous de payer !

Au même moment, mon frère s'effondre sur le sol à son tour. Il roule sur le dos en haletant et je vois un immense sourire sur son visage. Il semble aussi heureux que sur les photos.

Je me hâte vers lui pour le féliciter en souriant joyeusement. Je suis tellement fière de lui.

— Bravo, Michael ! C'était formidable.

Il s'assied et ouvre de grands yeux en me voyant approcher.

— Yulia ? Comment te sens-tu ? demande-t-il en russe.

— Bien mieux, merci. Je lui réponds dans notre langue, mais en me rendant compte que certains des autres gardes ont commencé à froncer les sourcils, je lui dis en anglais : je suis contente de voir que vous vous amusez bien, les gars.

Misha se relève et enlève un peu de poussière et d'herbe de son short.

— Hum, ouais, dit-il en anglais et en jetant un coup d'œil un peu gêné aux autres. On se… tu sais…

— Oui, elle sait, dit Lucas en me rejoignant. Il croise les bras sur la poitrine, regarde les gardes et ils se dispersent rapidement en marmonnant qu'ils ont quelque chose d'autre à faire.

Seul Diego reste sur place, tout sourire.

— Nous devrions l'engager, dit-il. Il est déjà meilleur que certains de ces nouveaux types. Et avec un peu d'entraînement supplémentaire…

Lucas lève la main en coupant la parole à Diego.

— Michael va venir avec nous un moment, dit-il. Je t'appellerai quand nous aurons besoin de toi.

— Entendu, dit Diego avec bonhomie. Je serai dans les parages.

Il s'empresse de rejoindre les autres et Lucas se retourne vers Misha qui le regarde avec appréhension.

— J'ai un mot à dire aux gardes, dit Lucas. Je peux te faire confiance, tu restes ici sans problème si je te laisse seul avec ta sœur ?

Le visage de Misha reste fermé, mais il hoche la tête.

— Bien. Lucas m'attrape par le coude et m'attire vers lui. En baissant la tête, il m'embrasse rapidement, mais violemment sur la bouche avant de reculer. À tout de suite tous les deux. Ne vous éloignez pas. Compris ?

— Oui, dis-je en faisant comme si je n'étais pas écarlate. Nous ne bougeons pas d'ici.

Lucas s'éloigne et ma gêne grandit en voyant que Misha est aussi rouge que moi. Je sais bien pourquoi Lucas m'a embrassée de cette manière, il s'agit de montrer à tout le monde que je lui appartiens, mais ça ne veut pas dire que mon petit frère doive en être témoin.

Misha a déjà une piètre opinion de moi. Faisant comme si de rien n'était je lui propose :

— On va se promener ? Je ne suis jamais venue par ici. Tu me fais visiter ?

— Bien sûr. Misha semble content de faire quelque chose. Il attrape son tee-shirt dans l'herbe, le met et dit : viens, allons par là.

Il me conduit vers la course d'obstacles et je le suis sans tenir compte des regards hostiles ou curieux que nous lancent les gardes.

— Comment ça va ? Je pose la question en anglais, je veux m'habituer à parler avec Misha dans cette langue pour que Lucas et les autres ne pensent pas que nous essayons de leur cacher quelque chose. On te traite toujours comme il faut ?

Il hoche la tête.

— On ne me quitte pas des yeux, répond-il en anglais. Mais à part ça, ça va.

— Bon ! Je lui souris avec soulagement. Et comment es-tu logé ?

Il hausse les épaules tandis que nous passons devant deux ou trois gardes qui s'entraînent à passer sous un barbelé. Pas mal. Un peu mieux qu'à l'internat, il me semble.

— Tant mieux. Et comment... Il me coupe la parole en me regardant du coin de l'œil.

— Combien de temps va-t-on nous garder ici ? Les gardes n'ont rien voulu me dire.

— Eh bien, à ce sujet... Je respire profondément. Je vais en parler à Lucas, mais avant de le faire j'ai besoin d'en savoir un peu plus sur ta situation.

Misha fronce des sourcils.

— C'est-à-dire ?

Ça ne va pas être facile.

— Comment t'es-tu retrouvé avec UUR, Michael ? Je prends des précautions et je l'appelle du nom qu'il préfère. Est-ce que c'est ton oncle qui te l'a demandé ?

— Non. Misha ne bronche pas. C'est moi qui en ai pris l'initiative.

Je ne m'y attendais vraiment pas et je m'arrête pour le fixer.

— Toi ?

Mon frère me regarde froidement.

— J'avais des problèmes à l'école et Oncle Vasya est venu me parler. Il m'a dit que j'étais vraiment idiot, que tant de gosses seraient prêts à tout pour avoir une vie comme la mienne. Et je lui ai répondu que je voulais autre chose. Je ne voulais ni devenir comptable, ni avocat, ni infirmier. Je voulais faire comme lui, de l'espionnage.

Comme je ne comprends pas, je fronce les sourcils.

— On en parlait ouvertement dans ta famille ? On parlait d'UUR, etc. ?

— Non, bien sûr que non. Mes parents étaient très discrets au sujet du travail d'Oncle Vasya, mais j'ai souvent surpris leurs conversations. Et je savais aussi que ma sœur travaillait pour notre pays. Mes parents me l'ont dit parce que je n'arrêtais pas de leur demander pourquoi tu m'avais abandonné.

Je fais la grimace, mais il poursuit :

— En tout cas, dit-il, j'ai compris ce qui s'était passé et ce jour-là j'ai interrogé Oncle Vasya. Il a admis que tu avais rejoint l'agence puis il m'a raconté comment j'avais été adopté.

— Michael, ce n'est pas…

— Ne mens pas. Il m'avait prévenu que tu mentirais. Le ton de Misha se durcit. C'était quelqu'un de bien. Il est mort pour l'Ukraine.

— Je sais bien, mais… Je respire profondément pour retrouver mon calme. Écoute-moi, Michael. Ton oncle et moi avons passé un marché. Ton adoption en faisait partie. Tu étais censé être en sécurité, pas recruté pour l'espionnage. C'était censé ne concerner que moi. J'ai rejoint l'agence parce que je voulais te protéger et que je ne pouvais pas le faire à l'orphelinat. Je suis partie parce que c'était le seul moyen d'assurer ta sécurité.

— Arrête, je ne veux pas entendre ça. Misha recule en secouant la tête. Tu mens. Je le sais.

— Non, Mishen'ka. La colère et la confusion que je lis dans son regard me serrent le cœur. Ton oncle ne t'a pas tout dit. Je ne suis pas partie parce que j'en avais assez de l'orphelinat. Je suis partie parce que c'était le seul moyen afin que tu sois en sécurité.

Misha continue de secouer la tête, mais il ne me coupe plus la parole et je lui parle donc de la visite d'Obenko et du marché qu'il m'a proposé, sans oublier le fait que je ne devrais pas revoir Misha et que je recevrais des photos de lui de temps en temps. Tout en parlant, je constate une certaine hésitation chez Misha, elle commence à remplacer sa colère.

Il ne sait qui croire, et je ne peux lui en vouloir.

— J'ai encore toutes ces photos, lui dis-je quand il continue à se taire. Je les ai mises sur Cloud il y a quelques mois pour les sauvegarder. Si tu veux, je pourrais te les montrer un jour.

Misha me fixe.

— Tu les as conservées ?

— Bien sûr. J'ai le cœur serré, mais j'essaie de sourire. Je n'ai que toi au monde, Michael. Je les ai toutes gardées.

Il avale sa salive et détourne les yeux avant de se remettre à marcher. Je le rejoins et nous continuons quelques minutes en silence. Il y a un million de choses que je voudrais lui dire, un milliard de questions que je voudrais lui poser, mais je veux éviter une nouvelle dispute.

Pour le moment, je me contente du plaisir d'être en compagnie de mon frère.

À ma surprise, c'est Misha qui rompt le silence en premier.

— Je ne savais pas que c'était toi cette nuit-là, dit-il à voix basse quand nous nous arrêtons pour observer deux gardes s'entraîner au lancer de couteaux.

— Quoi ? Je me retourne pour le regarder. De quoi parles-tu ?

— Cette nuit-là dans le hangar, quand je les ai aidés à t'attraper. Je ne savais pas que c'était toi. La tension plisse le front de Misha. C'est plus tard que je l'ai compris.

— Oui, bien sûr. Je n'avais même pas pensé qu'il aurait pu le savoir. Tu ne m'avais pas revu depuis l'âge de trois ans, et j'avais une perruque. Et d'ailleurs pourquoi aurais-tu imaginé que ta sœur vienne rôder vers tes salles d'entraînement ?

— C'est vrai. Il se croise les bras. Et d'ailleurs que *faisais*-tu là ? Oncle Vasya m'a dit que tu avais retourné ta veste, que tu avais trahi UUR.

— Je n'ai jamais trahi, mais j'allais quitter l'agence, dis-je en prenant la décision de ne rien lui cacher. Je suivais Obenko en espérant qu'il me conduirait jusqu'à toi, pour te voir une dernière fois avant de partir.

Misha cligne des yeux.

— Tu l'as suivi pour me voir ? Mais pourquoi voulais-tu partir ?

— C'est une longue histoire, Michael.

— C'est à cause de lui ? Misha jette un coup d'œil au fond du champ d'entraînement où Lucas parle avec un groupe de gardes. Parce que… (il se met à rougir) parce que vous êtes amants ?

— C'est… Mon Dieu, pourquoi est-ce aussi difficile ? Je n'ai pas quatorze ans, *moi*. C'est compliqué entre nous. Je réussis enfin à le dire. Son patron était en conflit avec l'Ukraine pendant un certain temps et…

— Est-ce que Kent abuse de toi ? Les yeux bleus de Misha étincellent de colère. Parce que je le tuerais s'il… Je lui coupe la parole, le cœur battant.

— Non, bien sûr que non. La dernière chose dont j'aie besoin c'est que Misha prenne ma défense. Je veux être avec Lucas, dis-je d'un ton ferme. C'est juste que la situation est compliquée à cause d'UUR, etc.

Comme mon frère ne semble pas convaincu, j'ajoute vite :

— Et effectivement, le fait que nous soyons amants a été déterminant dans ma décision de partir.

De nouveau, Misha rougit et détourne les yeux.

— Entendu, marmonne-t-il. C'est ce que je pensais.

— Oui, et tu avais raison. Surmontant mon embarras, je lui souris avec tristesse. Tu es très futé et presque adulte maintenant. Il va falloir que je m'y habitue. La dernière fois que je t'ai vu, ta plus grande réussite était d'aller sur le pot, alors il faut quand même que je m'habitue, maintenant que tu as grandi.

Misha sourit, mes louanges lui font plaisir comme elles feraient plaisir à n'importe quel garçon de quatorze ans, et je me rends compte de la maturité dont il fait preuve la plupart du temps. Je n'ai pas beaucoup l'expérience des adolescents, mais il ne me semble pas qu'en général ils seraient capables de faire face à cette situation aussi bien que lui.

En fait, rares sont les *adultes* qui auraient gardé leur sang-froid après avoir été kidnappés, emmenés à l'autre bout du monde et gardés en captivité dans la jungle par un trafiquant d'armes.

Tout en y réfléchissant, je vois bouger une main à l'autre bout du terrain.

— Nous devrions rebrousser chemin, dis-je en m'apercevant que Lucas me fait signe. Je crois qu'il nous appelle.

Misha hoche la tête et m'emboîte le pas ; tout en marchant, je me demande quelle sera la meilleure manière de demander à mon ravisseur de renvoyer Misha en Ukraine.

CHAPITRE TRENT-NEUF

❖ LUCAS ❖

Après avoir parlé avec les nouvelles recrues sur le terrain d'entraînement, j'attire l'attention de Yulia et lui fais signe de revenir. Elle emmène son frère et ils se dirigent vers moi tandis que je vais à la barre de traction pour faire quelques exercices en les attendant.

J'ai fait la moitié d'une série de tractions quand je vois arriver Esguerra.

— Qu'est-ce qu'il y a ? Je lui pose la question tout en reposant la barre dans l'herbe. Le soleil est terriblement chaud et je prends le bas de mon tee-shirt pour essuyer la sueur de mon visage. Vous me cherchiez ?

— Il faut que nous réglions la situation de Rosa, dit-il sans le moindre préambule. Nora me harcèle pour que je la laisse sortir de la maison, mais nous ne savons toujours pas si…

Je lui coupe la parole.

— Si, on le sait. J'allais vous en parler cet après-midi. Je viens juste d'avoir la confirmation par Yulia que Nora *a* bien été impliquée.

Le visage d'Esguerra se rembrunit.

— Et qu'a dit exactement ton espionne ?

Je lui rapporte presque mot pour mot la conversation que j'ai eue avec Yulia et je conclus :

— Ouais, il semble que Rosa n'ait pas agi de sa propre initiative, mais ça ne veut pas dire qu'elle doive s'en tirer comme ça. Et Nora non plus, telle est mon opinion, mais je me garde bien de le lui dire.

— Putain ! Esguerra tourne sur lui-même, raide de colère, et je vois qu'il aperçoit les deux silhouettes qui s'approchent. Il se retourne vers moi et me demande avec incrédulité :

— Ce sont…

— Oui. Je croise froidement son regard. C'est Yulia et son frère Michael. Je vous ai dit que nous l'avions attrapé pendant notre voyage en Ukraine, vous vous en souvenez ?

Le coin de son œil encore indemne commence à être agité d'un tic.

— L'attraper, oui. Le laisser aller librement dans le domaine avec sa traîtresse de sœur, non. Mais qu'est-ce que tu fous, Lucas ? Tu m'as dit qu'elle allait payer.

— Et j'ai aussi dit que j'allais la garder. Ma voix est aussi inflexible que son ton est glacial. Elle est à moi, c'est à moi de la punir ou pas. Comme vous avec Nora.

Pendant un instant, il me semble, qu'Esguerra va me frapper et je me raidis, prêt à riposter. Mais à la place, il respire profondément et recule, les bras ballants. Puis il se retourne et regarde Yulia et son frère qui sont à moins de quinze mètres.

Yulia a dû remarquer sa présence parce qu'elle a ralenti et son visage est pâle d'anxiété. Son frère marche à côté d'elle, mais quand ils se rapprochent, elle l'attrape par le poignet et passe devant comme pour le cacher d'Esguerra.

— Elle est à moi. Je le répète durement à voix basse alors que Yulia s'arrête à moins de dix mètres de nous en nous regardant tour à tour tous les deux. Si vous leur faites quoi que ce soit…

Esguerra tourne la tête vers moi.

— Je ne leur ferai rien. Ses yeux ont un éclat glacé. Mais Lucas, rends-nous service. Autant que possible, il vaut mieux qu'elle m'évite.

J'incline la tête, mais il est déjà parti et se dirige dans la direction opposée.

* * *

Sur le chemin du retour, Yulia garde le silence et je sens qu'elle s'inquiète à cause d'Esguerra. Diego est revenu chercher Michael peu après ma confrontation avec mon patron et Yulia a pris son frère dans ses bras en souriant pour lui dire au revoir. Mais depuis elle n'a pratiquement pas dit un mot, elle regarde au loin, et elle marche près de moi, les épaules tendues.

Je voudrais la rassurer, lui dire qu'elle a tort de s'inquiéter, mais les mots me restent dans la gorge. Le domaine d'Esguerra a une vaste superficie, mais sa population est comparable à celle d'un petit village. On s'y croise souvent, et empêcher Yulia de tomber sur Esguerra ne va pas être facile, surtout si je tiens ma promesse et la laisse se promener toute seule.

Esguerra ne lui fera sans doute pas vraiment de mal, mais il n'a pas non plus l'intention de lui pardonner.

En nous rapprochant de la maison, Yulia ralentit le pas et je comprends que cette longue promenade a dû la fatiguer et épuiser les réserves de force toutes récentes de son organisme. Sans hésiter, je me penche en avant et je la prends dans mes bras en la soulevant de terre sans prêter attention à ses petits cris et à la légère réaction de mes côtes.

— Mais qu'est-ce que tu fais ? S'exclame-t-elle quand je me remets à marcher. Lucas, tu n'as pas besoin de me porter.

— Chut ! Je la serre plus près de moi sans tenir compte de ses efforts peu convaincants pour me repousser. Je te porte jusqu'à la maison.

Elle arrête de se débattre et un instant plus tard elle me passe le bras autour du cou et pose la tête sur mon épaule. Lucas... Je n'ai jamais entendu une telle lassitude dans sa voix. Tu sais, ça ne va pas pouvoir marcher.

— De quoi parles-tu ?

— Toi et moi. Elle relève la tête pour me regarder et je vois que ses yeux sont assombris de désespoir. Ça ne va pas pouvoir fonctionner.

— Ne dis pas de conneries. J'accélère le pas, une bouffée de rage me pousse en avant. Ça va marcher si je veux que ça marche.

Yulia hoche lentement la tête.

— Non, peut-être dans une autre vie…

— Dans une autre vie, nos chemins ne se seraient jamais croisés, ma belle. C'était la seule manière pour que tu sois à moi.

Si ses parents n'avaient pas été tués dans un accident de voiture, si je ne travaillais pas pour Esguerra, si UUR ne lui avait pas confié cette mission… Le nombre de raisons qui auraient pu nous empêcher de nous rencontrer est innombrable, mais je l'ai rencontrée, et je ne laisserai jamais tomber, bordel !

Yulia soupire et repose la tête sur mon épaule en me laissant la porter sans protester davantage. Mais je sais qu'elle n'est pas convaincue.

Comme moi, elle en a trop vu pour croire au happy end.

* * *

— Lucas, je crois que Misha devrait rentrer chez lui.

Je m'arrête de manger, gardant ma cuiller en suspens.

— Chez lui ?

— Chez ses parents, explique Yulia en reposant sa propre cuiller. Ce qu'il reste de son bol de soupe fume encore. Ses parents adoptifs.

— Je croyais qu'il était pris en charge par ton agence. Je repose ma cuiller et m'essuie la bouche avec ma serviette.

Je m'attends à ce genre de conversation depuis l'incident de ce matin et je la redoute.

— Il est entré de son plein gré à UUR, c'est vrai, mais tout indique aussi qu'il est proche de ses parents. Yulia ne cède pas du regard. Ils n'ont pas pu l'empêcher d'y entrer et je suis certaine que maintenant ils sont fous d'inquiétude à son sujet.

Je tambourine la table.

— Alors qu'est-ce que tu veux que je fasse ? Que je le renvoie chez eux ? Tu ne l'as pas vu depuis onze ans, tu ne veux pas passer un peu de temps avec lui ?

Le visage de Yulia se crispe.

— Bien sûr que si, mais je ne peux pas être égoïste à ce point. Misha n'est pas à sa place ici, et il n'est pas en sécurité. J'ai vu la manière dont Esguerra l'a regardé… dont il nous a regardé tous les deux. Il nous déteste, Lucas. Je sais que tu as promis de nous protéger, mais…

— Il ne lèvera pas le petit doigt sur vous, dis-je et j'en suis convaincu. J'ai beau avoir du respect pour

Esguerra, je le tuerai plutôt que de le laisser nuire à Yulia. Tu es en sécurité ici, et ton frère aussi.

— Mais pour combien de temps ? Elle se penche en avant. Jusqu'à ce que tu te fatigues de moi ? Et après ? Nous serons à la merci d'Esguerra ?

— Je ne me fatiguerai jamais de toi. Je ne peux imaginer ne plus avoir envie d'elle. Il m'est arrivé de désirer des femmes avant de la rencontrer, mais jamais comme ça. Mon désir pour Yulia fait désormais partie intégrante de mon être, comme s'il était inscrit dans mon ADN. Tu n'as aucune inquiétude à te faire là-dessus.

— Tu ne peux pas t'attendre à ce que je puisse te croire, mais bon, imaginons un moment que ce soit vrai. Elle repousse son bol. Il n'empêche que tu fais un boulot dangereux, Lucas. Tu mènes une *vie* dangereuse. Souviens-toi de ce qui s'est passé à Chicago. Si une balle vise Esguerra, elle a de fortes chances de t'atteindre en premier.

Je la regarde en silence et je sais qu'elle a raison. Je dirais la même chose à Michael. S'il devait m'arriver quelque chose, Yulia et son frère resteraient seuls dans un endroit où personne ne bougerait le petit doigt pour leur venir en aide.

Non, c'est encore pire. Si je disparaissais, ils seraient tués sur-le-champ.

— Je ne peux pas renvoyer Michael tout de suite, dis-je quelques instants plus tard. Puis je me penche en arrière, les mains derrière la tête et je la regarde de manière impassible. En tout cas, pas si tu veux qu'il soit en sécurité.

Elle devient blanche comme un linge.

— Pourquoi ?

— Parce que nous sommes en pleine opération contre UUR. Le programme pirate que nous avons utilisé pendant notre raid dans le repère a téléchargé et nous a fourni une importante quantité de données confidentielles qui se trouvaient dans les ordinateurs de l'agence. Nous avons désormais le véritable nom et les noms d'emprunt de pratiquement tous les membres d'UUR et nous les exterminons les uns après les autres. Mais je n'en parle pas à Yulia. Je me contente d'ajouter :

— Ce serait trop dangereux pour ton frère.

Elle comprend et devient encore plus pâle.

— Et ses parents ? Ils sont… ?

Je baisse le bras et je me penche en avant.

— J'ai déjà donné l'ordre qu'on ne touche pas à la famille de la sœur d'Obenko. Je poursuis avant que Yulia ne puisse ajouter quelque chose. Mais leurs noms *sont* dans nos dossiers et étant donnée l'implication très directe de ton frère dans l'agence, il vaut mieux qu'il reste ici pour le moment.

— Oh mon Dieu ! Elle repousse sa chaise et se lève, la main sur la bouche. Elle est toute tremblante. Vous allez tous les tuer, n'est-ce pas ?

Je fronce les sourcils.

— Tu m'as demandé d'épargner Michael et c'est précisément ce que je fais. Je me lève à mon tour et je contourne la table. Arrivé près d'elle, je la prends par le poignet et je lui baise la main. Ses lèvres continuent de trembler. C'est ce que tu voulais, non ? Je l'attire plus près de moi. Tu voulais que ton frère en sorte indemne malgré ses liens avec l'agence ? Et j'inclus cette mesure à ses parents adoptifs. Alors tu vois, tout ira bien.

Les larmes brillent dans les yeux de Yulia, mais elle ne se dégage pas et je lui lâche le poignet pour la prendre par les hanches et la plaquer contre moi. Mon érection grandissante s'appuie contre son ventre et mon souffle s'accélère, j'ai de la lave en fusion dans les veines. Notre dîner qui n'est pas terminé, UUR, son frère, rien de tout cela n'a plus d'importance.

— Yulia… Je respire son parfum, mon désir s'intensifie quand ma langue vient lui mouiller les lèvres. Je me penche pour goûter la douceur de ses lèvres brillantes quand elle pose les mains sur mon buste et me repousse de toutes ses forces pour m'éloigner d'elle.

— Lucas, s'il te plaît, écoute-moi… Sa poitrine est haletante, son souffle court. La plupart des agents secrets n'ont rien à voir avec l'accident d'avion. C'était l'idée d'Obenko et maintenant il est mort. Vous n'avez pas besoin de…

— Oublie-les… En grommelant mes mains se resserrent sur les hanches de Yulia tandis qu'elle essaie de m'échapper. Mon désir frustré accroît ma colère et mon ton se durcit quand je lui dis : cette agence ne te concerne plus. Tu es avec moi maintenant, compris ?

— Mais Lucas, ils n'ont…

— Ils n'ont plus beaucoup de temps à vivre, dis-je sèchement. Du moins ceux qui sont encore en vie. Ton agence a tué plusieurs douzaines de nos hommes et elle va payer. Les seuls qui seront épargnés sont ton frère et toi.

Maintenant, ses larmes coulent sur ses joues, mais je reste inflexible. Rien de ce qu'elle pourrait me dire ne me convaincra de pardonner à nos ennemis. Ils ont décidé de nous attaquer et maintenant ils récoltent ce qu'ils ont semé. C'est aussi simple que ça.

Et pourtant je n'aime pas la voir souffrir.

Je la lâche et je lève la main pour essuyer ses larmes.

— Ne verse pas de larmes pour eux, dis-je d'une voix plus douce. Ils ne le méritent pas. Tu le sais.

— Ce n'est pas vrai. Elle a une voix tendue. Peut-être pour certains, mais la plupart d'entre eux est seulement coupable d'avoir voulu servir leur pays et…

— Et les quarante-cinq gardes qui sont morts dans l'avion n'étaient coupables que d'une chose, travailler pour Esguerra. Je baisse la main, ma colère est de retour. Dans ces histoires, personne n'est innocent, ma belle, pas même toi.

Yulia recule d'un pas, mais je lui rattrape le bras avant qu'elle ne se dérobe.

— Tu ne m'as pas parlé de Kirill, dis-je froidement. Ma verge vibre dans mon jean, mais j'ignore mon désir pour le moment, je sais qu'il faut régler ça une fois pour toutes. Tu ne veux pas savoir ce qu'on fait pour le retrouver ?

Elle cligne des yeux.

— Je pensais qu'il était mort. Ses blessures...

— On n'a retrouvé ni corps ni trace d'un enterrement. Aucun signe de lui, point final. Les morts ne sont pas aussi doués pour brouiller les pistes.

Yulia respire toujours aussi mal.

— Et donc ?

— Donc ce salaud est vraisemblablement en vie et il se cache avec la complicité du personnel de l'agence. Je marque une pause pour essayer de contenir ma rage. Quand je reprends la parole, ma voix est légèrement plus calme. Les gens dont tu essaies de sauver la vie sont ceux qui ont permis à ce monstre de garder son boulot et qui t'ont menti à ce sujet. Notre opération en Ukraine n'est plus seulement une question de vengeance. Il s'agit aussi de le retrouver.

Yulia me fixe et je lis son douloureux dilemme dans son regard. Elle souhaite autant que moi la mort de Kirill, mais elle ne veut pas que des agents d'UUR meurent pendant l'opération. D'une certaine manière, je la comprends ; elle a dû en rencontrer un certain nombre pendant sa formation, elle a pu s'y faire des amis, et elle ne veut pas avoir leur mort sur la conscience.

Malheureusement pour eux, ma propre conscience n'a aucun scrupule à cet égard.

— Alors qu'est-ce que je vais dire à Misha ? demande-t-elle finalement. Elle parle toujours d'une voix rauque, mais ses larmes commencent à sécher. Il est censé se tenir tranquille et attendre que vous ayez entièrement exterminé UUR ? S'entraîner avec les gardes en espérant que ses parents survivront à la purge ?

— Comme tu voudras, dis-je en refusant de mordre à l'hameçon. À ta place, je serais plus diplomate, mais c'est ton frère et tu le connais mieux que moi. Et maintenant… Je la tire par le bras pour l'attirer plus près de moi. Où en étions-nous ?

Yulia semble sur le point de dire quelque chose d'autre, mais pour moi le sujet est clos.

Je la prends dans mes bras, je baisse la tête et je l'embrasse voracement sur la bouche.

CHAPITRE QUARANTE

❖ YULIA ❖

Le baiser de Lucas garde encore les traces de sa colère, ses lèvres et sa langue sont brutales quand elles envahissent ma bouche et au tréfonds de mon corps la brûlure de mon désir se mêle de peur, ajoutant encore à mon émoi.

L'homme que j'aime est l'assassin de mes anciens collègues, et tout est de ma faute. Si je n'avais pas permis à Lucas de me faire parler cette nuit-là, il ne serait pas parti à ma poursuite et rien de tout cela ne serait arrivé. En y réfléchissant, je comprends que d'autres facteurs sont en jeu, à commencer par l'attaque inconsidérée d'Obenko sur l'avion d'Esguerra, mais je me sens tout de même responsable de ce fiasco.

Si la famille adoptive de mon frère meurt, ce sera à cause de moi.

Pour aggraver les choses et malgré la culpabilité qui m'oppresse, mes regrets restent mitigés. Quelque part en chemin la haine a pris racine en moi et je ne m'en rendais pas compte jusqu'à ce que Lucas parle de Kirill. J'avais éliminé toute pensée concernant mon ancien entraîneur en me disant que je m'étais déjà vengée, mais dès que Lucas a parlé de lui, je me suis aperçue que je ne lui avais pas encore fait assez de mal.

Je veux la mort de Kirill, qu'il disparaisse de la surface de la Terre, ainsi que tous ceux qui ont pu l'aider.

Lucas m'embrasse de plus belle, resserre le bras autour de moi et ma tête tombe en arrière sous la pression de sa bouche. Sa langue explore ma bouche avec une ardeur à la limite de la brutalité, ses dents mordillent ma lèvre inférieure et je gémis sans défense, levant les mains pour attraper ses épaules musclées tandis qu'il me plaque contre le mur de la cuisine et m'y emprisonne. Il est en jean et en tee-shirt et moi aussi je suis habillée, mais malgré nos vêtements je peux sentir la chaleur de son grand corps et la fraîche odeur de musc de sa peau. Sa verge en érection est dure comme de la pierre sur mon ventre et mes tétons se raidissent, mon corps réagit à son désir.

— Putain, Yulia, j'ai envie de toi, marmonne-t-il, tout en relevant la tête et je suis à bout de souffle quand l'une de ses grandes mains glisse le long de mon corps pour se poser sur mon sexe et le serrer. Sa paume s'appuie sur mon clitoris et je suis toute mouillée dès qu'il commence à me caresser en demi-cercle avec un rythme violent qui est incroyablement érotique.

— Oui… Les battements de mon cœur tambourinent dans mes oreilles, mes muscles se tendent sous l'effet grandissant du plaisir. Oh ! Mon Dieu, oui… Je ne sais plus ce que je dis ; tout ce que je sais c'est que j'ai envie de lui, de cet homme, de cet assassin impitoyable qui n'est pas celui qu'il me faut pour tant de raisons. J'ai envie de lui et je le crains. Je le déteste et je l'aime. Je suis déchirée entre ces émotions contradictoires, je suis écartelée, et pourtant ça semble une évidence, c'est bien là que je suis censée être, dans ses bras.

Parce que je suis à lui.

Il baisse la tête pour m'embrasser de nouveau et je me jette sur sa bouche pour l'embrasser avec un désir aussi intense que le sien. Mes dents s'enfoncent dans sa lèvre inférieure jusqu'à ce que je sente le goût de son sang et cela libère quelque chose de violent en moi, une sauvagerie dont je n'avais pas conscience jusqu'ici. Je suis prisonnière de son étreinte et pourtant, à ce moment précis, je me sens libre, libre de laisser libre cours à ma rage, libre de le faire souffrir comme j'ai souffert. Il me semble qu'une chaîne vient de se briser et c'est une sensation que je savoure, mon impuissance est remplacée par le triomphe quand il se dégage et que je vois une goutte de sang sur ses lèvres. Son large buste est haletant, il me fixe en plissant les yeux d'un désir brûlant, et ma propre ardeur s'intensifie encore, chassant la peur et la raison.

J'ai envie de lui et je ne vais pas m'en priver.

Tendant les mains vers lui, je lui prends le visage et lui baisse la tête pour l'embrasser à nouveau. Il continue de me caresser entre les jambes, sa main m'amène juste au point de basculer vers l'orgasme, mais pas tout à fait, et je lui mords une nouvelle fois les lèvres, à la fois dans le désir éperdu de le faire souffrir et de jouir.

Il réagit en frissonnant et à une vitesse stupéfiante il me retourne et m'adosse au bord de la table. Son bras se tend avec la violence d'un arc, et mon cœur bat à se rompre en entendant les bols se briser et le restant de notre dîner éclabousser le sol. Ces bruits réussissent presque à me faire sortir de ma transe, mais il m'allonge déjà sur la table et mon ardeur reprend, ses vibrations se concentrent douloureusement entre mes cuisses tandis qu'il descend mon short le long de mes jambes et ouvre la fermeture éclair de son jean.

Nous n'avons pas cessé de nous embrasser, nos lèvres et nos langues se livrent un duel empreint de désir et de sauvagerie et quand il me pénètre sa grosse verge me déchire. J'en perds le souffle tout en continuant mes baisers et en me raidissant sous l'onde de choc de mes sensations. Toute ma chair tremble autour de lui en essayant de s'ajuster, mais il ne s'arrête pas, il ne ralentit pas non plus. Il commence seulement à me marteler et je dégage ma bouche tout en haletant douloureusement tandis que ses coups me font aller et venir sur le bois dur de la table. Il me possède avec une violence irrésistible et pourtant j'en veux encore davantage. Davantage de brutalité, davantage de son ardeur sombre et sauvage.

Je veux qu'il soit aussi bestial que moi, je veux qu'il me fasse souffrir autant que je le fais souffrir.

Mes jambes se relèvent et s'enveloppent autour de ses hanches et j'enfonce les dents dans le muscle bandé de son cou, savourant son goût salé et viril. Son grand corps se met à trembler et il laisse échapper un juron d'une voix rauque, son rythme s'accélère tellement qu'il me pilonne presque. Je serre le poing dans son tee-shirt mouillé de sueur et la tension continue de monter en moi, la chaleur entre mes jambes aussi. Il me semble qu'elle domine tous mes sens et ne laisse plus de place qu'au désir de jouir. À bout de souffle, presque au sommet de la vague je laisse échapper :

— Lucas… Oh, putain, Lucas !

Bien que cela semble impossible, il accélère encore son rythme et l'orgasme me frappe de toutes ses forces. Le plaisir envahit mes terminaisons nerveuses avec une telle intensité qu'il en est presque douloureux et je pousse un cri tandis que mes muscles se contractent et se relâchent en vagues au rythme des pulsations. Mon cœur bat la chamade, les répliques sismiques me parcourent le corps, mais Lucas n'en a pas encore fini.

Avant même de me laisser reprendre mon souffle, il me retourne sur le ventre en me courbant sur la table.

— C'est bien ce que tu veux ? Laisse-t-il échapper en me reprenant. Tu veux que je te baise ? Que je me serve de toi et que je te fasse mal ?

— Oui. Oh mon Dieu, oui. Sa grosse verge me brûle, c'est à la fois une menace et une promesse. J'ignorais que c'était ce que je voulais, mais je le veux. Je veux que la souffrance qu'il m'inflige soit la seule que je ressente, ses caresses les seules dont je me souvienne. C'est pervers et totalement illogique, mais je veux que Lucas me fasse mal pour pouvoir oublier Kirill.

— D'accord ! La voix de mon ravisseur est sombre et tendue. Mais souviens-toi, c'est toi qui me l'as demandé.

Mon pouls s'accélère encore, mais déjà Lucas me tire plus fort les cheveux et me tord le cou. Je pousse un cri, mes mains essayent de l'attraper par les poignets, mais il ne tient pas compte de mes bras qui s'agitent dans le vide et il enfonce deux doigts de sa main restée libre dans ma bouche, une attaque imprévue qui m'étrangle. Ses doigts sont légèrement salés et semblent énormes et brutaux dans ma bouche, presque autant que sa verge. Il les enfonce si profondément qu'il m'est impossible de respirer, je crache de la salive, c'est visiblement l'effet escompté.

Il retire ses doigts mouillés de ma bouche et en me tirant par les cheveux il m'appuie le visage contre la table.

— Attends, Lucas… Prise de panique, je sens sa main aller de ma bouche à mon derrière et enfoncer un doigt dans l'anneau resserré. Je ne… Ce n'est pas… Je tends la main à tâtons pour repousser ses hanches, mais dans la position où je suis, je n'ai aucune marge de manœuvre. Je suis penchée au-dessus de la table avec sa grosse verge enfouie en moi ; même s'il n'était pas aussi musclé, je ne pourrais pas faire grand-chose pour me débattre.

— Chut ! Tout va bien se passer. À ces mots, Lucas enfonce encore un peu plus sa verge et je reprends mon souffle tandis que son doigt insiste davantage, lubrifié par la salive pour faciliter sa pénétration. Tout va bien se passer, bébé. Il lâche mes cheveux et pose la main sur mon dos pour me maintenir en place. Nous l'avons déjà fait, tu te souviens.

C'est vrai, il l'a déjà fait avec le doigt et ça m'avait plu d'une certaine manière, mais aujourd'hui il veut aller plus loin. Je sens son désir, et il me terrifie. Je voudrais écarter les mauvais souvenirs, les remplacer par une souffrance que j'aurais choisie, mais ce qu'il m'inflige est bien trop proche de mes cauchemars. Je serre les fesses pour tenter de le repousser, mais il a déjà introduit un second doigt qui étire mes chairs et m'envahit en me brûlant.

— Attends, pas comme ça… Au-delà de la brûlure, je ressens une plénitude étrange et désagréable, l'impression d'être trop pleine et entièrement dominée. Sa verge se replie en moi et je me mets à haleter en sentant mon dos se couvrir de sueur. Je t'en prie, Lucas…

Il ignore mes prières tout en enfonçant doucement ses doigts habiles dans mon étroit canal et mon corps se plie à cette avancée inexorable, mes muscles s'étirant puisqu'ils n'ont pas le choix. En continuant de haleter, je suis allongée la tête sur le bois dur de la table et je sens les vibrations de sa verge dans mon sexe. Maintenant, il a enfoncé ses doigts jusqu'au bout et c'*est* vraiment trop. Mon corps n'est pas fait pour ça. Cette manière de me pénétrer est perverse et contre nature, comme la fois où…

Lucas commence à aller et venir, ce qui me fait penser à autre chose, et je m'aperçois qu'à un certain moment mes muscles trop tendus ont commencé à se détendre légèrement et que la brûlure de cette invasion commence à se calmer. Il ne bouge pas les doigts, il les garde seulement là où ils sont, et avec le mouvement lent de sa verge qui va et vient doucement, la sensation que j'éprouve devient moins désagréable.

Je ferme les yeux et j'essaie de respirer plus calmement. Ses doigts continuent à me sembler trop gros, mais il ne me fait plus mal, et m'en rendre compte aide encore à me calmer et à remarquer la tension qui commence lentement à croître au fond de mon être. Le va-et-vient de sa verge rallume mon excitation et la plénitude de mon derrière ne semble pas m'en empêcher. En fait, et d'une manière assez perverse, elle semble même en augmenter l'intensité.

Finalement, je vais peut-être m'en tirer.

— Yulia… Quand Lucas se retire presque entièrement, sa voix est rauque. Et maintenant, je vais vraiment te baiser de toutes mes forces.

Mon cœur tressaute, toute apparence de calme vient de disparaître.

— Attends…

Mais il est trop tard. Avant que je ne puisse terminer ma phrase, il me pénètre brutalement et me pousse au bord de la table. Je pousse un cri, mes mains glissent en avant pour essayer de me ressaisir mais il a déjà commencé à me marteler. Le rythme violent de ses hanches me fait glisser le long de ses doigts et je pousse un nouveau cri en me crispant sous l'effet de ces sensations fortes. Mais il ne s'arrête plus. Il continue à me marteler, à me baiser, et mes sensations cessent d'être pénibles pour devenir une sombre ardeur, une vibration qui envahit mon corps tout entier. Mon cœur bat à toute allure dans ma poitrine, ma respiration s'emballe, et je me sens propulsée à toute vitesse vers le plaisir, la double invasion de mon corps intensifie toutes mes sensations. Le parfum brûlant et musqué du sexe dans l'air, les tremblements de ma chair distendue, la pression de sa grande main posée sur mon dos pour m'empêcher de bouger, tout contribue à ce trop-plein de sensations et une tension de plus en plus forte s'empare de moi. Je crie aussi de plus en plus fort, maintenant je pousse de véritables hurlements, et puis tout vole en éclats, et la violence de cette explosion est telle qu'elle m'aveugle et me coupe le souffle. Mes muscles sont agités de spasmes, ils se resserrent autour de sa verge et de ses doigts et j'entends ses grognements rauques tandis qu'il me donne un dernier coup avant de s'arrêter et de tressauter au plus profond de moi en jouissant.

Hébétée et tremblante, je reste couchée là, incapable de parler ni de faire quoi que ce soit tandis que Lucas retire lentement ses doigts et enlève sa main. Sa verge est toujours en moi, mais un instant plus tard il la retire aussi. Un air frais baigne mes chairs brûlantes quand il se recule et je sens à quel point mes plis sont mouillés, c'est ma propre rosée mêlée à sa semence.

— Attends, bébé, murmure-t-il en s'écartant, et j'entends couler l'eau dans l'évier.

Une minute plus tard, il revient avec une serviette en papier humide. Quand il arrive, j'ai suffisamment retrouvé mes esprits pour me relever et je suis debout, jambes flageolantes, quand je lui prends la serviette des mains et que je m'en sers pour m'essuyer entre les jambes. Lucas me regarde les paupières lourdes, encore hébété lui aussi, mais il a déjà remonté la fermeture éclair de son jean et je rougis jusqu'aux cheveux en voyant mon short par terre à côté des débris des bols cassés et de la nourriture renversée.

En avalant ma salive, je roule en boule la serviette dont je viens de me servir et je suis sur le point de prendre mon short quand Lucas m'arrête le bras.

— Je m'en occupe, dit-il, et ses yeux pâles sont brillants. Va prendre une douche, je te rejoins tout de suite.

Sans le contredire une minute plus tard, je me retrouve sous l'eau chaude, soulagée de ne plus penser à rien. Comme il l'a dit, Lucas arrive bientôt après et je ferme les yeux en m'appuyant sur lui tandis qu'il me lave des pieds à la tête. Une fois de plus, il prend soin de moi. Je suis heureuse qu'il ne dise rien et qu'il ne me pose aucune question. Je ne suis pas sûre d'être un jour capable de lui expliquer pourquoi j'ai voulu quelque chose d'aussi violent de sa part... ni pourquoi, même maintenant, après qu'il m'ait poussé au-delà des limites du supportable, je lui en suis reconnaissante.

Quand nous sommes lavés tous les deux, Lucas m'aide à sortir de la douche et m'enveloppe dans une serviette avant d'en prendre une pour lui. Il ne dit toujours rien, mais m'observe d'un air étrange et finalement je sens qu'il me faut parler.

— Tu ne m'as pas prise par le derrière, dis-je en m'essuyant les mains. Pourquoi ?

— Parce que tu n'étais pas encore prête. Il finit de s'essuyer et repose nonchalamment sa serviette en révélant toute la masculinité de son corps. Sans oublier qu'il aurait fallu un vrai lubrifiant pour le faire. Tu es serrée et moi... Il jette un coup d'œil à sa verge qui est énorme même quand elle n'est pas en érection.

— C'est vrai. Tout à coup, j'ai la gorge serrée et j'avale ma salive. Tu es plus gros que tes deux doigts réunis.

— Oui, effectivement, dit-il sèchement et je vois une lueur d'amusement dans son regard.

Sans trop savoir pourquoi, m'apercevoir qu'il trouve ça drôle me faire encore rougir. Je me retourne pour aller vers la porte et sortir de la salle de bain, mais Lucas me devance, il a repris son sérieux.

— Ne t'inquiète pas, ma belle, murmure-t-il en me prenant par le menton. Son pouce me caresse doucement la lèvre inférieure. Chaque partie de ton corps finira par être à moi. Tu vas l'oublier, je te le promets.

Je le fixe, partagée entre la surprise et la terreur que me donnent son degré d'intuition, mais Lucas a déjà baissé la main et s'est retourné.

— Viens, dit-il en ouvrant la porte. Allons nous habiller. On va se préparer autre chose pour le déjeuner.

Il se dirige vers le couloir et je le suis dans une confusion complète.

Je ne sais pas trop ce que j'attendais de cette nouvelle captivité, mais ce n'était pas ce qui vient de se passer, quelle qu'en soit la teneur.

QUATRIÈME PARTIE : LA NOUVELLE CAPTIVITÉ

CHAPITRE QUARANTE-ET-UN

❖ YULIA ❖

Pendant les deux ou trois semaines qui suivent, Lucas et moi reprenons nos anciennes habitudes. Comme je retrouve rapidement des forces, je m'occupe de la cuisine et des autres tâches ménagères et Lucas reprend ses horaires de travail habituels, ne rentrant à la maison qu'aux heures des repas ainsi que le soir. En son absence, je lis et je fais des exercices de musculation pour rester en forme, et quand nous sommes ensemble nous parlons des livres que je lis. Et le matin, nous allons en promenade. La principale différence entre avant et maintenant, c'est la présence de mon frère dans le domaine et le fait que techniquement j'ai le droit d'aller et venir seule.

Je dis « techniquement » parce que la première fois que je veux en profiter Lucas me prévient que je dois faire tout mon possible pour éviter Esguerra.

— Il ne te fera pas de mal, mais si possible, il vaut mieux ne pas attirer son attention, dit Lucas, et je lis entre les lignes.

Sans Lucas, Esguerra exécuterait avec plaisir les menaces de sa femme et me désosserait tout entière.

Dans ces conditions, je renonce à aller à pied jusqu'à la caserne des gardes pour parler avec mon frère. À la place, je demande à Diego de l'amener chez Lucas. Ce n'est pas pour moi que j'ai peur, depuis que j'ai été capturée à Moscou je sais que ma vie est menacée, mais je ne peux supporter l'idée que quelque chose puisse arriver à Misha. Cette éventualité m'inquiète tellement qu'à l'arrivée de Diego je le prends discrètement à part pour lui demander d'éviter à mon petit frère de rencontrer son patron.

— Esguerra ? Diego me regarde d'un air surpris. Mais pourquoi ? Il se moque de Michael. Il a vu ce gamin une demi-douzaine de fois depuis que vous êtes là et il n'a jamais témoigné le moindre intérêt à son égard.

Sa réaction me rassure un peu. Sur le terrain d'entraînement, Esguerra m'a regardée avec une indéniable haine. Si ses sentiments ne sont pas les mêmes pour mon frère, ou plutôt s'il est indifférent envers lui, tant mieux. Mais je continue pourtant d'avoir peur. Même si l'animosité du trafiquant d'armes m'est exclusivement réservée, je sais de quoi il est capable. Si Esguerra veut me nuire, il ne prendra en considération ni le fait que Misha n'a que quatorze ans ni celui qu'il n'a rien eu à voir dans l'accident d'avion.

Mon frère risque de payer pour mes fautes. J'insiste donc auprès de Lucas dans la soirée :

— Es-tu certain que Misha soit plus en sécurité ici qu'en Ukraine ? Peut-être que si ses parents allaient dans une autre région ou…

— L'Ukraine est en guerre en ce moment, me dit Lucas sans ménagement. Nous avons trois douzaines d'hommes sur le terrain et nous en envoyons davantage au moment où je te parle. Je ne peux te garantir que ton frère ne sera pas pris entre les coups de feu. Tu veux prendre ce risque ?

— Non, bien sûr que non. Je mordille l'intérieur de ma joue en essayant de ne pas imaginer le massacre qui doit y être perpétré. Mais les parents de Misha ? Ils doivent être morts d'inquiétude à son sujet, sans compter qu'ils doivent être terrifiés s'ils se doutent de ce qui se passe.

— La seule chose que je puisse faire est de les informer que Misha va bien, dit Lucas. Et aussi de rappeler à nos hommes qu'il faut les épargner. Mais comme je te l'ai dit, je ne peux rien garantir. La situation est volatile, et comme je n'y suis pas pour diriger les opérations en personne, on a donné beaucoup d'autonomie aux hommes pour accomplir leur mission comme ils le jugent nécessaire.

J'avale ma salive.

— Je comprends. Et merci. Tout ce que tu pourras faire pour protéger les parents de Misha sera très apprécié, dis-je, et je le pense vraiment. Si je ne peux empêcher Lucas et Esguerra de se venger, je peux au moins protéger la famille de mon frère et je serai moins déchirée alors que jusqu'ici, je me sentais à la fois impuissante et complice.

Non seulement je couche avec un monstre, mais je suis amoureuse de lui.

Et ce monstre le sait. Il le savoure en me faisant admettre presque chaque jour mes sentiments pour lui. Je ne sais pas pourquoi cela fait autant plaisir à Lucas, je ne peux pas être la première femme qui se soit éprise de lui, mais il aime vraiment que je le lui dise. Il me force à le lui crier quand il me baise brutalement et à le lui murmurer quand il me berce doucement entre ses bras. Cette constante juxtaposition d'une possessivité violente et d'une tendre attention me trouble et me déséquilibre. Je ne sais pas quelle est la véritable position de mon ravisseur, elle change d'une minute à l'autre : tantôt je suis certaine qu'il me considère comme un jouet sexuel, tantôt j'espère qu'il y a quelque chose de plus entre nous.

Je me mets à rêver qu'un jour il pourra aussi m'aimer.

Ce qui ne m'aide pas, c'est que Lucas fait sans cesse des choses me donnant l'impression que nous avons une véritable relation. Chaque fois qu'il apprend que j'aime un plat ou une boisson, il me surprend en me l'offrant. La semaine dernière, nous avons reçu des bonbons russes difficiles à dénicher, une corbeille de kakis bien mûrs en provenance d'Israël, cinq variétés rares d'Earl Grey et des miches toutes fraîches de pain de seigle allemand. Il a également commandé tout un assortiment de vêtements pour moi en me permettant d'en choisir en ligne, toutes sortes de produits de beauté et d'articles de toilette, y compris mon shampoing préféré à la pêche.

Je suis tellement dorlotée que ça m'effraie.

Et ce ne sont pas seulement les choses que Lucas m'offre. Ce sont toutes ses actions. Si j'ai la moindre égratignure, il me soigne. Si je suis courbatue après la gym, il me fait un massage. Nous nous sommes mis à regarder la télévision ensemble le soir et il a pris l'habitude de me caresser les cheveux ou de jouer avec ma main tandis que je suis pelotonnée à ses côtés. Ce sont des gestes affectueux qui ont quelque chose de machinal, comme de caresser un chat, mais ils n'en ont pas moins d'effet sur moi. C'est le genre d'attention dont j'ai tant été privée, ce que j'ai si longtemps désiré. Chaque fois que mon ravisseur m'embrasse pour me souhaiter bonne nuit, chaque fois qu'il m'étreint, les plaies de mon cœur se referment davantage et les souffrances que j'ai subies s'éloignent encore.

Avec Lucas, la solitude terrifiante de ces onze dernières années semble un lointain souvenir.

Mais ce qui me touche le plus, c'est que Lucas comprend mon attachement envers mon frère et n'essaie pas d'intervenir dans la reconstruction de notre relation. Malgré la persistance de l'antagonisme de Misha à son égard, il me permet d'inviter mon frère ici aussi souvent que je le souhaite et nous avons commencé à prendre des repas tous les trois, des repas souvent rendus inconfortables par la tension qui y règne.

— Ton frère ne m'aime pas beaucoup, n'est-ce pas ? dit sèchement Lucas après notre premier déjeuner ensemble. Il y a même eu un moment où j'ai cru qu'il allait faire comme toi et me donner un coup de fourchette.

— Je suis désolée. Je m'excuse de peur qu'il veuille tenir Misha à distance. Je lui en parlerai. C'est seulement qu'avec ce qui est arrivé à son oncle et ce qui se passe en Ukraine…

— Pas de problème, bébé. Je comprends. Je suis surprise de voir s'adoucir le regard de Lucas. C'est encore un gamin et il a traversé une période très dure. Il a toutes les raisons de me détester. Je ne vais pas lui en vouloir.

Je cligne des yeux.

— Ah bon ?

— Non. Il changera. Et sinon… Eh bien, c'est ton frère, je m'adapterai.

L'émotion me noue la gorge. Je parviens à lui dire :

— Merci. Vraiment, Lucas, merci pour ça… et pour tout le reste.

Il ne m'a pas échappé qu'en partant à ma recherche en Ukraine, Lucas m'a sans doute sauvé la vie et qu'il m'a certainement permis de garder la raison. Je ne sais pas si j'aurais pu survivre à une seconde agression de Kirill donc d'une certaine manière il m'a sauvée en me capturant à nouveau.

— Je t'en prie, dit Lucas en s'avançant vers moi. La tendresse de son regard se transforme en une sombre ardeur que je connais bien. C'est avec plaisir, crois-moi.

Et tandis qu'il m'attire dans ses bras, j'oublie tous mes soucis, en tout cas pour le moment.

* * *

— Tu es amoureuse de lui ? me demande Misha après six semaines dans le domaine. C'est vraiment ton petit ami ?

— Quoi ? Je jette un regard surpris à mon frère. Nous marchons dans la forêt pour minimiser les risques de croiser Esguerra et jusqu'à présent nous parlions de choses anodines : l'ancienne école de Misha, son meilleur ami Andrey, et le genre de films qu'aiment les garçons de son âge. Sa question est venue sans crier gare. Je lui dis prudemment :

— Pourquoi me demandes-tu ça ?

Misha hausse les épaules.

— Je ne sais pas. Au début, je croyais que tu te jouais de lui pour faciliter notre fuite, mais plus je vous vois ensemble, moins ça me semble être vrai. Il me jette un coup d'œil indéchiffrable. D'ailleurs veux-tu t'enfuir ?

— Michael, je… Je respire profondément en sachant qu'il faut prendre des précautions avant de parler. Nous nous entendons si bien maintenant. La semaine dernière, je suis finalement parvenue à convaincre Lucas de me laisser aller en ligne et j'ai montré à Misha les photos que j'avais sauvegardées sur Cloud. Il les a regardées en silence, sans m'accuser de mentir ni de le manipuler et j'ai pensé que nous avions enfin avancé. Je ne voudrais surtout pas revenir à l'hostilité du début. Finalement, je lui dis :

— Écoute, Michael, j'essaie de faire en sorte que tu puisses retourner dans ta famille. Je te l'ai dit, on a prévenu tes parents que tu étais sain et sauf et dès que la situation se calmera un peu en Ukraine…

— Ce n'est pas la question que je te pose. Misha s'arrête de marcher et se retourne vers moi. Veux-tu partir ? Si tu avais la possibilité de le quitter, le ferais-tu ?

Je m'arrête à mon tour, frappée par sa question. Depuis un mois, je ne pense jamais à m'enfuir. Même sans les implants de localisation qui m'ont été greffés, le fait que Lucas m'ait retrouvée en Ukraine m'a prouvé que je n'ai nulle part où m'enfuir. Et même si je parvenais de nouveau à le faire, il partirait à ma poursuite et me ramènerait.

Mais ce n'est pas ce que Misha veut savoir.

— Non, dis-je à voix basse et soutenant le regard de mon frère. Même si c'était possible, je ne partirais pas.

Il hoche la tête.

— C'est bien ce que je pensais.

Il se remet à marcher à longues enjambées et je me hâte de le rattraper. Misha semble avoir grandi de plusieurs centimètres depuis que nous sommes ici, ses épaules sont plus larges et il est encore plus costaud. Je suppose qu'en atteignant sa taille adulte il aura la taille et la carrure de Lucas. Mais pour le moment, c'est encore un adolescent, et je suis encore sa grande sœur.

— Michael, écoute-moi. Je marche à ses côtés. Ce n'est pas parce que je veux rester ici que ça m'empêche de faire en sorte que tu puisses partir. Il faut me croire, je t'en prie. Je fais tout mon possible afin que tu puisses retourner chez toi.

— Je sais. Il me jette un coup d'œil, les sourcils froncés. C'est juste que je voudrais que tu viennes avec moi quand je partirai. Il y a beaucoup de gens qui te détestent ici, tu sais.

— Je sais. Je souris pour tenter de le rassurer. Mais ne t'inquiète pas pour moi. Tout ira bien.

— Grâce à *lui*.

— Lucas ? Oui. J'ai remarqué que mon frère n'aime pas prononcer le nom de Lucas, il préfère dire seulement « lui ». Il me protège.

Misha n'a pas cessé de froncer des sourcils et spontanément je mets la main dans ses cheveux pour jouer avec. Tu sais, cette tignasse commence à être longue. Tu veux que je te coupe les cheveux ou essaies-tu d'avoir une queue de cheval ?

— Euh… Non. Misha fait la grimace et passe la main dans ses cheveux. Ses doigts disparaissent dans les épaisses mèches blondes. Ouais, il me semble qu'ils ont besoin d'être coupés, dit-il à regret. Sais-tu bien couper les cheveux ?

— Je suis sûre que j'y arriverai. Je souris en voyant l'expression de doute sur son visage. Et si c'est raté, on demandera à Lucas d'y remédier, il se les coupe tous les quinze jours.

En entendant le nom de Lucas, Misha se crispe de nouveau et il détourne le regard.

— Ce n'est pas la peine, marmonne-t-il en se passionnant tout à coup pour une fourmilière sur notre gauche. Je suis sûr que tu y arriveras très bien.

Je soupire, mais sans m'y attarder. Je ne peux obliger mon frère à aimer Lucas. L'attaque brutale du repère d'UUR et la mort d'Obenko ont laissé une marque indélébile sur son jeune esprit. Misha considère Lucas comme un ennemi, et à juste titre.

Si Lucas n'avait pas réalisé qui était Misha, mon frère aurait lui aussi fait partie des victimes durant l'attaque.

Nous marchons quelques minutes en silence puis en nous approchant de la lisière de la forêt, je touche le bras de Misha pour lui faire signe de s'arrêter.

— Je suis navrée de ce qui s'est passé ce jour-là, dis-je quand il se retourne vers moi. Vraiment navrée. Si on pouvait revenir en arrière, je le ferais. Je ne voulais surtout pas mettre ta vie en danger ni celle des autres, crois-moi.

Misha me fixe puis dit lentement :

— Ce n'était pas de ta faute… Pas vraiment. Je suis désolé de te l'avoir dit au début. Et d'ailleurs, s'ils n'étaient pas venus… Il s'interrompt et sa pomme d'Adam se met à tressauter.

— Quoi ?

— Tu aurais sans doute été tuée. Ses paroles sont à peine audibles. Puis, il se retourne et se remet à marcher et je me hâte de le suivre, le cœur serré.

— Qui te l'a dit, Michael ? Arrivé à son niveau je l'attrape par le bras pour l'obliger à s'arrêter de nouveau. Pourquoi dis-tu ça ?

— Parce que c'est vrai. Le visage de Misha s'assombrit, son avant-bras se crispe dans ma main. J'ai surpris une conversation entre Oncle Vasya et Kirill Ivanovitch. D'abord, je me suis refusé à le croire, j'ai cru à un malentendu, ou j'ai pensé que leurs paroles n'étaient pas dans le bon contexte, mais plus j'y ai pensé, plus c'était clair. Ils allaient te tuer et me dire ensuite que tu t'étais enfuie avec ton amant. Il a du mal à respirer. Ils allaient me mentir, comme ils t'ont menti depuis toujours.

— Oh Michael… Je lui lâche le bras, mon cœur se serre de plus belle en voyant dans son regard à quel point il souffre. Je ne peux même pas imaginer à quel point cette trahison doit lui faire de la peine. Obenko était mon patron et mon mentor, mais il représentait bien davantage pour mon frère. Misha a tellement dû se battre contre cette certitude, en essayant de nier la vérité aussi longtemps que possible. Incapable de supporter sa détresse, je lui dis : tu n'as peut-être pas bien compris. Peut-être, que…

— Non, arrête. Tu me l'as dit depuis le début et j'étais trop bête pour te croire. Et puis quand tu m'as montré ces photos la semaine dernière… En secouant la tête, Misha recule d'un pas. J'aurais dû t'écouter dès le début. Mais je ne voulais pas croire ce que tu me disais, tu comprends ? Il fait la grimace. Il était mort et…

— Et c'était ton oncle, quelqu'un que tu admirais. Et moi j'étais la sœur qui t'avait abandonné quand tu avais trois ans. Je m'efforce de lui parler calmement à voix basse. Tu n'avais aucune raison de me croire plutôt que lui. Je comprends… et j'avais compris. Je respire pour me dégager la gorge. Et je suis navrée, Michael. Je suis vraiment, vraiment navrée que ça se soit passé comme ça.

L'expression de Misha reste la même.

— Tu n'as aucune raison d'être navrée, dit-il d'une voix tendue. Oncle Vasya, Obenko, était un menteur, et je suis un imbécile de l'avoir cru. Kent m'a dit... Il s'interrompt et se met à rougir.

— Lucas ? Je fixe Misha sans comprendre. Tu as parlé avec lui ?

— Hier, marmonne Misha et il se remet à marcher. Quand il m'a ramené à la caserne après dîner.

— Qu'est-ce qu'il a dit ? Je marche de nouveau à ses côtés. Misha ne répond pas et je lui dis donc plus fermement : qu'est-ce qu'il t'a dit, Michael ?

— Il m'a dit que Kirill Ivanovitch t'avait fait du mal quand tu avais mon âge, répond-il à regret. Et qu'Obenko t'a dit qu'on se chargerait de lui et qu'on n'avait rien fait. Il me jette un coup d'œil, il est tout pâle. C'est vrai ? Est-ce qu'il t'a... Il s'arrête de marcher et me bloque le passage. Est-ce qu'il t'a fait quelque chose ?

Oh mon Dieu ! Le sang qui afflue brusquement à mon cerveau m'étourdit presque. Je rougis puis je me glace, la rage au ventre. Comment Lucas a-t-il osé dire ça à un garçon de quatorze ans ? Je ne voulais pas que Misha sache au sujet de Kirill. D'après ce que je suis parvenue à lui soutirer, il semblerait que mon frère ait éliminé presque tout ce qui lui est arrivé à l'orphelinat. Il se souvient que ce fut dur, mais il ignore à quel point. Quelque chose de ce genre pourrait lui ramener d'épouvantables souvenirs, et même si ce n'est pas le cas, je ne veux pas qu'il soit confronté à ce genre d'horreurs. C'est déjà terrible que l'oncle de Misha l'ait trompé ; maintenant, mon frère va croire que le monde entier est plein de méchants.

Je suis d'abord tentée de tout nier, mais ça ne ferait que m'ajouter à tous ceux qui ont menti à Misha.

— Oui, dis-je d'une voix tendue. C'est vrai. Mais j'étais un peu moins jeune que toi, j'avais quinze ans, et on l'a éloigné de moi quand on a su ce qui s'était passé.

Misha serre le poing en m'écoutant.

— Tu leur trouves des excuses ? Il hausse la voix avec incrédulité. À ces… ces *monstres* ? Après tout ce qu'ils t'ont fait subir ? Je croyais que Kent l'avait inventé afin que je le déteste moins, mais ce n'est pas vrai, n'est-ce pas ? C'est de ça que vous parliez ensemble au repère. Je vous ai entendu, mais il s'est passé tellement de choses que je n'ai pas vraiment comprises. Kirill t'a fait du mal et moi je… Son visage se tord de douleur. Oh, putain, je me suis entraîné avec ce type. Je l'aimais bien.

— Mishen'ka… Oubliant momentanément ma colère envers Lucas je tends la main pour toucher l'épaule de Misha, mais il recule en secouant la tête.

— Je suis tellement bête. Il trébuche sur une racine, se rattrape à un arbre et continue de reculer en marmonnant avec amertume : putain, je suis tellement bête…

— Michael ! Oubliant mon inquiétude concernant les souvenirs qu'il a pu supprimer, je lui parle avec sévérité. Je ne veux pas que tu parles comme ça. Tu comprends ? Tu n'es pas bête et tu n'as pas besoin de jurer. Tu ne pouvais pas savoir, comme tu ne pouvais pas savoir qu'Obenko te mentait. Dans cette histoire, rien n'est de ta faute.

Misha cligne des yeux.

— Mais...

— Il n'y a pas de « mais ». Dépouillant mon visage de toute trace d'émotion, je me rapproche de lui et je m'arrête devant lui. Je ne veux plus entendre de jérémiades. Ce qui est fait est fait et appartient au passé. Ici et maintenant, nous sommes dans le présent. Nous sommes ici et nous ne regarderons pas en arrière. C'est vrai que nous avons traversé de mauvais moments et nous avons connu des méchants, mais nous avons survécu, et nous sommes plus forts maintenant. En adoucissant un peu ma voix, je tends la main vers lui pour serrer la sienne. N'est-ce pas ?

— Oui, murmure Misha en resserrant les doigts autour des miens, c'est vrai.

— Bien. Je lui lâche la main et je recule d'un pas. Et maintenant, allons-y. Diego m'a dit qu'il pourrait t'emmener au stand de tir cet après-midi puisque tu t'es bien conduit. Je ne voudrais pas que tu sois en retard.

Je me retourne et recommence à marcher, Misha avance à côté de moi, l'amertume de son visage a fait place à de la stupéfaction. Je ne lui ai encore jamais parlé comme ça et il ne sait qu'en penser.

Malgré la rage que je sens de nouveau bouillonner à l'égard de Lucas, je souris en m'approchant de la maison.

Je suis la grande sœur de Misha et c'est bon d'agir comme telle.

CHAPITRE QUARANTE-DEUX

❖ LUCAS ❖

— Comment as-tu pu faire une chose pareille ?

Dès que je franchis le seuil, Yulia se jette sur moi avec ses longues jambes et ses cheveux flottants. Elle plisse ses yeux bleus et on pourrait croire que du feu sort de ses narines.

— Faire quoi ? Je l'interroge sans comprendre. J'ai bien reçu des nouvelles assez atroces d'Ukraine ce matin, mais je ne vois pas comment Yulia pourrait le savoir. De quoi parles-tu ?

— Misha, siffle-t-elle en s'arrêtant devant moi. Elle serre les poings sur les côtés. Tu lui as parlé de Kirill.

— Oh ! Je suis tenté de sourire, mais je me retiens. Yulia semble prête à me frapper et maintenant qu'elle va mieux, elle pourrait me donner un ou deux coups avant que je ne la maîtrise. En m'efforçant de garder prudemment une expression neutre, je lui dis d'une voix raisonnable :

— Pourquoi ne lui aurais-je pas dit ? Il mérite de connaître la vérité. Tu sais qu'une partie de sa colère vient de son sentiment d'avoir été trompé, non ? Personne n'aime être manipulé.

Yulia grince des dents.

— Il a quatorze ans. C'est encore un enfant. On ne parle pas de viol ni de violence aux enfants, surtout aux enfants qui ont vécu ce qu'il a vécu. Kirill était son entraîneur. Misha l'admirait…

— Oui, exactement. Je lui attrape les poignets par précaution. Ton frère n'arrêtait pas de parler de ce salaud et de tout ce qu'il lui avait appris. Tu crois que c'était bon pour lui ? Que c'était sain ? Comment crois-tu que Michael aurait réagi en découvrant que tu l'avais laissé avoir du respect pour ton violeur ? Et il l'aurait découvert, crois-moi. La vérité finit toujours par se savoir.

Les poignets de Yulia se raidissent entre mes mains, mais elle n'essaie pas de se débattre ni de se libérer. J'en déduis qu'elle m'écoute et j'ajoute :

— Et ce n'est plus un enfant. Pas vraiment. Tu sais que ton frère a déjà couché avec une fille, non ?

— Quoi ? Yulia en reste bouche bée.

— Oui, il l'a dit à Diego. Je profite de sa surprise pour l'attirer vers moi en plaquant le bas de son corps sur ma verge en érection. Les stagiaires sont sortis en boîte il y a quelques mois et il y a rencontré une fille un peu plus âgée que lui. Il en est terriblement fier, comme n'importe quel adolescent.

Elle avale sa salive.

— Mais…

— Ne t'inquiète pas, il s'est protégé. Diego lui a posé cette question.

Et avant de laisser à Yulia le temps de se remettre de cette révélation, je baisse la tête et je l'embrasse en savourant ses efforts pour se débattre avant de fondre contre moi.

Nous sommes très en retard pour dîner ce soir, mais je n'en regrette pas une seule minute.

* * *

Tandis que notre nouvelle vie ensemble se poursuit, je suis de plus en plus obsédé par tout ce qui concerne Yulia. Tout en elle me fascine : sa manière de fredonner quand elle fait la cuisine, de s'étirer le matin, ses ronronnements quand je l'embrasse dans le cou. Elle a repris des rondeurs et sa pâleur maladive s'est estompée, je n'ai qu'à jeter un coup d'œil à sa beauté dorée pour commencer à bander. Je la baise dès que j'en ai l'occasion, et ça ne me suffit pas, j'ai sans cesse envie d'elle, un désir qui me consume. Chaque fois que je la prends, c'est la meilleure sensation de ma vie et pourtant j'en ai toujours, encore plus envie.

Parfois, je me dis que j'aurai envie d'elle en allant dans la tombe.

S'il ne s'agissait que d'une démangeaison exclusivement sexuelle, je pourrais la contrôler. Mais mon désir va plus loin. Je veux tout savoir d'elle, chaque détail infime de sa vie. Je n'aime pas penser à mon propre passé et je ne me suis donc jamais tellement intéressé à celui des autres, mais avec Yulia ma curiosité est sans borne.

— Tu sais, tu ne m'as jamais dit ton véritable nom, lui dis-je un jour au déjeuner. Ton nom de famille, je veux dire.

— Oh ! Elle cligne des yeux. Pourquoi as-tu envie de le savoir ?

— Parce que c'est comme ça. Je pose ma fourchette et la fixe attentivement. Tu ne protèges plus personne, alors dis-le-moi s'il te plaît, bébé.

Elle hésite puis dit :

— C'est Molotova. Je m'appelle Yulia Borisovna Molotova.

Molotova. J'en prends bonne note. Je n'ai pas oublié ce qu'elle m'a dit à propos de la directrice de l'orphelinat et j'ai l'intention d'utiliser ce renseignement pour la retrouver. Je me demande s'il faut en parler à Yulia, mais je ne suis pas sûr de sa réaction, et je décide donc de garder le silence pour le moment.

Changeant de sujet, je lui demande :

— As-tu déjà tué quelqu'un ? Pas en te battant ni en te défendant, mais comme ça ?

À ma surprise, Yulia hoche la tête.

— Oui, une fois, murmure-t-elle en baissant les yeux vers son assiette.

— Quand ? Je tends la main au-dessus de la table pour prendre la sienne. Comment ça s'est passé ?

— C'était pendant ma formation, vers la fin du stage, dit-elle le regard voilé quand elle relève les yeux vers moi. Nous n'étions pas censés être des tueurs, mais on voulait être certain que nous serions capables d'appuyer sur la gâchette le moment venu.

— Alors qu'est-ce qui s'est passé ? On t'a fait tuer quelqu'un ?

— D'une certaine manière. Elle se mouille les lèvres. On a amené un clochard mourant. Il avait un cancer du foie au dernier degré. Au mieux, il n'avait plus que quelques jours à vivre et il souffrait terriblement. On lui a injecté une énorme quantité de calmants et puis au lieu d'une cible en papier on l'a mis debout. Notre but était de le tuer.

— Et vous lui avez tous tiré dessus ?

— Oui. Les doigts de Yulia s'agitent sous la paume de ma main. Nous avons utilisé des balles numérotées et il fut autopsié pour voir quelles balles l'avaient atteint. Deux ou trois stagiaires n'étaient pas parvenus à lui tirer dessus.

— Mais toi tu y es arrivée.

— Oui. Elle retire sa main de mon emprise, mais ne détourne pas les yeux. L'autopsie a révélé que trois des balles l'avaient touché en plein cœur.

— Et l'une de ces balles était la tienne ?

— Non. Elle ne bronche pas. La mienne l'avait atteint en pleine tête.

* * *

Cette nuit Yulia se colle à moi avec une passion à la limite du désespoir et je m'aperçois que mon interrogatoire lui a ramené de mauvais souvenirs. Je sais que je devrais la laisser tranquille, la laisser vivre dans le présent comme elle le souhaite visiblement, mais les questions n'arrêtent pas de me ronger et finalement je leur cède.

— Est-ce que tu as déjà couché avec un homme de ta propre initiative ? Je l'interroge alors que nous nous étreignons après avoir longuement fait l'amour. Il serait logique de sombrer dans le sommeil, mais mon organisme a de l'énergie à revendre et mes pensées n'arrivent pas à quitter ce sujet.

Yulia se crispe dans mes bras. Elle se retourne et se dégage pour me regarder.

— Que veux-tu dire ? Je n'ai été forcé qu'une seule fois…

— Je veux dire : as-tu eu des relations en dehors de tes missions ? Je lui pose la question en plaçant la main sur sa hanche. Allais-tu dans des bars, dans des boîtes de nuit ? Pour rencontrer quelqu'un juste pour t'amuser ? Ma question devait être anodine, mais en prononçant ces mots je m'aperçois que parler de Yulia avec un autre ne pourra jamais être anodin pour moi.

Rien que d'imaginer un autre la toucher me donne envie de commettre un meurtre.

Yulia comprend ma question et ses yeux brillent.

— Non, dit-elle doucement. Je n'ai jamais eu de petit ami ; ça n'aurait pas été juste pour le garçon.

— Alors il y a eu quelqu'un ? Ma jalousie s'éveille encore. Quelqu'un dont tu avais envie ?

— Quoi ? À mon soulagement, cette idée lui semble incongrue. Non, il n'y avait personne. Je veux dire que j'étais toujours en mission, j'aurais donc été une piètre petite amie.

Mais j'insiste.

— Même pas une rencontre d'un soir ?

— Non. Elle se mord la lèvre. Je n'en voyais pas l'intérêt. J'allais en cours et j'avais des exercices à faire en plus de mon travail, je n'avais donc pas beaucoup de temps libre.

— Alors tu es en train de me dire qu'à part les trois amants que tu as eus en mission et moi-même, tu n'as jamais été avec quelqu'un d'autre ?

Son visage se referme.

— Tu oublies Kirill.

— Non, je ne l'oublie pas. Ne pas avoir retrouvé son corps est une épine dans mon pied. En maîtrisant un accès de rage, je lui réponds calmement : mais c'était ton agresseur, pas ton amant.

— Alors, oui. Les yeux bleus de Yulia sont clairs et innocents quand elle me regarde. J'ai eu quatre amants, toi compris.

En la fixant, j'ai du mal à en croire mes oreilles. Mon espionne séduisante, la jolie fille qui se servait de son corps pour obtenir des renseignements, a eu moins de liaisons qu'une étudiante ordinaire.

— Et toi, riposte-t-elle en s'accoudant. Avec combien de femmes as-tu couché ? L'expression de son regard reflète ma jalousie de tout à l'heure.

— Sans doute pas autant que tu le penses, dis-je, content de la voir aussi possessive. Mais certainement plus de quatre. J'ai commencé assez jeune, comme ton frère et… eh bien, à l'époque je ne cherchais pas une relation durable.

Elle plisse les yeux.

— Vraiment ? Et maintenant ?

— Maintenant, j'ai une relation avec toi, non ? Dis-je en sentant frémir ma verge à la vue de son téton qui apparaît en dehors de la couverture. Alors je dirais que oui.

Yulia ouvre la bouche pour répondre, mais je repousse déjà la couverture. Je roule sur elle, lui ouvre les jambes et en attrapant ma verge je la place dans son ouverture. Elle est encore mouillée grâce à notre précédente étreinte, alors je la pénètre d'un coup, en envahissant son étroit fourreau de soie sans préliminaire, ce qui ne semble pas la gêner ; elle replie les bras et les jambes autour de moi pour m'étreindre et je commence à la baiser pour de bon, vite et fort. Je n'ai besoin que de quelques minutes pour commencer à jouir et je m'oblige à ralentir pour prolonger ce moment.

— Dis-moi que tu m'aimes, lui dis-je d'un ton sans appel en la caressant au plus profond de son corps. Je veux t'entendre me le dire.

— Je t'aime, Lucas, me souffle-t-elle à l'oreille, et ses jambes me serrent les hanches. Son sexe est comme un gant chaud et glissant autour de ma queue et mes bourses se serrent contre mon corps quand je sens qu'elle commence à être secouée de spasmes. Nos orgasmes ont lieu en même temps et dans ce moment il me semble que nous ne faisons plus qu'un, que nos deux moitiés ébréchées se sont rejointes et que nous ne formons plus qu'un tout parfait. Nos poumons se gonflent de concert, nos souffles se mêlent et quand je lève la tête et vois Yulia me regarder quelque chose de brûlant et d'intense me gonfle la poitrine.

— Je t'aimerais toujours, murmure-t-elle en posant la main sur ma joue avec un geste caressant et ce sentiment s'accroît encore, cette intense chaleur se répand jusqu'aux tréfonds de mon âme.

Avec Yulia, j'atteins la plénitude, une plénitude que je chéris.

CHAPITRE QUARANTE-TROIS

❖ YULIA ❖

Bizarrement, il me semble que Lucas et moi sommes de jeunes mariés et que cette période inhabituelle, cette longue trêve entre nous, est notre lune de miel.

Sans aucun doute, le sexe y joue une grande part. Au lieu de s'estomper avec le temps, notre attirance mutuelle ne fait que s'embraser encore, cette attirance magnétique s'intensifie chaque jour davantage. Nos corps s'accordent l'un à l'autre d'une manière que je n'aurais jamais pu imaginer. Un regard, un souffle, une caresse, et la flamme se ravive. Nous n'en avons jamais assez. À chaque fois, que Lucas s'approche de moi, je lui réponds, et mon corps désire le sien, même si j'ai mal. Ses caresses font de moi quelqu'un que je ne reconnais plus, un être primitif réduit à ses désirs. C'est comme si j'avais été programmée uniquement pour son plaisir, pour le désirer de toutes les façons. Il me pousse au-delà de mes limites, et j'en veux encore plus. Brutal ou tendre, mon ravisseur me consume, mon désir pour lui me ligote plus étroitement que n'importe quelles cordes.

Mais au-delà du sexe, il y a une intimité émotionnelle de plus en plus grande entre nous. Chaque jour Lucas exige mon amour et je le lui donne, incapable de faire quoi que ce soit d'autre. L'échange n'est pas réciproque : Lucas ne me dit jamais qu'il m'aime et ne me donne aucune indication de ses sentiments. Mais après l'amour, il me serre contre lui comme s'il avait peur de me perdre à l'autre bout du lit, et je sais que ces moments paisibles et tendres sont aussi importants pour lui qu'ils le sont pour moi. Ils me font espérer qu'un jour il me donnera plus et que je pourrais atteindre celui qui se protège sous une épaisse carapace.

— Tu sais, tu ne m'as jamais vraiment dit comment tu étais arrivé ici… comment tu es devenu second d'Esguerra après avoir été commando dans la Marine. Je lui murmure cette question une nuit tandis que nous sommes couchés comme ça, dans une étreinte si parfaite qu'il est impossible de distinguer nos deux corps l'un de l'autre. En dessinant du doigt un cercle sur son large buste, j'ajoute : tout ce que je sais, c'est ce que j'ai lu dans ton dossier, et rien n'y expliquait pourquoi tu as quitté l'armée.

— Parce que j'ai tué mon commandant en chef ? La voix de Lucas ne trahit aucune émotion, mais je sens tressaillir le muscle de son épaule sous ma tête. C'est ça que tu veux savoir ? Pourquoi j'ai tué ce salaud ?

— Oui. Je recule un peu pour pouvoir le regarder. Dans la faible lueur de la lampe de chevet, le visage de mon ravisseur est plus dur que jamais. Mais ça ne me décourage pas. Je lui demande donc à voix basse : pourquoi l'as-tu tué ?

— Parce qu'il avait tué mon meilleur ami. Une colère froide, venue des profondeurs du passé, se glisse dans la voix de Lucas. Jackson, mon ami, avait surpris Roberts qui vendait des armes aux talibans et il allait le dénoncer. Mais Roberts l'a fait tuer avant… en donnant l'impression qu'il était tombé dans une embuscade. J'y étais quand c'est arrivé.

— Oh, Lucas, je suis tellement navrée… Je tends la main pour caresser son visage, mais il l'attrape au vol et la serre comme un étau.

— Arrête ! Il me jette un coup d'œil, les yeux plissés. C'était en Afghanistan, il y a longtemps de ça. Son regard se détourne de moi, il est levé au plafond, mais il ne me lâche pas la main. Tout en continuant à la serrer dans la sienne, il ajoute : de toute façon, je m'en suis tiré. J'ai mis plusieurs jours pour retourner à la base, mais j'y suis arrivé. Et une fois là-bas, j'ai tué ce salaud. J'ai pris son propre fusil et je l'ai criblé de balles.

Évidemment. Je fixe mon ravisseur avec un mélange de tristesse et d'amère compréhension. Tout comme moi, il a été trahi par quelqu'un en qui il avait confiance et qui était censé lui faire confiance. Je ne sais pas ce que j'aurais fait subir à Obenko s'il avait survécu, mais je ne suis ni choquée ni horrifiée que Lucas ait choisi cette méthode brutale pour se venger.

— Et que s'est-il passé ensuite ? Comme Lucas reste silencieux, les yeux rivés au plafond, je l'incite à poursuivre. On t'a arrêté ?

— Oui. Il continue à détourner le regard. On m'a transféré aux États-Unis pour être jugé en cour martiale. Roberts avait des amis haut placés et les allégations que j'avais contre lui furent escamotées avant que je puisse soumettre un rapport officiel.

— Et comment t'es-tu échappé ?

Lucas se retourne enfin vers moi.

— Grâce à mes parents, dit-il d'une voix dure et froide. Ils ne pouvaient tolérer une telle humiliation, que leur fils soit jugé pour meurtre, et ils ont fait en sorte que je disparaisse. Mon père a conclu un marché avec moi : il m'aiderait à disparaître en Amérique latine et je ne reprendrai plus jamais contact avec eux.

— Ils voulaient que tu disparaisses de leur vie ? Je le regarde bouche bée, incapable d'imaginer que des parents puisse conclure un tel marché. Mais pourquoi ? À cause de l'accusation de meurtre ?

— Parce que selon mon père je suis pourri, « pourri jusqu'à la moelle », pour reprendre son expression.

— Oh, Lucas… Mon cœur se brise pour lui. Ton père avait tort. Tu n'es pas…

— Je ne suis pas méchant ? Il hausse un sourcil et un sourire sardonique lui passe sur le visage. Allons, ma belle, tu sais bien qui je suis. Mes parents m'ont envoyé dans les meilleures écoles possibles, ils m'ont donné tous les avantages, et moi, qu'est-ce que j'ai fait ? J'ai tout envoyé promener, j'ai rejoint la Marine pour satisfaire mon désir de me battre. C'est vraiment con, non ? Comment pourrais-tu en vouloir à mes parents de m'avoir rejeté ?

— Si, je leur en veux. J'avale ma salive en soutenant son regard. Malgré tout, tu restais leur fils. Ils auraient dû te soutenir.

— Tu ne comprends pas. Les yeux de Lucas brillent d'un éclat glacial. Ils ne voulaient pas de fils. Ils voulaient un héritier. Une extension parfaite d'eux-mêmes… La culmination de leurs ambitions. Et j'ai tout gâché en entrant dans l'armée. L'accusation pour meurtre fut la goutte qui a fait déborder le vase. Mon père avait raison de me proposer ce marché. Je n'avais pas de place dans leur vie, je n'en ai jamais eu, et ils n'avaient pas non plus de place dans la mienne.

Je me mords l'intérieur de la joue pour essayer de retenir les larmes qui me brûlent les yeux. J'imagine Lucas comme un garçon instable et insatisfait, sans cesse poussé et aiguillonné pour être différent de ce qu'il voulait être. J'imagine aussi comment ses parents, des avocats d'affaires, ont pu être démunis en essayant d'élever un enfant qui était avant tout un guerrier, un garçon que les caprices de la génétique avaient fait si différent d'eux-mêmes.

Et pourtant, dire à leur fils qu'ils ne voulaient plus jamais le revoir… Je lui demande en gardant une voix ferme :

— Et tu ne leur as plus jamais parlé depuis ? Pas une seule fois ?

— Non. Il a un regard d'acier. Pourquoi l'aurais-je fait ?

Effectivement, pourquoi ? À mes yeux, la famille est sacrée, mais mes parents étaient très différents de ceux de Lucas. Je ne peux imaginer mes parents me rejeter ou rejeter Misha, quelle que soit la voie que nous aurions choisie dans la vie. Quoiqu'il arrive, ils nous auraient soutenus, exactement comme je soutiendrai mon frère.

Et comme je soutiendrai Lucas. Cette brusque réalisation est stupéfiante. En fait, je le *soutiens* alors même qu'Esguerra et lui travaillent à la destruction de l'organisation pour laquelle j'ai travaillé. Le père de Lucas n'avait pas complètement tort, c'est loin d'être quelqu'un de gentil, mais ça ne change rien aux sentiments que j'ai pour lui.

Peut-être, que moi aussi je suis pourrie jusqu'à la moelle, mais chemin faisant, mon impitoyable ravisseur a en quelque sorte remplacé ma famille.

Je mets de côté cette incroyable révélation pour me concentrer sur le reste de son histoire. En m'accoudant, je lui demande :

— Et comment t'es-tu retrouvé avec Esguerra ? Tu l'as simplement rencontré quelque part en Amérique latine et il t'a engagé ?

— Ce fut… un peu plus compliqué que ça. Les commissures des lèvres de Lucas ont un mouvement nerveux. En fait, je fus engagé par un cartel mexicain pour veiller sur une cargaison d'armes qu'ils avaient achetées à Esguerra. Mais quand je suis arrivé pour faire ce boulot, je me suis aperçu que l'un des chefs du cartel était devenu trop gourmand et qu'il avait décidé de garder la cargaison pour lui, trompant à la fois Esguerra et sa propre organisation dans l'opération. Il y a eu une vilaine fusillade et finalement Esguerra et moi fûmes parmi les rares survivants, nous avions tous les deux réussi à nous mettre à l'abri. Il n'avait plus beaucoup de munitions et il ne me restait plus que quelques balles, alors au lieu de continuer à essayer de nous tuer l'un l'autre, il m'a proposé de me prendre définitivement à son service. Inutile de dire que j'ai accepté. Il a un petit rire sombre avant d'ajouter :

— Et puis à ce moment-là, j'ai abattu un type qui s'était glissé derrière Esguerra pour essayer de s'en débarrasser. D'une certaine manière, c'est ce qui a conclu le marché. En me souvenant de ce qu'il m'a dit il y a déjà longtemps, je lui demande :

— C'est la raison pour laquelle tu disais qu'Esguerra t'était redevable ? Parce que tu lui as sauvé la vie cette fois-là ?

— Non. Je m'étais contenté de faire mon nouveau boulot. Esguerra m'est redevable pour une autre raison.

Je le regarde en attendant qu'il poursuive, et quelques instants plus tard Lucas pousse un soupir et ajoute :

— Esguerra a été blessé l'an dernier dans un hangar en Thaïlande. Je l'ai porté jusqu'à l'hôpital, mais il est resté presque trois mois dans le coma. C'est moi qui me suis occupé de tout pendant ce temps-là, qui ai fait en sorte que ses affaires se poursuivent, que sa femme soit en sécurité, etc.

— Je vois. Pas étonnant que Lucas soit convaincu qu'Esguerra le laisserait me garder. Une véritable loyauté est rarissime dans le monde des trafiquants d'armes.

— Et tu n'as jamais été tenté de tout t'approprier ? L'organisation d'Esguerra doit valoir des milliards.

— C'est vrai, mais Esguerra me paie bien, alors, à quoi bon ? Lucas me regarde d'un air ironique. Et d'ailleurs, je l'aime bien. Une fois que j'ai commencé à travailler pour lui, il a fait appel à ses relations pour faire rayer mon nom des listes de ceux qui sont recherchés. Sans parler du fait qu'il ne prétend pas être différent de ce qu'il est, et ça me convient.

Évidemment. Je comprends que ça lui plaise après avoir été trahi par son commandant en Afghanistan.

Mais dans la situation de Lucas, beaucoup auraient été aveuglés par l'appât du gain, et le fait qu'il ne l'ait pas été en dit long sur sa personnalité.

Mon ravisseur n'est peut-être pas proche de sa famille, mais à sa manière il est aussi loyal que moi.

* * *

Tandis que notre pseudo lune de miel se poursuit, je suis confrontée à un étrange problème : j'ai trop de temps libre. Je n'ai ni exercices à faire ni cours à suivre, et pas vraiment de responsabilités personnelles. C'était agréable au début : ma maladie et les évènements traumatisants qui l'ont précédée m'avaient épuisée, mentalement comme physiquement. Pendant plusieurs semaines, ça me suffisait de lire, de regarder la télévision, de passer du temps avec Misha et de m'affairer tranquillement dans la maison, mais le temps passant, j'ai commencé à avoir envie d'en faire plus. J'ai toujours été très active, d'abord quand j'étais étudiante, puis pendant ma formation et ces dernières années en mission d'espionnage. Le temps libre était un luxe pour moi, je le chérissais, mais maintenant j'en ai trop et ça me déplait.

Pour m'occuper, je commence à essayer de nouvelles recettes. Lucas me permet d'aller sur internet ou plutôt sur un ordinateur surveillé puisqu'il n'a toujours pas entièrement confiance en moi et je parcours différents sites à la recherche de nouveaux plats. Lucas est totalement d'accord avec ce nouveau passe-temps, il en savoure les résultats à chaque repas et progressivement je développe un répertoire culinaire qui va de la cuisine russe traditionnelle comme le *bortsch* à une cuisine fusion exotique incorporant des ingrédients d'Asie, de France et d'Amérique Latine. J'invente même de nouveaux plats comme un sushi au curry et à la coriandre et des arepas aux aubergines russes.

— Yulia, c'est extraordinaire, me dit Lucas quand je lui sers des canapés aux shiitakes et au camembert. Sérieusement, c'est meilleur que dans n'importe quel grand restaurant. Tu aurais dû être cuisinière.

— C'est vraiment délicieux. Mon frère lui fait écho en avalant son quatrième canapé. Il a pris l'habitude de déjeuner presque tous les jours avec nous et je soupçonne ma cuisine d'en être la principale raison. Désormais, il fait même un effort pour supporter Lucas bien qu'ils soient encore loin d'être les meilleurs copains au monde. En me levant pour apporter mon assiette dans l'évier, je leur réponds :

— Bien, je suis contente que ça vous plaise. Je suis rassasiée après deux canapés, mais Misha et Lucas semblent toujours avoir encore de la place. Je dissimule un petit sourire en voyant Lucas prendre l'avant-dernier canapé et mon frère, se saisir immédiatement du dernier qu'il engouffre dans sa bouche comme s'il avait peur de le voir disparaître.

— Il t'en reste ? demande Misha après avoir avalé la dernière bouchée. Diego et Eduardo m'ont supplié de leur rapporter nos restes.

— Qu'ils aillent se faire foutre ! Lucas s'interrompt la bouche pleine et jette un coup d'œil désapprobateur à Misha. Ils n'ont qu'à faire leurs propres canapés. Nous n'allons pas en laisser une miette.

— En fait, j'en ai préparé d'autres au cas où, dis-je en allant vers le four. Ce n'est pas la première fois que les gardes ont demandé quelque chose par l'intermédiaire de mon frère et j'imagine que ce ne sera pas la dernière. Si Lucas le permettait, ils viendraient tous les jours ici, mais comme ce n'est pas le cas, ils trouvent d'autres moyens de profiter de mon nouveau passe-temps. Dis-leur seulement de réchauffer les canapés avant qu'ils ne refroidissent complètement. Ils ne seront pas aussi bons s'ils les réchauffent au micro-ondes.

— Merci, dit Misha tandis que j'enveloppe la barquette en aluminium et que je la lui tends. Je vais tout de suite les leur donner.

Lucas nous observe en fronçant les sourcils d'un air mécontent.

— Et nous… ?

Je lui promets en souriant :

— J'en ferai bientôt d'autres. Pour dîner, je vais faire des nouilles enoki avec une sauce à la noix de cajou et un pudding au chocolat avec un coulis de framboise et de yuzu. Et si tu as encore faim, je referai des canapés, d'accord ?

Misha écoute d'un air visiblement envieux avant de me demander :

— Tu crois qu'il te restera du pudding quand je viendrai après le dîner ? Les gardes m'ont invité à un barbecue ce soir, mais j'aurai sans doute encore de la place pour le dessert…

— Oui, bien sûr ! Je lui adresse un grand sourire. Je n'oublierai pas de t'en garder.

— Oui, d'en garder pour lui et pour la moitié des gardes, marmonne Lucas en se levant pour faire la vaisselle. Si ça continue comme ça, tu vas finir par nourrir tout le domaine.

Je ris, mais bien vite Diego et Eduardo commencent à trouver toutes sortes de prétextes pour passer à la maison en amenant deux ou trois amis ; ça m'est égal de préparer de grandes quantités, ça m'amuse de surmonter cette difficulté, mais ça agace Lucas, surtout quand nos repas sont interrompus par la fréquente arrivée de visiteurs.

— Mais ce n'est pas un restaurant ici, bordel, hurle-t-il à Diego quand le jeune garde est « passé par là » avec six de ses copains au moment du déjeuner. Yulia fait la cuisine pour son frère et pour moi, compris ? Et maintenant, foutez-moi le camp avant que je vous donne des heures supplémentaires.

Les gardes s'en vont, l'air déçu, mais le lendemain Eduardo arrive à l'heure du déjeuner juste avant le retour de Lucas.

— Il ne te resterait pas un peu de salade de crevette par hasard ? demande-t-il en gardant un œil prudent sur la porte d'entrée. Michael m'a dit que tu en avais fait hier soir et…

— Bien sûr ! Je réprime un petit sourire. Mais tu ferais mieux de te dépêcher. Je crois que Lucas et Michael vont arriver d'une minute à l'autre.

Je lui donne une barquette avec un reste de salade et il me remercie avant de se hâter de sortir. Le lendemain, Diego imite la ruse d'Eduardo, il arrive une demi-heure avant le dîner et je lui donne un poulet farci au riz et aux canneberges que j'ai préparé justement pour ça. Il me remercie à plusieurs reprises et pendant la semaine suivante je nourris les gardes en cachette de cette manière. Mais le lundi suivant, Lucas me prend sur le fait et il n'est pas content.

— Mais qu'est-ce qui se passe, putain ? Jette-t-il en arrivant dans la cuisine au moment où je donne à Diego des petits pâtés à la viande sortant juste du four. Il s'arrête vers nous et regarde le garde d'un air furieux.

Je lui assure :

— Lucas, ce n'est pas grave, j'en ai fait assez pour tout le monde. Vraiment, ça va, ça m'est égal de faire la cuisine pour eux, ça me fait plaisir.

— Tu vois ? Elle est d'accord. Diego sourit et m'arrache la barquette des mains. Merci, princesse. Tu es une perle.

Il sort de la cuisine en courant et Lucas se retourne vers moi en serrant les dents.

— Mais qu'est-ce que tu fais, putain ? Tu n'as pas à nourrir les gardes. Ils ont une cafétéria dans leur caserne, tu sais.

— Je sais. Instinctivement, je m'avance vers lui et je pose la main sur sa mâchoire, sentant tressauter ses muscles sous sa barbe de trois jours. Mais ça n'est pas grave, ça m'amuse et ça me fait plaisir que les gardes aiment bien ce que je prépare. J'ai l'impression d'être... Je marque une pause en cherchant le mot juste.

— Utile ? dit Lucas en se radoucissant, et je hoche la tête, surprise qu'il ait mis exactement le doigt dessus.

Il soupire et prend ma main dans la sienne avant de la porter à ses lèvres. Quand il m'effleure les phalanges et m'examine, l'expression de son visage est troublée au lieu d'être en colère.

— Yulia, ma chérie... Tu *m*'es utile, entendu ? Tu n'as pas besoin de nourrir tout le monde dans le domaine pour prouver ta valeur.

Je le fixe, le cœur inexplicablement serré quand il me lâche la main.

Je lui murmure :

— Et si je voulais aussi être utile à d'autres que toi ? Et si j'avais besoin d'autre chose, pas seulement de réchauffer ton lit et prendre soin de ta maison ? Tu sais que j'ai vraiment fait des études à l'université, non ? Je vois le regard de Lucas s'assombrir au fur et à mesure que je parle, mais je ne peux plus m'arrêter et ma voix s'affermit à chaque mot. J'ai une licence d'anglais et de relations internationales et j'étais une excellente interprète quand j'étais espionne. Pendant six ans, j'ai vécu dans une des villes les plus cosmopolites du monde et j'ai rencontré les plus hauts fonctionnaires du gouvernement russe. Je sortais, j'étais active, et maintenant je peux à peine sortir de chez toi parce que je ne veux pas qu'Esguerra se souvienne de ma présence. Quand je m'arrête pour reprendre mon souffle, je m'aperçois qu'un muscle tressaille dans la mâchoire de Lucas.

— C'est vrai ? demande-t-il d'une voix terriblement douce. Tu regrettes de ne plus être espionne ?

Je m'en veux immédiatement de ne pas avoir su tenir ma langue. J'aurais dû deviner comment Lucas interpréterait mes paroles.

— Non, bien sûr que non.

— Tu regrettes de ne plus baiser des hommes pendant tes missions ? Il se rapproche de moi et m'adosse au plan de travail.

Mon cœur s'emballe.

— Non, ce n'est pas ce que je voulais…

Il me prend par la gorge et la serre juste assez pour me laisser sentir l'étau de ses doigts. En se penchant, il me murmure à l'oreille :

— Ou c'est peut-être que je ne te suffis pas ? Son haleine me brûle la peau et j'en ai la chair de poule sur les bras. Tu as besoin de davantage de variété, ma belle ?

Il m'étrangle presque, mais je réussis à dire, le souffle court :

— Non. Lucas est terrifiant quand il est jaloux. Pas du tout. Je voulais seulement dire que…

— Tu es à moi, gronde-t-il en levant la tête pour me toiser d'un regard glacial. Je me fous complètement de la vie que tu avais avant. Je t'ai prise, taguée, et tu es à moi, putain. Aucun homme ne te touchera jamais plus, et si je veux te faire passer le reste de ta vie dans une cage je le ferai, bordel. Compris ?

Il me relâche le cou, mais je garde la gorge serrée, il me semble que la peine qui s'abat sur moi est comme un raz de marée. Depuis des semaines j'étais dans un cocon de bonheur domestique, jouant à la femme au foyer avec un homme qui ne me considère que comme sa propriété, son esclave sexuelle de luxe qu'il a « tagué » avec des implants de localisation. N'importe quelle autre femme se serait battue bec et ongles pour sa liberté, mais j'ai accepté ma captivité comme si j'y étais née, en acceptant d'imaginer que notre relation perverse pourrait devenir un jour quelque chose d'authentique.

En désirant l'amour de mon ravisseur, j'ai de nouveau bâti des châteaux en Espagne.

Mes lèvres sont comme engourdies, mais je réussis à murmurer :

— Je comprends. Je suis désolée.

Lucas me lâche et recule d'un pas, le visage toujours crispé par la colère et je me retourne en prenant à l'aveuglette des assiettes pour faire la vaisselle.

Notre « lune de miel », si tant est qu'on puisse l'appeler ainsi, est terminée.

* * *

Cette nuit, il est tard quand Lucas revient à la maison et Misha et moi nous dînons seuls. Je fais bonne figure devant mon frère, mais je sais qu'il sent que quelque chose ne va pas. Je suis soulagée de le voir partir avec un panier de restes pour les gardes. Plus que tout, je veux rester seule pour panser mes plaies.

J'ai déjà fini de me doucher quand Lucas arrive. Il entre dans la salle de bain alors que je sors de la cabine et sans me dire un mot, il me prend dans ses bras et me porte jusqu'à la chambre. Son visage est dur, son regard fermé tandis qu'il marche et mes anciennes inquiétudes refont surface. Je ne pense pas qu'il risque vraiment de me faire mal, en tout cas pas physiquement, mais ça ne soulage pas mon anxiété. Quand Lucas est de cette humeur, il est imprévisible, et j'ai déjà bien du mal à ne pas m'effondrer. Pendant un court instant de folie j'ai envie de me débattre, mais j'y renonce immédiatement. De toute façon, je n'ai aucune chance de l'emporter. Et d'ailleurs, à quoi servirait-il de résister ? Comme il l'a dit, je lui appartiens, et il peut faire ce qu'il veut de moi.

Ma vie et celle de mon frère sont entre ses mains.

Si je pouvais rester dans l'engourdissement dans lequel j'étais plongée cet après-midi, ce serait plus facile, mais tout est clair et précis dans mon esprit, chaque sensation est douloureusement avivée. Je sens la chaleur de sa peau à travers nos vêtements et la manière dont ses muscles se replient quand il me pose sur le lit. Je vois la pâle lueur de ses yeux et je sens sa chaude odeur virile. Il me penche en avant et mon corps se réveille, une ardeur que je connais bien s'attise au bas de mon ventre. Mes tétons se raidissent, ma poitrine cherche ses caresses et mon sexe se mouille tandis qu'il m'embrasse et sa langue envahit ma bouche de manière brutale et impérieuse. Ses grandes mains m'attrapent les poignets et les plaquent au-dessus de ma tête et je ferme les yeux, m'abandonnant volontairement à l'oubli du plaisir. Ma peine et mon anxiété se dissipent et mon instinct animal reprend le dessus. En gémissant, je me cambre contre Lucas, je frotte mes tétons raidis contre son tee-shirt et mes entrailles se contractent en sentant la grosse bosse de son jean qui s'appuie sur ma hanche nue.

Oui, prends-moi, baise-moi, fais-moi oublier… Ce refrain érotique revient sans cesse dans ma tête. Pour le moment, je n'ai plus besoin de m'inquiéter pour l'avenir ni pour ma vie avec un homme qui me considère comme son jouet, un jouet qui lui est exclusivement réservé. Je n'ai pas besoin de penser au fait que je ne serai jamais rien de plus qu'un moyen d'assouvir son désir, je peux seulement me concentrer sur ses baisers enivrants et sur la chaleur de tout son poids au-dessus de moi.

Et ce n'est que lorsqu'il prend mes poignets d'une seule main et commence à fouiller dans le tiroir de la table de nuit que je reviens suffisamment à moi pour sentir un soupçon d'appréhension.

— Lucas, qu'est-ce que tu…

Il m'interrompt avec un autre baiser profond qui me dévore, et tout de suite après j'ai la réponse à ma question. Un métal froid touche mon poignet puis j'entends cliquer une menotte qui se referme. Perdant le souffle, je tourne la tête de côté et j'essaie de lui retirer mon second poignet, mais Lucas profite de ce mouvement afin de me tourner sur le côté et tirer mon bras menotté à la barre de métal qu'il avait installé près du lit pendant les premiers jours de ma captivité. Accroupi au-dessus de moi, il passe la menotte sur la barre et attrape mon autre poignet qu'il menotte avant que je ne puisse offrir la moindre résistance.

Mon appréhension se transforme en une véritable peur. Je suis couchée sur le côté, toute nue, et les mains menottées à la barre, exactement comme autrefois.

— Pourquoi fais-tu ça ? Mon filet de voix est suraigu tandis que je tourne la tête pour regarder Lucas qui prend quelque chose d'autre dans le tiroir. Non, Lucas, je t'en prie. Comme les cheveux me tombent sur le visage je vois mal, mais je n'ai pas le temps de les secouer qu'une étoffe noire et douce me recouvre les yeux.

— Chut ! murmure Lucas en me l'attachant autour de la tête, tout va bien se passer, bébé.

Bien se passer ? Il vient juste de me menotter et de me mettre un bandeau sur les yeux. Mon cœur tambourine dans mes oreilles, mon excitation est remplacée par la panique.

— Lucas, je t'en prie… qu'est-ce que tu vas faire ?

Sans se soulever de moi, il se penche en avant, et je sens sa chaude haleine sur un côté de mon visage.

— Tu m'aimes ? murmure-t-il. Ses lèvres effleurent l'ourlet de mon oreille dont sa langue suit le contour. Tu m'aimes Yulia ?

J'avale ma salive avec peine.

— Oui, tu le sais.

— Tu me fais confiance ?

Non. La vérité m'a presque échappé, mais je serre les dents juste à temps. Je n'ai pas confiance en Lucas, je n'ai jamais eu confiance en lui, mais je ne vais certainement pas l'admettre maintenant. Je ne connais pas les règles de ce nouveau jeu et je n'y jouerai pas tant que je resterai dans l'ignorance.

— Je vois, murmure-t-il, et je m'aperçois que mon absence de réponse équivaut à une réponse. Les battements de mon cœur continuent de s'emballer.

— Lucas, je…

— Peu importe. Il mordille le lobe de mon oreille. Il se dégage et je l'entends se déshabiller puis ouvrir le tiroir de la table de nuit. J'écoute en prêtant l'oreille, mais je n'entends rien d'autre, et un instant plus tard Lucas me retourne pour me mettre sur le dos, mes mains menottées sont du même côté.

Je vais lui demander de nouveau ce qu'il a l'intention de faire, mais il m'a déjà fait descendre sur le lit et écarté les jambes en appuyant de toutes ses forces mes cuisses sur le matelas.

Ses premiers coups de langue sur mes plis sont extraordinairement doux et me caressent au lieu de m'agresser. Elles me désorientent et me désarment. Je m'étais préparée pour quelque chose d'effrayant et de brutal, mais il n'en est rien, Lucas lèche doucement mes lèvres d'en bas et les bords de mon ouverture. Il me lèche en prenant tout son temps, il me semble que ses lèvres et sa langue jouent avec ma chair si sensible pendant des heures avant de se rapprocher de mon clitoris qui vibre déjà. Quand il y arrive, je suis déjà toute mouillée et je gémis son nom, je ne peux m'empêcher de bouger des hanches, je suis de nouveau au comble de l'excitation. S'il ne me tenait pas les cuisses, j'aurais plaqué mon sexe sur sa bouche pour m'emparer de l'orgasme qui m'appelle, mais reste encore hors de ma portée.

— Je t'en prie, Lucas… Je le supplie tandis que sa langue tourne autour de mon clitoris en petits coups exaspérants de légèreté. Juste un petit peu plus fort, je t'en prie…

À ma surprise, il s'exécute et se jette sur mon clitoris en le suçant si fort que la décharge descend jusqu'à mes doigts de pied. Un cri étouffé s'échappe de ma gorge, mes muscles intimes se contractent et l'orgasme déferle sur moi, ne laissant derrière lui qu'un plaisir dévastateur. J'ai joui si fort que j'en vois trente-six chandelles et que mes hanches se soulèvent presque du lit malgré les mains de Lucas qui me maintiennent en place. Les pulsations se poursuivent longtemps, et quand tout est fini je reste là, pantelante et haletante, épuisée par tant de sensations fortes.

Je sais que Lucas n'en a pas encore fini avec moi, mais je suis tout de même prise au dépourvu quand il me retourne sur le ventre en faisant sonner les menottes sur la barre de fer. J'ai maintenant les bras écartés et pour la première fois depuis tout à l'heure cet emprisonnement commence à me faire vraiment peur.

Lucas peut me faire tout ce qu'il veut, dans n'importe quelle position, et je ne peux rien faire pour l'en empêcher.

Il s'accroupit sur mes jambes, les immobilise sur le lit, et la peur me saisit de nouveau en chassant les endorphines qui suivent l'orgasme. Une seconde plus tard, je sens quelque chose de froid et d'humide entre les fesses et je comprends que mon anxiété est justifiée.

Lucas vient de me mettre du lubrifiant.

— Non, je t'en prie. Je tire sur les menottes qui m'enchaînent à la barre de fer, mon cœur bat à se rompre. Je t'en prie, pas comme ça…

— Tout va bien se passer, ma belle. Sans tenir compte de mes tentatives pour me dégager, Lucas place deux gros oreillers sous mes hanches et me relève, si bien que je suis presque à quatre pattes.

Mais je sais bien que ça ne va pas bien se passer. Je le sais par expérience. Il va me déchirer, sa verge est trop longue et trop grosse pour que mon corps puisse l'accepter de cette manière. Il a plusieurs fois joué avec mon derrière pendant ces dernières semaines, avec les doigts et avec de petits accessoires, mais il n'est jamais allé au-delà, et j'avais bêtement commencé à croire qu'il ne le ferait pas, qu'il respecterait mes souhaits à cet égard. Évidemment, j'avais tort.

Son désir pour moi ne connaît aucune limite.

Il se penche sur moi, la chaleur de son corps réchauffe ma peau glacée, et je m'aperçois que je tremble, que mon dos est couvert d'une sueur froide. Il me caresse le bord de la hanche, et avant de pouvoir contrôler mes réactions, je ne peux m'empêcher de broncher, mes muscles se contractent en redoutant la douleur qui va venir.

— Yulia… Il rassemble mes cheveux sur le côté, les écarte de mon dos mouillé de sueur et je sens ses lèvres effleurer ma nuque au même moment où sa verge en érection s'appuie sur ma jambe. Je ne te ferai pas de mal, bébé, je te le promets.

Il ne va pas me faire de mal ? Je voudrais crier qu'il ment, qu'il ne m'aurait pas menottée et mis un bandeau sur les yeux s'il avait l'intention de me faire l'amour en douceur, mais je n'en ai pas le temps parce qu'à ce moment-là les doigts de Lucas se glissent entre mes jambes et trouvent mon clitoris. Tout en y appuyant doucement, il m'embrasse de nouveau le cou, et je suis surprise de sentir autre chose que de la peur… un plaisir brûlant et intense qui semble capable de coexister avec mon sentiment de panique.

— Je ne te ferais aucun mal, répète-t-il dans un doux murmure tout en effleurant mon épaule de ses lèvres et mon anxiété se dissipe légèrement en se mêlant à l'ardeur qui commence à vibrer en moi. Désormais, Lucas connaît mon corps par cœur, et il se sert de cette connaissance sans la moindre retenue, ses caresses provoquent chez moi des sensations qui devraient m'être inaccessibles.

Le second orgasme me prend par surprise et je me retrouve haletante sur le matelas tandis que des vagues de plaisir déferlent de nouveau sur moi. Je n'ai pas oublié ce qui m'attend, mais il n'est pas facile de continuer d'avoir peur quand le cerveau baigne dans les endorphines. Et Lucas n'a pas encore fini de me donner du plaisir. Sa main trouve l'entrée de mon sexe et me pénètre d'un de ses longs doigts pour trouver immédiatement mon point G. Très vite la tension s'intensifie encore au plus profond de moi et un nouvel orgasme, moins fort cette fois, me secoue le corps tout entier.

— Arrête, je t'en prie. Je murmure tandis que son doigt se retire de mon fourreau agité de spasmes et tourne autour de mon clitoris. Je n'en suis plus capable.

— Mais si, bébé, tu en es encore capable. Il me mordille le cou puis me murmure à l'oreille : encore et encore, autant de fois qu'il le faudra.

Et il me fait encore jouir deux fois de suite. En tout cas, c'est ce qu'il m'inflige avant que mes muscles tournent en bouillie et que je sois trop épuisée pour jouir davantage. À ce point, j'ai cessé de m'inquiéter du lubrifiant qu'il m'a mis entre les fesses, je ne suis plus capable de penser, voilà tout. Si bien que quand ses doigts se retirent de mes plis mouillés je reste là, étourdie et pantelante, à peine capable de réagir quand il me pénètre le derrière de deux doigts, l'un après l'autre, et qu'ils y glissent presque sans rencontrer la moindre résistance.

— Et voilà, ma chérie, tu es bien sage ! Chantonne Lucas tandis que je reste détendue et que j'accepte ses doigts sans me crisper. Ce n'est pas la sensation que je préfère : cette plénitude me semble bizarre, j'ai l'impression d'être envahie, mais je n'ai pas mal et je suis trop épuisée pour résister quand il commence à me baiser par-derrière en avançant et en retirant lentement les doigts. Tu es tellement sage… ! Ce rythme doux et glissant est étrangement hypnotique et me donne l'impression que mon cerveau est déconnecté de mon corps. Je me rends vaguement compte que je devrais avoir peur, que je devrais protester contre cette violation de mon intimité, mais ça ne semble pas en valoir la peine, surtout étant donné que de l'autre main Lucas me caresse de nouveau le clitoris et parvient encore à me donner du plaisir alors que ma chair n'en peut plus.

Je suis plongée si profondément dans cette dichotomie entre mon cerveau et mon corps que je n'ai pas peur quand il retire les doigts et que quelque chose de gros et de doux s'appuie sur mon entrée plissée à la place. Mon corps reste inerte et je suis détendue même quand je sens une énorme pression qui m'étire et que j'entends Lucas gronder dans un souffle :

— Putain, bébé, tu es serrée… La pression s'intensifie et se transforme en souffrance et c'est seulement à ce moment-là que je recommence à avoir peur et que j'ai envie de me contracter pour bloquer cette intrusion.

— Non, chérie, détends-toi. Respire tranquillement. Son ordre est prononcé d'une voix basse et tendue, et je comprends à quel point Lucas essaie de se maîtriser, à quel point il serre les rênes pour ne pas me faire mal. Étrangement, le savoir me calme un peu, et je commence à respirer lentement à petites bouffées en essayant de détendre mes muscles.

— Oui, voilà. Il m'encourage d'une voix rauque et je sens qu'il commence à me pénétrer, son gros gland étire le muscle serré de mon ouverture. Il me brûle, le désir de me refermer est presque insupportable, mais je continue à respirer régulièrement et lentement il continue d'avancer et de me pénétrer de son énorme verge, millimètre par millimètre.

Quand son gland est presque au fond, il s'arrête et me caresse la hanche pour me réconforter si bien que quelques instants plus tard l'impression de brûlure commence à se dissiper. Je peux me détendre un peu plus et Lucas reprend sa lente progression. Mais tandis qu'il avance plus profondément en moi, je perds de nouveau mon calme. Il est gros, bien trop gros. Les battements de mon cœur s'accélèrent, je commence à haleter. Le lubrifiant atténue les frictions, mais il ne change rien à la taille de Lucas et j'ai un haut-le-cœur alors qu'il me force à le recevoir encore plus loin en m'étirant au-delà de mes limites. Complètement submergée, je gémis dans le matelas et il m'embrasse la nuque avec un geste de tendresse qui contraste totalement avec son impitoyable invasion de mon corps.

— Encore juste un petit peu plus, murmure-t-il et je m'aperçois que sans le vouloir je me suis resserrée autour de lui pour tenter de l'empêcher d'aller plus loin. Tu vas y arriver, bébé.

Non, ce n'est pas possible. Je voudrais protester, mais je n'arrive qu'à balbutier des paroles incohérentes, quelque part entre le grognement et les gémissements. Je suis toute tremblante, en sueur, et mes mains s'agrippent à la barre de métal à laquelle je suis menottée. Mes sensations ne ressemblent en rien à celles que m'a infligées Kirill ce jour-là, mais d'une certaine manière elles sont tout aussi douloureuses. Les mouvements lents et attentionnés de Lucas me permettent de le sentir sur tout son long… d'absorber l'immense pression qui me submerge et il me déchire de l'intérieur. Sa verge semble m'emplir complètement, c'est à la fois une violation et une possession, elle m'entraîne au point de rencontre de la perversion et de l'érotisme et elle les marie dans une sombre symphonie.

— Putain, Yulia, comme c'est bon de te sentir, gronde Lucas et je m'aperçois qu'il est en moi jusqu'au bout, ses bourses s'appuient contre mon sexe. Il a gardé une main entre mes jambes, ses doigts caressent mon clitoris et je laisse échapper un cri quand il fait un léger mouvement, mon ventre se met à bouillonner à cette étrange sensation. Tu es serrée… putain, tu es tellement serrée. Il appuie plus fort sur mon clitoris, deux de ses doigts le prennent en ciseau et un plaisir inattendu me secoue au plus profond de mon corps et me coupe le souffle.

— Oui, voilà, ma belle… La voix de Lucas résonne d'une sombre satisfaction. Tu vas y arriver. Jouis pour moi encore une fois. Ses doigts continuent à bouger comme des ciseaux, et j'ai la surprise de sentir mon corps se raidir sous une vague de chaleur. L'extrême plénitude que je ressens gêne mes sensations tout en les avivant, la vibration douloureuse de mon clitoris lutte contre la souffrance de mon derrière trop distendu. Sa verge me donne l'impression d'être un tube d'acier à l'intérieur de moi, mais la manière dont ses doigts me caressent me transmet une autre forme de crampe à l'intérieur et celle-ci me fait jouir une fois de plus. Je pousse un cri en tremblant à l'arrivée imminente de l'orgasme et Lucas serre encore plus fort mon clitoris, presque au point de le pincer douloureusement.

— Oui, c'est exactement ça, bébé… Il me pince une fois de plus et sans la moindre résistance je vole en éclats, mes terminaisons nerveuses à bout de force sont électrisées par sa brutalité. Mon corps n'en finit pas d'être agité de spasmes et se resserre encore autour de sa grosse verge et je sanglote d'extase et de douleur en sentant la perversité atroce de ce que nous faisons. C'est un plaisir sombre et brutal, et quand il commence à bouger en moi, le va-et-vient de son membre me propulse encore plus loin, les sensations inconnues sont encore accrues par le bandeau sur mes yeux et le métal froid des menottes autour de mes poignets. Je ne sais pas au bout de combien de temps Lucas jouit à son tour ni quand sa semence chaude se répand dans mes entrailles à vif, mais quand il se retire et qu'il ouvre mes menottes, je ne peux que rester là, inerte et tremblante, le derrière en feu et le clitoris encore vibrant sous les dernières répliques.

Sans dire un mot, il me prend dans ses bras et je pleure contre sa poitrine en me sentant à la fois brisée et libérée.

Le passé avec Kirill est définitivement derrière moi. Désormais, chaque part de moi appartient à Lucas, pour le meilleur ou pour le pire.

CHAPITRE QUARANTE-QUART

❖ YULIA ❖

Au petit déjeuner, Lucas garde un silence inhabituel, il ne me quitte pas du regard d'un air pensif et je dois lutter pour ne pas rougir chaque fois que je lève les yeux de mon assiette en voyant ses yeux pâles fixés sur moi. Je voudrais lui demander à quoi il pense, mais une étrange timidité m'en empêche. Sans oublier que j'ai mal et que chacun de mes mouvements me rappelle ce qui s'est passé entre nous. Il ne m'a pas déchirée comme je le craignais, mais je me rends encore très bien compte que quelque chose de volumineux m'a pénétrée et m'a emmenée dans des contrées où je n'étais encore jamais allée... en me donnant des sensations que je n'avais encore jamais éprouvées.

Pour accélérer notre repas, je me hâte de finir ma quiche aux épinards et aux champignons et je me lève pour porter mon assiette dans l'évier. Quand je retourne à table pour prendre celle de Lucas, il me surprend en me prenant par le bras et ses longs doigts se referment autour de mon poignet dans une emprise impossible à défaire.

— Yulia. Un sentiment indéfinissable brille dans ses yeux. C'était délicieux, merci.

— Oh ! Je cligne des yeux. Je t'en prie. J'espère alors qu'il va me lâcher, mais il continue de me tenir le poignet sans ajouter un mot.

— Hum, laisse-moi prendre ton assiette… Je tends maladroitement la main vers elle, mais il la déplace pour la poser hors d'atteinte.

— Je le ferai moi-même, ne t'inquiète pas, Yulia… Il inspire profondément. Comment te sens-tu ? Tu vas bien ?

— Oui, ça va. Je m'empourpre jusqu'à la racine de mes cheveux, mais je me force à ne pas détourner les yeux comme une vierge rougissante. Tout va bien.

— Bien. Son regard s'assombrit. Je ne voulais pas te faire mal.

— Mais tu ne m'as pas fait mal. J'avale ma salive. En tout cas, pas beaucoup.

Lucas m'examine quelques instants de plus puis hoche la tête, visiblement satisfait. Puis il me lâche le poignet, se lève et porte son assiette dans l'évier. Il la lave ainsi que la mienne et je reste là sans trop savoir si cette étrange conversation est terminée. Finalement, je décide de quitter la cuisine, mais avant de pouvoir en sortir Lucas s'essuie les mains dans une serviette en papier et se retourne vers moi.

À longues enjambées, il se rapproche de moi et se tenant à moins d'un mètre il me dit à voix basse :

— Il faut que tu le saches. Je ne te ferai jamais de mal. Tu *es* à moi, mais ça ne veut pas dire que je peux abuser de toi. Ton bonheur compte pour moi, Yulia. Tu peux me croire ou pas, mais c'est la vérité.

J'ouvre la bouche puis je la referme, incapable de prononcer une phrase cohérente. Jamais Lucas n'a été aussi près de me dire ce qu'il ressent ni de reconnaître les paroles blessantes qu'il m'a dites sous le coup de la jalousie. Et pourtant il n'y a pas de regret sur son visage, et il ne s'excuse pas. Ce qu'il m'a dit hier soir est absolument vrai, dans cette relation je n'ai pas plus de droits qu'une esclave, et il ne va pas revenir là-dessus. Mais ce qu'il me promet, c'est d'être un bon propriétaire, et bizarrement ça me rassure. La nuit dernière, et n'importe quelle autre nuit, il aurait pu me faire beaucoup de mal, mais il ne l'a pas fait, et tout en regardant cet homme dur qui se trouve devant moi, je sais tout à coup avec certitude qu'il ne le fera jamais.

C'est peut-être stupide de ma part, mais j'ai confiance en mon ravisseur, en tout cas sur ce point.

Avant de pouvoir formuler comment le lui dire, Lucas penche la tête et m'embrasse sur la bouche et sort de la cuisine en me laissant là tout étourdie… et pleine d'un nouvel espoir fragile.

* * *

Nous ne reparlons pas du problème de la cuisine pour les gardes, mais une semaine plus tard je reçois une livraison, c'est un équipement complet de restauration qui comprend un énorme four, de grandes casseroles et de grandes poêles. Diego et Eduardo passent deux jours à réaménager la cuisine et à tout installer, et quand ils ont terminé, j'ai tout ce dont j'ai besoin pour faire la cuisine pour une véritable armée.

Et à la fin de la semaine suivante, c'est exactement ce que je commence à faire. Dès que Lucas part travailler, je m'occupe de préparer le déjeuner, c'est une vraie folie. Diego et Eduardo ont dû transmettre aux autres gardes que Lucas avait cédé, et de dix heures du matin jusque tard dans l'après-midi, la cuisine fourmille de visiteurs. Ensuite, commence la course pour le dîner. Un jour, il y a soixante-dix-neuf gardes à nourrir, je les compte pour être certaine de ne pas exagérer, et je m'aperçois qu'il faut que je fasse quelque chose pour gérer la situation. Lucas est remarquablement stoïque avec tout ce qui se passe, il supporte sans se plaindre ce bouleversement insensé de nos habitudes, mais je suis sûre qu'il ne va pas longtemps fermer les yeux. Quant à moi, nos repas à deux ou trois (si Misha se joint à nous) me manquent, il y a une énorme différence entre donner quelques restes aux gardes et gérer ce qui devient vite un restaurant en service continu. Quand arrive l'heure du dîner, je suis au bord de l'évanouissement tant je suis épuisée et je m'endors plusieurs fois dans le salon en regardant la télévision. Dans ces cas-là, Lucas me porte dans la chambre et me baise comme un fou avant de me laisser me rendormir.

Et j'ai une autre inquiétude, un problème plus délicat.

— Lucas, est-ce que les gardes te remboursent une partie des frais pour la nourriture ? Je lui pose cette question un matin en préparant la pâte des *blinis*, une sorte de petite crêpe russe. Ou bien c'est Esguerra qui paie pour les ingrédients ?

— Non et non, répond Lucas qui est attablé et qui me regarde sous de lourdes paupières. Je ne sais pas s'il a envie de crêpes ou si c'est mon tout petit short qui attire son attention, mais il y a clairement de l'avidité dans l'expression de son visage remarquablement viril.

Refusant de me laisser distraire, je repose le fouet sur une serviette en papier et je fronce les sourcils à son intention.

— Non ? Mais ça fait beaucoup de nourriture, et certains ingrédients sont vraiment chers.

— Et alors ? Il me toise des pieds à la tête et ses yeux s'attardent sur la petite partie de mon ventre laissée nue par mon débardeur. C'est quelque chose qui te fait plaisir et nous en avons les moyens.

Je tire sur mon débardeur et j'attends que nos regards se croisent de nouveau.

— Comment ça, nous ?

— Évidemment, dit Lucas sans broncher. Je te l'ai déjà dit, Esguerra me paie bien et j'ai accumulé une jolie petite fortune depuis le temps.

— Entendu. Je décide qu'il s'est trompé de pronom personnel et je reviens à notre sujet de conversation. Mais ça ne veut tout de même pas dire que tu doives en être de ta poche pour nourrir tout le monde, dis-je. Tu sais, il y en a pour plusieurs centaines de dollars par jour.

Lucas hausse les épaules.

— Alors d'accord. Si ça t'inquiète, je demanderai aux gardes de payer leurs repas. Ta cuisine est aussi bonne que dans un grand restaurant, il me semble donc que tu peux fixer les prix en conséquence.

— Sérieusement ? Je le fixe. Tu veux que je gère un vrai restaurant ?

— Ma chérie, je ne sais pas si tu t'en rends compte, mais c'est *précisément* ce que tu fais. Lucas se lève pour venir vers moi. Ses yeux brillent quand il arrive à ma hauteur. Et un très bon restaurant si j'en crois le fait qu'un tiers des gardes y vient au moins une fois par jour. Et le reste… eh bien il y en a encore beaucoup qui sont immobilisés après l'accident d'avion, mais la plupart de ceux qui ne viennent pas ne le peuvent pas, leur service les empêche de quitter leur poste.

— Ah bon ! Je n'avais pas réalisé que ma cuisine avait autant de succès, même si soixante-dix-neuf convives dans la même journée auraient dû me le faire deviner.

— Eh oui ! Lucas tend la main pour écarter une mèche de cheveux de mon front. Tu t'amuses bien et je n'ai rien dit, mais puisque nous en parlons, je pense que c'est une bonne idée de faire payer ces cons, et à un bon prix. Ce qui permettrait d'éliminer ces salauds de radins et de réduire ta quantité de travail.

— D'accord. J'en conviens après avoir réfléchi quelques instants. Si tu penses que c'est une bonne idée, je vais essayer.

* * *

Ce n'est pas sans inquiétude que je suis la suggestion de Lucas, je suis convaincue que ce serait de la folie de payer pour ma cuisine quand on a une cafétéria gratuite. Mais je le fais surtout parce que je ne veux pas ruiner Lucas avec mon passe-temps. Il se montre plus que généreux à mon égard, mais je ne peux lui demander de subventionner indéfiniment chaque repas. Et j'aimerais bien travailler un peu moins. Ce défi a beau me plaire, travailler plus de dix heures par jour à la cuisine, c'est dur. Je suis tellement fatiguée que j'aie commencé à mettre de l'anticernes, et je sais que si Lucas s'en aperçoit il risquerait de tout arrêter.

Ma santé reste l'une de ses priorités.

À ma surprise, quand j'affiche les prix au feutre noir sur une feuille de papier épinglée sur la porte d'entrée, de vrais prix comparables à ceux d'un grand restaurant, il n'y a pas la moindre protestation. Et à la fin de la journée, j'ai gagné six millions de pesos colombiens, presque deux mille dollars.

Stupéfaite, je montre le magot à Lucas.

— Ils ont payé. Tu t'en rends compte ? Ils ont vraiment payé.

— Oui, malheureusement. Il jette un regard noir sur le tas d'argent qui est sur la table. Ils ne sont pas aussi radins que je l'espérais.

Et la folie continue. Mon entreprise, et c'est ainsi que je la considère désormais est très lucrative, mais elle m'épuise. Je fais tout, la cuisine, le service, et la vaisselle. Trois semaines plus tard, j'ai compris que si je dois continuer à gérer un restaurant, soit je vais avoir besoin d'aide, soit je dois limiter le nombre de couverts.

— Je pense que je ne vais plus servir que le déjeuner, dis-je à Lucas en récurant les casseroles et les poêles après le dîner. Et si ça ne te dérange pas, je mettrais quelques tables dans l'arrière-cour, on pourra s'y asseoir au lieu de tout emporter. De cette manière, s'il y a trop de clients, ils pourront réserver pour un autre jour.

— C'est une excellente idée, dit Lucas en venant m'aider à soulever une très lourde casserole dans l'évier. Mais pourquoi ne vas-tu pas te coucher de bonne heure ce soir ? Je vais finir la vaisselle et je te rejoins.

— Non, ça va, je peux le faire, dis-je, mais il m'écarte doucement et continuer de récurer les casseroles qui restent. Voyant qu'il n'a pas l'intention d'arrêter, je pousse un soupir et je le remercie avant d'aller prendre une douche, le pas traînant de fatigue.

Au point où j'en suis, toute aide est la bienvenue.

* * *

Le lendemain, je commence à appliquer mes nouvelles idées. Certains gardes commencent par grommeler qu'on les prive de dîner, mais à l'arrivée de Lucas qui leur jette un coup d'œil glacial, ils arrêtent de se plaindre. À la fin de la semaine, j'ai réussi la transition d'un service continu mal organisé à un petit restaurant très recherché où l'on vient déjeuner.

— Il n'y a plus une table de libre pendant trois semaines, dis-je à Lucas, partagée entre la joie et l'incrédulité tandis que nous faisons une promenade matinale, la première depuis presque quinze jours. Sérieusement, je dois prendre des réservations pour le mois prochain.

— Bien sûr, qu'est-ce que tu croyais ? Il me sourit tendrement. Je t'ai toujours dit que tu cuisinais à merveille.

Je souris à mon tour, ravie de ses louanges. Je devine que Lucas est plus satisfait de pouvoir de nouveau dîner en tête à tête avec moi que du succès de mon restaurant, mais ça ne change rien au fait qu'il m'encourage d'une manière extraordinaire dans mon entreprise. Je suis certaine que les profits du restaurant sont un atout supplémentaire, mais il était déjà d'accord même quand mon passe-temps lui coûtait cher.

— Et qu'est-ce que tu as fait de l'argent ? Je lui pose la question en me demandant pour la première fois ce que Lucas fait du tas de sous que je lui donne tous les soirs. Tu l'as mis à la banque ? Tu l'as investi ?

— Je l'ai mis sur ton compte, cela va de soi. Qu'est-ce que j'aurais pu faire d'autre ?

— Mon compte ? Je hausse les sourcils. Qu'est-ce que tu veux dire, mon compte ?

— Le compte que j'ai ouvert pour toi aux îles Cayman, dit Lucas sans sembler y attacher d'importance, comme si c'était tout naturel. Enfin, techniquement il est à nos deux noms, j'ai suivi les conseils de mon comptable, mais tu en es la principale titulaire.

— Quoi ? Je m'arrête en fronçant les sourcils à son intention, certaine qu'il y a un malentendu. Tu as déposé de l'argent sur un compte pour moi ? Mais pourquoi ?

— Parce que c'est ton argent, dit-il comme si c'était l'évidence même. Tu l'as gagné, qu'est-ce que je pourrais en faire d'autre ?

— Hum, le garder puisque c'est toi qui achètes les ingrédients et qui as payé pour l'installation.

— Oui, mais c'est toi qui fait toute la cuisine, dit Lucas d'un air rationnel. Et d'ailleurs, je déduis le coût des ingrédients avant de mettre l'argent à la banque. L'argent qui va sur le compte ne correspond qu'aux profits de l'entreprise, les profits que *tu* as réalisés.

La tête me tourne en le fixant.

— Mais que veux-tu que je fasse avec cet argent ? Et d'ailleurs, combien cela fait-il ?

— À la date d'hier, il y avait un peu plus de quarante mille dollars. Il se remet à marcher et je me hâte de la rattraper, j'ai l'impression d'être tombée au Pays des Merveilles. Quant à ce que tu veux en faire, ça te regarde. Si tu veux, je peux demander à mon gestionnaire de portefeuille de l'investir pour toi, ou tu as envie de jouer toi-même en bourse, c'est possible aussi. Ou tu peux le laisser sur ton compte jusqu'à ce que tu saches mieux ce que tu veux en faire.

J'ai de plus en plus l'impression d'être Alice aux Pays des Merveilles.

— Je peux jouer à la bourse ?

— Oui, si c'est ce que tu veux faire. Ou bien tu peux confier ton argent à des professionnels. Mon gestionnaire de portefeuille, Winters, n'est pas mauvais.

Bien. Parce que tout le monde sait qu'une captive a accès aux meilleurs gestionnaires de portefeuille. Mon cerveau s'emballe tandis que j'essaie de parvenir aux implications de ce qu'il vient de me dire.

— Lucas, tu vas… Je lui jette un coup d'œil prudent. Tu vas me libérer ?

Il s'arrête de marcher et se retourne vers moi, il n'y a plus la moindre nonchalance dans son attitude.

— Que veux-tu dire ? Une lueur inquiétante brille dans ses yeux pâles. Tu veux dire que tu vas me quitter ?

— Non, mais… J'avale ma salive, mon pouls s'emballe. Tu me laisserais partir si je le voulais ? Est-il possible que Lucas ait changé d'avis sur notre relation ? Est-il possible que je compte assez pour lui pour qu'il puisse m'en donner le choix ?

Il fait un pas vers moi, ses larges épaules bloquent le soleil qui passe à travers les arbres.

— Jamais, dit-il avec une dureté catégorique. Tu ne me quitteras pas. Tu peux faire tout ce que tu voudras, gérer des milliers de restaurants, gagner des millions si tu en as envie, mais tu le feras à mes côtés. Je ne te laisserai pas partir, Yulia, ni maintenant ni jamais.

Je relève les yeux pour le fixer, mon cœur bat et je suis déchirée entre la colère et la joie.

— Jamais ? Et si tu te fatiguais de moi ?

— Cela n'arrivera pas.

— Tu ne peux pas en être certain.

— Si. Il se rapproche encore plus près et me force à m'adosser contre un arbre. Il pose ses grandes mains sur le gros tronc qui est derrière moi, se penche en avant, les yeux brillants. Je n'ai jamais désiré une autre femme comme je te désire. Tu me consumes. J'ai envie de toi chaque minute. On a beau baiser tout le temps, dès que je me retire je voudrais de nouveau être en toi, sentir ta chair soyeuse et mouillée, sentir ton parfum… le goût de ta peau. Il respire profondément, gonfle sa poitrine musclée et je sens s'accélérer ma propre respiration quand ses pectoraux touchent mes tétons qui se dressent. J'appuie les mains contre l'arbre qui se trouve derrière moi, l'écorce rugueuse m'égratigne. Il m'a encerclée, prise au piège, et le feu dont il vient juste de parler m'embrase en mon tour.

Involontairement, je passe la langue sur mes lèvres pour les humecter et je vois s'assombrir le regard de Lucas.

— Yulia… Il appuie le bas de son corps contre le mien et je sens une bosse dure dans son jean. Je n'arrête pas d'avoir envie de toi, quoi que je fasse, marmonne-t-il à voix basse. Chaque nuit, quand je te tiens dans mes bras je me dis que demain cette obsession va peut-être se dissiper, que je pourrai passer quelques heures sans penser à toi, sans avoir une envie folle de toi, c'est comme une foutue drogue, mais ça n'arrive jamais. Je me réveille aussi accro que la veille et tu sais quoi, bébé ?

— Quoi ? Je parviens à murmurer cette question, la bouche sèche et le cœur battant. Ce que me dit Lucas, sa manière de me regarder…

— Finalement, ça ne me déplait pas. Il baisse la tête jusqu'à ce que sa bouche ne soit plus qu'à un centimètre de la mienne. Je sens la bergamote de l'Earl Grey dans son haleine, je vois s'assombrir ses pupilles entourées de cercles bleu-gris. Tu m'as donné quelque chose dont j'ignorais avoir besoin et je ne vais pas le laisser s'échapper.

— Qu'est-ce… Je respire profondément en sentant des bouffées de chaleur tout le long de ma colonne vertébrale. Qu'est-ce que je te donne ?

— Ceci. Ses lèvres effleurent les miennes et la tendresse de ses baisers contraste avec le désir violent que je devine en lui. Toi. De toutes les manières dont j'en ai envie. Sa bouche s'attarde sur ma mâchoire, elle est chaude et douce sur ma peau et en fermant les yeux un gémissement s'échappe de mes lèvres tandis que je renverse involontairement la tête en arrière. Je brûle, la tête me tourne, mon corps vibre d'une ardeur qui n'a rien à voir avec le soleil du matin qui descend sur nous à travers la canopée de la forêt tropicale au-dessus de nous. Je suis folle de Lucas, enivrée par ce cocktail chimique que mon cerveau concocte en sa présence. Je sais déjà tout ce qu'il vient de me dire, dès le début son obsession sexuelle pour moi était évidente, et pourtant ce qui reste en moi du manque d'affection dont j'ai souffert cherche un sens plus profond dans ses paroles à la teneur érotique et tente de les déchiffrer comme une énigme. Se pourrait-il que ce soit sa manière à lui de me dire que je compte pour lui ? Et même de me dire qu'il m'aime ?

J'ouvre les yeux en luttant contre cette impression d'ivresse pour trouver le courage de lui poser la question et alors j'entends un bruit.

C'est un rire de femme, suivi par le bruit de brindilles qui se brisent sous les pas de quelqu'un.

Lucas a dû l'entendre aussi, il me lâche et se retourne d'un coup en se mettant devant moi pour me protéger.

Une seconde plus tard, une petite jeune femme brune apparaît derrière un arbre en courant, elle a le visage bronzé et son soutien-gorge de sport blanc est mouillé de sueur. À deux pas derrière elle se trouve un bel homme grand et ténébreux. Il ne porte qu'un short de sport gris, son corps bronzé et musclé brille de sueur et il sourit en montrant ses dents blanches.

Malgré Lucas qui s'interpose pour me protéger, ses yeux bleus croisent les miens et mon ardeur se glace.

C'est Julian et Nora Esguerra.

Ils ont dû aller courir.

En nous voyant, ils s'arrêtent en haletant. Et leur sourire disparaît.

— Salut, dit calmement Lucas, il ne semble pas remarquer la tension perceptible dans l'air. Comment ça va ?

— Il fait chaud. Humide. Tu sais, comme d'habitude, répond Esguerra sur le même ton, mais je vois se serrer sa mâchoire tandis qu'il s'avance pour se mettre aux côtés de Nora. Il domine sa petite silhouette, ses biceps sont presque de la largeur de sa taille fine. Un rayon de soleil tombe sur son visage et je remarque une légère cicatrice blanche sur sa pommette gauche. Elle descend du haut de son sourcil et lui traverse l'œil droit.

C'est sa prothèse, je m'en souviens en frissonnant. Il a perdu un œil dans l'accident d'avion que j'ai provoqué.

— Désolée, nous ne voulions pas vous déranger, dit Nora dont la froideur dément les excuses. Ses yeux noirs vont et viennent entre Lucas et moi puis elle ajoute : c'est de ma faute. D'habitude, nous ne venons pas courir par-là, mais je me suis écartée du chemin habituel aujourd'hui.

Lucas hausse rapidement ses grandes épaules.

— Vous êtes chez vous. Vous pouvez aller où vous voulez. Sa voix est toujours calme, mais les muscles de ses bras se sont crispés et en jetant un coup d'œil à Esguerra je m'aperçois qu'il me fixe avec une intensité menaçante.

Je me glace des pieds à la tête. Ce n'est pas pour moi que j'ai peur, mais je ne peux supporter l'idée de mettre Lucas en danger, il se tient devant moi comme un bouclier humain. Il est prêt à se battre pour me défendre, je le sens.

Pour me protéger, il se battra contre Esguerra et en mourra, si ce n'est lors du combat, ce sera plus tard, aux mains des deux cents gardes qui sont sans doute fidèles à leur patron.

Je lui dis à voix basse en le prenant par le poignet :

— Viens, Lucas. Nous devrions y aller.

Mais il ne bouge pas, et Esguerra non plus. Les deux hommes semblent enracinés, les muscles bandés et ils se regardent avec agressivité. Lucas est deux ou trois centimètres plus grand et plus costaud qu'Esguerra, mais il me semble qu'ils sont de force égale. La violence est leur langue ; elle est visible dans leurs cicatrices et dans la sauvagerie de leur regard.

Si la ligne de confiance est franchie, seul l'un d'eux sortira vivant de la forêt.

Nora est visiblement parvenue à la même conclusion et elle dit à voix basse à son mari :

— Oui, Julian, nous devrions y aller.

En imitant mon geste, elle prend son mari par le poignet et sa main aux doigts fins semble minuscule à côté de la sienne. Esguerra se tend encore plus et pendant un instant je suis persuadée qu'il va lui échapper, aussi facilement qu'un adulte repousse un bambin qui se colle à lui, mais il n'en fait rien.

— Oui, dit-il avec un effort visible pour se détendre. Tu as raison. Allons-y. J'ai du travail.

Nora hoche la tête et lui lâche la main.

— On fait la course ! Crie-t-elle par-dessus l'épaule à l'intention d'Esguerra et non sans nous avoir jeté un dernier regard, elle disparaît à toute vitesse au milieu des arbres. Son mari la suit, et quelques instants plus tard nous sommes de nouveau seuls.

Lucas se tourne vers moi.

— Comment ça va ? demande-t-il à voix basse.

— Très bien. Je me force à sourire. Et pourquoi en irait-il autrement ? Passant à sa gauche je le contourne en me hâtant vers sa maison, je n'ai pas la moindre envie de rester plus longtemps dans la forêt.

Et je n'ai pas non plus le moindre doute sur mon avenir dans le domaine.

La prochaine fois qu'Esguerra me verra, le sang va couler.

CHAPITRE QUARANTE-CINQ

❖ LUCAS ❖

Dès que nous rentrons à la maison, Yulia prend congé et disparaît dans la salle de bain pour prendre une douche avant de commencer à préparer le déjeuner. Je me demande si je vais la rejoindre, mais je décide de ne pas le faire.

J'ai beau vouloir la réconforter après ce qui s'est passé, il y a d'abord quelque chose d'autre que je dois faire.

Une demi-heure plus tard, j'entre dans le bureau d'Esguerra. Il a dû prendre une douche et se changer, ses cheveux sont encore mouillés quand il se lève devant moi, le regard dur et la mâchoire serrée de colère.

Je n'y vais pas par quatre chemins.

— Elle est à moi, dis-je durement en m'approchant de son bureau. Ce n'est pas clair ?

Le regard d'Esguerra se durcit encore plus.

— Je ne l'ai pas touchée.

— Non, mais vous le voudriez, n'est-ce pas ? Je pose les poings sur le bureau et je me penche en avant. Vous voulez la faire payer pour ce qui s'est passé.

— Oui, et tu devrais en faire autant. Sa posture est aussi agressive que la mienne, le grand bureau qui nous sépare est la seule barrière pour arrêter la violence qui menace. Nous avons perdu presque une cinquantaine d'hommes et elle se promène comme s'il ne s'était rien passé… Elle dirige un foutu restaurant sur *mes* terres… Il parle avec une rage à peine contenue. Tu sais qu'une réservation dans le restaurant de Yulia vaut de l'or en ce moment ? Les gardes y tiennent comme à la prunelle de leurs yeux, putain !

Je me relève en le toisant.

— Évidemment que je le sais. Encore hier j'ai dû m'interposer entre deux gardes qui se battaient, ils avaient joué aux cartes et le prix était une réservation pour vendredi à 11 h 30.

— Et tu ne l'empêches pas ? Contournant le bureau à rapides enjambées Esguerra s'arrête devant moi, les poings serrés. Je suis chez moi. Je l'autorise à vivre ici parce que je te suis redevable, mais je ne veux pas que chaque jour me rappelle sa présence ici, tu m'as compris ?

— Parfaitement. Nos regards se croisent avec la même colère. Et c'est pourquoi je m'en vais.

Esguerra s'immobilise, sa colère se glace.

— Pardon ?

— C'est de cela que je suis venu vous parler, dis-je en croisant les bras. Maîtrisant la rage qui bouillonne en moi j'ajoute calmement : vous ne pourrez jamais lui pardonner et je ne renoncerai jamais à elle, donc de mon point de vue il y a deux solutions. Nous pouvons nous entretuer, ou je peux m'en aller avec elle.

— Tu t'en vas ?

— Si c'est ce que vous voulez. Je le regarde durement. Nous faisons du bon boulot ensemble, mais il est peut-être temps de nous séparer. Évidemment, avant de partir je m'occuperai de la formation de mon remplaçant. Thomas est un excellent pilote, donc ça ira, et Diego est à la fois loyal et astucieux. Ce sera un bon second pour vous. À moins que… Je ne termine pas ma phrase.

Esguerra fronce brusquement des sourcils.

— À moins que nous puissions trouver un moyen afin que je continue à travailler pour vous sans habiter ici. Je marque une pause pour le laisser réfléchir. Avant de vous installer définitivement dans le domaine, nous voyagions pour vos affaires. Ce fut agréable de jeter l'ancre et certainement moins dangereux pour Nora et pour vous étant donnée la situation avec Al-Quadar. Cependant, vous savez aussi bien que moi que nous avons raté un certain nombre de marchés lucratifs parce que vous vouliez limiter vos déplacements.

Ses narines frémissent.

— Quand vous étiez dans le coma, c'est moi qui ai tout dirigé. Je me suis occupé de tout, des fournisseurs aux clients, et ça m'a permis de connaître l'entreprise dans ses moindres détails. Si vous voulez, et si vous me faites suffisamment confiance, je peux être davantage qu'un second travaillant à vos côtés. Je peux représenter la boîte sur le plan international et faire en sorte que les affaires se développent à l'étranger.

Toute trace d'émotion disparaît du visage d'Esguerra.

— Tu veux devenir mon partenaire.

— On pourrait dire ça, même si le titre de chef des opérations était plus indiqué. Vous auriez le dernier mot sur toutes les décisions importantes, mais je lancerais de nouvelles opérations et je conserverais personnellement un œil sur tous nos marchés existants. Je pourrais m'installer dans un endroit stratégique comme l'Europe ou Dubaï et je voyagerais autant qu'il le faudra afin que tout fonctionne bien.

— Tu as pensé à tout.

— Oui, parce que je savais que ça ne pourrait pas marcher à long terme.

— À cause d'*elle*.

— Oui, à cause de Yulia. Je soutiens son regard glacial. Je ne permettrai pas qu'il lui arrive quoi que ce soit.

— Et si je ne suis pas d'accord avec ce plan ?

— C'est votre boîte, c'est à vous de choisir, dis-je. J'aime bien travailler avec vous, mais je peux faire autre chose. Par exemple, je peux entrer dans la légalité et ouvrir une société de sécurité. Si ce plan ne vous convient pas, un mot suffit et je m'en irai.

Il me fixe et je sais ce qu'il pense. Il ne peut pas me laisser partir, j'en sais trop sur le fonctionnement interne de ses opérations, il doit donc choisir : me tuer ou accepter ma proposition. Je le regarde calmement, prêt pour chacune de ces possibilités. Je sais que je prends un risque en le provoquant ainsi, mais je ne vois pas d'autre moyen de résoudre la situation. Yulia ne peut pas passer le restant de ses jours cachée chez moi pour essayer de ne pas attirer l'attention d'Esguerra. À un moment ou à un autre, ça va tourner mal, et alors ça ne sera pas beau à voir.

Il faut que je l'emmène avant.

Et juste quand je me dis qu'Esguerra a décidé que ma loyauté ne vaut pas aussi cher, il soupire et recule en desserrant les poings.

— Tu tiens tellement à elle ? Il y a de la lassitude et de la résignation dans sa voix. Tu ne pourrais pas baiser une autre blonde ?

Je hausse les sourcils.

— Et vous, vous ne pourriez pas baiser une autre petite brune ?

Il a un grand sourire triste.

— Alors on en est là, hein ?

— Elle est tout pour moi, dis-je sans sourciller. Alors oui, on en est là, je pense.

Esguerra me regarde, son sourire disparaît. Puis il dit brusquement :

— Dix pour cent des profits des nouveaux marchés avec le même salaire qu'actuellement, voilà mon offre.

— Soixante-dix pour cent. Je réponds du tac au tac. C'est moi qui ferai tout le boulot, ce n'est que justice.

— Vingt pour cent.

— Soixante.

— Trente.

— Cinquante, et je n'irai pas plus bas.

— Quarante-cinq.

Je secoue la tête alors que je me fous pas mal des cinq pour cent. Je répète donc : cinquante pour cent. Pour qu'Esguerra puisse me respecter comme partenaire, je ne dois pas céder. À long terme, notre relation de travail en sera facilitée. C'est à prendre ou à laisser.

Il m'examine froidement puis incline la tête.

— Entendu. Cinquante pour cent des nouveaux marchés.

— Marché conclu. Je tends le bras et nous nous serons la main. Je vais tout enclencher afin que nous vous débarrassions rapidement le plancher, dis-je. Encore autre chose…

Esguerra serre les dents.

— Quoi ?

— Vous savez aussi bien que moi que nous faisons un métier dangereux, surtout dans le monde extérieur, en dehors du domaine, dis-je. Dans ces conditions, j'ai besoin de votre promesse que vous ne ferez jamais de mal à Yulia ni à sa famille. Quoiqu'il m'arrive.

Esguerra hoche sèchement la tête.

— Tu as ma promesse.

* * *

Ce soir, Yulia est silencieuse et renfermée, elle garde les yeux sur son assiette malgré la présence de son frère à notre table. À plusieurs reprises Michael tente d'engager la conversation avec elle, mais après n'avoir obtenu que des réponses laconiques, il laisse tomber et termine rapidement son repas.

— Qu'est-ce qu'elle a ? marmonne-t-il tandis que je le ramène à pied à la caserne des gardes alors que Yulia reste à la maison pour faire la vaisselle. Elle m'en veut ou quoi ?

— Tu n'as rien à voir là-dedans, dis-je. C'est seulement qu'elle est inquiète.

— Quoi ? Le garçon me jette un coup d'œil anxieux. Il s'est passé quelque chose ?

— Non. Je lui souris pour le rassurer. Je commence à mieux connaître le frère de Yulia depuis ces quelques semaines et je ne veux pas qu'il s'inquiète aussi. Elle croit qu'il y a un problème, mais elle se trompe. Le garçon fronce des sourcils sans comprendre.

— Alors tout va bien ?

— Oui, Michael, dis-je en m'approchant du bâtiment. Tout va bien, c'est promis.

Il me regarde d'un air dubitatif, mais quand nous arrivons devant la porte d'entrée il me dit d'un air bougon : Dis bonsoir à Yulia de ma part et demande-lui d'arrêter de s'inquiéter. Elle se fait tellement de mouron quelquefois.

— C'est vrai, non ? Je souris au gamin. Et toi, dis à Diego que j'ai besoin de lui parler demain matin de bonne heure, d'accord ?

Il hoche la tête et entre dans le bâtiment tandis que je retourne à la maison. Quand j'arrive, je trouve Yulia assise dans un fauteuil de la bibliothèque, le nez plongé dans un livre.

— Salut, ma belle, dis-je en traversant la pièce. Qu'est-ce que tu lis ?

Elle relève les yeux.

— *Les Apparences.* Elle repose le livre et se lève. Je devrais aller prendre une douche. Je suis fatiguée.

— Yulia… Je la prends par le poignet tandis qu'elle essaie de passer devant moi. Il faut que nous parlions.

Elle hésite puis dit :

— Entendu, allons-y, Lucas… Elle respire en tremblant. Tu sais que ça ne pas continuer comme ça. Tôt ou tard, Esguerra et toi vous en viendrez aux coups à cause de moi, et je ne peux pas le supporter. S'il t'arrivait quoi que ce soit… Sa voix se brise. Tu dois me laisser partir.

— Non. Je l'attire vers moi, ma gorge se serre rien que d'y penser. Je ne te laisserai pas partir.

— Il le faut. Son regard devient implorant. C'est la seule solution.

— Non, bébé. Je relève la main pour saisir son avant-bras. Il y a une autre alternative. Nous allons partir ensemble.

— Quoi ? Le choc est tel que Yulia en reste bouche bée. Qu'est-ce que tu veux dire ?

Je le lui explique.

— Je vais superviser l'expansion des opérations d'Esguerra. Il faudra beaucoup voyager et nous n'habiterons donc plus ici. Nous nous installerons quelque part en Europe ou au Moyen-Orient, tu peux m'aider à décider exactement où.

Elle écarquille les yeux en me fixant.

— Tu veux partir ? Mais c'est là que tu habites. Et…

— Je n'habite ici que depuis deux ans, lui dis-je d'un air amusé. Il me sera facile de me sentir chez moi n'importe où ailleurs. C'est Esguerra qui est chez lui, pas moi.

— Mais je croyais que tu te plaisais ici.

— Effectivement, mais je me plairai ailleurs aussi. En tendant une main vers son menton, je lui relève le visage. Je serai chez moi pourvu que tu y sois, ma belle.

Elle respire en tremblant.

— Mais…

— Il n'y a pas de « mais »… J'appuie le pouce sur ses lèvres douces. Je ne fais aucun sacrifice, crois-moi. Je serai le partenaire d'Esguerra à cinquante pour cent sur les nouveaux marchés et si tout se passe bien nous serons riches comme Crésus.

— Nous ? murmure-t-elle quand j'enlève le pouce.

— Oui, toi et moi. Et avant qu'elle ne puisse le demander, j'ajoute : et nous ramènerons ton frère chez tes parents. La situation s'apaise en Ukraine, il peut donc y retourner sans courir de danger. Évidemment, nous irons le voir aussi souvent que tu le voudras, et s'il souhaite rester avec nous, c'est aussi une possibilité.

— Lucas… Elle fronce les sourcils. Tu en es sûr ? Si tu fais tout ça pour moi…

— Je le fais pour nous. Je baisse la main, je la pose sur son derrière et je l'attire vers moi en commençant à durcir tandis que je sens ses jambes contre les miennes. Soutenant son regard, je lui dis : j'ai besoin de savoir que tu es en sécurité, que personne ne pourra jamais t'enlever à moi. Tu auras les meilleurs gardes du corps que l'on peut engager, des hommes qui me sont fidèles et qui ne sont fidèles qu'à moi. Nous construirons notre propre forteresse, ma belle, un endroit où tu n'auras rien à craindre de personne.

Yulia appuie les mains sur ma poitrine.

— Une forteresse ? Ses yeux brillent d'espoir, mais un trouble étrange s'y lit aussi.

— Oui. Je lui serre plus fort le derrière, savourant le contact avec sa chair malgré l'étoffe épaisse de son short. M'obligeant à repousser le désir qui afflue dans mes veines, je lui explique : ça ne sera pas aussi extrême que le domaine d'Esguerra, mais nous y serons en sécurité tous les deux. Là-bas, personne ne pourra te toucher.

— Sauf toi, murmure-t-elle en plongeant la main vers ma poitrine.

— Oui. Mes lèvres dessinent un sombre sourire. Sauf moi. Elle ne pourra jamais m'échapper, où qu'elle aille et quoi qu'elle fasse. Je la protégerai du monde entier, mais jamais je ne la libérerai.

— Et quand… Elle passe la langue sur ses lèvres. Quand partons-nous ?

— Bientôt, dis-je en suivant sa langue des yeux. Dans un mois au plus tard.

Et avant que mes bourses n'éclatent, j'ouvre la fermeture éclair de son short et je lui donne avidement un profond baiser.

CHAPITRE QUARANTE-SIX

❖ YULIA ❖

Avec le travail et les préparatifs de départ, le mois qui suit passe à toute vitesse. Je continue de m'occuper du restaurant en me disant que ça ne sera pas plus mal de gagner plus d'argent, mais je ne commande pas de stock supplémentaire et je réduis les menus au fur et à mesure qu'il s'épuise. Je suis très occupée au restaurant, ce qui est une bonne chose étant donné que Lucas travaille sans relâche, souvent avec des journées de dix-huit ou de vingt heures. En l'espace de quatre semaines il forme Diego à la supervision des gardes du domaine, met sur pied une infrastructure industrielle en Croatie, trouve des clients pour l'armement qui y sera fabriqué, et fait l'acquisition d'une maison sur la péninsule de

Karpas à Chypre, le pays où nous avons choisi de nous installer à cause de son climat chaud, de sa proximité stratégique de l'Europe et du Moyen-Orient, et son pourcentage relativement élevé d'habitants parlant anglais ou russe.

— La maison est sur une falaise qui domine une plage privée, dit Lucas en me montrant des photos de cette nouvelle propriété. Elle n'a que cinq chambres, mais il y a une piscine à débordement, un balcon au deuxième étage et une salle de gym tout équipée au sous-sol. Et je vais faire remanier la cuisine pour qu'elle corresponde exactement à tes spécifications.

— Elle est belle, dis-je en regardant les photos. Bien qu'elle n'ait « que » cinq chambres, c'est une vaste maison spacieuse en plan ouvert avec de grandes baies vitrées face à la Méditerranée. Et ce qui est essentiel pour Lucas, elle se trouve sur un terrain de 40 000 m2 qu'il a l'intention de clôturer et de faire protéger par des gardes du corps, des chiens policiers et tout un système de drones pour la surveillance.

Nous *vivrons* donc dans une forteresse, même si ça sera une splendide forteresse en bord de mer.

Tout cela me semble tellement irréel que j'aie souvent envie de me pincer pour savoir si c'est bien vrai. La vie que Lucas nous prépare ne ressemble en rien à ce que j'aurais pu imaginer quand les hommes d'Esguerra sont venus me sortir de la prison de Moscou. Je continue à être prisonnière de Lucas, les légères marques blanches à l'endroit des implants me le rappellent quotidiennement, mais ce manque de liberté me pèse moins désormais. C'est peut-être à cause de la petite fille en manque d'affection qui est encore en moi, mais la possessivité de Lucas, impérieuse et sans complexe, me rassure presque autant qu'elle m'effraie.

Je lui appartiens, et le sentir me donne une stabilité qui me réconforte.

Évidemment, même si je pouvais quitter Lucas, je n'en ferai rien. Chaque baiser, chaque geste petit ou grand de mon ravisseur me lie encore davantage à lui et accroît mon amour pour lui. Et bien qu'il ne me dise pas à son tour qu'il m'aime, je suis de plus en plus persuadée qu'il m'aime autant qu'un homme comme lui puisse en être capable. Ce qui se passe entre nous n'est pas normal, mais nous non plus. Pour moi, la « normalité » a cessé d'exister depuis l'accident de mes parents et Lucas ne l'a peut-être jamais connue. Mais je m'aperçois bien vite que je n'en ai pas besoin. Mon impitoyable mercenaire me donne tout ce que j'ai toujours voulu et quand je cesse d'y penser je suis saisie en parts égales par la joie et par la peur.

Tout va si bien que je suis terrifiée à l'idée qu'il puisse arriver quelque chose qui détruise notre bonheur.

— Tout va bien ? me demande Misha un soir au dîner. Une fois de plus, Lucas travaille tard et nous sommes en tête-à-tête pour la troisième fois consécutive. Tu sembles inquiète.

— Ah bon ? Je repousse mon assiette de risotto aux champignons et je fais un effort conscient pour détendre les muscles de mon front. Je suis désolée, Misha, je réfléchissais, voilà tout.

Misha fronce les sourcils, les yeux baissés sur sa propre assiette qui est déjà presque vide.

— Et à quoi penses-tu ?

— À tout ça… À cette transition, dis-je en haussant les épaules. À rien de précis. Je ne veux pas dire à mon petit frère que l'avenir, bien qu'il me semble rayonnant, m'effraie au point de faire des cauchemars toutes les nuits, que j'ai sans cesse la gorge nouée, et que mon cœur se serre chaque fois que je pense à quel point le bonheur peut être fragile et fuyant. Repoussant ces idées noires, je souris à Misha et lui dis :

— Et toi ? Tu es content de rentrer à la maison ?

— Oui, bien sûr. Le visage de Misha s'éclaire tandis qu'il prend une deuxième portion de risotto. Lucas m'a permis de parler à mes parents hier. Maman pleurait, mais c'était des larmes de joie, tu sais ? Et papa pense déjà à tout ce que nous pourrons faire ensemble.

— Oh, c'est merveilleux. Savoir que je vais bientôt me séparer de mon frère me brûle le cœur comme du vitriol, mais lire la joie dans ses yeux en vaut la peine. Comment vont-ils ?

Lucas me montre les photos de surveillance de ses parents et je peux commencer à les imaginer. Natalia Rudenko, la sœur d'Obenko et la mère adoptive de Misha est une femme brune, mince et élégante qui ressemble à son frère, tandis que le père de Misha, Viktor, est bedonnant avec des cheveux clairsemés, un ingénieur d'âge moyen comme tant d'autres. Il a presque dix ans de plus que sa femme qui a la quarantaine, mais son visage est bon et sur de nombreuses photos parmi celles que j'ai vues il regarde sa femme avec un sourire adorateur.

— Ils vont bien. Toujours pareil, tu sais. Son expression s'assombrit quand il ajoute : Maman pleure Oncle Vasya, mais papa dit qu'elle va mieux maintenant. Ils ont toujours su que son travail était dangereux, alors ce qui est arrivé ne fut pas une grande surprise pour eux. Le fait que Lucas les ait contactés à ce moment-là et leur ait dit que j'étais sain et sauf les a aidés.

— Bon. Le message de Lucas expliquait que moi, la sœur de Misha qu'il avait perdue de vue depuis longtemps, j'avais quitté une longue mission secrète pour mettre quelque temps Misha à l'abri. Et qu'est-ce qu'ils en ont dit ?

— Oh, ils avaient un million de questions à lui poser, comme tu peux t'y attendre, mais ils étaient surtout soulagés que je revienne à la maison et ajoute-t-il avec un sourire légèrement intimidé, que je retourne à l'école.

Je souris, et moi aussi je suis vraiment soulagée. Il semblerait que les derniers évènements aient refroidi l'enthousiasme de mon frère pour les carrières atypiques, enfin pour le moment.

Je lui demande :

— Tu auras besoin de cours particuliers pour rattraper ton retard ? On est déjà en octobre et Misha a déjà manqué quelques semaines de troisième.

— Non, je ne crois pas, dit-il en continuant de manger son risotto. Nous avons déjà fait la plupart des matières scolaires pendant notre formation à UUR.

— Oh oui, c'est vrai. J'avais presque oublié que la raison pour laquelle j'ai pu entrer à l'université à seize ans c'est que le programme des stagiaires comprenait des mathématiques, des sciences, de l'histoire et des langues à un niveau beaucoup plus élevé que celui de l'enseignement des enfants du même âge. En fait, tu es en avance.

Misha hoche la tête et prend un verre d'eau à côté de son assiette.

— Oui, ça devrait aller. Il vide son verre et en l'examinant je remarque de nouveau que son visage s'est creusé, est devenu plus dur. Avec chaque jour qui passe, mon petit frère grandit davantage, il mûrit devant mes yeux. Bientôt, ce ne sera plus du tout un adolescent, de même qu'il ne ressemble plus au bambin de mes souvenirs.

Ma gorge se serre en pensant de nouveau qu'il va partir.

— Tu vas me manquer, dis-je en essayant de ne pas laisser transparaître mon émotion. Beaucoup me manquer.

Misha repose son verre.

— Toi aussi, tu vas me manquer, Yulia. Il s'assombrit encore davantage. Mais tu viendras me voir, n'est-ce pas ?

— Bien sûr. Incapable de rester en place, je me lève en ravalant les larmes qui me brûlent le fond de la gorge. Nous ne serons qu'à trois heures de vol. Pratiquement la porte d'à côté. En tout cas quand nous ne voyagerons pas à travers toute l'Europe, l'Asie et le Moyen-Orient comme il le faudra, Lucas m'a prévenue. Refusant d'y penser pour le moment, je dis avec une gaieté forcée : et toi aussi tu viendras nous voir. En été, pendant les vacances scolaires, et…

— Ouais, ça sera super. Après avoir fini de manger, Misha se lève à son tour. Tout le monde sera jaloux de moi, de partir comme ça en vacances à Chypre.

— C'est vrai. Je souris alors que j'ai envie de pleurer. Tu seras le chouchou de l'école.

— Oh, je l'étais déjà avant, dit-il avec totale absence de modestie. Donc tout va bien.

Je ris et je contourne la table pour le prendre dans mes bras. Il me laisse faire et même il me rend mon étreinte, ses bras musclés sont forts et vigoureux. Quand je me dégage et que je le regarde, je m'aperçois que mon petit frère a encore grandi de plusieurs centimètres en un mois, et de nouveau je suis submergée par l'émotion.

— Oh, arrête ! marmonne Misha alors que les larmes que je retenais commencent à couler. Il me reprend dans ses bras et me tapote maladroitement l'épaule. Ne pleure pas. Allez, tout ira bien. Nous nous verrons souvent, nous nous enverrons des mails, nous nous verrons sur Skype…

— Je sais bien. Je me dégage et je souris à Misha en essuyant mes joues mouillées du dos de la main. C'est juste que je me souviens de toi quand tu étais petit, et maintenant tu as grandi si vite, tu es devenu ce jeune homme… Je renifle. Je suis désolée, c'est idiot.

— Mais tu es une femme, dit-il en se grattant la nuque. Et j'imagine que les femmes ont le droit de pleurer.

J'éclate de rire en entendant cette remarque misogyne et nous ne parlons plus de notre séparation jusqu'à la fin du repas.

* * *

L'après-midi qui précède notre départ je donne une grande fête dans l'arrière-cour de Lucas, j'ai invité tous les clients du restaurant et tous ceux qui veulent venir. Avec ce qui me reste de stock, j'ai préparé un choix de hors-d'œuvre et avec l'aide de Lucas, de Diego et d'Eduardo j'ai installé deux ou trois barbecues pour faire griller des steaks, des hamburgers et des côtes d'agneau. S'occuper du barbecue me donne chaud et je suis en sueur, mais je suis ravie quand les gardes viennent les uns après les autres me dire au revoir et exprimer leur gratitude pour mes délicieux repas.

— Vous nous manquerez, dit l'un des gardes d'un ton bourru. Sérieusement, c'est chez vous que j'ai le mieux mangé de ma vie.

— Merci. Je lui fais un grand sourire puis je me tourne en souriant vers un autre qui me dit la même chose en espagnol. La plupart de ces hommes ont été soldats, ce sont des durs, des tueurs couverts de cicatrices, ils sont armés jusqu'aux dents, et leurs remerciements me touchent profondément.

Évidemment, la plupart des gardes qui sont là aujourd'hui sont de nouvelles recrues qui n'avaient pas d'amis parmi les victimes de l'accident d'avion, mais ça ne change rien pour moi. Je sais que je n'ai jamais été vraiment acceptée chez Esguerra, et après tout c'est pour cela que nous partons, mais que tant de gens regrettent mon départ, c'est un cadeau au-delà de toutes mes espérances.

— Tu as de la chance, fils de pute, dit un garde roux à Lucas tandis que je mets un steak à point dans son assiette. Sérieusement, mon vieux. Tu as trouvé la meilleure.

— Je sais, dit Lucas et il me prend la taille d'un air de propriétaire. Et maintenant, vas-y, O'Malley. Tu retardes les autres.

Après que toute la viande du barbecue ait été mangée et qu'il ne reste plus un seul hors-d'œuvre, la fête touche à sa fin. Lucas s'en va téléphoner aux nouveaux fournisseurs, et Diego, Eduardo et Misha emportent les plats vides à l'intérieur et s'occupent des ordures. Épuisée, je rentre me laver les mains, et quand je sors de nouveau je m'aperçois que tous les gardes sont partis. Il n'y a qu'une personne au milieu de la cour, ses formes rondelettes sont revêtues de son habituelle robe noire.

Je fixe avec stupéfaction la bonne qui m'a aidée à m'échapper.

— Rosa ? Qu'est-ce que vous faites là ?

Elle jette un coup d'œil anxieux vers la maison où Misha et les deux gardes continuent de ranger puis me dit avec hésitation :

— Vous avez un instant ? J'espérais pouvoir vous parler en tête-à-tête.

Instinctivement, je vérifie si elle est armée. Ne voyant rien de menaçant je lui dis :

— Oui, bien sûr. On va faire un petit tour ?

Elle hoche la tête et disparaît dans les arbres. Je la suis, partagée entre la curiosité et l'inquiétude. Je suis pratiquement certaine qu'elle ne va pas m'agresser, mais j'ignore ce qu'elle veut et ça me rend nerveuse. En même temps, je me souviens ce que Lucas m'a raconté des évènements de Chicago et ma sympathie pour elle tempère mon appréhension.

Je ne sais pas quelles sont les intentions de Rosa, mais il est certain que je comprends ce qu'elle a subi.

Au moment où je la rattrape, elle se retourne vers moi.

— Yulia, je… Elle respire profondément. Je voulais vous remercier de ce que vous avez dit à Lucas. Nora m'a dit qu'elle vous avait parlé, mais je n'étais pas sûre de ce que vous feriez.

— En fait, Nora ne m'en a pas vraiment laissé le choix, dis-je sèchement en me souvenant de l'atroce menace de la petite jeune femme. Mais je vous en prie. J'imagine que vous allez bien toutes les deux ?

Rosa hoche la tête en rougissant.

— Oui, au début je n'avais pas le droit de sortir et je n'ai plus les clés, mais depuis quelques semaines le Señor Esguerra m'a rétablie dans mon service.

Je souris, ça me fait sincèrement plaisir pour elle.

— Bon, tant mieux ! Et j'imagine que je devrais vous remercier de m'avoir aidée quand vous l'avez fait. C'était gentil de votre part.

À ma surprise, Rosa secoue la tête.

— Ce n'était pas gentil, marmonne-t-elle. C'était idiot. *J'étais idiote.*

Je cesse de sourire.

— Que voulez-vous dire ?

Rosa rougit comme une tomate.

— J'avais un faible pour Lucas et j'ai pensé que si vous partiez… Elle se tord les mains dans sa jupe. Je suis navrée. C'était absurde. Je voulais croire qu'il était différent de ce que j'avais imaginé. Mais il vous avait faite prisonnière et… Elle s'arrête en serrant les dents.

— Et l'image que vous aviez de lui en souffrait, dis-je en commençant enfin à comprendre. Vous pensiez qu'en me laissant partir vous feriez une bonne action tout en améliorant vos chances avec l'homme que vous vouliez. En voyant la désolation sur son visage je m'arrête puis j'ajoute gentiment : sauf que ce n'est pas vraiment l'homme que vous voulez, n'est-ce pas ?

— Non. Ses yeux bruns s'assombrissent. Ce n'est pas lui. Il ne l'a jamais été. J'ai créé de toutes pièces l'homme que je voulais et je l'ai épinglé sur le premier beau visage venu.

— Oh, Rosa… Suivant brusquement mon instinct je m'avance et je lui prends les mains pour la réconforter. Écoutez-moi, lui dis-je doucement, vous trouverez celui qui vous convient et il ne sera peut-être pas tel que vous l'avez imaginé, mais vous le voudrez quand même, malgré ses défauts ; ça ne sera pas parfait, mais ça sera véritable et vous le sentirez. Vous le sentirez tous les deux.

Elle a du mal à avaler sa salive et retire ses mains.

— C'est comme ça pour Lucas et vous ?

— Oui, dis-je, et cette vérité me transperce. Ce n'est ni tendre ni mignon comme je l'aurais cru. On pourrait même dire que c'est vilain. Mais c'est nous. C'est notre réalité, notre version de la perfection. Et vous aurez la vôtre un jour, votre propre version de la perfection. Ce ne sera peut-être pas ce à quoi vous vous attendez, mais elle vous *rendra* heureuse.

Les lèvres de la jeune fille tremblent un court instant ; puis son visage redevient neutre et elle recule d'un pas.

— Vous devriez y aller, dit-elle, et ses mains jouent de nouveau avec le bas de sa robe. On va vous chercher si vous ne rentrez pas rapidement.

— D'accord.

Je suis le point de me retourner afin de rentrer à la maison quand Rosa me dit à voix basse :

— Au revoir, Yulia, et meilleurs vœux pour Lucas et vous, sincèrement.

— Merci, et vous aussi, dis-je, mais Rosa est déjà partie, sa silhouette vêtue de noir se fond dans la verdure de la forêt tropicale et disparaît à mon regard.

CHAPITRE QUARANTE-SEPT

❖ LUCAS ❖

Je m'étais attendu à ce que Yulia et Misha dorment pendant notre vol pour l'Ukraine, mais ils passent tout leur temps à parler. À chaque fois que je sors la tête de la cabine de pilotage pour voir ce qu'ils font, ils sont en pleine conversation et je retourne à mes manettes, ne voulant pas déranger le frère et la sœur.

J'aurai bientôt Yulia pour moi tout seul.

Quand nous nous approchons de l'espace aérien ukrainien, je prends contact avec nos hommes sur le terrain. La semaine dernière, ils ont finalement retrouvé les traces des trois dernières personnes associées à l'UUR et les ont éliminées comme je l'avais ordonné. À ma déception, aucun des trois n'avait recueilli Kirill, ce qui signifie soit que l'ancien entraîneur de Yulia a complètement disparu des écrans radars, soit que ce salaud est finalement mort de ses blessures et que nous n'avons tout simplement pas retrouvé son corps. Cette deuxième possibilité n'est pas pour me réjouir, je voulais tuer ce salaud de mes propres mains, mais c'est mieux que la première. Nos hommes ont aussi retrouvé la directrice de l'orphelinat de Yulia. Cette femme est déjà en prison pour abus sexuels sur mineurs et trafics divers, j'ai donc dû me résoudre à envoyer un assassin la coincer dans la salle de bain et lui faire ressentir à quel point ses victimes avaient souffert. La vidéo de sa mort qui ne dure pas moins de trois heures a été mon meilleur moment mercredi de la semaine dernière. Un jour, je la montrerai peut-être à Yulia, mais pour le moment j'ai décidé de ne pas le faire pour éviter de lui rappeler de mauvais souvenirs.

— Atterrissage autorisé, indique Thomas quand je lui téléphone. Je souris, satisfait de l'efficacité de nos dessous-de-table. Malgré la guerre sanglante que nous avons menée contre UUR, la plupart des bureaucrates ukrainiens ont très envie de détourner les yeux au bon moment, surtout à cause du caractère totalement clandestin de l'organisation de Yulia.

Quand de gros chèques sont en jeu, personne ne s'inquiète de quelques espions qui n'ont aucune existence officielle.

Quand nous atterrissons à l'aéroport privé, un 4x4 blindé nous y attend, et nous allons directement chez les parents de Michael. Thomas et deux autres gardes sont avec nous, et une autre douzaine de nos hommes suivent dans d'autres véhicules. Je ne m'attends pas à ce qu'il y ait de problème, mais il vaut mieux être prudent en terrain hostile.

Pots-de-vin ou pas, en Ukraine on n'est pas tendre pour l'organisation d'Esguerra.

— Tu es certain que mon frère sera en sécurité ? M'a demandé Yulia hier soir et je lui ai assuré que grâce à notre piratage d'internet et à la destruction des dossiers d'UUR qu'il a permis, il est absolument impossible de faire le lien entre le fils adoptif de deux quidams et elle, et donc entre lui et Esguerra ou moi. Mais pour plus de sûreté, j'ai personnellement engagé deux gardes du corps pour veiller sur Michael et sa famille pendant les prochains mois. Je ne pense pas qu'il soit en danger, mais je sais à quel point Yulia tient à ce gamin. Et pour être franc, je me suis aussi attaché à lui. Yulia n'aimerait sans doute pas le savoir, mais il y a quelque chose chez Michael qui me fait penser à moi à son âge.

Vasiliy Obenko n'avait pas eu tout à fait tort de le recruter : ce garçon aurait fait un excellent espion s'il avait terminé sa formation.

Sur la route qui vient de l'aéroport, Yulia et Michael gardent tous les deux le silence, et je sais qu'ils pensent à leur séparation prochaine. Théoriquement, j'aurais pu engager davantage d'hommes pour assurer la sécurité de Michael et lui permettre de rentrer plus tôt chez lui, mais je voulais que Yulia puisse passer plus de temps avec son frère, et je suis content de cette décision. Ce garçon n'est plus l'adolescent rebelle et boudeur auquel on avait menti au sujet de sa sœur. Je n'ai jamais vu le frère et la sœur aussi proches, et je sais que ça rend Yulia heureuse, ce qui me rend heureux à mon tour.

Si je pouvais revenir en arrière et effacer tout ce qui l'a fait souffrir autrefois, je le ferais en un clin d'œil. Mais comme c'est impossible, je dois faire en sorte qu'elle ne souffre plus jamais.

Elle est à moi et je vais prendre soin d'elle pour le restant de nos jours.

* * *

Les parents de Michael habitent au cinquième étage d'un immeuble de la banlieue de Kiev. Les deux gardes du corps que j'ai engagés nous saluent en entrant dans le bâtiment et m'indiquent que tout est calme. Je les remercie et leur donne un jour de libre avant d'ordonner à Thomas et aux autres d'attendre en bas. Il n'y a pas d'ascenseur et nous prenons donc les escaliers tous les trois.

Yulia est à quelques mètres de moi. Elle porte des bottes sans talons et un beau jean étroit qu'elle a récemment acheté en ligne et je ne peux quitter des yeux les formes de son derrière qui ondule à chaque marche.

— Mec, oublie ça encore quelques minutes de plus, marmonne Michael en montant l'escalier à côté de moi, et je lui adresse un petit sourire sans être le moins du monde embarrassé qu'il m'ait surpris regardant sa sœur avec ardeur.

Je lui réponds à voix basse :

— Pourquoi ? Ta sœur est sexy. Tu ne le savais pas ?

— Pouah ! Il fait une grimace de dégoût et Yulia nous regarde d'un air soupçonneux par-dessus l'épaule.

— De quoi parlez-vous, les gars ? demande-t-elle quand nous arrivons au palier du troisième étage.

— Rien, se dépêche de dire Misha en rougissant. Juste des trucs de mecs.

— Ah bon ! Elle nous regarde d'un air exaspéré, mais n'insiste pas et nous continuons à monter les deux étages suivants en silence. Je suis content de ne pas rencontrer de voisins parce que j'ai mon M16 avec moi.

Après ce qui s'est passé à Chicago, je suis toujours armé.

Une fois au cinquième étage Yulia s'arrête devant l'appartement 5A et sonne à la porte.

Dès que je vois la pâleur de la mince femme brune qui nous ouvre, je devine que quelque chose ne va pas. C'est Natalia Rudenko, la mère adoptive de Michael, je reconnais ses yeux noisette pour l'avoir vue sur les photos de surveillance. Au lieu de sourire et de s'avancer pour embrasser son fils elle ouvre la porte en grand et recule, et ses lèvres fardées sont tremblantes.

Je vois immédiatement pourquoi.

Autour de son ventre et en partie dissimulés par le tablier qu'elle porte se trouvent des fils emmêlés et une boîte noire avec un clignotant.

— Maman ? dit Misha en hésitant quand il s'avance vers elle et je l'attrape instinctivement par le bras pour le faire reculer tout en me mettant devant Yulia que je protège de la bombe. Un mélange d'adrénaline, de terreur et de rage emballe les battements de mon cœur et une onde de choc nocive me submerge.

Yulia, Misha, et une bombe.

Putain, bordel de merde !

— Allez, laissez entrer le garçon, dit en anglais un homme qui parle d'une voix traînante avec un fort accent. Il n'est pas plus en sécurité dehors que dedans. Il y a assez d'explosifs pour faire sauter tout l'immeuble.

Je ne bouge pas alors que tout me pousse à me précipiter pour passer à l'attaque pour protéger Yulia et son frère. Seule la certitude que je signerai leur arrêt de mort me fait rester sur place.

Grâce à mes années d'expérience du combat, je fais taire mon effroyable peur et j'examine la situation.

En plus de la femme, deux hommes se tiennent dans le couloir. L'un d'eux, un homme bedonnant d'âge moyen a le même dispositif que la mère de Michael. Je reconnais son visage terrifié. C'est Viktor Rudenko, le père adoptif de Michael. Mais ce n'est pas lui qui retient mon attention.

C'est le grand homme costaud qui se trouve derrière lui et dont les lèvres minces font un sourire grimaçant.

Kirill Ivanovitch Luchenko, l'homme que nous avons recherché en vain.

C'est lui qui nous a retrouvés.

CHAPITRE QUARANTE-HUIT

❖ YULIA ❖

Je n'ai jamais éprouvé une terreur aussi intense, aussi dévastatrice. Lucas forme un bouclier humain devant moi, mais je vois ce qu'il y a autour de lui et ce spectacle irréel me fait perdre tous mes moyens.

Kirill est dans la lumière vive du couloir, derrière les parents de Misha qui sont enveloppés de fils emmêlés. Il a un fusil dans la main droite et sa main gauche serre un petit objet noir.

Je comprends que c'est un détonateur, et la panique me donne la nausée.

Il a le doigt sur un détonateur.

— Entrez ! dit-il en anglais en regardant Lucas et Misha avant de se concentrer sur moi. Un affreux sourire fait grimacer sa bouche quand son regard croise le mien. Faites comme chez vous. Nous sommes tous de la même famille, une famille qui s'entend bien, n'est-ce pas ?

Lucas ne fait pas un geste, même quand Misha tente de le pousser de côté, son jeune visage se tord de la même terreur qui me paralyse. Je sais à quoi pense mon frère : comme moi, il a sans doute déjà vu ce genre de détonateur quand nous avons appris comment fonctionnent les explosifs.

C'est la version d'UUR des gilets-suicide, elle est conçue pour n'être utilisée que dans les cas désespérés. Kirill n'a pas besoin d'appuyer sur un bouton pour déclencher l'explosion, il lui suffit de *retirer* le doigt.

Si son doigt glisse, par exemple si on lui tire dessus, la bombe se déclenchera.

Lucas a dû le comprendre aussi parce qu'il n'a pas pris le M16 qui lui pend dans le dos.

— Laisse-moi passer, siffle mon frère quand il voit que Lucas reste immobile. Ce sont mes parents. Putain, laisse-moi passer !

Cette fois, c'est moi qui prends Misha par le bras.

— Arrête, dis-je à voix basse, et il se fige sur place. Je ne sais pas si mon frère croit que j'ai un plan ou si c'est le calme apparent de ma voix, mais il arrête de bousculer Lucas et reste immobile en regardant fixement dans le couloir.

— Vous ne voulez pas rentrer ? dit Kirill. Bon, alors on va prendre la manière forte.

À toute vitesse, il lève la main droite et tire. Le coup est assourdi, le fusil de Kirill a un silencieux, mais on ne peut se tromper sur le cri qui suit. Je fais un bond convulsif en avant, terrifiée pour Lucas, mais il est toujours debout et refuse de bouger même si mon frère renouvelle ses efforts pour entrer dans l'appartement.

Je réalise que la balle a atteint le père de Misha à la jambe en lui jetant un coup de d'œil au moment où Misha qui continue de se débattre n'est plus devant moi. Viktor est par terre et hurle en tenant sa jambe ensanglantée et la mère de Misha s'est agenouillée à côté de lui en sanglotant comme une folle.

— La prochaine balle le touchera à la tête, dit Kirill et Misha se raidit de nouveau. Et la suivante sera pour elle, à la tête aussi. De son fusil, il indique la femme en larmes. Et si l'un de vous tente de s'enfuir, je l'abats immédiatement et la bombe explosera avant que vous ne soyez descendus d'un seul étage. Il sourit de plus belle en voyant notre réaction. Comme je viens de vous le dire, entrez et faites comme chez vous.

— Lucas, je t'en prie. Je le supplie en murmurant parce qu'il ne bouge toujours pas. Ma gorge s'est emplie de bile. Je t'en prie, il le faut. Nous ne pouvons pas les laisser tuer devant Misha. J'ignore si Kirill est assez fou pour se sacrifier en déclenchant les explosifs, mais je suis convaincue qu'il tirera sur les parents de Misha sans y réfléchir à deux fois.

— Et toi ! Jette ton arme avant d'entrer ! dit Kirill en faisant un geste vers Lucas et son M16. Tu ne voudrais pas que ça se déclenche par erreur. Il lève la main gauche, celle qui tient le détonateur pour expliquer ce qu'il dit.

Sans un mot, Lucas prend la sangle du M16 et jette l'arme sur le sol. Puis, toujours sans parler il entre dans le couloir.

Misha le suit, et moi aussi. Le visage de mon frère est pâle comme la mort, ses yeux fous de peur. Je suis sûre que je dois être pareille. Je sens une terreur glacée me ronger le ventre. La dernière fois que Kirill m'a capturée, j'étais seule et j'avais pu me réfugier dans les recoins ténébreux de mon âme. Mais maintenant, la fuite est impossible parce que les deux seules personnes que j'aime sont en danger à mes côtés, et en danger *à cause* de moi.

Je sais pourquoi Kirill fait une telle folie. C'est après moi qu'il en a. Il veut me châtier pour ce que je lui ai fait et il se moque d'en faire souffrir d'autres dans l'opération. Lucas est toujours devant moi, il me protège de mon ancien entraîneur comme un boulier, mais il ne pourra pas me sauver.

Nous sommes supérieurs en nombre et nous avons des hommes sur place, mais Kirill a le doigt sur le détonateur.

— Viens ici, sale pute, dit mon ancien entraîneur en me jetant un coup d'œil. Ses yeux noirs brillent de rage et de quelque chose qui ressemble à la folie. C'est toi que je veux.

Sans tenir compte de la terreur et de la nausée qui me tord les boyaux, je contourne mon frère et le pousse derrière moi, mais Lucas me bloque le passage.

— Elle ne bouge pas. Sa voix est dure comme de l'acier.

— Ah bon ? Kirill lève son arme et vise la tempe de Viktor Rudenko. Il se glace, ses cris s'arrêtent et les yeux de Kirill reviennent sur moi tandis que Natalia redouble de larmes. Ne m'oblige pas à le répéter.

— Lucas, laisse-moi passer. J'essaie de me faufiler, mais le couloir étroit est encombré de meubles et j'évite de justesse un tabouret placé devant un grand miroir. Des frissons d'horreur me parcourent le dos quand je vois se durcir la mâchoire de Kirill en réaction à l'inflexibilité de Lucas. J'attrape désespérément le bras de Lucas pour essayer de le pousser sur le côté. Je t'en prie Lucas, laisse-moi passer.

Mais il ne réagit pas. Chacun des muscles de son corps est bloqué et quand je jette un coup d'œil à son visage la rage glaciale que j'aperçois dans ses yeux pâles accroît encore ma terreur.

Il n'écoutera pas la voix de la raison.

Pour me protéger, il va laisser mourir les parents de Misha et se faire tuer en même temps.

— Pourquoi la réclames-tu ? demande-t-il à Kirill et le ton de sa voix est d'un calme incongru. Tu sais que c'est toi qui vas mourir ici aujourd'hui.

— Ah bon ? Kirill se met à rire, d'un rire étrangement aigu et pour la première fois je remarque à quel point il a changé. Il a davantage de cheveux blancs qu'avant, son visage est bouffi et la graisse a remplacé les muscles de son corps. Il semble avoir vieilli de dix ans en l'espace de quelques mois. Et tu ne sais pas que je m'en fous ?

L'expression du visage de Lucas reste la même.

— Je sais bien que si. C'est pour ça que tu es là, non ? Pour finir en beauté plutôt que de vivre en sous-homme puisque c'est ce que tu es devenu ? Sa voix résonne de mépris. Tu aurais dû te rendre dès le début. J'aurais tellement pu simplifier les choses pour toi et mettre fin à ta vie d'eunuque bien plus tôt.

Mais que fait Lucas ? Mon cœur s'emballe d'horreur en voyant le visage de Kirill grimacer de rage et lever la main droite en visant Lucas en pleine poitrine.

C'est comme s'il essayait de se faire tirer dessus.

Et immédiatement après je comprends que c'est exactement ce qu'il fait. Mon ravisseur espère se sacrifier pour gagner du temps. Mais pourquoi faire, je n'en sais rien ? Nous sommes au cinquième étage sans ascenseur. Même si les gardes entendent le coup de feu au rez-de-chaussée, ce qui est peu probable étant donné que Kirill a un silencieux, ils n'arriveront jamais à temps. Et même si c'était possible, il y a toujours les explosifs.

Quoi qu'il en soit, même si Lucas a un plan, je ne peux pas le laisser faire ça.

En un éclair, je trouve la seule solution possible.

— Oh, ouais, c'est vrai, dis-je d'une voix forte. Derrière moi, Misha retient son souffle, mais je n'en tiens pas compte. J'avais presque oublié que j'ai tiré sur ta queue et sur tes couilles. Je continue en parlant avec le maximum de dérision possible. Et comment est-ce ? Ça doit être dur de ne plus pouvoir violer des gamines de quinze ans.

La rage qui tord le visage de Kirill est démoniaque. Son visage bouffi devient violacé et son arme pivote vers moi. Lucas bondit pour s'interposer, mais je saute de l'autre côté, de nouveau en joue.

C'est moi que veut mon ancien entraîneur. Si je réussis à me faire tuer, il y a une chance que les autres s'en sortent.

— Vas-y ! Je le provoque en sautant d'un pied sur l'autre pour éviter les tentatives de Lucas qui cherche à me protéger. Tire sur moi, espèce de lâche, misérable larve ! Je parle de plus en plus vite. Mais regarde-toi donc ! Tu n'as plus de queue. Ça n'a pas dû être agréable. Et je parie que tu ne peux plus pisser sans pleurer comme un bébé. Évidemment, je ne sais pas ce que tu dois sentir, mais…

Le coup de feu retentit avec un vacarme retentissant malgré le silencieux. Quelque chose s'abat sur moi et je me lance en avant.

Mes dernières pensées sont l'espoir désespéré que Misha et Lucas vont s'en tirer.

CHAPITRE QUARANTE-NEUF

❖ LUCAS ❖

Tout se passe en un clin d'œil. Dès que le coup de feu retentit, je passe à l'action et je me jette sur Kirill. Je n'ose me retourner parce que si Yulia est morte ou mourante j'aurais perdu ce qui me reste de sang-froid et ça n'est pas le moment.

Je dois sauver son frère.

Nous nous écrasons sur le mur et Kirill essaie de protéger son arme, mais ce n'est pas elle que je vise. J'attrape son poing gauche à deux mains et je le serre de toutes mes forces en forçant ses doigts à rester fermés et à rester sur le détonateur. Dans le même temps, je recule et je lui rentre de nouveau dedans, je lui donne un coup d'épaule dans le bras droit. Son fusil se fracasse sur le sol, mais avant de pouvoir me réjouir de ce succès, il me repousse de tout son poids et me donne un coup de poing dans la tempe.

Je suis aveuglé et les oreilles me sonnent, mais je réussis à rester conscient et je le repousse contre le mur. La rage et la peine qui me brûlent la poitrine me donnent des forces surhumaines. *Ce salaud a tiré sur Yulia.* En hurlant, je serre les doigts de plus en plus fort jusqu'à ce que j'entende ses os se briser. Il hurle à son tour et veut me donner un autre coup de poing, mais cette fois-ci je l'esquive sans lâcher sa main gauche. Je me rends vaguement compte que les parents de Michael essaient de s'échapper, mais je n'écoute pas leurs cris de panique. La vitesse du combat est étourdissante ; une seule seconde d'inattention pourrait être fatale.

J'ai des bourdonnements dans les oreilles et du sang dans la bouche, il m'a frappé à la mâchoire, mais j'empêche son genou de m'atteindre entre les jambes. Au même moment, je réussis à esquiver un autre coup et je me tourne de côté pour lui frapper les côtes. Je frappe fort, mais cette fois il ne laisse même pas échapper un grognement. Ce salaud est une véritable armoire à glace et bien que ses réflexes ne soient pas aussi bons que les miens, il sait se battre. Même dans des circonstances normales la lutte n'aurait pas été facile, mais comme mes deux mains serrent son poing gauche je suis sévèrement désavantagé. Et je ne peux pas lui lâcher la main parce que je suis sûr qu'il fera détoner la bombe.

Ce salaud n'a qu'une idée en tête, se venger, et il mourra pour y parvenir.

Il a violé Yulia quand elle avait quinze ans. Il vient de lui tirer dessus.

La rage redouble mes forces et ma rapidité. En me retournant, je lui donne un coup de tête sur le nez, fracassant ses os et son cartilage, et avant qu'il n'ait le temps de reprendre ses esprits je l'envoie valdinguer contre l'autre mur.

Ses yeux roulent dans leur orbite quand sa tête frappe cet obstacle, mais il parvient à me donner un coup de pied dans les reins. J'en perds presque le souffle et mon emprise sur son poing se relâche un court instant pendant lequel il se jette par terre en m'entraînant pendant que je le resserre de nouveau. Nous nous rentrons dedans et nous roulons sur le sol et l'instant d'après je vois ce qu'il cherche.

Le fusil qu'il avait laissé tomber.

Il l'attrape de la main droite et le dirige droit sur ma tête.

Je vois son doigt prêt à appuyer sur la gâchette et tout semble ralentir. Je note tout ce qui se passe avec une étonnante clarté, comme si mon cerveau avait décidé de prendre une dernière image en lançant mes sens en suractivité. Dans ce quart de seconde qui précède ma mort, je vois la grimace victorieuse de Kirill, je sens la sueur nauséabonde qui coule sur son visage et j'entends les hurlements des parents de Misha au fond du couloir. Je pense aussi à Yulia, en espérant désespérément qu'elle va survivre.

Je mourrais de mille morts pour qu'elle reste vivante.

Le coup part avec une détonation assourdissante.

Mais je ne meurs pas.

C'est Kirill qui tressaute en hurlant, son bras droit vient d'être déchiqueté. Stupéfait, je relève les yeux et je vois Michael avec mon M16 à la main. Il halète, son visage blême est couvert de sang et de sueur et immédiatement après il appuie de nouveau sur la gâchette en vidant son chargeur dans l'épaule gauche de Kirill.

Mais Kirill donne un coup à Michael et je me concentre à nouveau sur mon adversaire.

Il est temps d'en finir.

Sans lâcher le poing gauche de Kirill, je lui donne des coups de tête dans le nez, le martelant sans relâche en savourant le bruit des os qui lui rentrent dans le cerveau. Ce n'est pas comme ça que je voulais tuer ce salaud, mais je devrai m'en contenter.

Quand il gît par terre sans bouger, le visage écrasé et ensanglanté, je relève les yeux vers Michael, la tête bourdonnante.

— Tire-lui dans le bras gauche ! Je le lui ordonne d'une voix rauque et le gamin comprend immédiatement.

Sans hésiter il décharge une autre volée sur l'avant-bras du mort. Les balles traversent l'os. Je n'ai plus qu'à tirer sur le poing et le bras se sépare du corps.

Sans prendre garde au sang qui gicle du moignon, je me relève en tenant le membre coupé par le poing qui tient le détonateur. Mon cœur se met à battre la chamade tandis que je me tourne vers l'entrée de l'appartement. Derrière moi, la mère de Michael sanglote toujours et son père gémit de douleur, mais je m'en fous.

Il n'y a que Yulia qui compte.

Elle est allongée parmi les éclats de miroir brisé, le corps replié comme une poupée de son. Ses longs cheveux blonds lui couvrent le visage, mais elle a du sang partout, tout son corps frêle en est couvert.

Mon cœur se serre encore davantage.

Non, putain, non !

Elle ne peut pas être morte, ça n'est pas possible.

Tombant à genoux près d'elle je murmure :

— Yulia… J'ai l'impression de suffoquer, il me semble que mes poumons ont cessé de fonctionner dans ma cage thoracique. Yulia, ma chérie…

Elle ne bouge pas.

Tout engourdi, je resserre la main gauche autour du poing de Kirill en appuyant sur son doigt pour sécuriser le détonateur qui s'y trouve et je tends la main droite vers elle. Mes doigts dégoulinent du sang de Kirill, et tout en repoussant ses cheveux de côté, brusquement j'ai l'horrible impression de la salir en la touchant, de détruire quelque chose de pur et de beau… un ange qui n'est pas à sa place dans mon vilain monde.

Ses cils dessinent deux demi-lunes sur ses joues pâles, sa bouche s'entrouvre légèrement. S'il n'y avait pas tout ce sang, on dirait qu'elle dort.

Il y a tant de sang, putain !

— Yulia… Je lui touche le visage d'une main tremblante en laissant des traces de doigts ensanglantés sur sa peau de porcelaine. Le vide béant que je sens en moi ne fait que croître, mes os craquent sous la pression de ce vide intérieur. Je ne peux imaginer ma vie sans elle. Bordel, je ne peux imaginer une seule semaine sans elle. En l'espace de ces quelques mois si courts, elle est devenue toute ma vie. Si elle est morte, si elle a disparu… Mes doigts effleurent son cou, cherchant son pouls et je me glace, envahi d'un violent frisson.

Il y a un battement de cœur. Il est léger, mais on ne peut s'y tromper.

— Yulia ! Je me penche en avant et je la serre contre moi avec mon bras resté libre. Elle est douce et chaude, elle est vivante, c'est certain. Je sens souffler son haleine sur mon cou et mon cœur s'emballe de joie.

Elle est vivante.

Ma Yulia est vivante.

Le savoir me suffit un moment, mais tandis que je redeviens plus lucide, une nouvelle peur s'empare de moi.

Pourquoi est-elle inconsciente, et d'où vient tout ce sang ?

En la reposant sur le sol, je la tâte éperdument pour trouver sa blessure. Le verre cassé l'a coupée partout et elle a une blessure sanglante sur le côté de sa tête, mais je ne vois pas l'endroit où la balle l'a touchée.

— Elle est saine et sauve ? dit Michael, qui est debout à côté de nous et je lui jette un coup d'œil. Il est chancelant, le visage si blême qu'il est presque vert. Je crois d'abord qu'il va vomir à cause du moignon que je tiens toujours à la main, mais il s'effondre sous mes yeux et tombe à genoux.

Les sourcils froncés je tends la main vers lui, mais je m'arrête.

Du sang coule sous le tee-shirt sombre de Michael.

— Misha ? Grommelle Yulia d'une voix rauque et je tourne la tête pour la voir ouvrir les yeux. Tandis qu'elle nous regarde tous les deux, l'horreur traverse son visage et je m'aperçois qu'elle est parvenue à la même conclusion que moi.

Kirill a tiré sur son frère.

CHAPITRE CINQUANTE

❖ YULIA ❖

Dans les dix minutes qui suivent, tout se précipite. Il y a du sang partout : sur Misha qui gît à mes côtés, sur Lucas, sur le cadavre déchiqueté de Kirill et sur son bras coupé que tient Lucas. À deux ou trois mètres de là, le père de Misha gémit de douleur, le sang coule à flots de sa jambe et la mère de Misha pleure en allant et venant entre son mari et son fils tous les deux blessés. Les hommes de Lucas qui ont dû entendre les coups de feu tirés sans le silencieux font irruption, prêts à tirer, et Lucas commence à leur crier ses ordres. En une minute, deux des hommes désarment les explosifs, et deux autres essayent d'arrêter l'hémorragie de Misha et de son père. Je tente de me lever pour les aider, mais chaque fois que je fais un geste la nausée s'empare de moi et je dois me recoucher. J'ai très mal au crâne à l'endroit où je me suis ouvert la tête sur le miroir. Dans ce chaos, la foule de mes questions reste sans réponse, mais quand nous arrivons de nouveau dans le 4x4 blindé qui se hâte vers un hôpital je peux commencer à reconstituer ce qui s'est passé.

Ce n'est pas une balle qui m'a frappée. C'est mon frère qui m'est rentré dedans. Il m'a écartée et m'a poussée la tête la première dans le miroir qui a volé en éclats. Ce faisant, il a reçu la balle qui m'était destinée. Selon Lucas elle a traversé la partie charnue de son épaule et il est tombé sur moi. Je suis couverte du sang de Misha même si j'ai aussi saigné à cause de ma blessure à la tête et des coupures de verre.

— Il va s'en tirer, répète Lucas pour la cinquième fois quand je tends la main vers Misha qui s'est évanoui sur le siège arrière à côté de moi. Il a perdu pas mal de sang, mais nous avons arrêté l'hémorragie et ça va aller. C'est lui qui nous a tous sauvés. S'il n'avait pas pris mon M16… Il s'interrompt, mais un frisson glacé me court dans le dos en finissant sa phrase à sa place.

Nous étions tous sur le point de mourir. D'un seul coup, j'aurais pu perdre mon frère et l'homme qui est devenu tout pour moi.

D'une main tremblante, je serre celle de Misha puis je tends l'autre vers Lucas qui est assis de l'autre côté de moi.

Mais il ne me laisse pas prendre la sienne. Dès que je le touche, Lucas me prend sur ses genoux et me serre tout contre lui en plongeant la tête dans mes cheveux. Je sens les frissons qui secouent son grand corps et je ne peux plus retenir mes larmes.

En l'étreignant de toutes mes forces, je me mets à pleurer.

Je me contente de tenir Lucas dans mes bras et de pleurer.

* * *

Un hôpital du quartier soigne les blessures par balles de Misha et de Viktor ainsi que la plaie que j'ai à la tête puis nous prenons un vol pour la Suisse pour nous remettre dans une clinique privée où Lucas a déjà fait un séjour. Les parents de Misha nous accompagnent, ils ont beau avoir peur de Lucas et de moi, ils ne veulent pas être séparés de leur fils.

Je fais de mon mieux pour les rassurer sur leur sécurité, mais je sais que pour eux nous sommes des inconnus terrifiants venus d'un monde de violence, un monde qui a envahi leur vie de la manière la plus brutale. Ce qu'a fait Kirill, la manière dont il les a terrorisés a laissé des cicatrices qui ne disparaîtront plus jamais.

Avant ce jour terrible, ils savaient ce que le frère de Natalia faisait pour son pays, mais ils ne le comprenaient pas vraiment.

— Nous nous sommes réveillés ce jour-là et il braquait son fusil sur nous. Natalia sanglote en nous racontant ce qui s'est passé. Il a ligoté Viktor et m'a attaché la bombe puis il lui a fait la même chose. Nous pensions que c'était un terroriste, nous pensions que nous allions mourir, mais ensuite il a commencé à parler de toi, il t'attendait et c'est là que nous avons compris ce qu'il voulait vraiment… À ce moment de son récit, elle perd complètement la tête et Lucas doit appeler une infirmière pour la calmer avec un sédatif.

Viktor, le père adoptif de Misha, est dans le même état, même s'il essaie de faire bonne figure pour sa femme. À chaque fois qu'elle recommence à pleurer, il la réconforte en lui disant que tout va bien, mais les infirmières me disent qu'il se réveille la nuit en hurlant à cause de ses cauchemars.

La balle qui lui est entrée dans le genou lui a fracassé la rotule et il ne pourra sans doute plus jamais marcher sans boiter.

La seule bonne nouvelle dans toute cette histoire, c'est que la blessure que Misha a reçue à l'épaule s'est avérée être aussi propre que me l'a dit Lucas. Mon frère a perdu beaucoup de sang, mais les médecins ont promis qu'il serait sur pieds dans une semaine, même s'il aura le bras en bandoulière.

Tandis que nous reprenons des forces, les hommes de Lucas fouillent l'appartement des Rudenko de fond en comble pour comprendre comment Kirill a pu y entrer sans être vu et ce qu'ils découvrent nous surprend tous. Il se trouve que le nouvel appartement des parents de Misha, là où ils avaient déménagé après mon retour, avait d'abord été une cachette appartenant à l'UUR. Pour ce faire, il avait un appartement secret dissimulé derrière le mur du salon, un endroit plein de médicaments, de munitions et assez de nourriture pour plusieurs mois. C'est là que Kirill avait dû se réfugier en fuyant le repère d'UUR. Comment il a survécu au trajet et a réussi à couvrir ses traces resteront toujours un mystère, mais à en juger par l'état de l'appartement il avait dû s'y tapir pendant tout le temps que nous étions à sa recherche. Les parents de Misha jurent qu'ils ignoraient qu'il s'y trouvait et après les avoir interrogés dans les moindres détails, Lucas accepte de les croire.

Apparemment, ils avaient plusieurs fois entendu du bruit dans le salon, mais ils avaient pensé que c'était dû à l'étrange acoustique du nouvel immeuble où ils habitaient.

— Je croyais que c'était un fantôme, murmure Natalia Rudenko, les yeux rougis et gonflés dans son pâle visage. Viktor m'a dit que c'était idiot et je n'en ai plus parlé. Mais j'aurais dû écouter mon intuition. Je ne me pardonnerai jamais pour ce qui s'est passé.

Lucas s'apprête à la bombarder de nouvelles questions, mais je l'arrête en posant la main sur son bras. La pauvre femme n'est pas en état de subir la suite de cet interrogatoire.

Je la rassure doucement.

— Ce n'est pas de ta faute. Kirill était un agent aguerri. S'il voulait rester caché, vous n'aviez aucune chance de le découvrir.

— C'est ce qu'a dit Viktor, mais quand même, j'aurais dû m'en rendre compte. Elle ferme les yeux et se pince le haut du nez de ses doigts tremblants. Il y avait de petits indices, par exemple notre ordinateur a été piraté et certains objets semblaient avoir été déplacés…

En mon for intérieur, je pense aussi qu'elle aurait dû se méfier, pour ma part je l'aurais fait, mais contrairement à moi, ce n'est pas une espionne. À l'extérieur, on n'est pas formé pour identifier ce genre d'incidents, et même si Natalia n'était pas complètement étrangère au monde ténébreux de l'espionnage, elle n'aurait pas pu imaginer qu'un agent secret se cachait chez elle.

— Le piratage de votre ordinateur a dû permettre à Kirill de savoir que nous arrivions, dit sombrement Lucas et je hoche la tête pour exprimer mon assentiment. J'ignore si mon ancien entraîneur a utilisé l'appartement des Rudenko parce que c'était la meilleure solution pour se cacher ou s'il avait deviné que Misha reviendrait un jour, mais quoi qu'il en soit, il était là où il fallait pour nous attaquer au moment où nous nous y attendions le moins.

Les gardes croyaient que le danger viendrait de l'extérieur, mais l'ennemi était dans la place depuis le début.

À mon soulagement, Misha semble moins traumatisé que ses parents. Je ne sais pas si c'est grâce à la formation qu'UUR lui a donnée ou à cause de ce qu'il a déjà subi lors de l'attaque du repère, mais mon frère se remet vraiment très vite. Au lieu d'être bouleversé ou rongé de remords à cause du rôle qu'il a joué dans la mort de Kirill, Misha semble fier d'avoir participé à la chute d'un homme qui m'a fait du mal et qui a failli tuer ses parents.

— Je suis content d'avoir pu tirer sur ce salaud, dit-il farouchement quand je me rends à son chevet avec Lucas. Le moins qu'on puisse dire, c'est qu'il le méritait.

— Tu t'es bien débrouillé, petit, dit Lucas en tapotant son épaule restée indemne. Tes mains n'ont même pas tremblé quand tu lui as arraché le bras.

La précision de l'image me fait grimacer, mais Misha se contente de hocher la tête, il accepte ces louanges sans fausse modestie. Lucas et lui semblent être sur la même longueur d'onde désormais, comme si le fait d'avoir combattu contre Kirill ensemble les avait rapprochés l'un de l'autre. Cette nouvelle situation me fait plaisir, mais je suis vraiment gênée de voir mon frère de quatorze ans se montrer si indifférent à la mort atroce de quelqu'un.

— Et pourquoi donc aurait-il de la peine ? dit Lucas quand je lui fais part un peu plus tard de mes inquiétudes. Nous sommes dans notre chambre d'hôpital personnelle. Il est assez grand pour comprendre qu'il faut faire le nécessaire pour survivre et protéger ceux que l'on aime. Ce gamin grandit, et que tu veuilles l'admettre ou pas, ce n'est pas une mauviette.

— Mais ce n'est pas non plus un tueur dénué de remords, ou plutôt il ne faudrait pas qu'il le soit. À cette répartie, Lucas se contente de s'asseoir sur le bord du lit et de me prendre la main. Son regard est dur et fermé, mais sa main est douce. Depuis que nous sommes arrivés à la clinique il est ainsi, attentionné, mais distant, et j'ai beau faire, je n'arrive pas à comprendre pourquoi il se contente de me câliner la nuit.

Avant-hier, les médecins m'ont dit que je pouvais de nouveau faire l'amour, mais Lucas ne m'a toujours pas touchée.

— Ma chérie, murmure-t-il en me serrant légèrement la main, ton frère n'est pas comme toi. Il ne l'a jamais été et ne le sera jamais. Il avait lui-même choisi de rejoindre UUR, et que tu le veuilles ou non, il y était bien plus à sa place que tu ne l'as jamais été.

Lucas semble tellement convaincu de ce qu'il dit que ça me fait penser à autre chose qu'à son comportement énigmatique. Je lui dis en fronçant les sourcils :

— Je ne crois pas. Misha a probablement imaginé que l'espionnage était glamour. Je suis certaine que c'est pour cela qu'il rejoint UUR, pour faire comme James Bond. Mais quand il a vu ce que c'était vraiment…

— Il a continué de vouloir faire ce métier, ajoute Lucas à voix basse. Et il le veut toujours, devrais-je dire.

Je suis sous le choc et je le fixe

— Qu'est-ce que tu veux dire ? Il retourne à l'école.

— Oui, mais c'est seulement pour vous faire plaisir à toi et à ses parents.

— Quoi ? Comment le sais-tu ?

Lucas soupire en me caressant la main de son pouce.

— Il me l'a dit. Hier. Il veut travailler pour moi quand il sera plus grand, mais pour le moment il pense que c'est une bonne idée de finir des études normales pour « mieux se fondre dans la population ». Il marque une pause puis ajoute doucement : ce sont ses propres mots, pas les miens.

— Je vois. Je retire ma main de son emprise et je me lève. J'ai un épouvantable mal de tête qui n'a rien à voir avec ma plaie à moitié cicatrisée le long du crâne. Je devrais être surprise, mais ce n'est pas le cas. D'une certaine manière, je le savais déjà.

Comme Lucas, mon frère est attiré par le danger, et il choisira un jour ce genre de vie.

J'ai de plus en plus mal à la tête ; au début, c'est assez léger, mais ça empire de seconde en seconde, prenant une telle ampleur que je finis par m'étouffer. Ma gorge se bloque et je sens que je vais entrer en hyperventilation, j'essaie désespérément de respirer pour emplir mes poumons vides et rigides. Puis un sanglot rauque m'échappe, suivi d'un autre, et encore d'un autre et Lucas est debout à côté de moi et me prend dans ses bras quand un bruit horrible et sauvage me déchire la gorge. J'ai l'impression de me briser de l'intérieur, de voler en éclats. J'essaie de m'arrêter, de me contrôler, mais je continue de sangloter.

— Yulia, ma chérie, tout va bien… tout ira bien. Lucas me serre bien fort dans ses bras et le savoir là, savoir que je ne suis plus seule, ouvre encore plus grand les digues. Mes larmes coulent, elles me brûlent tout en me purifiant, c'est un flot nocif qui est à la fois destructeur et régénérateur.

Je pleure pour l'avenir de mon frère et pour notre passé, pour tous les mensonges, les deuils et les trahisons. Je pleure pour ce qui aurait pu être et ce qui a disparu, pour la cruauté du destin et son étrange mansuétude.

Je pleure parce que je ne peux m'arrêter et parce que ce n'est pas nécessaire.

J'ai confiance en Lucas, il me tiendra dans ses bras quand je m'effondrerai et il me donnera de la force quand j'en aurai le plus besoin.

Finalement, nous nous retrouvons sur le lit, je suis blottie dans ses bras et il me berce sur ses genoux, comme si j'étais ce qu'il a de plus précieux au monde. Et pourtant je continue à pleurer. Je pleure jusqu'à m'en déchirer la gorge, jusqu'à ce que ma souffrance s'épuise d'elle-même. Je me rends à peine compte que Lucas me couche et me déshabille et quand il se glisse auprès de moi, je suis déjà endormie.

Endormie et purifiée de toutes mes craintes.

∗ ∗ ∗

Quand je me réveille, Lucas est assis au bord du lit et me regarde. Je me souviens immédiatement de ce qui s'est passé hier soir et je me mets à rougir en me rappelant de mon inexplicable chagrin.

— Je suis désolée. Je le marmonne en remontant la couverture sur ma poitrine tout en m'asseyant dans le lit. Je ne sais pas ce qui m'a pris.

Lucas reste immobile.

— Tu n'as aucune raison d'être désolée, bébé. Malgré ces paroles réconfortantes, son regard est insondable et l'expression de son visage reste fermée et distante. Tu avais bien besoin de pleurer.

— Oui, et je ne m'en suis pas privée. Assez gênée, je me lève, j'attrape une robe de chambre et je disparais dans la salle de bain adjacente pour prendre une douche en vitesse et me laver les dents avant que les infirmières ne commencent leur ronde du matin.

Quand je ressors, je vois que Lucas est toujours assis sur le lit, il n'a pas bougé. Sur son visage les bleus qui lui restent de son combat contre Kirill commencent à s'estomper, et avec la lumière matinale qui éclaire ses durs traits virils, il ressemble davantage à la statue d'un guerrier qu'à un être vivant doué de respiration. Seuls ses yeux démentent cette impression, vifs et clairs, ils suivent chacun de mes gestes comme un félin suit sa proie.

J'en ai le souffle coupé et je me retrouve dans la direction du lit, mes jambes m'y portent presque contre mon gré.

Quand je suis à côté de lui, il me prend par le poignet et m'invite à m'asseoir à côté de lui.

— Lucas... Je le fixe, me sentant étrangement anxieuse. Qu'est-ce que tu...

— Chut ! Il me pose deux doigts sur les lèvres, c'est une caresse merveilleusement douce. Il me dévore des yeux et à ma grande surprise, je vois les ténèbres de la souffrance dans son pâle regard.

— Je ne le dirai qu'une seule fois et je veux que tu m'écoutes, dit-il à voix basse en baissant la main. J'ai mis de l'argent sur ton compte, environ deux millions pour commencer. J'en ajouterai davantage plus tard, mais ça devrait te permettre de t'installer. Bien sûr, si vous avez besoin de quoi que ce soit, Michael et toi, vous pourrez toujours me le demander...

— Quoi ? Je chancèle, certaine de ne pas avoir bien entendu. De quoi parles-tu ?

— Laisse-moi finir. Il serre la mâchoire. Je vais aussi te faire protéger par des gardes du corps, poursuit-il d'une voix de plus en plus tendue. Ils veilleront sur toi, mais je sais que tu seras maligne et que tu ne feras rien qui risque de te mettre en danger. Si tu dois prendre l'avion pour aller quelque part, j'enverrai quelqu'un te chercher, et je m'occuperai personnellement du périmètre de sécurité de ta nouvelle maison. En plus...

— Lucas, de quoi parles-tu ? Je me lève en tremblant. Tu plaisantes ?

— Bien sûr que non. Il se lève et ses muscles sont tellement tendus qu'ils en tremblent presque. Bordel, tu crois que c'est facile pour moi. Il se retourne et commence à faire les cent pas, chacun de ses gestes est empreint d'une violence à peine contrôlée.

Stupéfaite, je le regarde quelques instants ; puis je commence à comprendre. Penchée en avant, je l'attrape par le bras et je sens toute sa force intérieure.

— Lucas, est-ce que tu… J'ai du mal à avaler ma salive. Cela signifie que tu me laisses partir ?

Mon cœur bat à se rompre quand je baisse la main.

— Mais pourquoi ? C'est à cause de ça ? Mal à l'aise, je touche la fine bande rasée sur mon crâne à l'endroit où les points de suture de ma blessure sont visibles malgré tous mes efforts pour les cacher. Comme ceux de Lucas, les bleus que j'avais au visage ont presque disparu, mais pas les cicatrices laissées par le verre cassé. Elles sont déjà moins visibles, les médecins m'ont assuré qu'un jour elles auront complètement disparu, mais pour le moment je ne suis vraiment pas belle et je découvre brusquement que l'attitude distante de Lucas pourrait avoir une cause très facile à deviner.

Il me désire moins qu'avant.

— Quoi ? Sa voix est pleine d'incrédulité quand il suit le mouvement de ma main. Mais *tu* plaisantes, putain ? Tu crois que je ne veux plus de toi à cause de ta blessure ?

— Tu ne m'as pas touchée hier soir. Je sais que j'ai l'air d'une gamine manquant de confiance en elle, mais je ne peux m'en empêcher. Lucas a une libido très active et pour qu'il rate une occasion de me baiser…

— Évidemment, je ne t'ai pas touchée, dit-il en serrant les dents. Tu es encore en convalescence et moi… Oh, putain ! Il fait un geste comme s'il allait se retourner de nouveau, mais se ravise. Il tend la main vers moi et m'attrape par le bras. Yulia… Si je t'avais touchée, je t'aurais reprise, et je n'aurais pas été capable de faire ce que je suis en train de faire, tu comprends ? Sa voix devient plus brutale. Je t'aurais gardée comme le salaud égoïste que je suis et tu n'aurais jamais eu la possibilité de partir.

Je suis incapable de respirer.

— Non, je ne comprends pas. Si tu veux encore de moi, pourquoi fais-tu une chose pareille ?

— Parce que tu n'es pas à ta place dans ce monde… dans *mon* monde. On t'y a mise de force, on t'a obligée à devenir quelqu'un que tu n'as jamais voulu être. Quand je t'ai vu là-bas, allongée, blessée et couverte de sang… Sa voix se brise puis il ajoute péniblement : tu n'aurais jamais dû courir un tel danger, jamais dû rencontrer des hommes tels que Kirill et Obenko… Il respire profondément. Des hommes tels que moi.

Je le fixe et une étrange douleur se réveille dans ma poitrine.

— Lucas, tu n'es pas…

— Si, je suis comme eux. Il fait la grimace. Inutile de faire semblant. Je suis comme *eux*, comme ceux qui t'ont fait du mal et t'ont manipulée. Tu n'as jamais eu le moindre choix et moi non plus je ne t'en ai pas donné. Je t'ai prise pour être à moi parce que je te voulais, et je t'ai gardée parce que je ne pouvais plus imaginer ma vie sans toi. Quand tu t'es enfuie, j'aurai mis le monde sens dessus dessous pour te retrouver, ma belle. J'aurais fait n'importe quoi pour te retrouver.

Un frisson me parcourt l'échine. Mon cœur bat la chamade et je murmure :

— Alors, pourquoi me laisser partir ? Serait-il possible, est-ce que Lucas… ?

— Parce que je ne peux supporter de te perdre, dit-il durement. Quand je t'ai vue là-bas, par terre, couverte de sang, j'ai cru que tu étais morte. J'ai cru qu'il t'avait tuée. Lucas se met à frissonner à son tour avant de se rapprocher de moi et de lever les mains pour me prendre par les épaules. En se penchant sur moi, il me dit avec une rage à peine contrôlée : mais putain, à quoi pensais-tu donc en provoquant ce salaud comme tu l'as fait ? Tu aurais dû te taire, me laisser…

— Te laisser tuer ? Je me révulse tout entière à cette pensée. Jamais. C'était après moi qu'il en avait, ni toi, ni Misha…

— Alors tu as essayé de te sacrifier pour nous deux comme tu l'as toujours fait pour lui ? Et tu crois vraiment qu'il y avait la moindre chance que je te laisse faire ? Ses doigts s'enfoncent dans mon épaule, mais je n'ai pas le temps de broncher qu'il relâche déjà son emprise et que son visage se radoucit. Yulia, murmure-t-il d'une voix rauque, tu ne sais donc pas que je prendrais des milliers de balles, que je mourrais de mille morts plutôt que de laisser quiconque te faire mal ?

Mon pouls s'emballe.

— Lucas…

— Tu es ma seule raison de vivre désormais. Ses yeux brillent d'un éclat farouche. Tu es tout pour moi. Je te veux dans mon lit, mais je te veux bien davantage dans ma vie. C'est comme ça depuis le début. Même quand je te détestais, je t'aimais. Si tu avais disparu…

— Tu m'aimes ? Mes poumons se bloquent tandis que je hasarde cette question. Je m'en étais doutée, j'avais espéré… je m'étais même dit que je le savais, mais jusqu'au moment où il a prononcé ces mots je n'en étais pas sûre. Pour que Lucas finisse par l'admettre…

— Bien sûr que je t'aime. Ses mains se lèvent pour encadrer mon visage, ses grandes paumes réchauffent ma peau. Baissant les yeux sur moi, il dit brutalement : je t'ai aimée du moment où j'ai vu Diego te porter en dehors de l'avion, amaigrie, sale et si belle que ma gorge s'est serrée. Je me suis dit que ce n'était que du désir, j'ai fait comme si je pouvais te baiser jusqu'à en avoir assez, mais je suis tombé encore plus amoureux de toi, et je t'ai désiré chaque jour davantage. Ta loyauté, ton courage, ta tendresse, j'ignorais jusqu'ici que c'était exactement ce dont j'avais besoin. Avant que tu entres dans ma vie, il n'y avait eu personne, personne n'avait compté pour moi, et ça ne me manquait pas. Mais quand je t'ai rencontrée... Il inspire. Putain, c'était comme si je voyais le soleil pour la première fois. Grâce à toi le monde était devenu tellement plus lumineux, tellement plus riche...

— Alors pourquoi...

— Parce que tu es faite pour aimer et avoir des enfants, pour la beauté et les mots doux. Sa voix est douloureuse quand il baisse la main. Tu aurais dû être adorée de tes parents et de ton frère, chérie par des hommes aimants et des amis fidèles, et au lieu de ça...

— Au lieu de ça, je suis tombée amoureuse de toi. Tendant le bras vers lui, j'attrape sa main vigoureuse. Les larmes troublent ma vue et je fixe mon ravisseur, celui qui est désormais tout pour *moi*. Je suis tombée amoureuse de celui qui m'a sauvée de la prison russe et de Kirill, qui m'a soignée et guérie et m'a rendu mon frère. Lucas... Je pose la main sur sa mâchoire. Tu as beau être comme eux, tu m'as toujours donné plus que tu n'as pris. Toujours.

Il me fixe et je vois la frustration grandir sur son visage.

— Yulia... Il parle d'une voix basse, implacable. Si tu dois partir, dis-le-moi maintenant. C'est la seule chance que je te donnerai, tu comprends ?

— Oui. Un sourire tremble sur mes lèvres tandis que je baisse la main. Je comprends.

Ses muscles se bandent comme s'il se préparait à frapper. Et alors ?

— Alors je reste.

Pendant un instant, Lucas reste immobile, comme figé de stupeur, puis il se précipite sur moi et ses lèvres me dévorent avec une avidité à la fois violente et tendre. Ses mains parcourent mon corps, ses caresses sont à la fois brutales et pleines de retenue, il est attentif à mes blessures qui n'ont pas encore complètement guéri. Nous retombons sur le lit, nos bouches s'unissent et chacun déchire les vêtements de l'autre. Quelque part à l'extérieur il y a les infirmières et les médecins, mon frère et ses parents adoptifs, le monde entier, mais ici dans notre chambre il n'y a que nous et ce feu dont la flamme s'avive à chaque instant.

— Je t'aime, je le dis dans un souffle tandis que Lucas va et vient en moi et me prend et me reprend sans relâche. Nous jouissons ensemble, nos corps se fracassent dans une symphonie parfaite puis, alors qu'ils restent entremêlés après coup, Lucas soutient mon regard. Dans ses yeux je peux lire l'ardeur et la possessivité, l'avidité et le désir, et derrière tout cela, la douce tendresse de l'amour.

Dans quelques minutes, les infirmières vont arriver et notre petite bulle disparaîtra. Nous nous efforcerons de guérir et d'avancer, de construire notre vie nouvelle et de nous installer dans notre nouvelle maison. Mais pour le moment, nous n'avons pas besoin de nous inquiéter de ce que l'avenir nous réserve.

Ce qu'il y a entre Lucas et moi ne sera jamais joli, mais c'est parfait.

Notre propre version de la perfection.

ÉPILOGUE EN PRIME : NORA & JULIAN
Approximativement 3 ans plus tard

ATTENTION : Si vous n'avez pas encore lu la trilogie : *L'Enlèvement,* n'allez pas plus loin et commencez par la lire d'abord. Ce qui suit est pour ceux et celles d'entre vous qui ont aimé l'histoire de Nora et de Julian et demandé ce qui leur arrive après l'épilogue de *Tiens-Moi.* Et vous aurez aussi un petit aperçu de l'avenir de Lucas et de Yulia.

* * *

❖ JULIAN ❖

Les hurlements de Nora résonnent contre les murs et leurs tourments me déchirent. Je suis penché à l'embrasure de la porte et l'effort que je fais pour rester immobile et ne pas m'en prendre aux vautours en blouse blanche qui encerclent ma femme me fait trembler. Ma chemise est trempée de sueur et mes mains s'agitent de manière convulsive de part et d'autre de mon corps, mon désir de protéger Nora lutte contre la certitude que je n'arriverai qu'à gêner le travail des médecins.

Le bébé est arrivé avec quinze jours d'avance et je ne me suis jamais senti aussi inutile de ma vie, putain !

— Vous voulez que j'aille vous chercher quelque chose ? me demande Lucas à voix basse et je m'aperçois qu'il est venu du couloir et qu'il est à mes côtés. De l'eau, du café… une petite vodka ? Contrairement à son habitude, l'expression de son visage est pleine de sympathie à mon égard.

— Non, ça va. Ma voix est rocailleuse et je m'éclaircis la gorge avant de poursuivre. Ils ont dit que ça ne sera plus long maintenant. C'est la raison pour laquelle ils ont arrêté la péridurale.

Lucas hoche la tête.

— D'accord. C'est effectivement ce que j'ai lu.

— Ah bon ? Cette étrange remarque et le silence momentané de Nora éveillent un soupçon de curiosité chez moi. Yulia et toi… ?

— Non, pas encore, mais Yulia en parle depuis notre mariage. Il laisse échapper un profond soupir. Je pensais que ça ne serait pas si terrible, mais après avoir vu ça…

— Julian !

Les cris de douleur de Nora coupent net ce qu'il allait dire ensuite et j'oublie tout pour me précipiter dans la pièce en réponse à son appel.

— M.Esguerra, je vous en prie, vous devez reculer…

Je réplique au médecin qui me barre le passage :

— Elle a besoin de moi. Si ce n'était pas le meilleur obstétricien de la clinique suisse, il serait déjà mort. Je repousse cet imbécile, et je m'avance pour m'emparer de la main tremblante de Nora. Sa paume est moite de sueur, mais ses doigts se referment sur ma main avec une force qui me surprend, ses phalanges blanchissent alors que son ventre énorme est traversé d'une nouvelle contraction. Son petit visage grimace de douleur, elle ferme les yeux de toutes ses forces, et ma poitrine se soulève de rage et d'impuissance alors qu'un nouveau cri lui déchire la gorge. Je donnerai tout au monde pour être à sa place et l'empêcher de souffrir, mais ce n'est pas possible, et le savoir me met en pièces.

— Je suis là, bébé. Ma voix est rauque, ma main restée libre tremble tandis que je la tends pour écarter de son front ses cheveux trempés de sueur. Je suis avec toi.

Nora ouvre les yeux et ma gorge se serre tandis que nos regards se croisent et qu'elle tente un sourire pour me rassurer. Elle me dit en haletant :

— Tout va bien. Tout va bien se passer. Il faut juste que… Mais avant que Nora puisse finir sa phrase, sa main se resserre autour de la mienne avec une incroyable force, ses doigts délicats sont sur le point de me briser les os, son corps tout entier semble pris dans un spasme immense et elle rejette la tête en arrière avec un cri qui me déchire comme si des milliers de poignards venaient de me transpercer. Sa souffrance me brise et fait disparaître toutes mes tentatives pour rester calme et raisonnable. Je vois rouge, le sang martèle bruyamment mes tempes, et je sais que je ne vais pas pouvoir le supporter tellement plus longtemps.

Sans lâcher la main de Nora, je me retourne et hurle à l'intention des médecins :

— Mais aidez-la, putain ! Aidez-la tout de suite !

Mais aucun d'entre eux ne me prête attention. Ils sont tous les trois groupés au pied du lit où un drap masque le bas du corps de Nora. Je vois l'un d'entre eux se pencher en avant et puis…

— La voilà ! Le médecin qui m'a barré le passage tout à l'heure se redresse en tenant une petite chose ensanglantée qui gigote. Il se retourne, ses gestes sont rapides et efficaces et l'instant d'après le cri d'un nouveau-né traverse l'air. Il est d'abord faible et hésitant, mais gagne vite en puissance. Le choc d'entendre ce bruit aigu et impérieux me frappe comme une vague d'explosion et me paralyse sur place. Quand je parviens enfin à tourner la tête pour regarder Nora, je m'aperçois que sa main est inerte dans la mienne et qu'elle ne grimace plus de douleur. À la place, elle pleure et rit en même temps puis retire sa main de la mienne et prend le bébé que lui tend le médecin, cette minuscule créature qui continue de gigoter et dont les cris augmentent de volume.

— Oh, mon Dieu, Julian, sanglote-t-elle, alors que le médecin place le nouveau-né dans ses bras et remonte le lit en position semi-assise. Oh, mon Dieu, regarde-la… Elle la berce contre sa poitrine et sa robe d'hôpital s'entrouvre pour révéler un de ses seins gonflés par la grossesse tandis que j'en reste bouche bée, silencieux et bouleversé et que la petite chose commence à chercher le sein pour le prendre dans sa bouche rose et la referme plusieurs fois avant de se jeter sur le téton de Nora.

Non, pas la *petite chose*, c'est elle. Notre fille.

Nora et moi avons une fille. Et une fille qui tète comme une grande.

Ma vision s'obscurcit, les sons de l'hôpital s'amenuisent. Il pourrait y avoir une explosion nucléaire à côté de moi, je ne m'en apercevrais pas. Je ne vois rien, je ne me préoccupe que de ma belle petite chérie si précieuse avec ses cheveux en désordre qui forment un nuage sombre tandis qu'elle se penche sur le bébé qui tète. En transe, je me rapproche pour mieux voir, et mon pouls prend un rythme étrangement audible. C'est comme si j'écoutais les battements de cœur de quelqu'un d'autre avec un stéthoscope. *Boum-boum*. Un petit poing pétrit la douceur des seins ronds de Nora. *Boum-boum*. La petite bouche fonctionne avidement, des petites joues se vidant à chaque mouvement de succion. *Boum-boum*. Sur la toute petite tête, les cheveux sont noirs et duveteux, et semblent aussi doux que sa peau légèrement dorée.

Quand je suis de nouveau capable de parler, je murmure :

— De quelle couleur sont ses yeux ? Et Nora laisse échapper un rire tremblant en me jetant un coup d'œil.

— De quelle couleur penses-tu qu'ils soient ? Son visage est illuminé de tendresse. Bleus, comme les tiens.

Comme les miens. Ses mots me transpercent. La couleur de ses yeux m'est égale, en grandissant celle des bébés change souvent, mais savoir que cette minuscule créature est à moi, que c'est *ma* fille, me coupe le souffle. Ma main tremble quand je la tends vers elle et caresse doucement un microscopique petit pied, mes doigts sont terriblement grands à côté des orteils minuscules du bébé. Il semble impossible que quelque chose de si petit puisse exister ; on dirait une poupée… une poupée vivante qui respire, un petit être humain.

C'est ma Nora en miniature, mais tellement plus vulnérable et plus fragile.

Ma poitrine se serre et je retire la main, tout à coup une peur folle s'empare de mon esprit. Est-il normal pour un nouveau-né d'être aussi petit ? Après tout, elle *a* quinze jours d'avance. Et si je lui faisais mal en touchant son petit pied ? En relevant les yeux, je scrute le médecin d'un air menaçant.

— Est-ce qu'elle est…

— Elle est en parfaite santé. Le médecin me rassure en souriant. Un peu petite à deux kilos sept, mais parfaitement normale.

— Elle *est* vraiment parfaite, murmure Nora en baissant les yeux sur le bébé avec un amour si fort et si absolu que de nouveau j'en perds le souffle.

Ma femme. Mon enfant. Ma famille.

De nouveau, j'ai du mal à voir, les yeux me brûlent et je dois cligner pour chasser le voile de larmes. Je n'ai pas pleuré depuis mon enfance, mais si je me souviens bien de ce que l'on éprouve, cette brûlure que j'ai dans les yeux veut dire que je suis sur le point de le faire.

— Viens ! Murmure Nora en relevant de nouveau les yeux vers moi et je me rapproche, incapable de m'en empêcher. Lentement, je lève la main et je caresse d'un doigt la tête du bébé et tout en moi s'immobilise quand le bébé lâche le téton de Nora et cligne des yeux. Nora avait raison, je m'en aperçois en un quart de seconde avant que le minuscule petit visage se froisse de colère.

Elle a vraiment les yeux bleus.

Ma fille ouvre la bouche en poussant un grand cri et Nora se met à rire en l'aidant à retrouver son téton. La petite créature se tait instantanément et s'applique à téter et je baisse la tête en m'émerveillant de tout cela.

— Comment veux-tu l'appeler ? J'interroge Nora en chuchotant tandis que le bébé continue de se nourrir. En raison de la fausse couche que Nora a faite il y a trois ans, nous avons décidé de ne pas donner de prénom au bébé avant son arrivée, mais je soupçonne ma chérie d'y avoir réfléchi de son côté.

Effectivement, Nora relève les yeux et me sourit.

— Que dirais-tu d'Élisabeth ?

Une douleur douce-amère me serre le cœur.

— En souvenir de Beth ?

— En souvenir de Beth, confirme Nora. Mais je pense que nous pouvons l'appeler Liz, ou Lizzy. Tu ne trouves pas qu'elle ressemble à une petite Lizzy ?

— Si. J'effleure sa tête duveteuse de mes doigts. Tout à fait.

* * *

Nora et le bébé s'endorment toutes les deux, épuisées de l'épreuve qu'elles viennent de traverser et je sors de la pièce pour aller chercher une bouteille d'eau et me détendre les jambes. À ma surprise, quand j'arrive au bout du couloir, je vois deux têtes blondes penchées ensemble dans la salle d'attente.

La femme de Lucas, l'Ukrainienne impliquée dans l'accident d'avion est avec lui.

À mon approche, Yulia jette un coup d'œil dans ma direction. Immédiatement, elle se lève d'un bond et son visage pâle devient blême. Lucas se lève aussi et passe devant elle d'un geste protecteur.

Je pousse un soupir. J'ai promis à Lucas de ne pas lui faire de mal, mais il n'a toujours pas confiance en moi quand il s'agit d'elle, même si Nora et moi-même sommes allés à leur mariage à Chypre l'an dernier. Je ne lui en veux pas d'être trop protecteur, en général la vue de l'ancienne espionne suffit à faire monter ma tension, mais aujourd'hui je ne suis pas d'humeur à me battre.

Je suis trop comblé de joie pour me soucier de quoi que ce soit, si ce n'est de Nora et de notre fille.

Lizzy, je me répète son nom.

Nora et Lizzy.

Mon cœur se serre. *J'ai une fille et elle s'appelle Lizzy.*

— Félicitations ! dit doucement Yulia en s'agrippant au bras de son mari, et je m'aperçois que c'est à moi qu'elle parle. Lucas et moi sommes très heureux pour vous.

À ma surprise, je sens un sourire las me venir aux lèvres.

— Merci, dis-je, et, je le pense vraiment. Je ne lui pardonnerai jamais d'avoir failli me tuer et d'avoir aussi mis Nora en danger, mais au fil des années ma rage à son égard s'est atténuée et tiédie. Yulia rend Lucas heureux et Lucas me fait gagner beaucoup d'argent avec les nouveaux marchés, si bien que je ne rêve plus de l'écorcher vivante.

— Comment va Nora ? demande Lucas en glissant le bras autour de la taille fine de sa femme et en l'attirant contre lui. Elle doit être épuisée.

— Effectivement. Elle s'est endormie immédiatement après avoir appelé ses parents sur

Skype, ainsi que Rosa et Ana. Ils étaient tous contrariés de ne pas avoir pu arriver à temps, mais ils ont compris que le bébé avait son propre agenda. En respirant profondément, je passe une main dans mes cheveux. Nora dort maintenant, et Lizzy aussi.

— Lizzy ? dit Yulia, et son joli visage se radoucit. Quel beau prénom !

— Merci, il nous plaît bien. En fait, c'est un nom que j'adore, mais je ne vais pas copiner avec la femme de Lucas en parlant de noms de bébés. La tolérance, qui consiste à ne pas la tuer sur-le-champ, a des limites.

Tournant mon attention vers Lucas, je lui dis :

— Merci d'être venu après avoir été prévenus à la dernière minute, et merci d'avoir fait venir des hommes de l'opération en Syrie. La situation est assez tranquille depuis quelque temps, mais ça n'est pas plus mal d'avoir du renfort. Surtout pour protéger ma femme et ma fille. Il me suffit d'imaginer que Lizzy puisse être en danger et mes entrailles se glacent.

Je vais lui faire poser des implants de localisation dès que les médecins le permettront et engager une nouvelle douzaine de gardes du corps pour veiller sur elle en permanence. S'il lui arrive quoi que ce soit, son équipe de sécurité aura affaire à moi.

— Pas de problème, répond Lucas. De toute façon, nous étions en route pour Londres, pour l'ouverture du nouveau restaurant de Yulia. Michael nous y attend déjà.

Ah, c'est donc la raison de la présence de Yulia. Je me demandais pourquoi Lucas l'avait amenée. D'après mes souvenirs, ce sera le quatrième restaurant portant le nom de Yulia et proposant ses menus, c'est une affaire qui marche bien pour une ancienne espionne.

— Quoiqu'il en soit, dit Yulia en me regardant d'un air prudent, nous ne voulions pas vous retenir. Il faut sans doute que vous retourniez au chevet de Nora et du bébé.

— C'est vrai, dis-je sans tenter de la démentir. Mais, je suis toujours de bonne humeur et j'ajoute : si je ne vous revois pas d'ici-là, bonne chance pour l'inauguration.

Et sans attendre de réponse, je poursuis mon chemin dans le couloir.

* * *

Quand les infirmières ramènent le bébé pour la tétée, je masse les pieds de Nora, c'est le seul contact physique autorisé pour le moment. Lizzy crie comme une folle, mais dès qu'elle est placée dans les bras de Nora elle se tait et commence à chercher le sein. Subjugué, je regarde sa toute petite bouche trouver son but et se mettre à téter. Nora lui chante quelque chose en la caressant doucement et je ne peux que les fixer, incapable de détourner le regard. Ma belle chérie est mère, mère de mon bébé. Je ne pensais pas pouvoir devenir encore plus possessif avec Nora, mais c'est fait.

Désormais, elle m'appartient d'une tout autre manière, et la voir ainsi provoque des émotions dont je ne me serais jamais cru capable. C'est comme si ma vie entière devait trouver cet aboutissement, ma femme et mon enfant, et parvenir à cette joie incandescente qui me terrifie.

— Tu veux la prendre ? Murmure Nora quand le bébé lâche son téton ; je me glace et chacun de mes muscles se bloque. Je me suis retrouvé devant des terroristes et des seigneurs de la guerre, j'ai eu affaire à des généraux et à des chefs d'État, mais je n'ai jamais été aussi intimidé.

— Tu es sûre ? Ma voix est tendue. Tu ne penses pas que je risque de lui faire mal ?

— Non. Les douces lèvres de Nora dessinent un sourire. Voilà ! Elle me tend le bébé en faisant bien attention et je fais de mon mieux pour la tenir comme elle, au creux du bras et en lui soutenant la tête de la main. Lizzy est incroyablement légère, c'est un petit bout de chou tout chaud qui a le doux parfum des bébés, et tandis que je la regarde, elle me cligne de nouveau des yeux avant de se rendormir.

Je murmure avec émerveillement :

— Elle dort. Nora, elle dort dans mes bras.

— Je sais, murmure Nora et quand je lève les yeux vers elle, je la vois sourire, même si des larmes roulent sur ses joues. Tous les deux… Mon Dieu, jamais je n'aurais pu imaginer une chose pareille…

— Moi non plus. En veillant à ne pas déranger Lizzy, je prends les doigts délicats de Nora de ma main restée libre et je les porte à mes lèvres. En embrassant ses phalanges, je murmure :

— Je t'aime, bébé, je t'aime tant.

Les lèvres tremblantes de Nora ont un sourire.

— Moi aussi, je t'aime, Julian.

Et nous regardons dormir notre fille. Je sais que ce n'est que le début.

Notre véritable histoire va commencer.

EN AVANT-PREMIÈRE

Merci d'avoir lu ce roman ! Si vous souhaitez écrire un avis, je vous en serais très reconnaissante.

Bien que Réclame-moi conclut l'histoire de Lucas & Yulia, j'ai beaucoup d'autres livres à venir. Si vous souhaitez être prévenu(e) de la parution de ce livre, veuillez-vous inscrire sur ma liste de nouvelles parutions sur http://annazaires.com/series/francais/.

Si vous n'avez pas encore lu l'histoire de Nora et de Julian je vous suggère de lire *L'Enlèvement*. Les trois volumes de la trilogie sont désormais disponibles en français.

Par ailleurs si ce livre vous a plu vous pourriez aimer l'histoire de Mia et de Korum, une autre de mes trilogies qui est également disponible en français.

Et maintenant, tourner la page pour un avant-goût de *Twist Me - L'Enlèvement* et de *Liaisons Intimes*.

EXTRAITS DE *TWIST ME -*
L'ENLÈVEMENT

Note de l'auteur : Twist Me est une trilogie dark érotique au sujet de Nora et de Julian Esguerra. Les trois livres sont maintenant disponibles.

* * *

Kidnappée. Séquestrée sur une île privée.

Je n'aurais jamais cru que cela puisse m'arriver. Je n'ai jamais imaginé qu'une rencontre fortuite la veille de mon dix-huitième anniversaire pourrait ainsi changer ma vie.

Désormais, je lui appartiens. J'appartiens à Julian. Un homme aussi impitoyable que beau. Un homme dont les caresses me consument. Un homme dont la tendresse me fait plus de mal que sa cruauté.

Mon ravisseur est une énigme. Je ne sais ni qui il est ni pourquoi il m'a enlevée. Il y a des ténèbres en lui, des ténèbres qui me font peur tout en m'attirant.

Je m'appelle Nora Leston, et voici mon histoire.

* * *

C'est le soir maintenant. Chaque minute qui passe accroit mon anxiété à la pensée de revoir mon ravisseur.

Le roman que je lis ne m'intéresse plus. Je l'ai posé et je tourne en rond dans la pièce.

Je porte les vêtements que Beth m'a donnés tout à l'heure. Ce n'est pas ce que j'aurais choisi de porter, mais c'est toujours mieux qu'un peignoir de bain. Un panty sexy en dentelle blanche et un soutien-gorge assorti, voilà mes sous-vêtements. Et une jolie robe d'été bleu qui se boutonne sur le devant. Étrangement, tout est exactement à ma taille. Est-ce qu'il m'a espionnée pendant un certain temps ? Et tout appris de moi, y compris la taille de mes vêtements ?

Cette pensée me rend malade.

J'essaie de ne pas penser à ce qui va arriver, mais c'est impossible. Je ne sais pas pourquoi je suis convaincue qu'il va venir me voir ce soir. Peut-être a-t-il tout un harem dissimulé dans cette île et qu'il rend visite à une femme différente chaque jour de la semaine comme le faisaient les sultans.

Et pourtant je sais qu'il va bientôt arriver. La nuit dernière n'a fait qu'aiguiser son appétit. Je sais qu'il n'en a pas fini avec moi. Loin de là.

Finalement, la porte s'ouvre.

Il entre en maître des lieux. Ce qui est précisément le cas.

De nouveau, je suis frappée par sa beauté virile. Avec un visage comme le sien, il aurait pu être modèle ou acteur de cinéma. S'il y avait un peu de justice dans ce monde, il aurait été petit ou il aurait d'autres imperfections en contrepartie de ce visage.

Mais non. Il est grand et musclé, parfaitement proportionné. En me souvenant de ce que j'ai ressenti quand il était en moi, mon excitation se réveille bien malgré moi.

De nouveau, il porte un jean et un tee-shirt. Gris cette fois-ci. Il semble préférer s'habiller simplement et il a raison. Il n'a pas besoin que ses vêtements le mettent en valeur.

Il me sourit. Un sourire d'ange déchu, à la fois sombre et séducteur.

— Bonsoir, Nora.

Je ne sais que lui dire, alors je laisse échapper la première chose qui me vient à l'esprit.

— Combien de temps allez-vous me garder ici ?

Il penche légèrement la tête sur le côté.

— Ici, dans cette pièce ? Ou sur cette île ?

— Les deux.

— Beth te fera visiter demain, elle t'emmènera nager si tu veux, dit-il en s'approchant de moi. Tu ne seras pas enfermée, sauf si tu fais une bêtise.

— Quel genre de bêtise ? ai-je demandé, le cœur battant en le voyant s'arrêter près de moi et lever la main pour me caresser les cheveux.

— Essayer de faire du mal à Beth ou de te faire du mal. Sa voix est douce, son regard hypnotique quand il baisse les yeux sur moi. Étrangement, sa manière de me caresser les cheveux m'aide à me détendre.

Je cligne des yeux pour tenter de rompre le charme.

— Et sur cette île ? Combien de temps allez-vous m'y garder ?

Sa main caresse mon visage, se pose sur ma joue. En m'apercevant que je me frotte contre sa main comme un chat que l'on caresse, je me raidis immédiatement.

Ses lèvres dessinent un sourire entendu. Ce salaud sait l'effet qu'il a sur moi.

— Longtemps, j'espère, dit-il.

Sans savoir pourquoi, ça ne m'étonne pas. Il n'aurait pas pris la peine de m'amener jusqu'ici pour me baiser deux ou trois fois. Je suis terrifiée, mais pas surprise.

Je prends mon courage à deux mains et pose la question qui s'ensuit logiquement.

— Pourquoi m'avoir kidnappée ?

Il cesse de sourire. Il ne répond pas et se contente de me regarder, ses yeux bleus restent mystérieux.

Je commence à trembler.

— Vous allez me tuer ?

— Non, Nora, je ne vais pas te tuer.

Sa réponse me rassure, mais évidemment c'est peut-être un mensonge.

— Allez-vous me vendre ? J'ai du mal à le dire. Comme prostituée, ou alors quelque chose de ce genre ?

— Non, dit-il d'une voix douce. Jamais de la vie. Tu es à moi et rien qu'à moi.

Je suis un peu plus calme, mais il reste encore quelque chose que j'ai besoin de savoir.

— Allez-vous me faire du mal ?

Il ne répond pas immédiatement. Une lueur obscure traverse son regard.

— Probablement, dit-il à voix basse.

Alors il s'est penché sur moi et m'a embrassée, ses lèvres sur les miennes étaient douces, douces et ardentes.

Pendant un instant, je suis restée figée, inerte. Je croyais ce qu'il disait. Je savais qu'il disait la vérité en disant qu'il allait me faire du mal. Il y a quelque chose chez lui qui me terrifie, qui m'a terrifiée depuis le début.

Il ne ressemble pas aux garçons avec lesquels je suis sortie. Il est capable de tout.

Et je suis entièrement à sa merci.

Je pense essayer de lui résister de nouveau. Ce serait normal dans ma situation. Ce serait courageux.

Et pourtant je ne le fais pas.

Je sens les ténèbres en lui. Il y a quelque chose de mauvais en lui. Sa beauté extérieure dissimule quelque chose de monstrueux.

Je ne peux pas lui permettre de donner libre cours au mal. Je ne sais pas ce qui arriverait si je le faisais.

Alors je m'immobilise dans ses bras et je le laisse m'embrasser.

Et quand il me soulève et me porte sur le lit, je n'essaie nullement de lui résister.

Au contraire, je ferme les yeux et m'abandonne à mes sensations.

* * *

Les trois livres de la trilogie Twist Me sont maintenant disponibles. S'il vous plaît, visitez mon site Web à <u>http://annazaires.com/series/francais/</u> pour en savoir plus et pour vous inscrire à ma liste de distribution.

EXTRAIT DE *LIAISONS INTIMES*

Remarque : *Liaisons Intimes* est le premier volume de ma série de science-fiction érotique, les Chroniques Krinar. Sans être aussi sombre que *Twist Me - L'Enlèvement,* et *Capture Me - Capture-Moi, Liaisons Intimes* contient des éléments qui plairont aux amateurs d'érotisme noir.

* * *

Un romance au charme sombre et audacieux qui séduira les amateurs de liaisons dangereusement érotiques…

Dans un futur proche, la Terre est désormais sous l'emprise des Krinars, une espèce sophistiquée venue d'une autre galaxie. Ils restent un mystère pour nous, et nous sommes totalement à leur merci.

Mia Stalis est une jeune étudiante New Yorkaise, plutôt innocente et timide. Elle mène une vie parfaitement normale. Comme la plupart des êtres humains elle n'a jamais eu de contact avec les envahisseurs, jusqu'au jour où une simple promenade dans Central Park va changer sa vie à jamais. Mia a été remarquée par Korum et elle doit maintenant se confronter à un puissant Krinar, doté de dangereux moyens de séduction, qui veut la posséder corps et âme — et qui ne reculera devant rien pour devenir son maître.

Jusqu'où peut-on aller pour retrouver sa liberté ? Quels sacrifices peut-on consentir pour aider ses semblables ? Quels choix nous reste-t-il quand on s'éprend de son ennemi ?

* * *

Respire, Mia, respire !

Une voix enfouie en elle, une petite voix raisonnable n'arrêtait pas de le lui répéter. Et cette même part d'elle-même, bizarrement objective, remarquait la symétrie du visage de cet homme, sa peau bronzée tendue sur ses pommettes saillantes et sa mâchoire solide. Elle avait vu des Ks en photo et sur des vidéos, ni les unes ni les autres ne leur rendaient vraiment justice. La créature qui ne se tenait guère qu'à une dizaine de mètres d'elle était tout simplement extraordinaire.

Alors qu'elle continuait de le regarder fixement, toujours pétrifiée, il se redressa et fit quelques pas dans sa direction. Ou plutôt, il bondit vers elle, lui sembla-t-il, ressemblant à un félin qui s'approche légèrement d'une gazelle. Ce faisant, il ne la quittait pas des yeux. Quand il se rapprocha, elle distingua de petits éclats jaunes dans ses yeux d'or pâle ainsi que ses longs cils épais.

Elle s'aperçut avec un mélange d'horreur et d'incrédulité qu'il s'était assis sur le banc à quelques centimètres d'elle et qu'il lui souriait en montrant ses dents blanches. Pas de crocs, lui dit la part de son cerveau qui fonctionnait encore, rien qui puisse y ressembler. Encore un mythe à leur sujet, tout comme leur soi-disant horreur du soleil.

— Comment vous appelez-vous ? La question avait presque été posée comme un ronronnement. Cette créature avait la voix basse et douce, pratiquement sans le moindre accent. Ses narines se soulevaient légèrement comme s'il sentait son parfum.

— Heu… Mia avala sa salive avec nervosité. M-Mia.

— Mia, répéta-t-il lentement, semblant prendre plaisir à dire son nom. Mia comment ?

— Mia Stalis. Merde alors, pourquoi voulait-il savoir son nom ? Et pourquoi était-il là, en train de lui parler ?

Et qui plus est, que faisait-il à Central Park, si loin de l'un des Centres K ? *Respire, Mia, respire !*

— Détendez-vous donc Mia Stalis !

Il sourit de toutes ses dents, et une fossette apparut sur sa joue gauche. Une fossette ? Les K avaient donc des fossettes ?

— Vous n'avez donc encore jamais rencontré l'un d'entre nous ?

— Non, jamais Mia poussa un grand soupir et s'aperçut qu'elle avait retenu son souffle. Malgré tout son trouble, sa voix ne tremblait pas trop et elle en fut fière. Devrait-elle l'interroger, souhaitait-elle savoir ? Elle prit son courage à deux mains.

— Et que… — une fois de plus elle avala sa salive — que voulez-vous de moi ?

— Juste parler, pour le moment. Il plissait légèrement ses yeux dorés, elle avait l'impression qu'il était sur le point de se moquer d'elle. Bizarrement, elle en fut assez agacée pour sentir sa peur s'atténuer. S'il y avait une chose à laquelle Mia était très sensible, c'était la moquerie. Mia était de petite taille, très mince, mal à l'aise avec les autres comme toutes les jeunes filles qui ont dû supporter le désagrément d'avoir eu un appareil dentaire, des cheveux frisés et des lunettes pendant leur adolescence. C'était un véritable cauchemar de faire sans cesse l'objet des moqueries des uns et des autres. Elle releva la tête avec agressivité.

— Alors d'accord, comment *vous* appelez-vous ?

— Moi, c'est Korum.

— Korum tout court ?

— Contrairement à vous, nous n'avons pas vraiment de nom de famille. Le mien est tellement long que vous n'arriveriez pas à le prononcer si je vous le disais.

Voilà qui était intéressant. En l'entendant, elle se souvenait avoir lu quelque chose à ce sujet dans le *New York Times*. Jusqu'ici, tout allait bien. Ses jambes ne tremblaient plus, sa respiration s'était calmée. Elle arriverait peut-être à s'en sortir saine et sauve ? Elle se sentait relativement en sécurité en parlant avec lui, bien qu'il ait continué de la dévisager fixement de ses yeux jaunâtres qui la mettaient mal à l'aise.

— Et que faites-vous ici, Korum ?

— Je viens de vous le dire, un brin de causette avec vous, Mia. Il y avait encore un soupçon de moquerie dans sa voix.

Mia se sentit frustrée, elle poussa un nouveau soupir.

— Ou plutôt que faites-vous ici à Central Park ? Et que faites-vous à New York ?

Il sourit une nouvelle fois en penchant la tête légèrement de côté.

— Disons que j'espérais rencontrer une jolie jeune fille aux cheveux bouclés.

Bon, ça suffisait maintenant. Il était clair qu'il se moquait d'elle. Maintenant qu'elle avait un peu repris ses esprits, elle s'aperçut qu'ils étaient là, au beau milieu de Central Park, et devant des millions de témoins. Elle jeta un coup d'œil discret autour d'elle pour en avoir le cœur net. Eh oui, elle avait raison, bien que les gens s'écartent du banc où elle se trouvait avec cet extra-terrestre, plus loin sur le chemin les plus courageux les regardaient fixement. Il y avait même un couple qui les filmait, sans prendre trop de risque, avec la caméra qu'ils avaient au poignet. Si le K devenait trop entreprenant avec elle, en un clin d'œil les images seraient sur YouTube, il le savait bien. Mais comment savoir s'il s'en moquait ou pas ?

Cependant étant donné qu'elle n'avait jamais vu de vidéos où des étudiantes se faisaient agresser par des Ks au beau milieu de Central Park, elle était relativement en sécurité ; Mia prit son ordinateur portable avec précaution et le remit dans son sac à dos.

— Laissez-moi vous aider, Mia.

Avant même qu'elle ne puisse réagir, elle le sentit s'emparer de tout le poids de l'ordinateur, il le prit des mains de Mia devenues inertes et elle sentit alors qu'il lui touchait le bout des doigts. Ce contact provoqua en elle comme une légère décharge électrique et un frémissement nerveux la suivit aussitôt.

Il attrapa son sac à dos et y mit l'ordinateur portable, chacun de ses gestes était précis, doux et d'une grande souplesse.

— Eh bien ! voilà, tout va bien mieux maintenant.

Mon Dieu, il venait de la toucher. Peut-être avait-elle tort de penser qu'on était en sécurité dans les lieux publics. De nouveau, elle sentit sa respiration s'accélérer et son cœur battre la chamade.

— Il faut que j'y aille maintenant, au revoir !

Elle se demanderait toujours comment elle avait réussi à parler sans s'étrangler de terreur. Elle saisit les sangles de son sac à dos qu'il venait de poser par terre et se leva d'un bond, en remarquant au passage qu'elle avait retrouvé l'usage de ses jambes.

— Au revoir, Mia. Et à bientôt !

En partant, elle entendit sa voix légèrement moqueuse qui portait loin — l'air du printemps était si pur —, elle avait tellement hâte d'être loin de lui qu'elle courait presque.

* * *

Si vous souhaitez en savoir plus, veuillez consulter le site internet d'Anna http://annazaires.com/series/francais/. Les trois livres de la trilogie des Chroniques de Krinar sont maintenant disponibles.

EXTRAIT DE
LES LECTEURS DE PENSÉE

Note de l'auteur: Si vous voulez essayer quelque chose de différent — et surtout si vous aimez la fantaisie urbaine et la science-fiction — vous pourriez vouloir essayer *les lecteurs de Pensée*, le premier livre de la série *Les Dimensions* de l'esprit où j'ai collaboré avec Dima Zales, mon mari. Mais attention, il n'y a pas beaucoup de romance ou le sexe dans celui-ci. Au lieu de sexe, il y a lecture de l'esprit. Le livre est maintenant disponible chez la plupart des détaillants.

* * *

Tout le monde pense que je suis un génie.

Tout le monde a tort.

Oui, je suis sorti de Harvard à dix-huit ans et je me remplis les poches dans un fonds spéculatif. Mais ce n'est pas parce que je suis extraordinairement intelligent ou travailleur.

C'est parce que je triche.

J'ai un talent unique, voyez-vous. Je peux sortir du temps pour entrer dans ma version personnelle de la réalité — un endroit que je nomme 'le Calme' — où je peux explorer mon environnement pendant que le reste du monde est immobile.

Je pensais être le seul à pouvoir le faire — jusqu'à ce que je la rencontre.

Je m'appelle Darren et voici comment j'ai appris que j'étais un Lecteur.

* * *

Parfois je pense que je suis fou. Je suis assis à une table de casino à Atlantic City et tout le monde autour de moi est immobile. J'appelle cela le *Calme*, comme si le fait de donner un nom au phénomène le rend plus réel, comme si lui donner un nom change le fait que tous les joueurs autour de moi sont assis là comme des statues et que je marche parmi eux en regardant les cartes qu'on leur a distribuées.

Le problème avec cette théorie sur ma folie est que quand je 'dégèle' le monde, comme je viens de le faire, les cartes que les joueurs retournent sont celles que j'ai vues dans le Calme. Si j'étais fou, ces cartes ne seraient-elles pas des cartes au hasard ? Sauf si j'en suis au point d'imaginer les cartes sur la table.

Et ensuite je gagne. Si c'est aussi une hallucination — si la pile de jetons à côté de moi est une hallucination — alors je pourrais bien tout remettre en question. Peut-être que je ne m'appelle même pas Darren.

Non. Je ne peux pas penser de cette façon. Si je suis vraiment si perdu, alors je ne veux pas sortir de cet état de confusion : car si j'en sortais, je me réveillerais probablement dans un hôpital psychiatrique.

En outre, j'adore ma vie, aussi folle soit-elle.

Ma psy pense que le Calme est une façon inventive de décrire 'le fonctionnement intérieur de mon génie'. Alors ça, ça me paraît vraiment fou. Il se peut aussi qu'elle soit attirée par moi, mais c'est une autre histoire. Disons simplement que pour sortir avec elle, il faudrait qu'elle ait un âge beaucoup plus proche de ce que je cherche, c'est-à-dire autour de vingt-quatre ans. Encore jeune, encore sexy, mais qui a fini les études et qui ne fait plus de soirées en boîte. Je déteste sortir en boîte presque autant que ce que j'ai détesté étudier. En tout cas, l'explication de ma psy ne fonctionne pas, car elle ne tient pas compte de la façon dont je sais des choses que même un génie ne pourrait pas savoir : par exemple la valeur et la couleur exactes des cartes des autres joueurs.

Je regarde le croupier commencer à distribuer les nouvelles cartes. Il y a trois joueurs à côté de moi à la table. Le Cowboy, la Grand-mère et le Professionnel, comme je les surnomme. Je ressens cette peur désormais presque imperceptible qui accompagne mon déphasage — c'est comme cela que j'appelle le processus : déphaser vers le Calme. L'inquiétude au sujet de ma santé mentale a toujours facilité le déphasage. La peur semble être utile au procédé.

Je déphase et tout devient calme. D'où le nom de cet état.

C'est étrange pour moi, même maintenant. Ce casino est très bruyant en général. Les gens ivres qui parlent, les machines à sous, le bruit des jackpots, la musique — seuls les concerts ou les boîtes de nuit sont plus bruyants. Et pourtant, en ce moment précis, j'aurais probablement pu entendre une mouche voler. C'était comme si j'étais devenu sourd au chaos qui m'entoure.

Les personnes figées autour de moi augmentent l'étrangeté du phénomène. Ici, la serveuse qui porte un plateau de boissons est arrêtée au milieu d'un pas. Là, une femme est sur le point de tirer sur le levier d'un bandit manchot. À ma table, la main du croupier est levée et la dernière carte qu'il a distribuée flotte dans l'air. Je m'avance vers elle depuis mon côté de la table et je l'attrape. C'est un roi, destiné au Professionnel. Quand je lâche la carte, elle tombe sur la table au lieu de continuer à flotter comme avant — mais je sais très bien qu'elle retournera en l'air, exactement à l'endroit où je l'ai touchée, quand je sortirai du déphasage.

Le Professionnel a l'air de gagner sa vie au poker, ou en tout cas il correspond parfaitement à la façon dont j'imagine ce genre de personnes. Mal habillé, lunettes de soleil, et un peu étrange. Il a très bien maintenu son *poker face*, n'ayant pas bougé le moindre muscle de toute la partie. Son visage est si inexpressif que je me demande s'il ne s'est pas injecté du Botox pour l'aider à maintenir une telle contenance. Sa main est sur la table, recouvrant et protégeant les cartes qui lui ont été distribuées.

Je déplace sa main molle. Elle est normale au toucher. Enfin, façon de parler. La main est moite et poilue, alors c'est désagréable et anormal de la toucher. Ce qui est normal, c'est qu'elle est chaude au lieu d'être froide. Quand j'étais enfant, je m'attendais à ce que les gens soient froids dans le Calme, comme des statues de pierre.

Une fois que la main du Professionnel est déplacée, je ramasse ses cartes. Avec le roi qui flotte en l'air, il a une jolie paire. C'est bon à savoir.

Je m'avance vers Grand-mère. Elle tient déjà ses cartes en éventail pour moi. Je peux éviter de toucher ses mains ridées et tâchées. C'est un soulagement, car j'ai récemment commencé à avoir des réserves sur le fait de toucher les gens — plus particulièrement les femmes — dans le Calme. Si j'étais obligé, je raisonnerais que le fait de toucher la main de Grand-mère était inoffensif — ou du moins, pas pervers — mais il vaut mieux l'éviter si possible.

Dans tous les cas, elle a une petite paire. Je me sens mal pour elle. Elle a perdu pas mal d'argent ce soir. Ses jetons diminuent. Ses pertes sont peut-être dues, au moins partiellement, au fait qu'elle ne sait pas garder un visage neutre. Même avant de regarder ses cartes, je savais qu'elles ne seraient pas bonnes parce que j'ai vu qu'elle était déçue de sa main au moment où elle l'a regardée. J'avais aussi remarqué un éclat joyeux dans ses yeux quelques tours plus tôt, quand elle avait eu un brelan gagnant.

Ce jeu de poker est, en grande partie, un exercice de lecture des gens : un domaine dans lequel j'aimerais vraiment m'améliorer. On me dit très fort pour lire les gens dans mon travail, mais ce n'est pas vrai. Je suis juste doué pour utiliser le Calme et faire comme si j'étais doué. Mais je veux vraiment apprendre à analyser les gens pour de vrai.

Ce qui ne m'intéresse pas tellement dans ce jeu de poker, c'est l'argent. Je m'en sors assez bien financièrement pour ne pas dépendre d'un gros gain aux jeux de chance. Peu importe que je perde ou que je gagne, même si cela avait été amusant de quintupler mon argent à la table de blackjack. J'ai fait tout ce voyage pour jouer parce que je le peux enfin, ayant vingt-et-un ans maintenant. Je n'ai jamais aimé les fausses cartes d'identité, alors ceci est une première pour moi.

Je laisse la Grand-mère tranquille, et je passe au joueur suivant : le Cowboy. Je ne peux pas résister à la tentation d'enlever son chapeau de paille et de l'essayer. Je me demande si c'est possible d'attraper des poux comme ça. Parce que je n'ai jamais pu ramener un objet inanimé du Calme, ni affecter le monde de manière durable, je me dis que je ne peux pas non plus ramener de créatures vivantes avec moi.

Je laisse tomber le chapeau et je regarde ses cartes. Il a une paire d'as — sa main est meilleure que celle du Professionnel. Le Cowboy est peut-être un pro lui aussi. Il a un bon *poker face*, d'après ce que je peux voir. Ce sera intéressant de les observer pendant ce tour.

Ensuite, je m'avance vers le deck et je regarde les cartes supérieures pour les mémoriser. Je ne laisse aucune place au hasard.

Quand j'ai fini, je reviens vers moi. Ah oui, est-ce que j'ai dit que je peux me voir assis là, figé comme les autres ? C'est le plus bizarre. C'est comme de vivre une expérience extracorporelle.

Je m'approche de mon corps figé et je le regarde. En général, j'évite de le faire, parce que c'est trop perturbant. On a beau se regarder dans le miroir ou dans des vidéos sur YouTube, rien ne peut préparer à voir son propre corps en 3D. Ce n'est pas quelque chose qu'on est censé vivre. Enfin, sauf pour les vrais jumeaux, je suppose.

Il est difficile de croire que ce corps, c'est moi. Il ressemble plutôt à n'importe qui. Enfin, peut-être un peu mieux que ça. Je le trouve assez intéressant. Il a l'air cool. Il a l'air classe. Je pense que les femmes le considèreraient probablement comme beau, même si ce n'est pas modeste de l'admettre.

Je ne suis pas un expert pour évaluer le degré de beauté des hommes, mais certaines choses sont évidentes. Je sais quand un type est laid et mon corps figé ne l'est pas. Je sais aussi qu'en général il faut des traits symétriques pour être perçu comme étant beau, et ma statue les a. Une mâchoire prononcée n'est pas mal non plus. Check. Avoir les épaules larges, c'est positif, et être grand aide beaucoup. Tout est bon. J'ai des yeux bleus, ce qui semble être une bonne chose. Des filles m'ont dit qu'elles aimaient mes yeux, même si maintenant, sur mon corps figé, ils ont l'air effrayants. Ils sont tout vitreux. On dirait les yeux d'une statue de cire.

Je me rends compte que je passe trop de temps sur ce sujet, et je secoue la tête. Je peux déjà voir ma psy en train d'analyser ce moment. Qui pourrait imaginer que le fait de s'admirer de cette façon soit un symptôme de sa maladie mentale ? Je l'imagine en train de griffonner des mots comme 'narcissique' et de le souligner.

Bon, ça suffit. Je dois quitter le Calme. Je lève la main et je touche le front de ma silhouette figée.

J'entends les bruits à nouveau en sortant de mon déphasage.

Tout est de retour à la normale.

Le roi que j'ai regardé un instant auparavant — le roi que j'ai laissé sur la table — est de retour en l'air et de là, il suit la trajectoire normale pour atterrir près des mains du Professionnel. La Grand-mère regarde toujours ses cartes avec déception et le Cowboy porte de nouveau son chapeau, même si je le lui avais enlevé dans le Calme. Tout est exactement comme c'était avant.

D'une certaine façon, mon cerveau ne cesse jamais de s'étonner de la discontinuité entre l'expérience dans le Calme et celle d'en dehors. Notre condition d'humains fait que nous sommes programmés pour questionner la réalité lorsque ce genre de chose se produit. Quand j'essayais d'être plus malin que ma psy, au début de la thérapie, j'avais un jour lu tout un manuel de psychologie pendant notre session. Elle n'avait rien remarqué, bien sûr, puisque je l'avais fait dans le Calme. Le livre disait comment les bébés, dès l'âge de deux mois, pouvaient être surpris s'ils voyaient quelque chose qui sortait de l'ordinaire, comme la gravité semblant fonctionner à l'envers, par exemple. Ce n'est pas étonnant que mon cerveau ait du mal à s'adapter. Jusqu'à mes dix ans, le monde se comportait normalement, mais depuis, tout est bizarre et c'est peu dire.

Je baisse les yeux et je me rends compte que j'ai un brelan. La prochaine fois je regarderai mes cartes avant de déphaser. Si j'ai une combinaison aussi forte, je pourrais tenter le coup et jouer sans tricher.

Le jeu se déroule de façon prévisible parce que je connais les cartes de tout le monde. À la fin, Grand-mère se lève. Elle a manifestement perdu assez d'argent.

C'est alors que je vois la fille pour la première fois.

Elle est superbe. Mon ami Bert du travail prétend que j'ai un type de femmes, mais je rejette cette idée. Je n'aime pas me voir aussi creux ou prévisible. Mais il se pourrait que je sois un peu des deux, car cette fille correspond parfaitement à la description de Bert. Et je réagis de façon extrêmement intéressée, c'est le moins qu'on puisse dire.

De grands yeux bleus. Des pommettes bien définies sur un visage fin, avec une pincée d'exotisme. Des jambes longues et très bien formées, comme celles d'une danseuse. Des cheveux sombres ondulés attachés en queue de cheval, ce qui me plaît. Et pas de frange : encore mieux. J'ai horreur des franges, je ne sais pas pourquoi les filles s'infligent ça. Même si l'absence de frange ne faisait pas partie de la description de Bert, cela aurait probablement dû y figurer.

Je continue à la dévisager. Avec ses talons hauts et sa jupe serrée, elle est un peu trop bien habillée pour cet endroit. Ou alors c'est moi qui ne suis pas assez bien habillé, en jean et T-shirt. Quoi qu'il en soit, je m'en moque. Il faut que j'essaie de lui parler.

J'hésite à passer dans le Calme et à l'approcher pour faire quelque chose de louche du genre la regarder de près ou peut-être même inspecter le contenu de ses poches. Faire quelque chose qui m'aiderait quand je lui parlerai.

Je décide de ne pas le faire, ce qui est probablement la première fois.

Je sais que le raisonnement qui me pousse à casser mon habitude est très étrange. Si on peut appeler ça un raisonnement. J'imagine l'enchaînement suivant : elle accepte de sortir avec moi, on sort ensemble pendant quelque temps, ça devient sérieux, et à cause de la connexion profonde entre nous, je lui parle du Calme. Elle apprend que j'ai fait un truc pervers, elle pique une crise et elle me largue. C'est ridicule de penser tout ça, étant donné que je ne lui ai pas encore parlé. Je brûle carrément les étapes. Elle a peut-être un QI de moins de 70 ou la personnalité d'un morceau de bois. Il peut y avoir vingt raisons différentes qui expliqueraient que je ne veuille pas sortir avec elle. En outre, cela ne dépend pas que de moi. Elle pourrait me dire d'aller me faire foutre dès que j'essaie de lui parler.

Malgré tout, le fait de travailler dans les fonds spéculatifs m'a appris à spéculer. Même si le raisonnement est dingue, je m'en tiens à ma décision de ne pas déphaser, parce que c'est ce qu'un gentleman aurait fait. En accord avec cette galanterie qui ne me ressemble pas, je décide également de ne pas tricher pour ce tour de poker.

Pendant que les cartes sont distribuées, je songe à quel point c'est agréable de se comporter honorablement, même si personne ne le sait. Je devrais peut-être essayer de respecter plus souvent la vie privée des gens. *Ouais, c'est ça.* Faut rester réaliste. Je ne serais pas là où j'en suis aujourd'hui si j'avais suivi ce conseil. En fait, si je prenais l'habitude de respecter la vie privée, je perdrais mon boulot en l'espace de quelques jours, et avec lui, beaucoup du confort auquel je me suis habitué.

Je copie le geste du Professionnel et je couvre mes cartes de la main dès que je les reçois. Je suis sur le point de jeter un coup d'œil à mes cartes quand quelque chose d'inhabituel se produit.

Le monde devient silencieux, exactement comme quand je déphase... Mais je n'ai rien fait cette fois.

Et à ce moment-là, je la vois : la fille assise à l'autre bout de la table, la fille à qui je viens de penser. Elle est debout à côté de moi et elle retire sa main de la mienne. Ou, plus précisément, de la main de mon corps figé : moi je suis un peu plus loin et je la regarde.

Elle est également assise en face de moi à la table, une statue figée comme toutes les autres.

Mon cerveau se met à turbiner et mon cœur se met à battre plus vite. Je n'envisage même pas la possibilité que cette seconde fille soit une sœur jumelle ou un truc du genre. Je sais que c'est elle. Elle fait ce que j'ai fait quelques minutes avant. Elle marche dans le Calme. Le monde autour de nous est figé, mais pas nous.

Elle a un regard horrifié quand elle se rend compte de la même chose. Elle se précipite de l'autre côté de la table et elle se touche le front.

Le monde redevient normal.

Elle me fixe, choquée, avec des yeux immenses, le visage pâle. Je vois ses mains trembler quand elle se lève. Sans un mot, elle me tourne le dos et elle se met à courir.

Me remettant de ma surprise, je me lève et je la suis en courant. Ce n'est pas très élégant. Si elle remarque qu'un type qu'elle ne connaît pas lui court après, elle aura autre chose en tête que sortir avec. Mais je n'en suis plus là maintenant. C'est la seule personne que j'ai rencontrée et qui sache faire la même chose que moi. Elle est la preuve que je ne suis pas fou. Elle a peut-être ce que je désire le plus au monde.

Elle a peut-être des réponses !

* * *

Si vous souhaitez connaître la date de sortie de *Les Lecteurs de pensée (Les Dimensions de l'esprit : Tome 1),* vous pouvez consulter le site de Dima Zales sur http://www.dimazales.com/series/francais/ et vous inscrire pour être prévenu par e-mail des nouvelles sorties. Vous pouvez également le retrouver sur Facebook, Google Plus, Twitter et Goodreads.

À PROPOS DE L'AUTEUR

Anna Zaires a découvert son amour des livres à l'âge de cinq ans, quand sa grand-mère lui a appris à lire. Elle a écrit son tout premier livre bientôt après. Depuis elle a toujours vécu en partie dans un monde de fantaisie dont les seules limites sont celles de son imagination. Elle habite actuellement en Floride et vit heureuse avec son mari Dima Zales, qui écrit des romans de science-fiction et des romans fantastiques, et avec qui elle travaille en étroite collaboration pour chacune de leurs œuvres.

Pour en savoir davantage, rendez-vous sur http://annazaires.com/series/francais/.

www.ingramcontent.com/pod-product-compliance
Lightning Source LLC
Chambersburg PA
CBHW071957110726
47910CB00005B/1567